U0527185

杨世运◎著

在水一方

百花洲文艺出版社

图书在版编目（CIP）数据

在水一方 / 杨世运著. -- 南昌：百花洲文艺出版
社，2025.5. -- ISBN 978-7-5500-6024-1

Ⅰ.I247.5

中国国家版本馆CIP数据核字第2025KL3946号

在水一方
ZAISHUIYIFANG

杨世运　著

出 版 人	陈 波
责任编辑	陈昕煜
书籍设计	张诗思
制　　作	周璐敏
出版发行	百花洲文艺出版社
社　　址	南昌市红谷滩区世贸路898号博能中心一期A座20楼
邮　　编	330038
经　　销	全国新华书店
印　　刷	江西省和平印务有限公司
开　　本	720 mm×1000 mm 1/16　印张 23.25
版　　次	2025年5月第1版
印　　次	2025年5月第1次印刷
字　　数	324千字
书　　号	ISBN 978-7-5500-6024-1
定　　价	49.00元

赣版权登字 05-2025-154
版权所有，侵权必究
邮购联系 0791-86895108
网　　址 http://www.bhzwy.com
图书若有印装错误，影响阅读，可与承印厂联系调换。

谨以此作，向曾为"南水北调"中线工程奉献青春与爱情的家乡亲人们致敬！

目 录

001　序：为我的"外婆河"诉说爱情

006　第一章　我远迁，她后靠

015　第二章　寻找那一块洗衣石

024　第三章　连根的树儿风刮断

033　第四章　这山不知那山的险

044　第五章　满天星星月不圆

055　第六章　只盼苞谷穗子挂满墙

073　第七章　天神在石头上画了条河

081　第八章　家乡刺玫为谁采？

092　第九章　为何你还要朝前走

105　第十章　金瓶似的小山

114　第十一章　铁锤与眼泪

121　第十二章　写你的名字

129　第十三章　不是石头是宝玉

138　第十四章　天皇皇，地皇皇

147　第十五章　画眉鸟飞过不回答

158　第十六章　站在那树下你问一问风

169　第十七章　山妹子同爱这首歌

179　第十八章　姊妹河

193　第十九章　说什么你不认识我

202　第二十章　流浪在家乡的怀抱

215　第二十一章　在那更遥远的地方

227　第二十二章　后皇嘉树

238　第二十三章　听那用废钢管敲出的乐曲

247　第二十四章　怀把渔鼓抱

256　第二十五章　可知这酒的真滋味

264　第二十六章　谁能告诉我

275　第二十七章　太阳的笑容

280　第二十八章　汉江塔影

289　第二十九章　伴着唐诗宋词韵律

300　第三十章　　就为跨过这座小桥

308　第三十一章　满园春色关不住

322　第三十二章　是那最好的选择我

329　第三十三章　我的灵魂已嫁给你

339　第三十四章　又见洗衣石

347　第三十五章　山间草木最多情

354　第三十六章　难以收笔的尾声

序：为我的"外婆河"诉说爱情

清明节，我给已去世三年多的老同学（我读初中时的学长）黄天星扫墓。

墓园在郧阳新城之北的一座绿树成荫的山坡上。站在坡顶望城区，三面环水，被称为"北京人的水井"，又被誉为"天下第一井"的万顷碧波与天际相衔，分不清哪是江水，哪是蓝天。

年逾古稀的我，越来越心仪这座登高望远的墓园。因为这里也将是我的叶落归根之地。我愿像黄天星学长一样，死后做一名"守井人"，永不下岗，在此目送汉江之水像游子一样，噙着热泪，含着微笑，怀着依依乡愁，千里北上，奔赴首都北京。

扫墓一定得烧纸钱。人，年事越高越顾老规矩，因此我把这桩事做得极其认真。

身后响起脚步声。我回头，见一位青春少女来到墓前，手捧一束鲜花。

您是杨爷爷吧？她轻声问道。

我回答说，是，我是杨世运。你是……

姑娘趋前几步，将鲜花献在黄天星墓前。

我脱口道，你是周思云啊，长这么大了！

思云说，杨爷爷好，你的模样比我想象的还要慈祥。离开北京时妈妈叮嘱我，回郧阳来一定要拜望您。

"嘿呀，你都成大姑娘了！无怪乎我老得这般模样，快到这'守井'墓园报到了。"

"杨爷爷你不老,比我外公年轻多了!你现在才 70 岁出头,按当代的年龄段分类,属于中年人。"

好讨人喜欢的姑娘!是黄天星的外孙女,1997 年 5 月出生于北京。她母亲名叫黄小河,现在是北京科技大学的教授。她只在上幼儿园时随妈妈回过一趟郧阳,留下的记忆应当是十分模糊的。她毕业于北京大学,现在北京图书馆工作。时隔多年二回故乡,她其实是第一次认识这一方土地。

下山的路上,一老一少边走边交谈。

思云说,我老妈今年春节回郧阳探亲访友,回京后对我说,家乡又变了。

我问道,你母亲才 50 岁出头,怎么就成了"老妈"?

思云回答说,从小我就喊她老妈,不这样喊不亲切。

我说,郧阳的变化,别说你母亲常居京城,就是我身在此地,也有目不暇接之感。郧阳现在已撤县建区,和十堰市区连成了一片。看看现在的新郧阳城,被茫茫江水、库水环绕,林立的高楼大厦映在水面上如诗如画,现代化的气息是越来越浓了。可是像我这样的老人,却常常怀念那五十几年前失去的老城池。千年郧阳府城啊,秦砖汉瓦,晨钟暮鼓,高高的古城墙,长长的石板街,一点影子也没有了!

思云感慨道,北京人现在能天天喝上纯净甘甜的汉江水,应该感谢郧阳人。我们郧阳人为"南水北调"做出了太多的奉献和牺牲!

"唉,往事如烟,一切都过去了。"

"历史不会忘记,中国的繁荣富强史诗更少不了这一篇。"

见我陷入深思,思云突然对着山下的蓝色大河呼唤道,汉江,你是我的外婆河呀!

我不由止了步,请思云把刚才的话重复一遍。

思云的眼内泪光在闪,加重语气说道,汉江是我的外婆河!

"外婆河",多么叫人怦然心动的美好称呼啊!

我知道,思云的妈妈常对思云说,"汉江是我母亲的河"。此时,思云将母亲的母亲河称为"外婆河",其情至深亦至真。这称呼里,流淌着她外婆太多太多的泪水。

我不由得想起思云母亲黄小河名字的来历。1968年，黄小河出生于刚开始建设的郧阳新城。呱呱坠地，接生的护士尚未报出是男是女，思云的外婆便喊一声："小河，你来了！"思云，为什么你外婆提前给你母亲取名"小河"，其中原因你知晓吗？还有，你的名字也是你外婆取的，乳名"小云"，学名"思云"，"云"与"郧"谐音，你外婆的心思，你是否也读懂了？

不须问。

我陪思云回她外婆家。家里已集合了几位老人，都是为思云而来。

第三天几位老人再次相聚，恋恋不舍为小云送行。

现在十堰市的交通十分便利，到北京有飞机、有高铁。但是小云既不乘飞机也不坐高铁，而是选择俗称"蓝皮车"的慢行火车，中途要转几次车。她的心情，犹如一首歌里所唱，马儿哟你慢些走，我要把这壮丽的景色看个够。十堰至北京的铁路线，与汉江进京的输水路线平行。小云说，我现在就好比是一滴水，我要体会，这一滴水是怎样从外婆河出发，经过1432公里的流淌，注入北京团城湖的。南阳，许昌，郑州，邯郸，石家庄，保定，铁路线经过的城市，也就是南水北调中线输水干渠穿越的城市。

一江春水向北流。南水北调全部工程分东、中、西三部分，犹如调动千军万马，让长江流域的江河水向北方阔步前进，彻底改善中原和华北大片国土的生态环境。中线工程率先完成，于2014年12月12日通水。

几位老人都要送小云到火车站，她说，让杨爷爷一人代表大家吧。

我想她可能有什么事要单独与我交谈。不出所料，在候车室，她将一本诗歌打印稿交给我，说道，杨爷爷，我习作了这首三百行的长诗，希望你写一本新书，把我的诗引用几行。

我问，你希望我写一本什么书？

她回答，写南水北调中线工程。

"我已写过一本报告文学，题材就是中线工程，书名《沧浪之水清兮》。"

"我读过，不解渴。"

"为什么？"

"这本书重点是写事。写大坝的建设，写移民搬迁，列举了许多具体数字。可是我想从你的新书里读到活生生的人物。"

"你是想让我为工程建设的英雄人物们立传？"

"不，我盼望你写一写像山间草木一样平凡的普通人物。写你当年的朋友们——我的邓爷爷和丁奶奶，我的外婆和外公，等等。写他们用汗水冲刷过千回的青春岁月，写他们用泪水浸泡了万遍的忠贞爱情。他们的故事，也许今后再也不会有人能够重演，因此太珍贵了！"

"其实我也早想动笔，写你所说的几位我最熟悉的人物，你外婆，你邓兴志爷爷……"

"那就赶紧吧！"

"是该快动笔，再不写我怕写不动了，年岁不饶人。"

周思云送给我的诗稿，标题是"为我的外婆河诉说爱情"。

谢谢你，思云姑娘，你的长诗已为我的写作列出了提纲。在此，让我摘录一段你的诗句，作为我本书的序言——

　　汉江啊，我的外婆河，
　　可听见孙女的声声呼唤？
　　我追逐浪花，伴你远行，
　　请为我的提问给予答案——

　　如果你的出发地没有沙滩，
　　我到哪里寻找你留下的诗篇？
　　如果你的行装里没有乡愁，
　　谁领我回到至真童年？

如果你生命里没有爱情，
青春的航标灯谁为我点燃？
如果你泪光闪闪的履历无人建档，
何处存放我灵魂的家园？

第一章　我远迁，她后靠

1

故事从 1967 年仲夏写起。

1967 年，农历五月初一，邓兴志 23 周岁生日。赶在这天，他从千里之外的嘉鱼县簰洲湾，回到郧县邓家湾。

邓兴志走进三叔邓永昌家。三妈惊喜地叫一声，志娃子，回来了？泪水在半瞎的双眼里流淌。三叔却是神情木然。三叔腰已弯了，背已驼了，但眼力依然不差，侄儿还没进屋，他老远就已认出。侄儿进屋后，他刻意不理不睬。等到老婆子拉着侄儿手，用衣袖擦过几遍眼泪，他才瓮声瓮气对侄儿说，你回来干啥？邓兴志像个犯了错误的小学生，嗫嗫嚅嚅回答说，我回来看看三叔三妈。邓永昌说，我俩都活得好生生的，你操个啥心？

邓兴志无语。

吃过晚饭，邓永昌问侄儿，啥时候回嘉鱼？

邓兴志答，我要找虎子，带虎子一起走。

这一回，轮到三叔无言。

晚饭吃的是手擀面，邓兴志觉得，面食里有三妈泪水的味道，虽然三妈在擀面时没掉过一滴泪，也没说过一句话。三妈好记性，记得今天是五月初一，志娃子的生日。志娃子是邓兴志的乳名。喊着这乳名，贴心巴肝。只可叹志娃子的亲娘福气浅，喊这乳名只喊了三年就撒手而去。若没有三妈的拉扯，志娃子怎能长成个壮实的大小伙子？志娃子已23岁了，可是在三妈面前，还是个需要呵护的娃子。只可叹三叔、三妈如今都老了，帮不上志娃子的大忙。三妈猜想，志娃子赶在今天大老远回邓家湾，莫不就是想吃一碗三妈亲手擀的长寿面？想到这一层，三妈的心像是被人狠狠揪了一把。

三叔却不是这么想的。莫看三叔的面色像冬天的石头一样又硬又冷，其实他比三妈更疼侄儿，也更了解侄儿的心思。

吃罢饭，志娃子要帮三妈洗碗。三妈没阻拦。三叔仍不吱声，坐在门前的一张小木椅上，看山下长长的汉江河。天已黑定了，眼前哪有江水的影子。但是邓兴志明白，汉江河就在三叔的眼眶里流淌，从郧县流到均县，流到老河口，流到襄阳，流到大汉口。

收拾好碗筷，志娃子说，三妈，我用用手电。三妈进卧室，从枕头下摸出手电筒，顺手将反装的两节电池装正。电池反装，是为了省电，这是科学知识，乡下人都掌握这知识。三妈心里好庆幸，庆幸昨天才到供销社，用鸡蛋换了两节新电池，好像她已预料到侄儿会回邓家湾，回来后要用上手电。

邓兴志出门，从三叔面前经过。三叔仍不搭腔，像一个哑巴。

等邓兴志走远，三妈拖一张小板凳磨磨蹭蹭靠近老爷子坐下。想和老爷子说说话。

"虎子好可怜。"三妈开口。

老爷子无应答。

"可怜。"三妈言语短，等着老爷子搭腔。

老爷子仍不吱声。

夜深了。山风冷得割人肉。

"不等他，睡。"老爷子终于扔下一句话。

"可怜。"三妈自语，起身，虚掩房门。

邓兴志在汉江边踽踽徘徊。夜色如漆，但是他用不着手电，手电筒只是个伴物。脚下洁净的银色沙滩，他从小到大走过20余年了，哪里平坦，哪里有坑坑洼洼，脚底板都记得清清楚楚。他不会失足掉进河中。就算掉进去了，那就掉进去吧，我邓兴志是游泳好把式，索性游到对岸，到西菜园村走一趟。

可是，到了西菜园又有何益呢，村子没了，人没了。心更是没有了，被掏空了。

就连虎子也成了"孤儿"，不知流落在何方。

虎子是九琴送给邓兴志的礼物。

三年前，任九琴老同学家的大黄狗生下两只小狗，送给任家一只。九琴为这只小狗取名虎子，因为它生得虎头虎脑，并且毛色金黄，像是穿了一身老虎衣裳。虎子长到三个月大时，九琴将它抱到邓家湾，交给邓兴志抚养。邓兴志双手接过它，它的身上留着九琴胸脯的温暖。小时候的虎子名不副实，不像一只威风凛凛的老虎，却似一只性格温顺的小猫。是邓兴志用三年工夫调教了它，让它也成长得像邓兴志一样，身体结结实实，性情粗粗壮壮，不惧吃苦，不怕受累。它不仅能忠心耿耿地看家护院，还敢于冲进庄稼地里同偷食的野猪搏斗。在邓兴志眼里，它不是一只牲口，而是一名家庭成员。可是"县移民迁建委员会"派到公社的移民干事王眼镜，却强迫邓家把虎子这名"家庭成员"丢弃。当时，邓兴志把王眼镜骂了个狗血喷头。王眼镜就使出他的老办法，掏出一沓红头文件在邓兴志眼前抖搂，说道，文件早对你们宣讲过了，移民搬迁，只迁人，不迁牲口。邓兴志争辩说，上个月，第一批迁走的，不是允许狗子随迁吗，狗子又不是大牲口，不是牛也不是驴，它只是庄户人家的一把看门锁！王眼镜梗着脖子回答，没错，第一批远迁户允许带狗随迁，可是谁会想到，随迁的狗子们不通人情，随心所欲地到处惹祸，到了新地方乱咬人，惹得各个接收地的社员群众提出了强烈抗议。所以，狗子坚决不允许再随迁。你现在不要来怨我，要怨怨你自己，当初动员你家第一批远迁，给你也给你爹披红戴花，谁叫你死活不同意？

邓兴志和王眼镜结下深仇大恨，不仅因为虎子，还有比这更挖心的事。

电影《白毛女》里唱道，连根的树儿风刮断，连心的人儿活拆散。

邓兴志和任九琴是娃娃亲，媒人是九琴家的邻居大婶、邓兴志的表姨妈。虽说是娃娃亲，但是等到邓兴志和九琴都长大懂事后，两个人对这婚约都满意，百分之百的满意，比自由恋爱更亲。半年前，两家人正筹备办婚事，谁料移民行动开始了。说开始就开始，如骤风暴雨，让人来不及找伞。邓家父子俩是农业户口。任家则不同，是半边户。任九琴的爹任开希是县城建筑公司的工人，非农业户口。任九琴和她母亲以及奶奶，三个人则都是农村户口。一家四口人，当家人任开希的户口有个"非"字，意义就不寻常。任开希住在县城，九琴和奶奶及母亲住乡下，村名叫"西菜园"。西菜园村是个好地方，和郧县县城紧挨着。邓家湾也是个好地方，与郧县城隔河相望。如果邓兴志和任九琴结婚，农村户口对农村户口，两个人还都是农村户，身上添不了一块肉也掉不了一块肉。当初两家谁也没把户口问题当成问题。任家希望婚后让邓兴志搬到西菜园住，邓兴志的爹满口应承，反正到哪里都是赤脚板穿草鞋的农民。可是移民政策一公布，情况就变了。邓兴志家被定为远迁户，任家则被定为后靠户。能争取成为后靠户是不容易的，避免了举家远迁至举目无亲的千里之外之苦。全县的淹没区，无论是县城的居民还是农村的社员，都根据各家的具体情况，被移民工作组分为远迁户或后靠户。任家能成为后靠户，是因为具有不远迁的过硬条件。九琴的爹任开希是地方国营企业——郧县建筑公司的工人，该单位不属于远迁单位，更不属于撤销单位。不仅不撤销，还需加强力量。因为全县拆旧房、建新房的任务繁重，怎么少得了一支能战斗的建筑队伍？特别是新县城的建设，更需要国营的建筑公司起骨干作用。老县城即将沉入水底，新县城的地址，选在老县城北城门外的一片高地，地名叫武阳岭，由三座山梁子和三条沟组成。三座山梁子分别名叫东岭，中岭，西岭。九琴的父亲是铁板钉钉的后靠户，因为这个原因，西菜园村的移民工作组通过社员群众评议，同意将九琴和母亲及奶奶也定在后靠户的名单之内。但是一家人的后靠点并不在一个地方，九琴和奶奶、母亲，农村户口对农村户口，乡靠乡，后靠在新县城东北郊区的一座名叫黄草坡的山梁子上；九琴的爹任开希非农户口对非农户口，城靠城，从老县城后靠到新县城。好在一家人离得不远，黄草坡离新县城直线距离只有两公里。

面对这突如其来的新情况，邓、任两家决定赶紧给邓兴志、九琴办婚事。两家老人都以为，办了婚事，让邓兴志倒插门到任家，邓兴志和他爹也就可以随任家后靠到黄草坡，不用背井离乡远迁了。不料这如意算盘被王眼镜给摔碎了！王眼镜就喜欢抖搂红头文件，好像那红头文件就是他的亲爹亲娘。他说，邓兴志啊邓兴志，我提醒你，你休想利用结婚来摆脱远迁。你看看这文件，仔细看清楚，结婚可以，完全可以，婚姻自由。但是你要把文件的精神嚼透了再决定行动，免得吃后悔药。看文件，仔细看清楚了，按文件规定，如果结婚，女方户口随男方，那么，任九琴的户口就成了邓家湾你邓兴志家的户口。你听明白没有？王眼镜问这话时，把文件举过了头顶。邓兴志说，我听不清你在念哪门子经！王眼镜说，那么我再问你……邓兴志说，别给我"那么那么"，那么个冬瓜葫芦乱缠藤，有话直说！王眼镜说，好，那么我简单直接说明，按文件规定，如果你赶在这个时候和任九琴结婚，那么她的户口就必须随你，她也必须和你和你爹一起，你们一本户口簿上的三个人，一个不能少，全部远迁到嘉鱼县。这回你听明白没有？我先把政策给你宣讲清楚，免得到时候你埋怨我王智林没把工作做到家。

2

二更天了。志娃子还没回屋。三叔三妈靠在床头，静候门外响起脚步声。

今年是公历哪一年？邓永昌突然向老婆子李菊香发问。

李菊香答，今年是羊年，明年才是猴年，志娃子的本命年。

邓永昌说，谁不知道今年是羊年，我问你今年是公历哪一年？算了，问你你也不晓得，还不如自己掰手指头数出来。

邓永昌从公历1958年算起，因为1958年在他的人生经历中太重要太辉煌了。就是在这一年的6月25日，换算成农历是戊戌年五月初九，邓永昌见到他一生之中见到过的最大的干部——湖北省的省长兼丹江口水库工程指挥长,姓张,名叫张体学,老革命。张省长的话音被扩音器放大,至今仍在邓永昌的耳边回响:同志们,汉江丹江口水利枢纽工程今天开工了!这一工程是社会主义建设的巨大项目之一,是湖北省特别是汉江地区人民千百年来的愿望……

从那一年到现在,十根指头掰九根,数出来了,今年,公历1967年。

邓永昌是九年前第一批参加修丹江口水库的郧县民工师的成员。那时正值壮年,四十来岁,虎背熊腰,吃得苦,耐得累,被指定为邓家湾民工排的排长。丹江口水库至今一共修九年,邓永昌在工地整整五年,中途因为负伤才回邓家湾。一座拦河大坝像一座高山,是十万民工住工棚穿草鞋,用一筐筐、一块块土石方垒起来的啊!谁想到,亲手垒起大坝的人,现在又要看着自己家乡的田园被淹没。邓家湾村在汉江南岸,背靠一座漫山坡,村民们的房屋依山坡而建,顺山势而上。一排排房屋逐次升高,远看像层层梯田。丹江口水库要蓄水了,邓家湾村处在淹没线以下的人家全部远迁。只有少数家在淹没线以上的"安全户",有幸守住故土,其中就包括邓永昌老两口。

邓永昌伸手在夜幕里挥了几遭,想把一切回忆都驱散。但是驱不散一条看家狗的影子,它就是虎子。移民干部念红头文件,宣布远迁的人不许把狗子带走,虎子它个哑巴牲畜,它哪里懂得什么红头文件。它当然也不明白,主人为啥要突然抛弃它?它的心思有多苦多痛,念红头文件的王眼镜,你将心比心过吗?

志娃子和他爹离开邓家湾,是去年的寒冬腊月。全邓家湾远迁的人,从邓湾码头上了同一条大船。这条船顺汉江往下走,说是走到丹江口起岸,转火车到省城,再转汽车到嘉鱼县。离家前,志娃子把虎子交给三妈,说,三妈啊,千万莫叫虎子知道我和爹远迁了,等我和爹在那边安顿下来,我就回来看它!千不该万不该,三妈不该没有硬下心肠把虎子给拴起来。三妈在屋子里坐立不安,估摸着开船的时间。等她觉得船已经走远,就再也坐不住了。她要到河边看一眼大船远去的影子,那船上有她拉扯大的侄儿啊!她弯

第一章　我远迁,她后靠　　011

下身，一把将虎子抱在了怀里。虎子早已长大，三妈哪抱得动它，累得吭哧吭哧喘气。虎子不明白，三妈为何突然这样宠着它。不想让三妈受累，它在三妈怀里躁动。三妈就把它抱得更紧。赶到河边，三妈才知道迟迟不肯上船的人耽搁了时间，伤心的移民船才刚刚动身，志娃子正站在船尾眼巴巴与邓家湾告别。虎子眼尖，见到了离岸的船，见到了立在船尾的邓兴志。邓兴志是它最亲、最亲的主人啊！它明白了一切，又一切全不明白，猛烈挣脱三妈的怀抱跳下地，沿着河滩奔跑，想要追上大船。

大船远了，远了，虎子哪能追得回来？它在水边蹦跳，向着船影不停地汪汪狂吠，仿佛在问，主人啊，你到哪里去，为啥抛下我？邓兴志立在船尾撕心地喊叫：虎子，虎子，别撵了！好好听三叔三妈的话！

从此虎子丢了魂，茶饭不思，整日在已经被搬空的主人家（也是它自己的家）的家门口徘徊，等待主人归来。后来，拆房队开始拆邓兴志家的房子，虎子左扑右跳，疯狂阻止。拆房队的人们找到邓兴志三叔家，说，若不把你家的这条狗管好，别怪我们打断它脊梁骨！三叔、三妈无奈，只好把虎子领到三妈娘家，送给了一位孤老。三妈娘家在麻石沟村，离邓家湾三公里远。

三更天，邓兴志无精打采回到三叔家。三叔三妈听到他的脚步声，都假装早已经入睡，睡得很沉。

3

天刚亮，一家三人早早起床。三妈烧火做饭。三叔手执旱烟杆坐在门口发呆，心绪烦乱，却强装镇定。邓兴志又要出门，被三叔拦住，说，找不到虎子了，它已离开麻石沟，不知到哪儿去了。忘了它吧，忘不掉也得忘。

邓兴志无语，双手攥拳，攥出了两把汗。

"西菜园村的房子都拆光了吗？"邓兴志突然问，问得无精打采。

三叔回答说，早光了，只等丹江口大坝下闸，和县城一起淹进水底。志娃子，不许去找任九琴！你现在去找她，她爹她妈会恨死你。他们老两口就这一个女儿，咋舍得让她跟你一起远迁？听说，九琴她爹已经托媒人给女儿介绍新对象。还听说，媒人介绍的人家，九琴她爹熟悉，也同意。人家那家是县城人，非农业户口。人算抵不过天算，志娃子，认命吧！

邓兴志说，三叔，我不去西菜园，也不见任家人，想见另一个人。

三叔问，见哪个？

邓兴志答，见王智林。

三叔身子一激灵，急问，见他干啥？

邓兴志说，请他喝酒。

三叔说，喝啥酒？是不是想打架？

邓兴志一声苦笑回答说，酒也要喝，架也要打。

"邓兴志，你想坐牢？你打一顿王眼镜有啥用，那些红头文件，又不是他制出来的。"

"我不打他，只请他喝酒。"

"你这话，别人信，三叔能信？就算三叔支持你去和王眼镜打一架，可是你这次也打不上。听说王眼镜前几天到京山县去了，安置移民。"

"到'金山'县也罢，到'银山'县也罢，他能一辈子不回郧阳？我等着他！"

"志娃子，你给我快回嘉鱼！你把你爹一个人扔在那里，放心？"

"是爹叫我回来找虎子的，虎子下落不明，我回嘉鱼咋交代？"

一听邓兴志这样讲，三妈想插嘴，被三叔用目光制止了。

吃过早饭，邓兴志来到邓家湾码头。

从前的邓家湾码头是个多么热闹的地方啊，渡船、货船、渔船，百船云集。邓家湾的人会种庄稼，也会使船。码头在汉江正南，郧阳县城在汉江正北。从邓家湾码头登上渡船，过了江，岸边是一片宽阔的银沙滩。好干净的沙，颗粒匀净，捧在手里，像捧起一掌细米珍珠，叫人喜欢得舍不得丢下。走完了两三百米宽的沙滩，是几十级黛青色的青石板台阶。台阶呈"之"字形，左转转，右转转，上台阶的人走出了兴致，竟不觉得腿软，反而觉得步步台阶都如一双双热情洋溢的手,将人们从河滩抬到河堤上。河堤的堤面,各色的石板铺地,铺出一条望不见尽头的大道,顺着汉江水绕城而行的路线并肩而行,先是由北向南,然后在西南角转一个弯,接着笔直向东。放眼远望,这河堤大道又似一条玉带,系在古郧城的腰间。

邓兴志立在汉江南岸望北岸,突然一跺脚,大吼一声:"过河去!"

乘渡船过了汉江,望着熟悉的银色沙滩,邓兴志的心像是被人抽了一鞭。沙滩,这片沙滩,留有多少九琴深深浅浅的脚印啊!

双手一次次捧起河沙,历历往事犹如沙粒一般从指缝间流过,伤心地飘洒在风中。

又吼一声:"进城去!"

踏着青石板台阶走上河堤大道,高高的城门楼立在眼前。

郧阳府古城墙共筑有七座城门,包括四座正门和三座副门。四座正门巍峨壮观,都修有瓮城和箭楼。城北地势高,有山岭当作屏障,因此只筑正门一座,名为拱辰门。西城正门名为平理门,副门无名,俗称小西门。正南门名迎薰门,副门亦无名,俗称小南门。正东门名为宣和门,副门的头上也顶着一个"小"字:小东门。久而久之,人们把四座正城门的文言"官名"给淡忘了,索性称它们为大北门、大西门、大南门、大东门。城墙高为二丈四尺,厚度为一丈八尺(约六米厚)。城墙顶上可行车马。因大东门外无山水作自然屏障,所以开挖了一条护城河,宽二丈二尺,深九尺,并且将这座城门修得格外坚固,共有三重瓮城。城门外临护城河筑有一座闸楼,古时候,守卫闸楼的官兵,负责收放护城河的吊桥。现在吊桥早没有了,在护城河上筑了一座半月形的银白色的石桥,俗称月亮桥。

第二章　寻找那一块洗衣石

1

进城！

进城是为了再出城，南城门进，东城门出。东门之外的那条小河和那座小村庄，才是此行的目的地。

邓兴志穿过小南门的门洞进了县城。向北，步行至十字街口，继续向北，在中卡子街转身向右，沿东大街前行。

东大街长约两公里，宽度五米有余。街面的图案甚是亮眼，好似由千百名画家用千百支画笔精心绘制而成。街面正中，横向排列，铺着一条条等宽、等长的玉白色坚硬条石，组成长长的中轴线。紧靠中轴线的地面，同样铺的是条石，也是等宽等长，却不是横向铺，而是竖向排列，像是为中轴线筑了一道围栏。围栏的双翼，直抵左右两边的街沿，铺的是形状各异颜色也不相同的石板，衔接得严丝合缝，浑然一体。街两边，排水沟之上盖着清一色的淡青色石板。

东大街的中段有一座建于明代弘治年间，让郧阳人引为自豪的雄奇建筑——钟鼓楼。此楼骑街而立，楼层三重，基座以一米见方的比铸铁更坚硬的深蓝色花岗石砌成。楼下的是一条东西朝向的与大街街面等宽的"穿心通道"，长度十丈有余，被人们称为"鼓楼底下"。盛夏季节，这鼓楼底下刮穿堂风，凉爽宜人，卖凉粉的，卖水果的，卖花生、瓜子、薄荷糖的小贩在两侧摆摊，生意红火，好不热闹。

钟鼓楼很快就不复存在了！邓兴志与钟鼓楼有特殊的情感。中华人民共和国成立后，这座古楼成为书香之楼，郧阳专区图书馆就设在这里。小时候，邓兴志常进城玩耍，也常到这图书馆的阅览室看报纸看杂志。就是在这里他认识了《人民日报》《湖北日报》《郧阳报》，也读到了《人民文学》《长江文艺》《大众电影》《新观察》。还有一本杂志名叫《连环画》，是少年时代的他最喜欢的读物。

钟鼓楼的高度八丈有余，登楼处在正南方向。从楼西往南拐，有一条环境幽静的巷子名叫清真寺街。由清真寺街最北端的"街场"（小广场）登鼓楼，拾级而上，好似在爬山。整座楼如铜墙铁壁一般坚固。不坚固不足以承重。三楼的顶楼上悬挂有一口铸有八卦图案的"双龙衔顶八卦"大铁钟，光是这口钟，重量就足足 2500 公斤。钟声一响，声震方圆十余里。大钟的朝向按八卦图所指，乾卦图形向正北，坤卦向正南。乾卦代表天，代表父亲；坤卦代表地，代表母亲。乾卦卦辞曰，天行健，君子以自强不息。坤卦卦辞说，地势坤，君子以厚德载物。这些复杂的古文化知识，是邓兴志在钟鼓楼上看大钟时听大人们讲的，太深奥，至今他仍一知半解。郧阳城的几座城门也是按八卦图确定方位的，如果你不知道哪儿是正南方，那你就以大南门为准确坐标，分毫不差。

穿过钟鼓楼的楼底下继续前行，正东方向，大东门两侧的城墙影子遥遥在望。

县城已不像县城，到处都在拆房子，灰尘漫天，瓦砾遍地。一座有千年历史的古城，眼看就要消失得无影无踪。

走过青年路路口，又走过财神楼巷巷口，不觉间已来在大东门内。远远地，邓兴志发现有几个壮年男人，正站在城墙顶上拆砖，急忙扬声质问道，喂，你们几个，在干啥子？一个蓄小胡子的人，模样像工头，居高临下，扯着长腔反问说，嘿，你是干啥子的？谁派你来管闲事？邓兴志说，这咋叫管闲事，这是几百年的古城墙啊，文物，谁允许你们这样破坏？工头回答说，你又不是太平洋的警察，管这么宽干啥？你以为我们不知道这是古城墙？你以为我们喜欢干这种活儿？邓兴志问，那你们拆古城墙干啥？工头答，拆古城墙的老砖盖新县城啊，不拆白不拆，眼看就要淹在水底了！你以为这老厚老厚的城墙砖好拆呀，你来拆拆看，累不死你！古代人砌城墙，砖缝里浇的是糯米汁拌石灰浆，比浇铁水还结实！

邓兴志无心听小胡子啰唆，摇头叹息继续前行。穿过大东门的三重门洞，又穿过闸楼，沿月亮桥跨过护城河，从东外老街街口往北拐，沿东外小街向北走。

东外小街北端的右侧，距大东门约1500米，有一条由西北方向往东南方向迤逦而行注入汉江的小河，名字就叫"小河"，别名"棒槌河"。小河东岸有一片风景美丽的小平原。坐落于小平原之西的村庄，名叫西菜园村。

郧阳城乡百姓将汉江称为"大河"。与大河对应，从西菜园村旁流过的这条清澈见底的河，就好比是汉江的小女儿，理所当然被称为"小河"。为什么又被称为"棒槌河"呢？这可是一个不寻常的别名，包含了两岸城乡妇女对它的深厚情谊。因为它的流水四季清澈，是洗衣服的好地方。前来洗衣的妇女络绎不绝，人多时，两岸的位置（石头支成的坐凳）全被占满，后到的人须排队等候。棒槌的捶衣声此起彼伏，像是奏着一支协奏曲。"棒槌河"，便由此而生。

小河，棒槌河，念着这一双亲切名字，没等走到河边，邓兴志就鼻子一酸，嗓子热辣辣。急忙仰头望天，对自己说，男儿有泪不轻弹！

棒槌河的源头在湖北、河南、陕西三省交界处的深山峡谷，一路汇集清澈的潺潺溪水，每流经一个地方，都生出一个好听的乡土名字。玉溪河、月牙河、响水河……而最动听的乡名，当然非棒槌河莫属。但是，这条会奏乐的小河，马上也要消失了，等丹江口水库蓄水之后，它就将沉入库底。它流入汉江的直线距离只有一公里略多，但是水库蓄水后汉江水漫上来，将漫成一个大湖，淹水的范围，何止四五公里？

2

棒槌河啊，分别这么久，你还好吗？

邓兴志脱了草鞋，赤足蹚入河中，寻找那一块石头。颜色深蓝，呈长方形。它不是一块普通石头，是与九琴有特殊关系的信物。

棒槌河的河水清且浅，最深处也只没过成年人的膝盖。妇女们在河两沿浣衣，用石头垒出坐凳，也用石头充当洗衣板。老天爷慷慨大方，赐给了棒槌河取之不尽形态各异的大大小小美好的石头。

两年前的农历五月十五，九琴20周岁生日，邓兴志一大早便离开邓家湾，搭船过汉江河，送礼来到西菜园。吃过午饭，邓兴志辞别，九琴想送他一程，却不便对奶奶和爹娘明说，便将当日一家人换下来的脏衣服全装进竹篮，衣服上面压着一只花栎木棒槌，到小河边洗衣裳，名正言顺与邓兴志同行一段路。途中，邓兴志趁四周无人，慌慌张张亲了九琴一口。九琴满面羞红，心里甜蜜，口里却批评邓兴志：你，啥时候学得这坏？

到了小河边，九琴仍舍不得与邓兴志分手，就说，看你，今天才穿的新衬衣，咋就把两只袖子都弄脏了，快脱下来洗洗。邓兴志问道，衬衣洗了，我上身只剩一件小背心，咋好走路回邓家湾？九琴回答说，你没抬头看天吗，太阳这么大。我先洗你的衬衣，洗好了铺在河滩上晒，等我把这一大篮子衣裳洗完了，你的衬衣也就晒干了。

河滩上可以晒衣服，这又是一个得天独厚的优点。河滩上铺满各种颜色的圆润的小石头和像白芝麻一样的白沙，都洁净得纤尘不染。妇女们将洗好的衣服摊在河滩上，用石头压住四角防止被风刮走。即使衣服被晒干后沾上了几粒晶莹的沙粒也无妨，提在手里轻轻一抖，干净的沙粒便又重归干净的沙滩。

当天来洗衣的妇女又是很多，九琴站在河边等位置。还好，只等了几分钟，空位置就有了，九琴立即就位。邓兴志发现，九琴坐的石凳不错，稳稳当当。但是洗衣石不理想，石面太窄，搓衣不顺手。他便挽起裤腿大步蹚进河中央，要为九琴在深水处找一块满意的洗衣石。老天爷在暗中相助，让他很快就发现了宝贝。那宝贝在水底正朝他闪烁着蓝汪汪的眼波。双手将这块宝贝捞起，长约一尺半，宽约七寸，厚约三寸，四棱四角方方正正，形状比木制的搓衣板更完美、更好看。底色是深蓝，蓝得耀眼。石面上有图案，像是有人执画笔，用浅蓝色颜料，画了一幅工笔画。这可真是天生的一块优质洗衣板！邓兴志欣喜异常，赶紧用它替九琴将原来的洗衣石换掉。

今日，来到九琴曾给邓兴志洗衣的地方，见不到九琴的人影，若能找到那一块她曾经用双手反复接触过的蓝色洗衣石，也可聊以自慰。

但是这块洗衣石也不见了踪影。如今，再也听不到捶衣声的棒槌河已是伤痕累累，因为城内和城郊的一些准备后靠的居民纷至沓来，搬走了河岸和河床里的许多石头，准备用它们充当建新房的材料。

棒槌河水滋润的西菜园村，黝黑的土地捏一把便流油，捧在手里闻一闻，有菜根的清香。这里是县城居民们的"后花园"，后花园里不种花草，种蔬菜。因为这里的田园最适合种植优质蔬菜，只有生长在这里的白菜、菠菜、腊菜、莴苣，菜根才是香的。这里还有河塘和水田，塘里养鱼种荷，田里种荸荠。郧县人称荸荠不为荸荠，也不称它为"马蹄"，而是称它为"补就"。这名字的来历无从考证，听起来却是亲切，滋味绵长。

这里还种甘蔗，是郧阳独有品种的白皮多汁甘蔗，就连甘蔗梢子也是甜丝丝。这里的菜农们修筑甘蔗窖的技艺独具诀窍，因此储存的甘蔗不仅保鲜并且能增加甜味。直到春节，上市的甘蔗仍是青枝绿叶。

这里的菜农们，家家都有自用的水井。井水里像是拌了蜜糖，用这样的井水浇灌菜园，种出的蔬菜怎么会不新鲜，种出的甘蔗又怎能不甜蜜？

永别了，西菜园的一切、一切！

一切一切，好扎心的"一切一切"！这一切一切是全部，是百分之百，连零点一也不给邓兴志留下！这一切一切里有九琴家在西菜园村的老屋和老井，有九琴的笑声、脚步声，有九琴曾挎在臂弯的洗衣服的竹篮子，还有那只握在她手里的花栎木棒槌，全都随风而去了，甚至连那一块深蓝色的洗衣石也不见了踪影!

棒槌河啊,你为什么不放声悲号?难道你也知道打掉门牙的最无奈的办法是往肚里吞吗?

远迁的人远迁了。后靠的人后靠了。邓兴志,你还到西菜园来做啥呢,做啥呢?

什么都没有了我也要来。人走了,九琴留下的脚印还在,她的笑声,她身上的气味也都还在,还在!

西菜园,我就是要来!我来了!

昔日美丽而温暖的小村庄,如今空空荡荡不见人影。

空荡荡,也要走近它,看看它!

3

家家户户都被拆了,九琴家岂能例外。还算不错,门前的井台仍在。西菜园有那么多的水井,哪口水井是九琴家的,邓兴志绝不会认错,就如认不错九琴的眼睛。

邓兴志痴痴地立在九琴家的井台前。井台用青石板砌成,高出地面一尺有余。夏日的傍晚,太阳落进西山,凉风从棒槌河吹来,九琴的爹任开希就喜欢坐在井台上乘凉。他一手端着个大茶缸,一手摇着把大蒲扇,坐在井台上一声不响,像一尊石像。他言语不多,把想说的话全藏在心里。虽然他是县城里的建筑工人,有县城户口,并且在城里也有住房,但是他还是喜欢经常回西菜园的家。

任家祖祖辈辈生活在西菜园,任开希怎么就独自一人变成了城里人,有了非农业户口?说来话长,又复杂又简单。任开希的父辈兄弟二人,大伯自小就离开西菜园在郧县城当泥瓦匠。大伯只有两个女儿没有儿子,就把弟弟的儿子开希当亲儿子看待。开希打小就常住在大伯家,跟大伯学泥瓦活。中华人民共和国成立后,1950年人民政府普查、登记户口,这时开希已33

岁，早已在西菜园娶了媳妇生了女儿，按理说他应回西菜园登记为农村户口。但是城关镇居委会的干部误以为他是他大伯的亲儿子，就把他的户口登记在他大伯名下，非农业，城镇户口。

当时，任开希的大伯没向居委会干部说明真实情况，并非大伯想贪便宜，让侄儿乘机由农村人变城里人。他只是认为，户口落在哪里都一样，城镇户口、农村户口没什么区别。他这种想法在当时并不属于糊涂观念，全县城乡百姓都是这么认为的。因为那时候郧县的城乡生活并没显出什么差别，在许多方面，乡下的生活条件反而比县城的条件优越，要粮有粮，要油有油，要菜有菜，要柴有柴。平地里种稻种麦，坡地里种红薯种杂粮，高山上有各样树木，哪像县城人的日子那么紧巴，什么东西都得花钱买。尤其是县城郊区的农民，日子更比城里人滋润。城西，城南，城东，汉江两岸是一片又一片沃野，一马平川，水美地肥。不少城里平民人家的姑娘嫁到郊区乡下，非农业户口变成农业户口，没有半声叹息。

没承想，二十几年过去了，如今农村户口变得低人一头，城镇户口高人一等。想把农村户口变成"非农"户口，难得就好比登天！

如今再没有县城的女子嫁给乡下男子了，除非这个城里女子把脑袋长在了波棱盖（波棱盖，郧阳方言，膝盖之意）上。而城里的男子要娶乡下女子则要慎重考虑，因为女方的户口难以"农转非"，并且生下的儿女按规定户口随母亲。一家人若拥有两种性质不同的户口，就被称为"半边户"，会给生活带来数不清的麻烦。

如果不是突然遇上丹江口水库下闸蓄水，如果不是有大批人远迁或后靠，邓兴志和九琴，这一对连心人怎会被拆散？

本来正准备给九琴、邓兴志办婚事的九琴的爹娘突然改变主意，不再承认邓、任两家早年的婚约。邓兴志不怨天也不怨地，更不怨恨九琴的爹妈。设身处地替他们想想，老两口就这么一个女儿，怎舍得让她远走他乡？前几天，身在嘉鱼县簰洲湾的邓兴志接到表姨的女婿从郧县寄给他的信，信上写道，听说有个男人早就看上任九琴，已经托媒人到任家提亲。这人的户口是非农户口，并且他的爹和九琴的爹是同行，也是郧县建筑公司的工人。还听说任九琴的爹妈已点头同意了。正是读了这封信，邓兴志才像丢了魂似的寝食难安，硬着头皮决定回一趟郧县。现在回来了，并且人已来在西菜园，可是这一趟回乡之行有什么意义呢？难道就只为蹚过棒槌河，到这荒无人烟的西菜园村看上一眼？

是的，我邓兴志的回乡之行就是为了这一点点目的，别无他求了！我还能有什么，有什么更高的奢望呢？

在井台上落座，不由自主，探头向下望着井水。

平静的井水依然像一面圆圆的镜子，照出邓兴志的面容。凝视镜中的自己，邓兴志感谢爹和娘。爹娘给了他好身体，如今身高一米七八，浑身都是力气。爹娘也给了他一张五官端正的面孔，眼睛明亮，用词语形容，"炯炯有神"四字恰如其分，无论走到哪里，在人前人后都不会自惭形秽。邓兴志也感谢汉江水。常言说一方水土养一方人，这话一点儿也不假。汉江水最养人，居住在汉江两岸的人，被江水滋润着，女子们谁不漂亮，男儿们谁不英俊？

不由得想到已病逝的舅舅。舅舅没上过学堂，但是他通过刻苦自学，居然能阅读《三国演义》《水浒传》。还懂得相术，会给人看相。他看相不收钱也不收谢礼，只替人解疑。他常对邓兴志讲解相学要义，学问已达到引经据典的程度。他说，古人云，有心无相，相随心生；有相无心，相随心灭。又说，貌随心变，人无一定心，即无一定相。如果你出生时五官端正，那是因为你爹娘心肠好人品好遗传给你的礼物，得感恩于爹娘。可是人的面相是会随心而变的，如果你一辈子都不做亏心事只做善事，你就会保住一张好人的好面容，年纪越老，面相越慈祥。相反，如果你心肠变坏了，整天总想着害人利己，你的面容就会随心而变，变得越来越丑陋。

舅舅，你说得有理！你的外甥邓兴志，心是不会变坏的，一辈子不变！人要脸，树要皮，爹妈给了我一张端端正正的脸，我到临死的那一天，也不会把它变丑变恶！放心，我体谅九琴的爹娘，我绝不会给九琴带来麻烦，更不会伤害她一家人。我这次回老家，只是想再看一眼棒槌河，再看一眼西菜园……

九琴家的宅基地上，留下的只是一堆堆碎砖头烂瓦片。蓦地，邓兴志的目光被瓦砾堆间的一件东西吸引，忙离开井台，向这件东西走近。是一口大水缸，足有半人高。这水缸邓兴志当然认识，他曾多次为它续过井水。为什么这件重要家什没被搬走，完整地倒扣在地面上？仔细看，明白了，原来是有了一条裂纹，不能再盛水了。可是奇怪，为何倒扣在地呢？是谁动手倒扣的？是奶奶，是爹娘，还是九琴？邓兴志围着这水缸转圈寻找答案。突然止步，发现缸面上有白粉笔的痕迹。粉笔画了一个向下的箭头。会不会是有人刻意画的，暗示水缸下有什么秘密？

邓兴志立即将倒扣的水缸翻转身子，眼前一亮，差点叫出声来！是的，水缸下确实有秘密，藏着一样东西，一样比金银财宝还贵重的东西，闪着深蓝色的光彩，它，就是那块九琴在棒槌河边用过的洗衣石！

九琴，谢谢你！你是什么时候在棒槌河找到这块石头的，又是怎样将它抱回家里的？或许你根本无须寻找，因为你早记住了这块石头在小河边的位置，你每次下河洗衣服都是用它搓衣，你早就做好了将它搬回家的思想准备。那么，你怎会想到我一定会回郧县老家，一定会来棒槌河、西菜园寻找这块石头呢？

是的九琴，我想念这块石头，我要将它带走，让它一辈子陪伴我！

这么沉的一块石头如何随身带？抱着它，扛着它，都不方便。

这事难不住邓兴志，种庄稼的人，面对力气活时，脑子总是比懒人们和闲人们聪明。他在瓦砾堆里寻找，找到了一把龙须草。搓草绳属小活计，他从小就会。先搓细绳子，再将细绳合股搓成结实的粗绳。用龙须草绳捆绑石头，犹如解放军战士用背带打背包。

双肩背上石头"背包"，与西菜园村作别，邓兴志想起了两句古诗：风萧萧兮易水寒，壮士一去兮不复还！

第三章　连根的树儿风刮断

1

邓兴志返回邓家湾，不走来时的原路，而是从小东门进城。走这条绕远的路，是为了到县移民迁建委员会闯一闯。

上级通知，今年（1967年）11月丹江口水库下闸蓄水，在此之前，水库上游淹没区的城乡居民必须完成拆迁任务。离下闸日子不多了，县里的许多机关都已搬离老县城，在武阳岭的临时工棚里办公。"移迁委"还暂时未迁，留守在老县城。

邓兴志铁了心要到移迁委走一趟。三叔说王眼镜到京山县去了，今天我到他单位侦察一番，看他是不是真的不在郧阳。

连根的树儿风刮断，连心的人儿活拆散。一想起《白毛女》的歌曲，就想起王眼镜抖搂红头文件的那副可憎面孔！

移迁委院子的老平房破破烂烂，大门敞开着。邓兴志肩背沉甸甸的洗衣石径直往里头闯，被传达室的瘦老头拦住，问，同志你找谁？

邓兴志不耐烦，回答说，我不是同志，看清楚，我是个乡下人！

老头说，那也该称同志，工农兵学商，都是同志。请问同志你找谁？

"我找王眼镜！"

"哪个王眼镜？我们机关姓王的有三个眼镜。"

"我找王智林！他是不是到京山去了？哪天回来？"

"已经回来了呀，大前天就回来了。"

"那好，我进去见他。"

"你跟他约过，今天来机关见面？"

"没有！为啥见个面还要先预约？他是皇帝？"

"我是说你今天来得不巧，机关不上班。"

"不上班？又不是星期天，为啥不上班？"

"机关的干部们天天忙，已经三个礼拜没休息了，今天补休一天。"

"还补休呢，谁给我们社员同志们补休过？"

"你提出这么重大的一个问题，叫我这个看门的人咋回答你？我来问你，你知道王干事的家住哪儿吗？"

"我咋知道他家住哪儿？这个问题不重大，你应该可以回答吧？"

"你先等等。"

"等啥子？神神秘秘，不想告诉就直说！"

"你想到哪儿去了？是这样的，我突然想起来，王智林干事今天在机关加班写材料。你在这儿稍等，我到他办公室，看看他还在不在。"

"那谢谢你，师傅同志！"

王智林确实是在办公室加班。他走出机关大门，老远就向邓兴志打招呼，显得很亲热，像是见到了亲兄弟。邓兴志心想，少给老子装模作样，想拿笑脸浇灭老子的心头之火，莫想，我这把烈火，是你浇得灭的吗？

王智林走近邓兴志，问道，啥时候回来的？

邓兴志无须实言相告，信口开河回答说，回来好多天了，至少半个多月！

"半个多月了？我若是早知道你回来，就到邓家湾去看你了。"

"说啥？你去看我？"

"你回来是住你三叔三妈家，对吧？"

"多余话，我不住三叔三妈家住谁家？住你家？"

"住我家，欢迎，欢迎啊！走走，现在就到我家！"

"到你家？干啥？"

"到我家坐坐呀，走！"

邓兴志心想，王眼镜，你脸上的笑是真笑还是挤出来的假笑，你这是唱的哪出戏？到你家坐坐，就到你家坐坐，凭我这一身力气，还怕跟你较量不成？

王眼镜的家不远，在青年路。平房，面积小小，里外两间。家具寥寥，旧桌子，旧板凳。屋内无人，冷冷清清。

"坐，请坐。"王眼镜一边招呼邓兴志入座，一边沏茶。从暖水瓶里倒出的开水冒着热气，给屋子里送来些许暖意。

邓兴志接过茶杯，沉默无语。

王眼镜说，把你肩上的石头先卸下放桌子上吧，这么沉，好像……

邓兴志不等王眼镜把"好像"后面的话吐出口，一扭胳膊卸下洗衣石，用劲狠狠一墩，"咚"的一声，墩在方桌中央。

王眼镜说，你坐，我进厨房。今天请你吃顿便饭，也没啥好招待，炒两个家常小菜就来。

邓兴志说，谁要你做饭？我请你下馆子，喝酒！

王眼镜说，那咋要得？你千里迢迢从嘉鱼回老家，你是客，我是主人，哪有反客为主的道理？喝酒，我这里有。老坛子黄酒，我老婆去年九月九重阳节酿的。用大麦酿的，正经的好酒！

王眼镜不容分说转身进了厨房，扔下邓兴志一人在堂屋。

邓兴志望着茶杯，浑身不自在，硬邦邦的一颗心，怎么就突然被这杯茶水给泡软了？

为了找王眼镜出口恶气，等待的时间已是太久了。就算不为别的，仅仅为了虎子，也该当面对他王眼镜骂几句狠话。没想到今天见面竟是这么个局面，他笑脸相迎，又是沏茶又是下厨。常言说伸手不打笑脸人，我怎好继续对他恶声相对？

唉，平心静气想想，有许多事，也真是怨不上他王眼镜。他说的话，并不是不在情理之中。那些个红头文件，一件一件，哪是他这个萝卜头小干部制定的？

从堂屋里可以望见卧室的一角，室内摆的是一张窄窄的木板单人床。邓兴志心生疑窦，王智林他为啥睡单人床？他刚才不是说，老黄酒是他老婆酿的吗，说明他有老婆。老婆现在到哪里去了？他已31岁，按理说也该有孩子了，孩子又到哪儿去了？

屋子里凌乱不堪，像是久无人整理过。这也难怪，仍旧住在老县城的居民们，随时都在准备搬往武阳岭的新县城，老房子里的家具该归拢的就归拢，室内的整洁已搁不着（无须）讲究了。

堂屋里唯一亮眼的家具是书架，架上的书籍摆放得整整齐齐。书架上方的白石灰墙上，贴着一幅没裱过的毛边纸的书法作品，写的是"沧浪之水清兮"六个字，隶书，字体厚重。书写者不是别人，是王智林本人，有签名，还钤有印鉴。

邓兴志知道，沧浪之水指的就是汉江，郧阳人的母亲河。也知道"沧浪之水清兮"这几个字的出处。邓兴志可不是目不识丁的文盲，在"村小"认认真真读过六年书。村小毕业后又在公社的半工半读农业初中用功就读三年。"农中"毕业的第二年，他还顶替请病假的老师，在村小当过一学期语文代课老师。"农中"教语文的刘老师很有学问，全公社闻名，尤其精通中华古文。刘老师在课堂上讲过，"沧浪之水清兮，可以濯我缨；沧浪之水浊兮，可以濯我足"，这四句古文历史悠远，是春秋时期的郧阳民歌，后来被屈原在《渔父》中引用。翻译成白话文就是说，汉江河的河水呀，澄清的时候可以洗我的脸洗我的帽子，即使是在浑浊的时候也能洗我的双足——多叫人爱不够的一条大河啊！

刘老师还给学生们讲过《诗经》。他说，《诗经》里的《汉广》一诗，写的也是汉江河。诗中咏道："南有乔木，不可休思；汉有游女，不可求思。汉之广矣，不可泳思；江之永矣，不可方思。"他把这一段古诗译成现代白话诗，站在讲台上，眯着一双眼睛，摇头晃脑，身心陶醉，用浓浓的郧阳乡音对学生们朗诵：清幽幽的汉江河哟，河岸有浓荫蔽日的高大树木，但是我哪有心情在树底下歇口气？因为江对岸有一位神仙一样美丽的女子呀，我无法表达我对她的至爱之情！汉江的江面是多么的宽阔哟，我难以劈开波浪游向对岸；江水悠悠长流不息哟，就好比我对那女子绵绵无期的思念……

此刻想起刘老师朗诵的这首诗，邓兴志的心里像是有波涛在冲击。难道这诗就是为今天的邓兴志所写吗？九琴你在哪里？正徘徊于汉江之畔吗，可是为什么我望不见你的身影？

又想起《诗经》中的另一首诗《蒹葭》，也是刘老师讲授过的。当时，邓兴志从刘老师那里学得了一个新词汇，叫"异曲同工"。刘老师说，《蒹葭》这首诗与《汉广》有异曲同工之美，也是歌颂爱情，也是说一个小伙子同他心爱的姑娘可望而不可即，因为有一条江水阻隔。听听这首诗吧——蒹葭苍苍，白露为霜。所谓伊人，在水一方。溯洄从之，道阻且长……

唉，"在水一方"的九琴，你知道我邓兴志回到郧阳了吗？

2

邓兴志的思绪被打断，因为王智林出了厨房。他两手不使闲，端来大盘、中盘、小盘三盘菜。小盘里是油炸花生米，中盘里是香椿叶子炒鸡蛋，大盘里是腊菜酸菜炒粉条。腊菜酸菜立即挑起了邓兴志的食欲。腊菜酸菜炒粉条，这是一道地道的郧阳家乡菜，除在郧阳之外，到哪儿也吃不上这道菜。腊菜酸菜并非两种菜，而是用一种名叫腊菜的青菜卧（制）成的酸菜。粉条是郧阳的手工红薯粉条，不加任何添加剂，颜色"乌眉皂眼"，味道却美得无言形容。

两碗黄酒摆上小桌，确实是好酒，闻一闻便醉心，重阳节酿的酒，俗称菊花酒。

王智林说，来，邓兴志，端酒，我先敬你！

邓兴志说，不不，你比我年长，我敬你！

"那就都免了，谁也不敬谁，自由，随意。"

看来王智林的酒量是远不如邓兴志的，才不过半碗酒下肚，脸已红了，话也多了，舌头却笨了。说道，邓兴志兄弟，我知道，你恨我，骂我，巴不得有机会揍我一顿。我今天请你原谅我！我对你们家做移民动员工作，有粗糙不耐心的地方，欢迎你批评，我今天在这儿，向你检讨！

邓兴志应道，王干事，啥也莫提了。实话实说，我确实记恨你，想骂你，甚至巴不得和你痛痛快快打一架。但是今天见到你，我的气突然消了。其实此前我也曾想过，我怨你恨你，又有何益呢？我三叔说的话在理，所有的红头文件，都不是你制定的。

"但是，我有时候，宣传文件精神，缺乏耐心，发脾气，影响不好。我知道我的毛病。从前我不是这样，从前，我做移民工作，非常耐心……"

"做得太久了，难免耐心守不住。"

王智林说，我从三年前，1964年，郧县移民局刚刚成立，就从县报社，调到局里当干事。郧县原来没有单设的移民机构，移民的事很少，零零星星，归民政局管。1958年9月1日，汉江丹江口水利枢纽工程，也就是丹江口水库大坝正式动工。两个月之后，郧县就为支援大坝工程，并准备搬迁移民，成立了专门机构，名称叫郧县城市建设委员会，主任由县长兼任。1964年，"城建委"改名叫郧县移民局，还是县长兼主任。现在名字又改了，叫郧县移民迁建委员会，主任由县委常委、副书记兼任。老百姓们叫惯了老名字，还是叫移民局。

"我知道你们任务重，又要管迁，又要管建。"

"该当我运气不好，自打调进这个单位，一直干的是动迁工作。啥叫'动迁'，说白了就是拆人家房子，撵人家搬家。故土难离啊，要叫一家又一家人连锅端，离开祖祖辈辈生活的老窝，迁到举目无亲的地方，人家谁心里好受？我又咋会不得罪人？"

邓兴志无语。

王智林今天打开了话匣子，一吐为快。他告诉邓兴志，丹江口大坝建在丹江流入汉江的入口处，所以就叫丹江口水库，但是蓄的水终归是汉江水，丹江是汉江的支流。离大坝上游最近的临江三个县，是湖北的均县、郧县，还有河南的淅川县。三个县的县城都是千年古城，全都要淹入水底。我们郧县，农村要被淹掉十几万亩耕地，全是平地熟地，譬如，县城周围的几块黄金平原，榆树林乡、茅窝乡、柳陂乡，还有蔬菜基地东菜园和西菜园。从东菜园村往东一路再走下去，杨溪铺，安阳口，尽是好田好地，全都要淹在水底下。

邓兴志更是无言。

王智林说，邓兴志兄弟我问你一个问题，你常从你们邓家湾码头过河进县城，过河之后，你走过那干干净净的大沙滩，踏着一级级青石板台阶，登上小南门外的堤岸。你数没数过，石板台阶有多少级？

邓兴志答，没数过。

王智林又问，堤岸的高度是多少，知不知道？

"也不知道，从前从没想到过它的高度。"

"我告诉你准确数字，小南门外的河堤，高度整整25米。"

"25米？"

"等丹江口水库下闸蓄水之后，区区25米高的河堤，焉能抵过汉江提高的水位？"

"是啊，大坝太高了，162米，像一座山峰啊！"

"这座'大山'，它是谁，用土石方，一寸一寸把它垒起来的？谁？是农民！是大坝上游的十几万人民公社的社员群众！"

邓兴志觉得，王智林的这番话，像铁锤砸在石板上，叮叮当当，掷地有声。便回答说，没错，是我们社员把这座山垒起来的。民工师，民工团，民工营，民工连，民兵排，住工棚，穿草鞋，一年四季流汗水，人海大战。

两人你一言我一语，继续对话。

"前方打仗，后方支援！工地上需要的建筑材料，优质木材，烧火的柴火，做饭的粮食蔬菜食用油，还有做扁担、做撬杠的木棒子，都是后方人一船一船往工地上运送。郧县的新民谣唱得多实在啊，说郧阳，道郧阳，十万男将修丹江，十万女将砍杠棒……"

"我爹，我三叔也去修过丹江口大坝。我三妈在后方砍杠棒。我三妈还割过龙须草，龙须草运到工地，打草鞋，织蓑衣，搓绳子。"

"我这小本上抄有一笔统计数字，我念给你听。仅仅是从 1958 年 9 月至 1959 年 9 月，一年之间，郧县的社员们，共计向丹江口工地运去了龙须草 128 万斤。还运去了木炭 33 万斤，毛竹 22 万斤，柴火 27 万斤，杠棒 14 万根，黄荆条（一种藤本植物的藤条，用来编土筐）2.7 万斤，茅草（用来盖民工工棚的棚顶）100 万斤，稻草（用来给民工铺地铺）6000 斤，粮食 3000 多万斤。这些数目都是实实在在的，白纸黑字，曾经登在《郧阳报》上。"

"送去 14 万根杠棒，砍树的时候至少得砍 20 万根，从里头挑选合格的。"

"所以我说，郧县农民做出的贡献不能忘记！我恨我不是个作家，虽然我曾在县报社工作过，但我只会写简单的'本报讯'。我若是个作家，我就一定得写一本书。不写名人，专写小老百姓，写我们郧县最最普通的农民。为什么不写他们？不写，心里有愧于他们！"

突然响起敲门声。

来的是王智林的同事老赵。

王智林招呼道，快坐，自己动手，添个酒碗添双筷子！

老赵也不客气，向邓兴志点点头，坐下，满满地自斟一碗黄酒。

王智林向老赵介绍邓兴志，说，这是我老婆娘家的亲戚，表弟。

邓兴志心里一热——为王智林向同事介绍他是"表弟"。

老赵再次向邓兴志点点头，然后对王智林说，将才（刚才）我遇见龚副主任，他叫我问你，准备上报给行署的总结材料，今天写不写得完？

王智林答，没问题，只剩最后的几百个字了，等会儿我再到办公室加加班。

邓兴志心说，难怪他今天不休息。忙对王智林说道，表哥，我喝也喝好了，吃也吃饱了，该走了。说着就起身，把洗衣石背上双肩。

老赵投过疑惑的目光，向邓兴志问道，你这是啥家伙石头？

邓兴志应付回答说，枕头的石头，枕头石，我舅舅家的宝贝，现在送给我了。

老赵追问，啥？宝贝？不就一块石头吗，为啥说成是宝贝？

邓兴志答，石头和石头不一样，这块石头，夏天枕头清凉爽心，睡觉睡得香。

"真的呀？"老赵不由自主伸出一只手，想摸一摸石头。

邓兴志忙转身闪开。这是怎样宝贵的一块石头啊，咋能允许其他男人的爪子乱抓乱摸？并且，老赵说的话也太难听，明明是一块宝贝石头，他却吊儿郎当地问"这是啥家伙石头"，啥家伙，你才是个"啥家伙"！

王智林起身对老赵说，你慢慢喝，我送送我表弟。

王智林将邓兴志送出老远。邓兴志说，打搅了，耽搁你工作。

王智林道，快莫这么客气，没想到我俩今天会见面！实话对你说，我还正准备过几天请事假，专程到嘉鱼簰洲湾去见你。

"到簰洲湾，见我？"

"是，有件事请你帮忙。"

"我能帮上你啥忙？"

"只有你才能帮这个忙。"

"真能帮你啥事，我只会高兴。"

"这样吧，明天，下午下班后，我过河到邓家湾，我们见面详谈。"

"行，明天我等你，你可一定来！"

"一定，不见不散。"

第四章　这山不知那山的险

1

第二天下午，王智林请了两小时假，提前下班，前往邓家湾。

从小南门出城。

小南门本来是大南门的副门，却因它面对河对岸热闹的邓家湾码头，来往进出的人多，反显得比大南门地位更重要。城楼两边的城墙砖像石碾子一样厚重。两道门洞，四扇门板的外层都包着铁皮钉满铜钉，每扇门大约有三四百斤重。太平盛世，四扇包铁门日夜敞开着。

出了城门是宽阔的河堤大道，道两旁，靠城墙的一侧是成行的绿树，靠江岸的一侧有一座座花坛。王智林在这里遇见一位熟人，三十多岁，名叫翁大英，是王智林妻子丁桂芹娘家的乡邻，嫁进了县城。虽然她家也是半边户，她男人是非农户口，她是农业户口，但是她家这个半边户比起其他的半边户，日子过得滋润多了，因为她在她男人的单位当上了一名合同工，按月领工资。并且单位还是个好单位，属地方国营的大集体性质——郧县城关镇草绳社。莫小看这草绳社，它是城关镇的支柱产业。郧阳有两句民谣唱得好，郧阳三大宝，苞谷、红薯、龙须草。龙须草生性奇妙可爱，对郧阳情有独钟，只在郧阳山区生长。草茎细长宛如龙的胡须，故名龙须草。嫩草是绿色，成熟后变金黄色，是制绳的最佳原料。用龙须草编织的绳子，不散，不烂，不怕水泡，承重力强，不仅在国内畅销，还出口国外。编制龙须草的粗绳索（最粗的绳子像小孩子的胳膊一样粗）不是一道工序就能完成的，需先搓成细绳子，再用绞绳机将细绳子逐次合股。所谓绞绳机，并非什么复杂机器，只是一个木架子，架子上有块长木板，木板上钉有几个铁钩。两个工人各操作一架绞绳机，面对面，相隔十余米，你东我西，同时逆向摇动连动木板的摇把。摇把转动，钩在铁钩上的细草绳随着转。经两个工人这么相向摇几番绞绳机，细绳子便逐次合股成粗绳子了。

翁大英在草绳社当合同工，让丁桂芹好生羡慕，做梦都想着也摇绞绳机。她向丈夫央求过多次，希望智林找草绳社的领导说说情，把她也招成合同工。智林总是摇头不同意，说，开后门犯纪律的事咱家莫沾边，我虽然不是领导层的干部，但我好歹是一名共产党员。

翁大英正在河堤上摇绞绳机，边摇边与王智林搭话。说话并不影响操作机器。

"听说你家桂芹也远迁了？"翁大英问王智林。

王智林点头。

翁大英埋怨说，你这个人也太革命化了！就不能给领导说说话，要求不远迁？哪怕是弄个后靠的名额也行呀！亏你还是在移民局工作。

王智林一声苦笑解释道，正是因为我在移民局，我才更不好开口要照顾。

翁大英一声长叹说，唉，一个女人带着俩娃子，远天远地的，日子咋过？

王智林赶紧把这个不愿多说的话题挪开，问道，听说草绳社要撤销，消息可靠吗？

翁大英回答，可靠，最多再坚持到今年十月。

"这么好的一家企业，为啥？"

"不撤咋办？不撤，到哪儿找汉江河堤这么宽敞的露天车间？新县城武阳岭，坑坑洼洼三道山梁子，哪儿能摆下一溜十几对绞绳机？"

是的，汉江河堤是草绳社的天然车间，若没有河堤提供广阔空间，也就没有能绞制一盘盘粗长绳子的郧县城关镇草绳社的应运而生。罢了，丁桂芹，你现在也不用做梦都羡慕人家翁大英了。

2

与翁大英道别，王智林踏着石台阶走向河滩。今日他特意留心数一数台阶数目。阶梯左右三道拐，每道拐的石台阶的数目都是三十三。三三见九，共计九十九级青石板台阶。九十九，应当是个吉祥数字吧，但愿。

银色河滩比蓝色汉江的江面更宽阔。王智林脱掉鞋袜，赤足踩在像细细珍珠一样的白沙上，脚底板舒服，心境也觉得舒畅些许。好一个叫人爱恋的河滩啊，是县城孩子们的乐园。春天，气温上升，孩子们成群结队在这里放风筝。风筝都是自己动手制作的。将竹篾劈细削薄，设计造型，用细线扎，糊纸面，绘彩色图案。八卦风筝，七星风筝，蜈蚣风筝，老鹰风筝，蝴蝶风筝，蜻蜓风筝，灯笼风筝，一只比一只飞得高，像是将一把把色彩纷呈的花瓣抛向了白云之间。

与小南门正面隔河相望，是邓家湾的邓家山。山的左右两侧，各有一处远近闻名的自然景观。左侧是一座几十丈高的绝壁，从汉江的江底拔地而起，垂直屹立。绝壁的正中心，是一处山洞的洞口。洞口直径大约两米，被绝壁上方垂下的灌木枝蔓遮掩。不知这山洞有多深，通向何方。传说它一直通到东海。每年中秋节前后，天上一轮明月照亮汉江，江水闪着波光，据说在这时候，12岁以下的儿童可以在静夜里听到从山洞里传出来的马啸声。一辈又一辈的老人们都说洞里有一匹天马，从天上下凡，把吉祥带给勤劳善良的郧阳老百姓。所以这座悬崖名叫天马岩。邓家山的右侧是美丽的宝塔山，山顶矗立一座七层的圆形砖塔，唐代建造，千余岁高龄。铁灰色的塔身依然坚固，把倒影映在汉江碧蓝的江面上。

站在河滩上向东望，是汉江流向下游的路线。江南岸重峦叠嶂，江北岸则一马平川。西菜园之东是一处蔬菜基地，名叫东菜园村。东菜园之东的地名叫胡家洲，胡家洲之东的地名叫杨溪铺，杨溪铺之东连着安阳口镇（哲学家杨献珍的故乡)。从西菜园到安阳口，整整35华里长的沿江小平原，将全部被淹掉，寸土不留。包括现在王智林脚下的银色沙滩。

在西菜园和东菜园的南面，隔着一条乡间大道，有一片离汉江最近的冲积平原，名叫沙洲。这里建有一座农场，是郧阳地区规模最大的国有农场，十几位农技专家都是从省城派来的。这里种植的西瓜和香瓜都特别甜，因为是种在沙质土壤里，被称为沙瓤子瓜。

县城的小学生们最盼望到沙洲的国有农场参观学习，一到参观的日子，都早早地到校，没有一个迟到的。排着整齐的队伍，唱着整齐的歌儿出城，胸前的红领巾快乐地飘呀飘。

王智林特别喜欢沙洲农场的那块10亩地的高产芝麻试验田。芝麻开花节节高，郧县人对芝麻感情深厚，不知道怎样种油菜，只懂得怎样种芝麻。郧县当家的食用油就是芝麻香油。丹江口大坝修建期间，郧县的公社社员们给工地上送食油，送的就是香油。从1958年9月到1959年9月，一年间郧县给工地送了9万斤香油，这也是《郧阳报》报道的准确数字。

可惜沙洲农场也将沉入库底。

王智林刚走到河边，就见一只小木船离了对岸码头，向北破浪行来。看清楚了，驾船人是邓兴志，驾的不是渡船，而是一只渔船。

邓兴志特意划船来接王智林，让王智林好生感动。两个人正应了那句老话，不打不相识。

渔船靠岸，邓兴志对王智林解释说，现在从邓家湾码头过渡的人越来越少了，我怕你在这儿眼巴巴久等，干脆自己驾渔船来接你。是我三叔家的渔船，好长时间没人用过了。

王智林登上渔船。

邓兴志说，王干事，你若真的有啥事能叫我帮上忙，尽管直说！

是的，直说，不对邓兴志说，还能对谁说？王智林心里这么想着，伸手就从挂在胸前的书包里取出一张黑白照片，递给邓兴志看。是一个30岁出头的妇女和两个未成年男孩的合影。

王智林说，邓兴志你看看，见没见过这照片上的母子三人？

邓兴志接过照片只扫了一眼，肯定地回答道，见过，见过！

"在哪儿见过，是不是在嘉鱼县簰洲湾？"

"对呀，簰洲湾公社胜利大队第三生产队，就是我和我爹落户的生产队。你手里咋会有这三个人的照片？"

"不瞒你说，这三个人是我的家人，我老婆丁桂芹，我儿子王佩风、王佩雨。"

"啊？这么亲的家人？"

"是啊，至亲家人。"

"他们，他们为啥也远迁？"

"因为我家是半边户，他们母子三人都是农村户口，归大堰区。大堰区远迁移民点和你们茶店区一样，都是嘉鱼县。"

"这我知道。大堰区远迁嘉鱼的移民，接收点原先不在簰洲湾。"

"是的。我老婆所在的生产队，17户远迁户，原来确定的接收点，是嘉鱼县城郊公社。可是人家那里的社员意见特别大，非常不情愿接收郧阳移民。他们的确也是有实际困难，本来就人多田少，接收移民等于增加沉重包袱。"

"这事我后来也知道了，这17户移民长期落不了户口，在城郊公社中心小学教室里住了好长时间。直到上个月，嘉鱼县政府安置办，才做通了其他几个公社的思想工作，同意分散消化，我们生产队被强行动员接受一户三人。"

"这三人就是我的老婆孩子。"

"可怜，他们的安置房还没盖，连个影子都没有，娘儿仨只好暂住生产队仓库。"

"所以我急呀！我们局领导也知道这个情况。这段时间局里的工作特别忙，领导说，等忙完这阵子，给我几天假，让我到簰洲湾看看老婆孩子，跟当地的公社、大队干部见见面，求他们协调，早把安置房盖起来。"

第四章　这山不知那山的险　　037

"我明白了王干事，这事交给我，我回簰洲湾后替嫂子办办看。我也不找公社，也不找大队，直接找生产队。"

"邓兴志，千万别对他们发脾气，多说求情的好话。他们有他们的难处。"

"放心，我和生产队长的关系还算不错，说得上话。"

3

汉江，同时在邓兴志和王智林的心底掀起波澜……

邓兴志没想到王智林是个半边户，更没想到他的老婆孩子也远迁。这正应了郧阳的一句老话：这家不知那家的难，这山不知那山的险。他越发觉得自己不该痛恨王智林，骂他是"四眼狗"。原来是患难与共的兄弟，今后，我邓兴志，一定把他当兄长看待。

邓兴志更未想到，从嘉鱼县城郊公社转到簰洲湾前进大队三小队，迟迟落不下户口的可怜的远迁户丁桂芹，竟然是王智林的妻子。此前，邓兴志怎么可能把丁桂芹和王智林联系到一起呢？看丁桂芹的面相，年纪比王智林大，文化程度也不如王智林。两个人是怎么走到一起的呢？

王智林猜到邓兴志会有这样的疑问，应当向他解答。但是往事历历，冷暖自知，怎可对邓兴志说得太详细？粗略说个大概吧。

王智林对邓兴志说，我老婆面相显老，其实只比我大3岁，今年34岁。操持我们这样一个家庭实在不易，生活像一把刻刀，无情地朝她脸上刻皱纹。她学历不高，小学毕业，但是她自学读的书不少，不逊于中学生。

王智林从书包里取出几样东西。一封写给老婆的家书，还有30元人民币，外加10斤粮票。不是郧县的地方粮票，而是拿粮本在粮局兑换的湖北省粮票。又有7尺湖北省布票，装在另一个信封里。再有一联（2块）肥皂。一并托邓兴志交给丁桂芹。

邓兴志邀请王智林到三叔家做客，说，我三妈知道你今天来，早擀好了面。王智林谢绝说，下次再来打扰她老人家吧，我早点儿回去，又有材料要写，晚上还得加班。你划船送我到西河码头吧，西河老街有一家面店，我俩就在那儿吃晚饭，也是手擀面。

邓兴志说，你说的是那家"牛老二"酸浆面吧，我也喜欢。

"正是牛老二店，酸浆味道正。"

"我好久都没吃过了，今天我请客。"

"那可不行！你是挣工分的，我是挣现钱的，虽说工资不高，一个月也有3850分（38元5角）。再说，让你请客，你哪儿有粮票？一碗酸浆面要收2两粮票。"

王智林说的是实话，农村户口的人只分口粮不发粮票，要想弄到一两斤粮票，只能拿鸡蛋与城里人换，还得求着城里"非农"户口的人，看他们的脸色。一想到这一层邓兴志心里就别扭。

西河码头从前是郧阳城外最热闹的地方。这里是物资运输集散地，江面上桅樯如林。货船上行，可到陕西省的白河县、旬阳县、安康市、汉中市；下行则直抵汉口，由汉口入长江。现在，这片热闹场地也变得冷冷清清了。

从西河码头登江堤，不用爬老台阶，而是走人力车慢坡大道。因为西城门外有几座仓库，人力板车在仓库与码头之间穿行，大道便逐年加宽。最著名的仓库是一座粮仓，被称为"大府仓"。为什么叫大府仓，王智林没琢磨明白，猜想"大府"应是"大腹"的谐音，形容仓库的"肚皮"大，进进出出的粮食多。郧县是产粮大县，从明代到元代到清代，郧阳府的粮食都源源不断地顺汉江而下运往汉口。

西河码头之上的江堤，与小南门外的江堤的格局有异，堤两边盖有两排小平房。其中的几间坐北朝南的平房，是赫赫有名的"郧县城关镇草绳社"的机关办公室和仓库。草绳社的隔壁，就是牛老二酸浆面馆。

一碗酸浆面一毛钱，按王智林的说法是十分钱。吃完酸浆面，王智林把邓兴志送回江边。路上，他突然扬手一拍脑门，说道，哎呀，差点把一件大事给忘了！

邓兴志问，啥事？

"你家的那条狗名叫虎子，对吧？"

"对呀，你在我家见过它的，虎子。现在它也不知落难到哪儿去了，更不知是死是活。"

"活着，健康地活着，我见到它了！"

"真的？哪儿见到的？"

"别急，听我从头说。你远迁后，你三妈把虎子送到娘家麻石沟，对不？"

"对呀，你咋知道的？"

"有人告诉我的。"

"谁？谁告诉的？"

"别急别急，我得顺着来龙去脉说下去。虎子被送到了麻石沟，但是虎子还是天天跑到邓家湾码头，对着汉江河呼叫，一声接一声，叫得好凄凉。"

"那，后来呢？"

"后来，有个人听说了这事，她就从江北过河到江南，在邓家湾码头寻找虎子。"

"这人是谁？"

"她是虎子的老主人。"

"任九琴？九琴把虎子接走了？"

"没错，任九琴。"

"你见过她？见过九琴了？"

"见过了，我随领导到西菜园的后靠点检查工作，见到了任九琴，同时也见到了虎子。"

"好好，好！我这次回来，知道虎子还在，总算没白回来一趟，没白回啊！"

"邓兴志，你想和九琴见上一面吗？"

"不想，见有何用？"

"说句掏心窝子的话，到底想见，还是不想见？"

"想也白想！"

"我可以帮你们见一面。"

"真的？"

"但是，我只有能力给你们创造一个远远见一面的机会。只见面，说不上话，就如陕北民歌唱的那样无奈，见面面容易拉话话难。"

"那也行！啥时候，哪儿见？"

"我强调一句，一定，必须只能远远相见，只见面不说话，免得节外生枝，让我们领导知道了，说我扰乱远迁户的思想和意志，我可就不好解释。"

"放心，我理解，特殊时期，我决不给你惹事闯祸！"

"那你得百分之百服从我安排。"

"当然，听你的！"

"今天是农历五月初三，星期六。明天初四，星期天，我们机关不休息，调休到后天。后天是五月初五端午节。唉，往年的端午节，汉江河里赛龙舟，场面多热闹啊！"

"是的，热闹。"

"西河码头，人山人海。对岸的山坡，也满坡是人。"

"是是，一年就这一回。"

"江面上有几十条龙舟，一轮一轮进行淘汰赛。茅窝乡的龙舟是一条白龙，柳陂乡的是黄龙，西菜园村的是青龙，你们邓家湾的是黑龙。"

"对对对，黑龙……"

"龙舟颜色是黑的，指挥旗也是黑色，镶着龙牙状的白边。"

"是是是，白边……"

"几乎是每年赛龙舟都是你们邓家湾夺第一，所以孩子们传唱着两句儿歌——划龙舟，谁抢先？黑旗子白边邓家湾！可是自从移民工作开始后，两年没举行过龙舟大赛了，今年也不举行。"

"智林兄你快言归正传吧！说我和九琴，咋样见面？远远地一见，也

第四章　这山不知那山的险　　041

行啊！"

"我的话这就走上正轨了，你们邓家湾的守村户，还有没有哪家，保存了龙舟？"

"有啊，我三叔家就有一只。"

"那好，听我的行动计划……"

4

转眼到了端午节，一大清早王智林便来到邓家湾。

天气晴朗，天色蓝得如深海。若是在往年的端午节，从近午时分，西河码头就开始热闹起来，看龙舟赛的人们扶老携幼全家出动，陆陆续续在河滩上聚集。卖水果的，卖小吃的，卖香袋的，把货架打扮得像花架一样好看。可是今日又逢端午节，河滩上却不见人影。

突然，行走在沿江河堤上的人们都眼前一亮，异口同声叫道，龙舟！龙舟！原来，他们发现汉江江面上出现了一只龙舟，从邓家湾码头出发，逆水而上，向西河码头奋勇前进。龙舟的船形是一条昂头挺胸的黑龙，牙齿雪白。龙头上插着一面旗帜——黑旗子白边。

邓家湾，是邓家湾的龙舟下水了！黑旗子白边，邓家湾！

咚咚！咚咚！龙舟上响起鼓声，圆圆的鼓身也是黑色镶白边。

人们奔走相告，情绪激昂。渐渐地，河堤和河滩上的人越聚越多。

可是整条江面上就只有这一只龙舟在乘风破浪，并且，船上仅有三个人，一个人在击鼓，另外两个人一左、一右在奋力划桨。

虽然只有一只龙舟，也聊胜于无啊！终于又听到咱郧阳府龙舟大赛的击鼓声，终于又见到年年夺冠的邓家湾的威风凛凛的黑龙！今年的端午节没白过！

龙舟上的三个人，一身装束也是往年参加大赛的装束，黑衣黑裤，绣着龙牙状的白边，头扎红色头巾。看他们的神情，好似不认为是在孤军奋战，而是觉得左右有无数只龙舟在齐头并进争上游,青龙,白龙,黄龙,赤龙,都是恋着这条汉江的飞龙!

有一位年轻姑娘,昨天傍晚就预先得知今日将有一条黑龙闯汉江的信息。她带着一只浑身毛色金黄的狗,今晨早早离家,自小东门进城,穿过几条街巷,从大南门出城,在长长的江堤上翘首以待。终于见到一条黑龙从邓家湾码头下水。她随着这条黑龙逆水而行的方向,沿江堤一路向西前进。越前行,江堤与江面的距离越近,看龙舟上的人看得越清楚。下了江堤,她来到西河码头,再看那在龙舟上奋力划桨的人,更觉得是近在身边了!

龙舟上的三个人,击鼓者是已年过半百的邓永昌;划桨的人,一个是邓兴志,一个是王智林。王智林不想让熟人认出他来,便把红头巾扎低,低到齐眉处。他划桨的姿势是挺在行的,一桨又一桨,准确有力。毕竟他出生于农村,并且是在汉江边长大。

看见了!龙舟上的邓兴志,清清楚楚看见了站在江边的心上人,也看见虎子了!

汪!汪汪!虎子发现了龙舟上的邓兴志,兴奋地大叫,在岸上奔跑,追赶龙舟……

咚咚——咚咚!龙舟上的鼓声突然改变了节奏,由奋力向前声变为收兵回营声。鼓声似军令,军令如山,脸上淌满了江水、汗水和泪水的邓兴志,怎能不服从命令?再见,再见了!黑龙在江面上画了个大大的弧形,调头顺流而下,返回邓家湾。

第五章　满天星星月不圆

1

农历五月初七，邓兴志再别邓家湾。

从西河码头登船。晨雾还未散尽，码头上除了前来赶船的乘客，不见有其他行人的影子。

去年腊月举家远迁，也是坐船。今日又坐船，情形却不一样。上次坐船，船上全是远迁移民。这次坐船，船上是旅客。船型也不相同，送移民的船是大木船，运旅客的船则是小轮船。

"移民船，泪涟涟，大人们哭，娃子们喊。"不知是谁编了这两句新民谣，一点也不夸张，是对移民难舍故园真实情景的写照。去年腊月乘船的情景邓兴志不堪回忆，穿心扎肝。难忘三妈怀抱虎子在河滩上远望，更难忘虎子一路奔跑追赶移民船。最难忘的是一位80多岁的老奶奶，两眼望着邓家山，哭得昏天黑地，向身边的儿孙们交代，我死在远迁地后，你们一定要想法子，把我送回老家，埋在邓家山，再难再难，也要送我回来呀！

今天乘的这条所谓的小轮船，其实不过是由大木船改装的烧柴油的动力船。一路行，船身一路随着柴油发动机的突突声颤抖，烟囱里冒出长长的黑烟。速度并不比移民船快多少，因为中途不断地停靠，下客上客。

小轮船入座不用对号，因为乘客不多，座位绰绰有余。也不分什么一二三等舱,只有唯一的一层客舱,摆着一条条长板凳。

上船下船的短客多。邓兴志是长途客。其余的长途客,据邓兴志观察,大概有十几个人。其中有几个人,是省城大学的师生。具体是哪所大学的,邓兴志不知道,不便问,也无须问。从他们谈话的内容分析,他们是专程到郧县进行考察的。有两个老师,其他的几个都是即将结业的学生。他们谈兴很浓,有时还有争论。

邓兴志不声不响静坐一旁,听这些文化人高谈阔论。

两个老师,一个戴眼镜,另一个视力也不咋样,但是没戴眼镜。

戴眼镜的老师历史知识渊博,给学生们讲郧阳的古今,长篇大论,滔滔不绝。他说,你们若是听郧县人介绍自己的老家,会听糊涂的。为什么呢?他可以说他是郧县人,又可以说他是郧阳人。到底是郧县人,还是郧阳人?郧县和郧阳这两个名字有区别吗?其实二者是同一个概念,就像是一个人有学名也有乳名一样。明朝成化十二年之前,郧县的县名叫郧阳县。成化十二年,也就是1476年,明朝宪宗皇帝颁令在鄂西北山区设立郧阳府,府治在郧阳城。为了把府名和县名区别开来,才把郧阳县改名为郧县。所以郧县人习惯称自己是郧阳人。自此之后,"郧阳"其实是个大概念,因为郧阳府包括郧县、上津县、房县、竹山县、竹溪县、保康县共六个县。清代的近三百年间,郧阳府辖郧县、郧西县、房县、竹山县、竹溪县、均县。中华人民共和国成立后,设郧阳专员行政公署,署治仍在郧县城,所辖六个县也没变动。1952年12月,郧阳专署撤销,合并到襄阳专署。1965年7月恢复郧阳专署,署治仍然是在郧县城。整个郧阳地区的面积2万多平方公里,其中要数房县的面积最大,被称为"千里大房县",将近7000平方公里。新郧阳行署恢复后,把房县的地块分出一部分,设立神农架林区,归郧阳行署领导。所以说,我们现在说郧阳,分大郧阳小郧阳。小郧阳指郧县;大郧阳指郧阳地区所属的六个县和一个林区。

邓兴志心说,这个眼镜讲得有板有眼。到底人家是知识分子,并且还是个高级的。

有一个学生对眼镜老师说，丹江口水库蓄水之后，郧阳地区的六县一林区要淹掉郧县、均县两座老县城，是不是太可惜了？都是秦砖汉瓦的千年古城啊！郧县老城里的古香古色的建筑数不胜数。均县老城也一样。明代，笃信道教的第三任皇帝朱棣把京城由南京迁到北京，大兴土木，北修皇宫——就是现在的故宫，南修武当。武当山属均县管辖，修武当山的建筑群，是从均县城起步的。在均县城用了十年时间，修建了一座规模宏大的敬奉真武大帝的宫殿，名叫净乐宫，据说使用的建筑图纸是故宫图纸的缩小版。现在净乐宫也将被淹了，不令人惋惜吗？

邓兴志爱听这个大学生讲话，讲到人心坎里了。但是另一个学生却不然，张口胡言。他说，这事若在美国，那当然是绝不可能出现的。美国的建国历史太短，哪儿有古城让他们淹掉？咱们中国则不然，五千多年文明史，像均县、郧县这样的老县城多得是。现在为了全国发展的大局，忍痛割爱，淹掉两三座县城有何关系？就如电影《南征北战》中解放军师长所说，大踏步前进，不要舍不得打烂一些坛坛罐罐。

邓兴志想骂人，用郧县的粗话骂，不用粗话骂不解气。呸，你这个人，说话像放屁！什么不要舍不得打烂一些坛坛罐罐，你癞蛤蟆打哈欠——好大的口气！那么大的一座千年郧阳府古城，那么多的琉璃瓦的房子，只是几只"坛坛罐罐"吗？古建筑且不说，就说县城的七十多条叫得响名字的大街小巷，你这次进郧阳老城也亲眼见到了吧，街巷的地面都铺的是什么？是一根根条石，还有一块块颜色不同形状各异的石板。下雨天，被雨水洗得干干净净清清爽爽的街面，像是一幅幅五彩缤纷的美妙图案。单就这样的街道而言，是坛坛罐罐能比的吗？

眼镜老师狡猾的，黄土贴墙——和稀泥。他对两个学生说，你们二人所言各有道理，因为站的角度不同。关于修建丹江口水利枢纽工程的得失，这应当听水利专家和经济学专家们来分析。我个人的理解是，利弊相交时，要权衡孰轻孰重，如果想事事兼顾面面俱到，则寸步难移。我们国家近百年来饱受欺凌，积贫积弱太深，亟待强身健体，经济要发展，基础建设得上去。

现在的短板太多了，钢铁，电力，交通，等等，百废待兴。这么大个穷国家，民族复兴伟业，当家人担子沉重，不容易。就说咱们湖北省吧，中华人民共和国成立初期才只有一条铁路。现在终于修成了汉丹铁路，从武汉到丹江口，不然我们今天回省城哪有火车可坐？

没戴眼镜的老师言语不多，听得出他是农林系的老师，带学生来郧阳调查森林情况。他说，修丹江口水库，郧阳的森林损失严重，必须赶紧补救，植树造林，持之以恒。

2

不管这些个大学生和老师讲的话入耳不入耳，邓兴志都强迫自己用心听。因为只有这样才能转移注意力，不去想自己，不去想任九琴，不去想前天的划龙舟。

说不想，哪能不想，除非我邓兴志是铁打的心肠。九琴，你瘦了，你眉间的愁绪，想用笑容掩饰却掩饰不住，那是比哭更凄凉的笑啊！

九琴，为了在汉江河边与我相会，你穿了一件你最喜欢的白底蓝碎花的小翻领衬衣。虽然这衣服旧了，但是被你洗得干干净净，像新衣服一样。只因我夸过你穿这件衣裳好看，赏心悦目，你就把这件衣裳当作了宝贝，平时舍不得穿，只在和我见面时才上身。

九琴，你带着虎子站在西河码头的江岸，那是我这次见到你的最近的距离！我再也忍不住了，泪水夺眶而出！就在这时候，我狠心的三叔，咚咚咚咚，敲响返回的令鼓。虽然我三叔把这令鼓敲得有气无力，哪有前进的鼓声响亮，但是我听在耳里却如晴天霹雳！九琴啊，我不敢怨我三叔，你也莫责怪他老人家，他是替你着想，为了你好！本来他是不同意让他家的龙舟在前天走汉江的，也不同意替我们敲鼓，但是他经不住我和王智林的苦苦哀求，才终于答应下来。

九琴，我们也得感谢王智林，是他费尽心思，用划龙舟的办法安排我和你相见。虽然隔得远，但我总算见到你一面了，这次千里迢迢回郧阳，我没白回！龙舟调头回邓家湾，我难受，王智林也难受。顺风顺水，他却划不动桨了。触景生情，他想起了远在他乡的妻子和两个儿子。儿子们都还那么小，哥哥7岁，弟弟5岁，端午佳节，一家人天各一方不得团圆！他举不起桨，因为心太累了！他没有再到邓家湾，而是在小南门河滩就上了岸，急着回单位，担心单位上突然有什么任务找不到他。望着他孤单的身影，我想对他喊一句什么话，却没喊出声来……

小轮船上的长途乘客，除了两个老师和几个大学生之外，还有一个农村姑娘，年纪大约十八九岁。她的船票也是全程票，从起点站西河码头上船，到终点站丹江口水库码头下船。她带有两件行李，一件是一只天蓝色的人造革提包，另一件是一只家织的粗白布袋。是这只洗得纯白的粗布袋首先吸引了邓兴志的目光。布袋里装的是什么，眼睛看不到，但是邓兴志的鼻子闻得到，是红薯干。并且邓兴志还分辨出来，这一布袋红薯干不是用红皮白心的洋红薯切片晒成的红薯干，而是白皮红心的本红薯干。洋红薯亩产产量高，但是味道不如本红薯。本红薯味道甜润，产量低。现在，生产队的集体土地都不种土红薯而只种洋红薯了，只有社员们在自家自留地里种上点儿本红薯。这个姑娘带这么多用本红薯制成的红薯干走亲戚，这可是一份贵重礼物，一定不是一般关系的亲戚。

隔着一层布，邓兴志就享受到了红心红薯干的特别味道，有香味，有甜味，还有晒红薯干的那种阳光的气味。

姑娘的天蓝色人造革提包，虽然是只旧提包，但是被擦拭得一尘不染，就像一片蓝天。美中不足是拉链坏了，拉不严，所以暴露了她带的另一样礼物，是一包用一方洁净的细白布手帕包的干酸菜。这也是郧县独有的土特产，用腊菜卧成酸菜，然后将酸菜撕成片，放在干净的竹笪箩里，在一早一晚有温和阳光的时候晾晒，保证晒干，但不可晒焦，保留三分滋润，唯有如此才能保证它散发一种特别的醇香之味，并且在菜叶的表面生出一层"白霜"。家里做饭，若没有蔬菜，干酸菜便派上大用场，煮一锅面条，往开水锅里丢一撮干酸菜，别丢多，干酸菜犹如晒干的黑木耳，遇水便舒展开来。干酸菜下面条，味道美不可喻，因此可以独当一面，不需要其他什么荤菜素菜了。

邓兴志的提包里也装了一包干酸菜，是三妈晒的。离开籓洲湾时爹交代又交代过，回老家，一定别忘了给我带点干酸菜来。

这姑娘上船后，没对人说过半句话。也不听别人讲什么话，更不东张西望，只一直安安静静稳稳当当坐在长板凳上，想一会儿心事，看一会儿书。她带了两本书，轮换着看。邓兴志瞄清楚了，那是两本高中的语文书，一本是高二的，一本是高三的，都是旧书，并且是好几年前的旧书。邓兴志心想，这姑娘肯定也和我一样，爱读书，想上学，也上过学，但是家庭经济条件不允许继续读书。她回家种地，从别人家讨来旧课本，自学。邓兴志就是这样自学的，找人讨要的旧课本，语文，数学，历史，政治，地理，应有尽有。从语文书中他认识了许多作家，读到了许多好文章。尤其喜欢的是古诗。古诗之中，又特别偏爱那些同情农民的诗句，例如"锄禾日当午，汗滴禾下土"，又例如"田家少闲月，五月人倍忙"。

邓兴志的行李不多，但是很沉重。他也带了一只人造革提包（这是20世纪60年代中国百姓普遍使用的旅行用品），深蓝色的。包内除了装有干酸菜，还有比干酸菜更重要的东西，那就是王智林写给妻儿的家书，又有现金，粮票，布票，肥皂，全装在一只小书包里。另一件行李很沉重，便是任九琴在棒槌河洗衣用过的宝贝石头。为了让这块石头得到最好的安全保护，不使它有任何碰损，邓兴志对它进行了全面精心包装。用麻袋布将它包得严严实实，然后在一正一反两面各绑上一双龙须草草鞋。新草鞋，三妈给打（编）的，厚厚实实，用来替石头抵挡碰撞。他把这块石头背在肩后，更像是背着个背包了，并且背包正反两面还各插有一双草鞋，真有点儿像是个军人。

邓兴志的注意力不觉又被师生们的谈话声吸引，因为话题牵扯到了邓兴志也略知一二的事情。一个学生对眼镜老师说，孙老师，我听说郧阳地委和行署已做出正式决定，从本月起，陆续将各办事机构撤出郧县城，迁往十堰区。这是不是表示，郧县新城建设的原方案已经被彻底否决，真要彻底走向全面"农村化"？

这学生的提问不是突发奇想，而是有原因的。早在1958年，丹江口大坝刚动工兴建，郧县人民政府城建委员会就未雨绸缪，提前拟定了一个建设新县城的方案，上报给了行署和省政府。方案拟定，新县城按10万人口的容量设计规划。后来，由水利电力部的几名高级知识分子组成的专家组，否定了郧县政府的新城建设方案，他们自视高明，提出要彻底消灭城乡三大差别，不建正规城市，县城实行农村化，人口控制在6000至8000人之内。他们在拟定的文件中白纸黑字这样写道："我们（专家组）认为另建新县城需要慎重考虑。请重新计划，可否在汉江南岸找个交通方便、位置适中的村镇，安置原县城的机关、学校和相应的商店等部门，而尽可能地把多余人口动员上山下乡参加农业生产。"他们认为他们的这一新方案很超前，很进步，因此要求湖北省委、省政府和郧县县委、县政府一定要接受照办。但是湖北省和郧县都不同意水电部专家们的意见，郧县人民政府城建委反对的态度最坚决，认为水电部专家组的专家们是闭门造车。而水电部的专家们则严厉批评郧县人民政府思想守旧。郧县这一方据理力争，认为专家组的专家们虽然是高级知识分子，学富五车，但是不了解基层实际情况。郧县政府直言，希望专家们多深入民间，调查社会情况，少关在书斋里想入非非。又说，若按专家们的说法，毁掉县城就是消灭城乡差别，那倒不如干脆大家都一起回到原始社会罢了！水电部的专家们对郧县地方政府的这些意见十分不满，批评县政府是"群众的尾巴"。郧县政府辩解说，我们在基层工作，当然得和群众打成一片，也当然比专家们更了解老百姓的心声，并且更懂得毛主席所说的"群众是真正的英雄，而我们往往是幼稚可笑的"这句话的深刻含义。群众（包括农村群众）认为，要消灭城乡差别，正确的做法是逐步提升农村的生活质量，水涨船高，而不是把城市往下压，压得和农村一个模样。双方争论了许久，幸而后来上级否决了水电部专家组的方案，但是也把郧县的方案砍了一刀，同意在武阳岭建新县城，却把人口规模减掉了许多。

眼镜老师回答学生说，专家组的那个所谓的城镇农村化的方案早被否了。我支持郧县人民政府的观点，他们对水电部专家组的批评十分中肯。

学生问，那为什么郧阳行署和地委都要迁到十堰乡下呢？

"这代表着一个大好消息将要落实了。"

"什么大好消息？"

"上级早就决定，要在国内选点，建设中国的第二汽车制造厂。二汽的任务，是生产完全国产化的中国汽车，包括民用车和军用车，意义非凡。早听说二汽的厂址可能会选在郧县的十堰农村，现在证明，这厂址已是选定了，可喜可贺！所以郧阳地委和行署机关迁往十堰，为地方群众支援二汽建设早作布局。郧县啊，这一方风水宝地简直太了不起了，建设丹江口水利枢纽工程有它的功绩，现在建设中国第二汽车制造厂，又需要它做出重大贡献。"

中国二汽，邓兴志心里念着这个名字，觉得好新鲜，也好响亮。

3

小轮船走得真慢，像老牛拉破车，船到终点站码头，太阳已西沉。上岸后，邓兴志肩背石头背包，手提人造革提包，向丹江口火车站前行。

原说要回武汉的那几位大学师生却并不向火车站而去了，原来他们一下船就有人迎接，是均县的什么机关的干部，请他们在均县留几日，对文物和森林损失情况进行考察。

邓兴志以为只剩他一人前往火车站，却不料身后跟上来一人，就是那位在船上默读旧中学课本的女子。看样子她是初次出远门，心情有些紧张。邓兴志有意放慢脚步，等等她。

姑娘赶上来，开口说出了一路上的第一句话，向邓兴志问道，同志，到火车站是走这条路吗？

郧阳的姑娘！标准纯正的，像泉水叮咚一样悦耳动听的乡音！

邓兴志回答说，我也到火车站，跟我走。莫叫我同志，我是农民，郧阳人。你叫我老乡好了。

姑娘问，老乡贵姓？

邓兴志答，免贵，姓邓。邓家湾的邓。

"你到火车站，也是要买票？"

"是，买火车票。"

"太好了，我遇到不懂的事，就向你请教。"

"买火车票没啥难的，对售票员说明你到哪个站就行了。注意看管好自己的行李。还有，提前把买票的钱准备好，握紧在手心里，千万不要临到窗口才打开提包掏钱。谨防小偷！"

到了火车站，两人一前一后排队，买票果然顺利。邓兴志发现，姑娘车票上的终点站也是武昌。

出远门遇上同行的老乡是件愉悦的事。

两个人坐在一张椅子上候车。邓兴志十分谨慎，避免与姑娘多搭言。男女有别，况且姑娘又那么年轻，长得又格外派场（派场，郧县方言，漂亮之意），吸引着许多人的目光，在她面前更应注意文明礼貌。

进站，上火车。二人同一节车厢，座位面对面。

是一列夜行慢车，大站小站，无站不停。离开丹江站，第一个停的小站，站名铁匠沟，第二个小站是冯家营，第三个小站是杨家堤。终于停了个大站，光化站。光化县原名老河口县，属襄阳地区，县城也在汉江边，但它是在丹江口大坝的下游，不会被淹没。

邓兴志用数车站的办法消除旅途寂寞，驱赶倦意。实在坚持不住的时候，就闭上眼睛打一会儿瞌睡，把人造革提包用双手紧紧抱在怀里，洗衣石更不离身，始终背在肩后。

姑娘在车上更是安静，一路无语。她本想趁此工夫好好读一读高中课本，但是车厢里灯光实在太弱，像是萤火虫发出的微光，读一会儿书，眼睛就累得受不了。只好小心爱护地把书装进提包，闭上眼睛休息，半睡半醒。

总算熬到头了，车到武昌站，天已大亮。姑娘又开口向邓兴志请教，说道，邓老乡，请问到长途汽车客运站，朝哪个方向走？邓兴志镇定地回答，我也到汽车站。

走出火车站，站外广场上的热闹景象吸引了这两个郧县人的目光。四周的楼房悬挂着长长的条幅，写的是"抓革命，促生产，促工作""中小学生停止大串联，复课闹革命"等标语。街道居委会组织的老伯伯、老婆婆宣传队员们，戴着红袖头，在站前广场齐声喊着口号："要爱护铁路，不许扒爬火车！"邓兴志这才想起，现在全国都还在进行"文革"，但是郧县的运动气氛却不像省城这么热烈，因为人们的心思都被"后靠"和"远迁"牵住了。

汽车站离火车站不远，步行十几分钟就到了。两个人还是一起排队买票。买好票又知道，目的地同是嘉鱼县城。这时各自的拘谨都减少了，一问一答之间，得知到了嘉鱼县城各自都得再转一次车，最终的目的地完全相同：簰洲湾的簰洲镇。

邓兴志问，簰洲湾有你的啥亲戚？

姑娘答，我姐。

"你姐怎么到了簰洲湾？"

"移民远迁。"

"我也是远迁移民。你姐叫啥名字？"

"丁桂芹。"

"啊？丁桂芹，她是你姐呀？那你应该和王智林是亲戚了！"

"他是我姐夫。你认识他？"

"岂止是认识！你看，我这儿有你姐夫写给你姐的亲笔信。我和你姐夫是朋友，没想到，又和你姐移民在一个生产队。"

"难怪我第一次出远门，路上就这么顺利。"

两个人互报姓名，姑娘名叫丁桂小，比姐姐桂芹小一大截，整整差14岁。

第五章　满天星星月不圆

嘉鱼县是湖北省面积最小的县，大约1000平方公里，隶属咸宁地区。县境的北部全都临着长江。长江由西向东前进，走到嘉鱼县的四邑镇突然变向朝北，接着向西拐，拐出一个半圆的弧线，又向北，再向东，继而向南再向东北，画出了一个大大的圆圈。圆圈里的一片水乡就是簰洲湾。从地图上看簰洲湾，三面临江，形似一座伸向波涛的"葫芦岛"。

邓兴志和丁桂小辗转到达簰洲镇，还得继续前进，步行2公里才能到达胜利大队第三生产队。邓兴志义不容辞替丁桂小提一件行李，在前引路。

桂小终于在生产队仓库房里见到姐姐和外甥们，四个人抱头痛哭。妹说，姐呀，你咋瘦成了这个样子？姐说，这么远的路你咋来了，路上没出事吧？妹说，亏了有邓大哥帮忙……

邓兴志心说，我该离开了，让他们姊妹俩好好哭一场。至于我和王智林现在的兄弟关系，智林兄在信上都写明白了。于是从人造革大提包里取出帆布小书包，对丁桂芹说，这包里的东西全是智林兄托我带给你的，还有一封信。我走了。丁桂芹说，你坐下喝口水再走吧。邓兴志说，不用了，我老爹还在等着我向他报平安。

第六章　只盼苞谷穗子挂满墙

1

邓兴志和老爹邓永富刚来簰洲湾时也曾住过生产队的仓库，移民房是今年开春才盖起来的。为了给三户郧县移民盖房子，生产队长窝了满肚子的气，社员们更是多有不满。所以，邓兴志估计，丁桂芹娘儿仨盖房子的事会更困难，也不知会拖到哪一天。

第二天大早，邓兴志肩扛一把大号锄头，赶在集体出工之前，登门面见生产队的麻子队长。

麻子队长脸上并没有麻子，一颗都没有。他姓林，名叫林广德，有人便把他的姓"林"字装进他名字之中的"广"字的肚皮之内，组成个"麻"字，送给他做外号。

"回来了？"麻子队长向邓兴志打招呼。

邓兴志回答说，不回来咋办？不回来挣工分，就只有等着当叫花子。就是当叫花子，在簰洲湾讨碗剩汤也没人施舍，人家嫌我们是外乡人，更嫌我们是山里人。

麻子队长当然知道邓兴志这是在说牢骚话，但是他不计较。在生产队先后接收的四户郧阳移民十几个大人小孩之中，麻子队长对邓兴志最是另眼相看。邓兴志是个棒劳力，干活不惜力，从不偷懒耍滑，就像大庆石油工人们一样，有领导在场努力工作，没领导在场也一样努力工作。并且他不计较工分，记分员给他计多计少他都不争。

麻子队长看重邓兴志，还有一个十分重要的原因，那就是邓兴志曾经救过他小儿子一命。那天傍晚，麻子队长领着小儿子在长江里练游泳。小儿子刚学会"狗扒式"，劈波斩浪的热情和勇气却十分高涨，趁父亲不注意，便向江中心游去，不幸掉进了漩涡。麻子队长发现后急得手足无措，因为他自知斗不过漩涡的恶浪！就在这千钧一发之际，救星从天而降！正巧邓兴志从此路过，立即纵身跳进长江，把麻子队长的小儿子从鬼门关拉回来。麻子队长看邓兴志斗浪，看呆了，看傻了，他没想到他这个在长江边长大的玩水好手竟比不过山里人！他哪里知道邓兴志的老家邓家湾，祖祖辈辈的人也守着一条江，这江名叫汉江，是长江的第一大支流。汉江的江水洁净，最美要数秋天的江水，碧清碧清，颜色像蓝天，那才叫真正的秋水与长天共一色！北京的一位作家曾经写诗赞汉江，说它是中国的蓝色多瑙河。邓兴志由此想到，人们形容长流不息的水为一江春水，可是我要把汉江称为一江秋水，因为它的水总是那么干净，就像永远流淌在深秋季节。

邓兴志救麻子队长的小儿子，这事邓兴志没向任何人提过。小事一桩，不足挂齿。麻子队长也守口如瓶，并且交代小儿子，不许告诉任何人！因为他决定暗中答谢邓兴志，不能让社员们看出他与邓兴志有什么特别交情。

发完一通牢骚，邓兴志询问麻子队长，丁桂芹家的安置房，哪天开始盖？

麻子队长摇过一通脑袋才搭言，开腔便叫苦连天。说，我们三队支援移民，贡献已经蛮大了，对吧？先安排了三户，接着又分来一户。社员们嘴上没说，心里头蛮不爽，人均耕地本来就蛮少，一下子又添十几张嘴。盖你们三户的安置房，我们队硬是吃了大亏了！

麻子队长说的是实情，邓兴志心里有数，因为他从王智林那里看到过红头文件。

说起来，郧县县委和县政府还是向着本县的移民的，总想多为移民争一点权益。自家怀里的娃子（孩子），自家的爹妈咋能不心疼？比如建郧县新城的事，郧县政府打给省里的报告，请求多拨点款项，把房子盖好一点，建一座十万人的县城。可是，正如前天眼镜老师在船上所言，水电部的那帮专家们多管闲事，从中斜插一杠子。他们自视高明，指手画脚，要求湖北省委否定郧县的方案，让郧县在全国做个表率，取消县城，全县彻底实现"农村化"。幸亏湖北省委、省政府不同意水电部专家们的意见，竭尽所能支持郧县的方案。谢天谢地，最终水电部专家们的意见被否掉了。但是，或许是为了照顾高级专家们的脸面吧，建新城的拨付经费就大量缩减了，新城的人口也缩至8000人。又为了进一步安抚专家们的情绪，省政府的文件还规定，新县城建设的经费按水电部专家组的意见办，节约节约再节约。居民房一律建平房，人均0.46间，不足半间。居民新建房经费，平均每人470元，不发给个人，而是交承建部门。一间房，换算成平方米是22.95平方米，而使用面积只有16平方米。人均建筑面积0.46间，也就是说，平均每人的使用面积是7平方米略多。远迁的农村安置房经费就更节约了，面积高于郧县新城，可按人均0.5间建，但是拨款额低于新城，每个人头268元。

所以麻子队长对邓兴志大吐苦水，说，兄弟你替我想想，人均建房费还不足300元，叫我们生产队承建包建，为难不为难？宅基地我们可以出，人工也可以尽义务，可是盖房子比不得糊灯笼吧？建筑材料总得花钱，砖、瓦、木材、水泥、铁钉、玻璃，哪样东西能从天上掉下来？经费不够，向公社反映，公社叫我们自己想办法。别的办法我们想不出来，只有砍树一个办法。唉，罢了，不想多说这事了，一言难尽。为这事，你知道本队的社员怎样骂我？

"咋骂你的？"

"骂我无德，说'林广德林广德，有广无德'。"

"这简直是胡说！你是站在高处立大德！你是胸怀宽阔，全国一盘棋。你是听毛主席的话，按毛主席的指示办事。毛主席说，全国工农是一家，我们都是来自五湖四海，为了同一个革命目标走到一起来了，我们的同志要互相关心互相爱护。毛主席还说，下定决心，排除万难去争取胜利……"

"小兄弟，你就莫再这样拐着弯给我戴高帽了！"

"可是丁桂芹家房子的事总不能这样拖下去吧？丁桂芹她也知道生产队集体有困难，她对房子的要求不高，只要能遮风挡雨就凑合。她还表态说，自家愿意做点贡献，把公家发给她和俩儿子的远迁生活补助费，全部交生产队，贴补建房费。大人补助的 20 元，俩儿子一人 10 元，共计 40 元，全捐出来。"

"生产队怎忍心要她这背井离乡的 40 元补助？退一步说，就是添了这 40 元，经费也远远不够。我们这儿盖房子，和你们山区盖房子情况不同。你们山区石头多，树多，盖房可以就地取材。石头用来打地基，砌墙。可是我们这儿缺石头，地基一定得用水泥。你们那儿还可以'干打垒'打土墙，盖草房。我们这儿不行。我们这儿是洼地，湿气重，土墙不行，必须砖墙。房顶盖草更不行，我们这儿风大，必须盖瓦。"

"林队长，我琢磨了一夜，琢磨出一个办法。"

"什么办法？"

"砌墙，用不着砌卧砖到顶的砖墙，可以砌夹心墙。"

"什么叫夹心墙？"

"只在墙里墙外砌两层立砖，墙中间砌土坯。可以节约大量的砖。"

"土坯？只听说过，没见过。"

"我们郧阳人盖房子大量使用土坯。不是那种烧砖用的土坯，是专门用来砌墙的土坯，比烧砖的土坯厚重，结实。"

"到哪儿去买？"

"不用买，我会制这种坯，我们那儿不叫制坯，叫脱坯。"

"你让我好好想想。走，先出工去。"

"队长，这办法一定行！"

"兄弟，你对丁桂芹家的事为什么这样上心？"

"向你坦白交代吧，我们两家是亲戚。"

"什么亲戚？远亲还是近亲？"

"当然是近亲。"

"近亲？之前为什么从没听你对我说过？"

"时机不成熟，今天不是向你坦白交代了吗？队长，你千万替我保守秘密。"

"这个不用你担心，我心里有谱就是了。"

2

当晚，丁桂芹做东，请邓永富、邓兴志父子到仓库房吃饭。

虽然没什么大鱼大肉，但是家乡的饭菜却温暖着主宾两家的人心。主食是红薯干苞谷糁，当家菜是一大盘子用芝麻香油凉拌的萝卜丝。

苞谷糁是郧县特产，颗粒比北方的玉米面粗，又比玉米茬子细，入锅久煮，越煮越香。

红心红薯干，苞谷糁，芝麻香油，三样食材都是这次丁桂小从郧阳带来的。

主客六人围桌而坐，邓永富老人双手捧起饭碗，喃喃说道，郧阳啊，又闻到你的味道了！

邓兴志送给王佩风、王佩雨小兄弟俩一人一件小礼物——端午节佩戴的香袋。是三妈戴着老花镜细针密线特意为邓兴志缝的。在三妈的眼里，侄儿永远是个过端午节应该佩香袋的"小娃子"。袋里缝进去的是香草籽。香草也是郧阳的特产，三妈亲手种的，草籽的纯正香味可保持一年时间。

吃着饭，邓兴志把他今天早晨同麻子队长的谈话内容告诉大家。

爹爹邓永富说，这倒是个好法子，脱坯的坏模子我来做。可是这里的泥土不行，脱不成坯。脱坯要的是结实的黄土，这里的土不中用，全是散沙土。

邓兴志说，这事我也想好了办法。

邓永富问，啥办法？

邓兴志说，爹，还记得盖我们三家移民房时，林队长派我到黄土岗砖场去拉砖吗？

"这事哪能不记得？"

"你们说巧不巧吧，簰洲湾这里到处是淤泥沙土，可是朝东南方向走，在紧挨着武昌县的地方，却有一座山坡，全是黄土。所以那儿才建了砖场。"

"你是想到那儿拉黄土？来回可是三十几里路啊！"

"这点路算个啥事，早去晚归，一天能拉两趟。"

"人家坡上的黄土，舍得给我们？"

"这得请林队长帮忙，他家在黄土岗村有亲戚，他和那边的生产队长又是朋友。"

说曹操，曹操就到了。林队长走进仓库房，对邓兴志说道，我撂下饭碗就到你家，没人。猜你们爷儿俩就在这儿。

林队长带来了好消息，说，下午一收工，我就把几个社员小组长叫拢，开了个碰头会，讨论丁桂芹家盖房的事。大家也认为，老拖着不行，同意按邓兴志说的办法马上动手。我再去跑跑公社，请公社出面，求县民政局移民办公室，多多少少再把（给）点补助款。

好好好，今天真是个喜气日子！邓永富老人喜笑颜开。

邓兴志向队长提起到黄土岗村拉黄土的事。队长说，这事不难，他们那儿不长庄稼的黄土有的是，又不是向他们要金子要银子，我给那里的闵队长写个信，你交给他就行。我就说向他借点黄土用用，以后有了就还。哪年我簰洲湾也隆出个黄土岗我哪年还，还的时候也叫他自己来拉。

屋子里响起欢乐的笑声。

林队长又说，到黄土岗拉黄土，队里提供板车，还提供几只竹筐。

邓兴志说，挑最大的竹筐给我用，一筐能装它两百斤，一次我至少拉三筐土。

林队长望一眼丁桂小，向丁桂芹问道，这是你妹妹吧？

丁桂芹点头。

队长又问，什么时候从老家来的？

丁桂芹答，前天，同邓兴志一起来的。

林队长在心里"噢"了一声，起身告辞，说，我走了，你们在一块好好说说话。

林队长走后，佩风、佩雨小哥俩欢呼雀跃，拍着手说，我们家就要盖新房了！

两只香袋里散出来的香草味弥漫全屋。

邓永富用慈祥的目光望着这两个小把戏（小把戏，郧县方言，小可爱之意），心里充满怜爱。这两个娃子着实叫人喜欢，懂事，讲礼貌，长得也乖。黑黑的头发，亮亮的眼睛，说话的声音甜甜的。虽然穿的全是旧衣服，但是从头到脚，干干净净整整齐齐。难为了这两个娃子的母亲。郧阳的俗话说，儿女是娘的脸面，想知道某个家当母亲的勤俭不勤俭，持家不持家，贤惠不贤惠，不用看别的，看看这家小娃子们的穿着打扮和言谈举止就行了。

如水的月光，不知从什么时候起悄悄挤进了仓库屋。

天上的月亮已是大半个圆。星星们变成了"萤火虫"，羞答答地闪着微光。静静的田野，蛙声此起彼伏，呱呱呱响成一片。

到籓洲湾这么久日子了，两家人难得有今晚这样的好心情。

两个孩子围在邓永富身边，求邓爷爷拍古今（讲故事）。邓爷爷曾给他俩拍过许多古今。

邓爷爷立即应道，好好，我拍古今。拍个啥古今呢？有了，拍个三人住客店的古今。

——好早好早的从前，夏天的一个晚上。三个长路客，走进一家小客店。不凑巧，客店里只剩下一间空房。空房里只有一张单人床。三个人住，咋住得下？掌柜的出了个主意，对三个客人说，你们仨唱（吟）诗，唱"四言八句"诗，往高处唱。谁唱得高谁就睡床，另两个人，我一人给你们一张长板凳，公平合理。这三个客人，都是我们郧阳府的人，一个是房县人，一个是均县人，一个是郧县人。你俩猜猜看，三个人谁先开口唱？

"郧县人！"

"不对，郧县人最重谦让之理，一再表示让别人先唱，自己最后唱。推让了一番，房县人先开口。他唱道，房县有座房陵塔，离天只有八尺八。你俩说，这塔，高不高？"

"高！"

"接着是均县唱。他开口唱道，均州有座武当山，离天只有三尺三！这武当山，是不是比房陵塔更高？"

"是的更高！那，我们郧县人最后该咋唱？"

"他啊，他不紧不慢这样唱道——郧阳有座钟鼓楼，半截子插在天里头！"

"啊？是我们郧县人唱赢了？"

"对，郧县人赢了。房县人、均县人没二话，说，兄弟，你上床吧，该当我俩熬一夜。郧县人却摇摇头说，不不不兄弟们，我们三个人一起睡床铺。"

"三人睡一张床，睡不下呀！"

"是啊，房县人和均县人也都这么说。郧县人说，睡得下睡得下，咋会睡不下呢？不是还有两条长板凳吗，把这两条板凳顺放在床边，我们仨在床上横着睡，身子在床上，脚放在板凳上，不就睡下了吗？"

两个娃子齐拍手，称赞郧县人会动脑筋。

邓爷爷对两个娃子说，这个郧县人，他不光是会动脑筋，更要紧的是心肠好，遇事知道多为别人着想。

邓兴志坐在一旁听老爹拍古今，仿佛回到了童年。小时候也常听老爹和村里的老人们拍古今。郧县的老人们，别看他们一个个满脸皱纹两手老茧，但是拍起古今来却生动有趣，寓意深刻，教导小娃子们向善学好。这是一代接一代传承的风尚，老人们拍古今给小娃子们听，等小娃子们变成老人了，又拍给下一代的小娃子们听，像汉江的水，一浪接一浪，长流不息。

听完邓爷爷拍古今，小哥俩又缠着小姨，求她唱歌，唱郧阳山歌。小姨会唱好多好多郧阳山歌,唱得可好听呢!

小姨今晚心情愉悦,外甥们叫她唱歌她就唱。唱段什么歌呢?想起来了,姐姐家不是马上就可以盖安置房了吗,好,就唱一支我们郧阳的山歌《盖新房》——

> 喜鹊喳喳拍翅膀,
> 来看我家盖新房。
> 房前对着长流水,
> 屋后靠着青山岗。
> 屋后青山松柏翠,
> 房前流水是汉江。
> 人家的屋里藏财宝,
> 我家的屋里五谷香。
> 不求金满仓,不求银满仓,
> 只盼苞谷穗子挂满墙……

3

丁桂小要在簰洲湾多住些日子,帮着姐姐盖安置房。

想起给俩外甥唱的《盖新房》歌,丁桂小心里就百感交集。这支歌,不仅正好应了姐姐家盖安置房之景,还因为她喜欢它,这是她小时候学会的第一支郧阳山歌。她觉得现在也应当让佩风、佩雨学会这支歌,像茅窝村的人们一样,一辈一辈传下去,记住歌里的话,金满仓银满仓,不如苞谷穗子(苞谷穗子,郧阳方言,即苞谷棒子)挂满墙。

这支歌,还有其他好多教人明白道理的山歌,大多是本村的一位德高望重的老人一句一句教孩子们的。老人名叫杜满斗,现在已年过花甲,仍然是位好歌手，也是村民们重建家园的带头人。

现在茅窝村被淹了，村里二十几户人家集体后靠，靠在一座名叫桫椤坡的荒山梁子的半坡上，取名叫"桫椤坡后靠村"。

茅窝乡是郧县城郊的一片小平原，在汉江西岸。而茅窝村则是茅窝乡的中心村庄，离江边最近，土地最平坦也最肥沃，一片片稻田连着一座座荷塘。河对岸是另一片小平原——榆树林乡。姐姐桂芹从小在茅窝村长大，嫁到榆树林村王家，想爹妈和小妹时，便站在河东朝河西望，能望见娘家村庄的影子。

如今的后靠地桫椤坡怎能和茅窝村及榆树林村相比呢？坡上满眼是黑石壳，从石缝里挤出一星半点瘦骨嶙峋的野草，不长庄稼不长树。上级决定让茅窝村全村社员就近后靠，别无选择，就只能就近在桫椤坡。

桫椤坡是荒山野岭，可是它却全县闻名。为啥？因为它居然拥有一道特别亮眼的景观。

啥景观？——寸草不生的高高坡顶上，傲然屹立着一棵大树！树干有一抱粗，树冠有三层楼高。难以想象，它的树根是怎样穿破硬石的层层阻拦，顽强扎进地层深处的。有几根裸露的树根，像人的胳膊一样粗，硬是从石头的缝隙间钻进地下，把石头给挤碎了，把石缝给挤宽了！它怎么会这样英勇无畏气宇轩昂呢？因为它不是一棵平凡之树，而是民间传说中的神树，名字非常特别，叫"桫椤树"。也不知它有多大年纪了，历经沧桑，年年岁岁青枝绿叶，站在山坡制高点上，像一把巨伞，又像一尊古代将军的塑像，人们从几里外就能望见它的威武雄姿。

这令人惊异的景观，连着一串美丽的民间故事。

传说桫椤树原先只在月宫里长有一棵，独一无二。月圆之夜，人们翘首望碧空，望见月亮上的黑影，那便是桫椤树的树影。树底下蹲着一个人，在挥舞斧头砍树，这个人名叫吴刚。吴刚原是天宫里的一位神仙，后来不知犯了什么错误，惹恼了玉皇大帝。玉皇大帝对吴刚说，我给你一把斧子，罚你到月宫去砍那棵桫椤树，哪天把桫椤树砍倒了，哪天我就允许你重回天庭，官复原职。吴刚领命，在月宫里砍树。他哪知道桫椤树是砍不倒的，砍一斧子留一道伤口，等他又把斧子举起时，那伤口就立即愈合，平平整整不见一丝疤痕。所以，吴刚虽然日日夜夜不停地砍树，可是桫椤树却永远巍然屹立，他重归天庭当干部的愿望也就永远休想实现。

又传说，有那么一天，嫦娥耐不得月宫的寂寞，偷偷下凡游玩散心。她变成一只小白兔驾彩云而下，来到了郧阳府的房县塘坊村（塘坊村现属神农架林区）。这里到处是奇花异草，小白兔高兴得蹦蹦跳跳，一不小心，两只后腿被夹在石缝里了！这时，塘坊村有一个名叫张小二的青年上山砍柴，急忙上前，小心翼翼，从石缝里救出小白兔。小白兔对张小二说，我是月宫里的嫦娥，你救了我，我答谢你，金银珠宝随你挑。张小二说，金银珠宝我都不要，只想要一根好扁担。小白兔说，好吧，你闭上双眼，两手搭在我背上。张小二照办不误，耳边只听风呼呼地吹。小白兔把张小二带上了月宫，恢复嫦娥真身，对张小二说，我再问你，你究竟想要什么？若是要金银珠宝，想要多少拿多少。若是顺便还想要一个美女媳妇，我解一条丝带给你，你回到家后，这丝带就变成美女。张小二说，我仍然是这不要那不要，只要一根好扁担。嫦娥问，啥样的扁担才是好扁担？张小二答，压不断的扁担就是好扁担。嫦娥说，好吧，我从我们月宫的桫椤树上折下一节小树枝，你回家后，轻轻对它吹口气，这树枝就变成你所说的好扁担了。张小二得到这根桫椤树好扁担，勤快劳动，成家立业，生儿育女。等他老了，腰弯背驼了，仍舍不得他的好扁担，就把扁担插在家门外泥土里。眨眼之间，扁担生根，长成了一棵高大的桫椤树。这棵树，至今还根深叶茂生长在塘坊村。

接下来的一个传说就和丁桂小家现在后靠的桫椤坡有直接关系了。传说是这样的：也不知是哪年哪月，塘坊村的桫椤树开花了结果了，几粒种子随风在郧阳山区的上空飘呀飘，寻找落地生根的好地方。其中一粒种子，东不落西不落，偏偏落在一面连名字都没有的乱石坡上，并且硬是在坡顶最高处扎下根，长出一棵高高壮壮枝繁叶茂的桫椤树。从此，无名的乱石坡才有了"桫椤坡"之名。

这个传说郧县人都听过，邓兴志更不例外，因为他家所在的邓家湾离桫椤坡并不遥远。每听到村里老人们重复讲述这个故事时，他总会思考一个问题：那么稀贵的神树种子，为啥没落在我们有田有地有山有水的邓家湾，偏偏选在乱石坡上落地安家呢？读公社农业中学时，他曾和几位同学一起，专程到桫椤坡上看桫椤树，纯粹是看稀奇。现在，知道了丁桂小和她爹妈后靠在桫椤坡，他就产生了再看看那棵桫椤树的想法。俗话说，会看的看门道，不会看的看热闹。也不知啥时候我才能再回郧阳一趟，二次登桫椤坡，不再只为看热闹，而应当考察考察，研究研究，那棵大树扎根荒山到底有什么门道。

4

为了早点儿把安置房盖起来，现在两家人的大人小孩团结一心齐上阵。邓永富加夜班先做出了两个脱土坯的木模子。他打小就学会了木工活，在丹江口修大坝时，人们都称呼他邓大木匠。他和另一个木匠面对面拉大锯，一把长长的钢锯，也不知把多少棵从郧县山里砍伐的大树锯成了木板。

等到邓兴志从黄土岗拉回第一车黄土后，留在"后方"的五个人立即分工合作投入战斗。邓永富和丁桂芹出工，到生产队挣工分，保衣食之本。丁桂小领着两个小外甥和泥脱坯。邓兴志没想到丁桂小也会脱坯。丁桂小说，又不是啥复杂的活儿，从小我就跟我爹学会了，我们家现在后靠的安置房也是土坯墙，土坯都是我和我爹脱出来的。

脱坯的地点在生产队的晒谷场。先浇水和泥。和泥需用脚踩，越踩，泥巴越匀也越"熟"。佩风、佩雨小哥俩便派上了用场，光着小脚丫踩泥，谁也不喊累，还高高兴兴唱小姨教的《盖新房》郧阳山歌——不求金满仓，不求银满仓，只盼苞谷穗子挂满墙……

丁桂小脱坯，先在晒谷场上薄薄地铺一层稻草，湿坯脱在稻草上，才不至于和地面粘在一起。晒土坯也有讲究，得给土坯多翻身，正面晒，反面晒，侧面晒，多动手翻转，土坯才晒得透，结实。还有，和泥巴时在黄土里要掺进一些草屑，增加土坯的韧性。

看着丁桂小领着两个小伢边唱歌边脱坯，麻子队长的妻子杞居美越看越喜欢，心下暗忖，都说深山出俊鸟，这话一点儿不差。看看这个山里妹子吧，横看竖看，远看近看，怎么样看都好看！她为什么就那么耐看呢？眉清目秀，身材苗条，就像书上写的那样，出水芙蓉，亭亭玉立。皮肤为什么那么白净呢，太阳晒也晒不黑，天然的又白又净。也不怕流汗，汗水把脸蛋儿一洗，红润润的，像是擦了胭脂。眼睛那么亮，亮得澄明，如深秋季节的湖水，难怪古代文人们把美女们的眼睛比作秋波。山歌又唱得那么好听，好比什么啊？——对，好比那高山流水！

杞居美在丁桂小的身上打起了主意，想让丁桂小当她大拐子的儿媳妇。大拐子，就是大哥。杞居美亲大哥的儿子快三十岁了，还没有讨上个媳妇。身体倒没啥大病，不瘸不瘫，能吃能睡。美中不足之处，是个哑巴，耳朵也听不见，又聋又哑。小时候发高烧，落下这病根。娘家爹妈为哑巴儿的婚事操碎了心，没想到郧阳人把姑娘伢送上门来了。杞居美觉得这门婚事倒是蛮合适的，女方家里绝对不会不同意。丁桂小你虽然长得标致，但你毕竟是山里人，你嫁到我们嘉鱼来，那是你的福气，我们这儿是平原，鱼米之乡。你晓得我们县为什么取名叫嘉鱼县吗，就因为我们这儿的鲜鱼多。我们这儿离省城又近，还不到100公里。

杞居美越想，越觉得这门婚事十拿九稳，于是就兴致勃勃地将这个一举两得的方案告诉丈夫，相信丈夫一定拍手称赞。不料麻子队长还没等妻子把话说完便发了脾气，质问妻子，你这脖子上到底是长了脑袋还是没长脑袋？你鼻子上头又到底是长了眼睛还是没长眼睛？你没看看丁家姐妹俩和邓家父子俩是什么关系吗？你没想想，邓兴志回了一趟山里，回簰洲湾时，是哪个人跟他一路同行？

杞居美这才恍然大悟，长长地噢一声，噢，原来丁桂小是邓兴志的人啊！她庆幸自己的想法还没向丁家姐妹俩透露过半句，更没在邓兴志面前表露过，若不然，怎么对得起小儿子的救命恩人？

5

安置房终于盖好，丁桂小该回郧阳了。农历六月十五她满19周岁，要在爹妈面前过生日。

姐姐对妹妹放心不下，请邓兴志送桂小一程。邓兴志毫不犹豫点头答应。这是理所应当的事，就是丁桂芹不开口，邓家父子俩也会想到。

邓兴志、丁桂小上路。先步行到簰洲镇搭短途客运汽车，前往嘉鱼县城鱼岳镇。所谓的短途客车名不副实，其实是一辆解放牌的货车，乘客们全站在车厢上头，与载货的货车不同的是，车厢板加高，多了一块木板。

从嘉鱼县城到武昌长途汽车站，坐的不是代客车，而是有座椅的真客车，让人心里好不欣喜。旅途也顺利，车子在路上没出过毛病，连小毛病都没出过。

到了火车站，买火车票也顺当。从武昌到丹江口，仍然是来时乘过的那趟慢车，时间也是傍晚发车次日天亮到达。这很好，等于是在车上住一宿旅店，省钱又省时。

邓兴志要把丁桂小送上火车才放心。

候车室里人多，已没了座位。二人便在站外广场的一棵粗壮的法国梧桐树下落座。树下有一圈护树的围坛，天然的好座椅。

直到这时两人才都松一口气，拍拍（说说）家常话。

丁桂小说，我是第一次出远门，想不到江汉平原这么辽阔，是我们茅窝乡的小平原不敢比的。

邓兴志说，我长这么大，其实也是因为远迁才离开郧阳，从前，最远的地方我只到过武当山。

丁桂小说，我小时候也跟大人们一起朝香上过武当。

邓兴志说，郧阳人朝武当可是件大事，心里必须虔诚。

丁桂小说，几百年前的中国人真了不起，在悬崖绝壁上盖起亭台楼阁，金碧辉煌。

邓兴志问，你那时候朝武当，在南岩宫，看没看到烧龙头香的龙头？

丁桂小回答，看到了，是用青冈石雕成的一条龙，后半身藏在庙里头，前半身伸出庙外，龙头上顶着一个铁香炉。

邓兴志说，所以那香炉名叫龙头香。伸出庙门的龙的前半身有一丈多长，脊梁半尺宽，远看好像是一根悬在半空的扁担，对不？

丁桂小应道，你比喻得很形象！"扁担"下面是万丈深渊，云雾翻滚。

邓兴志说，烧龙头香的香客，踩着这半尺宽的"扁担"，一步步走向龙头。烧完香转不了身，退着回来，一不小心就掉下深渊。

丁桂小说，是啊，不是心有大愿要祈的人，是不敢冒着生命危险烧这炷香的。

邓兴志颇为自豪地说道，我就烧过！

丁桂小问，真的？为啥这样勇敢？

邓兴志回答，为了给我三妈祈愿。那年我12岁。我三妈得了怪病，睡不成安稳觉，夜里发癔症，爬起床出门游走，前面无论是坑是洼，她都不知道，摔疼了才清醒过来。吃了好多中药不管用，把我三叔愁死了。我三岁没了亲娘，是三妈把我养大，我不能再没了我的三妈。我就跟大人们一起朝武当，给我三妈烧龙头香。

"当时害怕吗？"

"半点儿也没想到怕字，心里只有三妈。我眼睛直盯着那龙头上的香炉，不觉得脚底下是悬崖，目标明确，稳稳当当走过去。烧完香，心里念着愿望向后退，念着念着，无路可退了，才发觉已经退回到庙门里头。"

"有效果吗？你三妈病好了没？"

"太有效果了，立竿见影！还没等我回邓家湾，人还在武当山下的老营宫，我三妈当天夜里就不发癔症了，神奇不神奇？"

丁桂小沉思片刻，说道，我分析这是精神力量起了作用。你三妈突然发癔症，那是因为什么事受了惊吓。突然间她又好了，是因为她知道你为她朝武当烧龙头香，并且知道你烧龙头香的准确日子。她心理上受到了侄儿的安慰，精神作用产生效果，癔症就不药而愈。不是有这么句老话吗——心病还得心药医。

邓兴志称赞说，丁桂小，没想到你分析能力这么强，看来你喜欢看书不是白看，真正是开卷有益，大有收获。

丁桂小说，别夸我了，要夸还得夸你自己。如果没有你勇敢地去烧龙头香，你三妈的病也不会突然就好了。从这一方面来分析，侄儿的孝顺，就是三妈最好的心药。

讲过了武当山朝香，二人的话题不觉转到家事上。先提起王智林。邓兴志对丁桂小说，我原来恨你姐夫，恨得咬牙捏拳头，骂他是"四眼狗"。后来我突然就成了他的朋友，敬重他，像敬重兄长一样。

丁桂小应道，我早先也怨过我姐夫，怨他对我姐什么忙也帮不上。我觉得我姐嫁错了人，还不如嫁给一个普通农民。

关于王智林和丁桂芹的婚事，那天邓兴志用渔船载王智林走汉江时也听王智林说过。邓兴志是替这一对夫妻百感交集的。

王智林家住榆树林乡。他7岁时父亲病故，是母亲含辛茹苦把他拉扯大，送他上学堂。他知道应当报娘恩，读书十分刻苦。榆树林小学毕业后，他以优异成绩考上郧阳中学的初中部。那时候，考上郧阳中学是极不容易的，不说是百里挑一，只说是十里挑一，是丝毫不夸张的。他14岁上初一，读到初三16周岁。这一年寒假，腊月二十二，小年的前一天，母亲突然向智林宣布说，明天给你办喜事，娶媳妇，女孩子是江对岸茅窝乡茅窝村的人，姓丁，名叫丁桂芹，刚过19周岁生日。王智林像突遭雷击，向母亲问道，我才16岁，哪有这么早娶媳妇的？母亲不回答，低下头直顾流泪，把智林吓得心直跳。这时邻居们陆续进屋劝说王智林，包括七叔爷在内。一个村的人，亲戚连亲戚，家家户户都沾亲带故，七叔爷给王智林做思想工作，说，智娃子，你听七爷给你说缘由。你娘把你拉扯这么大，当牛做马受了多少罪？她现在岁数大了，身体差了，一身的毛病，再当牛做马做不动了，你妈得有一个帮手！所以七叔爷我出面做主，在茅窝村寻了个孝顺贤惠的女子，进门帮帮你老娘。王智林说，可是我才16岁，还不到法定结婚年龄！七叔爷说，啥子法定不法定？政策是死的，人是活的，你和丁桂芹的结婚证，我到乡上已经给你们领到家了，登记的年龄，你22岁，丁桂芹20岁。

王智林当新郎后不愿和新娘同房，自己在堂屋里支了个木板床。老母亲没干涉他，新娘也没怨他。开学回校后，王智林觉得低人一头，唯恐老师和同学们知道他结婚了，那会把他给笑话死的！他更加沉默寡言，学习更用功。也变得更加老实本分，唯恐惹是生非。

丁桂芹嫁到王家，像一头哑巴牲口，累完了地里的活累家务，实心诚意孝敬婆婆妈。王智林身上穿的衣裳，从头到脚，都是桂芹一针一针缝的。智林放假后，桂芹也不让他干累活，只劝他用心读书。桂芹成了家里的顶梁柱，所以智林对她的感激之情与日俱增。

王智林初中毕业后，中考也考出了好成绩。班主任老师建议他填志愿填本校的高中部，准备将来考大学。他却填了中师——郧阳师范学校，为了能早工作，早挣工资。三年后，中师毕业，他和桂芹正式圆房，这时他20岁，桂芹23岁。

中师毕业后，每月工资29元5角，王家的生活大改善。王智林被分在郧阳师范的附属小学教语文。教书期间，他常给《郧阳报》写点小文章。教了两年书，他被调到郧阳报社当记者，又过了两年，调到县委机关当干事。

因为有了桂芹这个贤惠儿媳，老母亲的晚年生活有依有靠，多想能活一百岁啊！不料却突然发病，到医院一查是食管癌晚期。桂芹小心伺候老娘，没能留住老人家性命。老人家去世时，智林正在省城进修班学习，桂芹不想影响他，请来娘家人帮忙，有理有条，料理了婆婆妈的后事。

所以，王智林那天在渔船上对邓兴志说，我这辈子，若做出一丁点对不起我老婆的事，天理难容！

现在，坐在法国梧桐树下，邓兴志把王智林的这番话学给丁桂小听。

丁桂小说，我刚才说过，我曾经怨恨过我姐夫。可是后来我越来越知道他是个好人。说句笑话吧，假若我姐夫他将来当了大官——当然他是不可能当大官的，假若他当了大官，他是绝对不会成为陈世美的。

邓兴志说，你提到陈世美，使我想起均县人的一种说法。说陈世美是均州（均县）人。又说真实的陈世美不是宋代的京官，而是清代的京官。还说陈世美根本就不是个坏人，人家是个好官，清正廉洁。均州六里坪镇有个乡绅，跑到京城去巴结陈世美，又送金子又送银子，想让陈世美给他的儿子弄个官当当。陈世美不光不收礼，还把乡绅痛斥一顿。这个乡绅怀恨在心，一气之下，跑到河南南阳府，花钱请一家戏班子编戏，把陈世美编成个坏人。戏班子得了钱，但是又怕得罪本朝京官，就把陈世美写成了宋代的湖广均州人，让他死在包公的铡刀下。所以，均县人唱戏，不唱《铡美案》，也不唱《秦香莲》。

丁桂小说，这个说法我也早听过。我倒是认为，均县人大可不必这么较真。记得有一本书上写过这样一段话，说艺术人物和真实人物是有区别的。均州的陈世美是实有其人。戏里的陈世美却属于艺术人物，是虚构的，碰巧和均州的真实人物陈世美同名同姓。再说戏里头说的地名"湖广均州"，也不一定指的就是均县。还有，说有个六里坪的乡绅花钱请戏班子编戏贬损陈世美，我估计也是虚构的故事。

听了丁桂小的分析，邓兴志心里止不住赞叹，这个表面看起来不显山不露水的乡村女子，原来是一位胸藏智慧的才女啊！可惜她也和我邓兴志一样，家里经济条件差，只读到初中毕业就辍学了。听她姐姐说，她是在柳陂中学读的初中。这所初级中学是中华人民共和国成立后建的新学校，师资力量强，离茅窝村不远。她姐还说过，妹妹的学习成绩一直优秀，担任过班上的学习委员，在全县初中生作文比赛中得过一等奖。邓兴志不禁想起京剧样板戏《智取威虎山》中参谋长的一句台词：老杨，英雄啊！

开车时间就要到了。邓兴志买了站台票一直把"英雄"丁桂小送上车，这才摆摆手再见。

第七章 天神在石头上画了条河

1

收完稻谷，交罢公粮，秋色更深。

中秋节，生产队放假一天。嘉鱼县楚剧团送戏下乡，在簰洲镇演出。邓兴志的老爹永富老人难得碰上这么个清闲日子，陪丁桂芹一起，带着佩凤、佩雨小哥俩到镇上看戏。听公社书记说，人家县楚剧团还特意编排了一个歌唱丹江口水库大坝建设者们的节目，慰问落户在簰洲湾的郧阳移民。又听说，唱词里还有胜利大队第三生产队移民脱坯的内容，表扬移民有不等不靠艰苦奋斗自力更生建设美好新家园的主人翁精神。

邓兴志没心思去看戏，戏里有夸奖脱坯的表演也吸引不了他。他要利用这一整天全休日，独自留在家，安安静静，排除一切干扰，心无旁骛，专门想念，想念一个人。

关紧房门，仰躺在床上，头枕洗衣石，精力集中，正式开始想念。

他真的把九琴用过的洗衣石当作了枕头。起初他只是想与这块石头亲密接触，后来竟发现了用它当枕头的好处。天热时枕它，清凉。而天凉时枕它，它能给人送温暖。石头会送温暖？会的，当然会，肯定会！先将它放在被窝里捂一捂，捂热之后的石面，如手掌心一样温润。多宝贵的一块洗衣石啊，知冷知热，有情有义。

石面上的图案也耐看。越看，越令人惊叹天工造物的神奇。除去天神之笔，人间有哪个画家能画出这等美丽并富有深意的图画？看，石头的底色是深蓝色，天神手执神笔，用与深蓝色相区别的浅蓝色颜料，在石面上仔仔细细作画。画出一道道密密的波纹，形成一条河流，碧波荡漾，长流不息。邓兴志枕着这石头，仿佛能听到潺潺的流水声。

画出一条河流已是天赐厚礼，更应感恩的是，天神还在河边画了一个人。

天神在河边画了个什么人？这是秘密，只可自己心领神会，岂能告知他人？就是邓兴志自己，也是在经过了无数次的端详揣摩之后，才恍然看清这个人是谁，从而顿悟了天意。天神啊，你是怜悯我邓兴志吗，所以才施予我这么重的恩典啊！

九琴，如今你在哪里？什么时候，我才能和你相聚，共赏天神赐给的这幅图画？

　　蒹葭苍苍，白露为霜。
　　所谓伊人，在水一方。
　　蒹葭萋萋，白露未晞。
　　所谓伊人，在水之湄。

多少抹不去的记忆啊！

小时候，邓兴志常到西菜园做客，在任家一住就是好几天。任九琴也常来邓家湾住。邓兴志说西菜园比邓家湾好玩，有许许多多的菜地有许许多多的水井；九琴则说邓家湾比西菜园好玩，有许许多多的梯田有许许多多的果树，树上还有许许多多的鸟儿。无论是在西菜园还是在邓家湾，邓兴志都是九琴的保护神。谁敢欺负九琴，邓兴志立即冲向前，打架从未输过。家里的大人们有什么好吃的东西拿给兄妹俩，九琴总是让邓兴志大口先尝。

那年秋天，在邓家湾，邓兴志爬上一棵柿子树给九琴摘柿子。邓兴志像一只猴子，再高的树枝也敢爬。树顶处有两个最红的柿子，邓兴志要把它们摘下来。站在树下的九琴好担心好害怕，叫道，哥，别爬了！那两个柿子我不要，留在树梢上喂喜鹊！九琴越叫，邓兴志越是向上爬。邓兴志终于把两个柿子摘到手了，九琴这才长舒一口气。不料，邓兴志在下树时两脚踩空，仰身倒在地上，顿时就两眼紧闭不省人事。九琴吓得魂飞魄散，一头扑上前。声声呼唤唤不醒邓兴志，九琴趴在邓兴志身上失声痛哭。忽然邓兴志嘻嘻一笑坐起身，原来他是假装摔倒，吓唬九琴。九琴越发把邓兴志抱得更紧了，唯恐他又突然死掉。就在这一刻，邓兴志感觉到了九琴身体的温暖。这时候两个人都已长大了，邓兴志16岁，九琴15岁。邓兴志想起了两家的婚约，九琴并不是妹妹，而是将来的媳妇。多好的媳妇啊，这辈子她当我的媳妇，下辈子，下下辈子，还叫她继续当我媳妇！

嘉鱼县楚剧团，我邓兴志不稀罕你们唱小曲表扬我拉黄土脱坯，你们有本事把九琴给我"表扬"回来吗？

忽听响起敲门声。邓兴志好觉扫兴，起身，开门。来访人是位老者，60岁出头，小学的退休教师，姓郭，名叫郭模若，与大名鼎鼎的郭沫若的名字同音，但是中间的一个字不相同。他腿脚有疾，行走不便，所以今天也没去镇上看演出。

来者是客，邓兴志脸上漾起笑容，请郭老师进屋。

郭老师却只立在门外，热情说道，不必进去叨扰了，今日中秋佳节，我特来请你，到我寒舍做客。

邓兴志忙说，那我怎么敢当？你是长辈，依理我当请你！

郭老师说，邓兴志你不必客气，平时你对我家多有帮助，我一直在等机会酬谢。今日村内清静，正适合你我二人促膝谈心。我已备好了家常小菜，不成敬意。

与文化人郭老师对话，邓兴志努力做到文明礼貌，措辞也得讲究一些，回说，盛情难却，恭敬不如从命。郭老师你稍等，我家里还藏有一瓶好酒，取来与你共饮。

郭老师家是近邻，百步即至。

郭老师呈上两样菜，俱是水乡佳肴，一盘清蒸鲈鱼，一钵排骨炖莲藕。举起酒杯，郭老师入口细细品味，不由赞道，好酒，酱香，味醇，不亚于茅台！这是何处的佳酿？

　　邓兴志答，是我们老家农村人自酿的苞谷酒。

　　"自酿的酒，味道何以如此之佳？"

　　"因为我们那里的水好。苞谷也好，生长季节长。发酵用的酒曲同样不一般，是用在高山上种植的大麦制作的酵母。"

　　"我没去过你们郧阳，听说你们那里景色极美，正宗的绿水青山。"

　　"郭老师，我看见你，使我想起我读公社农业中学时的恩师刘老师。他也像你这样有学问，也是谦虚做人，藏巧于拙。"

　　"我听你说过你的刘老师。我和他一样，因为没有文凭，当了半辈子村小民办代课老师，处事待人焉有不守拙之理？直到退休前，上级才照顾我，给我转了正。"

　　"你比我刘老师幸运，我的刘老师直到去世也没摘掉'代课'的帽子。"

　　酒过三巡，郭老师将话转入正题，言道，邓兴志，老朽冒昧问你一件事，可否？

　　邓兴志忙答，有什么话郭老师你尽管明说。

　　"好，那我就开门见山了。我想问的是，你和丁桂芹的妹妹丁桂小之间，有没有一层特殊关系？"

　　"特殊关系？没有啊，我们是郧阳老乡，老乡关系。"

　　"你们二人，除了是乡党，就没有更加深层的关系？譬如男女朋友……"

　　"没没没！郭老师你千万别朝这上头猜想！这，这若是叫丁桂芹、丁桂小她们姐妹俩知道了，会骂死我的！"

　　"莫紧张莫紧张，你看你，为什么把汗水都急出来了呢？实话说吧，我也早观察出你们俩仅是一般的老乡关系。你对丁家姐妹关心帮助，那是你发自内心的无私帮助。丁桂小也一样，她敬重你，但是心里没别的想法。你俩在一起相处时大方自然，看不出彼此藏有什么内心秘密。可是林队长不同意我的分析，他自以为是，把丁桂小看作是你的女朋友。"

"林队长他这可是冤枉我了，我跳进长江也洗不清，我得向他解释解释！"

"不必了，你无缘无故去向他声明丁桂小不是你女朋友，这又何必呢？人家林队长也没当你面说过这话，你何必解释呢？"

"郭老师你说的倒也是。"

"我今天问你这些，把事情落实，是想为你促成一桩姻缘。"

"促成姻缘？"

"男大当婚，女大当嫁，你也该考虑婚姻大事了。我欣赏你这小伙子，因此我毛遂自荐，今天当一回月下老人，给你介绍一位女朋友。你听我说，这女孩子的父亲，曾在我们小学当过校工，家也在簰洲湾。虽然是农村户口，但是家里的经济条件不差。而姑娘本人呢，我可以负责任地告诉你，这位姑娘呀，方方面面，各方面的条件也都蛮好，称得上是百里挑一。"

"郭老师，我太谢谢你的一番好意了！"

"无须，无须言谢。"

"但是我不能不实话告诉你，我在郧阳老家，已经有女朋友了。"

"啊，有女朋友了？"

"是的，我和她相爱年久，已到了准备结婚的阶段，可以说她已是我邓兴志的未婚妻了。"

"喔，为什么从未听你说过？"

"这样的事，怎好张扬？没必要主动宣传。"

"这倒也是。你未婚妻姓甚名谁？"

"姓任，名九琴。"

"任九琴。琴，汉口古琴台的'琴'？"

"是。"

"好，九琴，这名字蛮有文化分量。"

"我家有我和九琴的合影照片，我现在就回家把照片拿来，郭老师你看看！"

"不必不必了，坐下，继续饮酒。好了，今天我充当月下老人的任务，到此结束，撤销了。君子只有成人之美之责，岂可行夺人之爱之举？老朽我真心诚意，祝福你和任九琴早享洞房花烛之大喜，幸福恩爱，白头偕老。来来来，干杯，我连敬你三杯喜酒！"

2

邓兴志对郭老师说的是实话，他确实珍藏有一张他和九琴的照片。那是在两家人已商定好准备筹办婚事时二人合照的，按知识分子们的说法是为订婚照。这照片极其珍贵，虽然只是黑白照片，又虽然尺寸只有二寸。

邓兴志把这张价值千金的照片珍藏在一本日记本的塑料封皮的内夹层里。日记本用来抄诗和写诗。抄的全是爱情诗，有中国的有外国的，有古诗有现代诗。自己也写诗，不写不押韵的自由诗，他觉得写中国诗还是应如唐诗宋词一样讲究韵律，读起来才朗朗上口。

在抄录的外国爱情诗中，他最喜欢的是普希金的这四句：

我记得那美妙的一瞬，
在我的面前出现了你，
犹如昙花一现的幻影，
犹如纯洁之美的精灵。

最近他自己写了一首诗，题为《两湾泪水》：

邓家湾，簰洲湾，
山重重，路漫漫。
两湾隔着千重岭，

哪有青鸟勤探看？

诗歌都端端正正地抄写在日记本上，钢笔字犹如用毛笔写的蝇头小楷。邓兴志写得一手好字，得益于他上村小时的语文老师。老师严格要求学生们必须练书法，写好毛笔字和钢笔字。老师说，中国字是中国人的脸面，你若连中国字都写不好，你怎么有脸说你是中国的读书人？

与郭模若老师告别后，邓兴志回家继续专心致志想念任九琴。人逢佳节倍思亲，今天这个中秋节，九琴是怎么过的？都和哪些人在一起？九琴的爹妈已给九琴重新定了亲，男方的家也在县城，这桩婚事最终敲定了吗？九琴和那个男人见没见过面？九琴心里愿意不愿意？是真心愿意还是被迫愿意？

多想再回郧阳一趟啊，可叹囊中羞涩！

农民，人民公社社员，只挣工分不挣工资。工分就是社员的衣食之本，用工分分口粮分生活必需品。也有机会分得现金，那得靠集体经济有了现金收入。在邓家湾时情况还算不错，大队和生产队都有现金收入。比如大队的采石场，是大队的支柱产业。邓兴志家所在的生产队也有经济收入，渡船、渔船，都是水上的摇钱树。社员家房前屋后的果树也能见现钱。最急用零钱花的时候，到山边边割几把龙须草回来，编成草鞋进城卖，也能得几个钱。城里也有许多人穿草鞋，郧阳中学的学生们，穿草鞋进课堂的多着呢。一双草鞋至少可以卖两分钱。

可是到了簰洲湾情况就不同，想挣几个现钱难上难。本队的老社员户们有自留塘，塘里的鱼虾和莲藕可卖钱，可是四家郧阳远迁户至今还没有自留塘，只有一小块自留地，种点蔬菜只够自家吃。

回一趟郧阳，得买汽车票火车票还有小轮船的船票，到哪儿才能摸（挣）到这些钞票？身为中华人民共和国的人民公社社员，总不能去偷去抢吧！

想到这些，邓兴志的心里更觉烦恼。

但是老天爷是在睁着眼睛的，总在关键时刻伸手帮一把受难之人。

第七章　天神在石头上画了条河　　079

下午，太阳西沉时，林队长登门来见邓兴志，见面就说，邓兴志，我想派你当我们队的扁担，特意来征求你的意见，看你愿意不愿意？

邓兴志学说嘉鱼话，撇着腔问，什么叫扁担？

林队长解释说，扁担就是搬运工，挑夫，因为人人肩上离不开扁担，所以被省城武汉人赐名为"扁担"。胜利大队为了给队集体创收挣现钱，组织了一支十几个人的扁担队在武汉干活，现在缺人手，本生产队决定，派你邓兴志加入扁担队。

邓兴志喜出望外，立即表态，我去，我愿意！

林队长说，大队的扁担队有队长，集体化管理。扁担们挣的钱如数登记，四成交集体，六成归个人。四成交集体的代替工分，每个人的工分按中等劳动力计分。这样做，集体有收入了，扁担们自己也得利，利益还不小！所以必须是优秀社员才有资格去当扁担。

邓兴志说，谢谢队长，谢谢所有队干部对我邓兴志的信任！

林队长说，你还得同扁担队的队长会个面，他是我们大队第一生产队的人，姓邵，比你年长，你就喊他邵拐子哥好了。现在他就在我家等着见你。

队长安排得真周到！来到林家，邵拐子哥只看了邓兴志一眼，心里便认可了，立即下达指示说，准备好扁担，明天，跟我一起进省城。

邓兴志喜不自禁，回家后忙把这从天上掉下的喜事说给老爹听。老爹也高兴，反复叮嘱说，邓兴志啊，去了可得听人家那边领导的话，干活莫惜力气，力气去了还会来。

邓兴志说，爹，这我还不晓得啊，你尽管放心好了！

爹说，我在家你也莫操心，我会自己招呼（照顾）好自己的。

邓兴志到隔壁丁桂芹家分享了这个消息，丁桂芹和两个孩子也都为此拍手叫好。丁桂芹说，我家有一根好用的扁担，是远迁时从郧阳带来的，你看看你能用不？

邓兴志接过扁担，赞道，好扁担，扁担好，明天随我邓兴志进武汉，见大世面。

第八章　家乡刺玫为谁采？

1

扁担队在汉口的汉正街安营扎寨。这是一条狭窄但十分热闹的街道，南北走向。南边的街口面临东西走向的漫长的沿江大道。汉江之水由西向东而来，就是与沿江大道并肩而行，在龙王庙的庙门前汇入长江。两江之滩头有多座货运码头，都离汉正街不远。有码头就需要码头工人，需要搬运队。大汉口成立有不少正规的大集体性质的码头搬运公司，但是搬运任务重，有些装卸活路"大集体"顾不上，就得靠个体"游击队"来补漏。于是来自省城附近几个县农村的"扁担队"便有了用武之地。

但是扁担队也并非散兵游勇，身后靠的也是公社、大队社会主义集体，因此也得有个名称。簰洲湾胜利大队的扁担队名为"胜利班"。全班人马租住于一间搭在正房侧边的小平房内。床铺是大通铺。对这样的住宿条件邓兴志十分满意，有个睡觉的"小窝"就好，出苦力的人，最大的优势，是倒头就能迅速入睡。

吃饭问题也不发愁。麻雀虽小五脏俱全，扁担队有自己的食堂，有炊事员还有公选的司务长。伙食费由司务长统计，从每个"扁担"的工资里扣除。

不分白天黑夜，也不管刮风下雨，到汉江码头卸货上货。望着从家乡流来的江水，邓兴志的心里怎不翻起浪花？汉江里融有棒槌河的水，虽然并非九琴洗衣服十指接触过的棒槌河水，是新水而不是旧水，但它们的生命仍属于棒槌河。

邵拐子对邓兴志这个"新扁担"十分满意。老"扁友"们也都对邓兴志称好。他干活从不挑肥拣瘦，计工钱也不与人争多争少。邵拐子说，邓兴志你就在这儿扎下根建立根据地，过两年我说啥也得回簰洲湾，陪老婆，补偿她的"同床共枕"债，你就来接替我当班长。

武汉的大众美食热干面真是好东西，花钱少，耐饿。来自郧阳山区的邓兴志，很快也与热干面建立了牢不可破的"阶级感情"。

时光从"扁担"们身旁流水般地流过。转眼间，1967年连"再见"都没吱一声，就大大咧咧匆匆而去了。1968年来临。

1968年的腊月三十是农历戊申年春节。"扁担"们归心似箭，从腊月二十三便歇工了，忙着办年货，准备回家过团圆年。这时候的邓兴志，钱包里有现钱，生出一种小财主的感觉，走在汉正街的店铺前心里很踏实，脚步咚咚响。他买了两个书包，是给佩风、佩雨小哥俩的年礼。佩风已上小学一年级，佩雨也快进学堂了。给老爹买了一顶军帽样式的有"护耳"的绒帽，簰洲湾三面临长江，冬天的风又多又冷。给丁桂芹买了一把火钳子，他知道丁桂芹家那把从老家带来的火钳子已不好使了。来簰洲湾后生火做饭用的全是软柴火，没有一把顺手的长火钳子是不行的。还买了一条纱巾，粉红色的，也不知这条纱巾有没有机会交到九琴手里。又买了一大张红纸，准备用来给两家人写春联。笔和墨都不用买，有从郧阳带来的。

回到簰洲湾，自是一派喜洋洋的气氛。但是谁能理解邓兴志的苦衷？一首在汉正街写的新诗，像是刺玫花枝条上锐利的细刺，一刺直扎心底。

　　汉水自我郧阳来，
　　应知山中花似海。
　　来年春暖花开日，

家乡刺玫为谁采？

谁见过我们郧阳的珍稀花卉刺玫花？它胜过牡丹和玫瑰！

刺玫只在我们郧县的山坡生长。它的枝条柔软似垂柳，随风飘曳时婀娜多姿，但是在枝叶间却藏有秘密武器——尖锐的小刺。它的花细如米粒，颜色雪白，香味像茉莉花一样清纯。九琴对这种郧阳山花情有独钟，爱它的自尊自卫，爱它的朴素无华。每次九琴陪邓兴志一起上山，她都要采几枝刺玫花献给他，对他说，这花只属于你，别人谁敢来抢，我用尖刺扎死他！

心里想着刺玫花，脚步沉沉到簰洲镇上赶集，无意间听到一个传闻，使邓兴志的情绪为之一振。传闻，从郧阳来嘉鱼的移民有几个人当了逃兵，逃回郧阳投亲靠友，说，就是在老家当叫花子，也不来嘉鱼了。

邓兴志的眼前升起一抹曙光，自言自语说，我为啥不这样干？难道这不是一个最简单也最实用的办法吗？

赶紧思考行动方案，越思考越觉切实可行。回郧阳，回邓家湾，父子俩一起回去，落窝在三叔三妈家。邓家湾留守生产队的队长也是邓氏家族的人，好意思拒绝我们回去不成？一笔难写两个邓字。再说，反正是靠挣工分吃饭。三叔三妈身体都在走下坡路，仍然在强撑力气挣工分。不挣工分没得吃。工分儿，工分儿，社员的命根儿。我回去，一个人挣的工分会多过三叔三妈两个人挣的。我再"摸"点副业收入，把我三叔三妈养起来！老爹身体还行，还能多多少少挣几个工分，他回去后，挣的工分能顾上他自己就行了。对，就这么决定，过完春节就回郧阳，汉正街的"扁担"我邓兴志不当了！

心里一高兴，口里哼起了从小就唱熟了的郧阳山歌《开天辟地》：

盘古开天到如今，
三皇五帝治乾坤。
盘古拿的啥样斧？

日月咋样上天庭？

谁把天给撞破了？

采石补天是哪个人？

2

腊月二十八这天又添高兴事，王智林从郧阳来到簰洲湾。他是来探亲的。夫妻两地分居的公家人，包括干部包括工人，每年，其中的一方，或者丈夫，或者妻子，可享受十二天探亲假。并且，这十二天，不包括来回路上花去的时间。

这一回是领导特别照顾王智林，主动安排他享受探亲假，连春节假期也加上，一共享受半个月时间。

王智林来到邓兴志家粗糙的小平房门前，抬头欣赏邓兴志自编自写的对联。

上联是：邓家湾簰洲湾都是幸福湾。

下联是：郧阳人嘉鱼人同做革命人。

横批：建设祖国。

王智林击掌赞道，好呀邓兴志弟，我简直是要对你刮目相看了！这对联编得棒极了，用郧阳话说，傲刮刮的！构思巧妙，对仗工整，富有韵味，诗情画意兼备。更傲的是内容好，充满革命激情呀！

邓兴志回答说，智林兄你别"呀呀呀"抬举我了，会写一副对联，算得上啥了不起的事呢？我上小学时老师就教我们编对联，背诵《笠翁对韵》：天对地，雨对风，大陆对长空。山花对海树，赤日对苍穹。雷隐隐，雾蒙蒙，日下对天中。晨对午，夏对冬，青春对白昼，古柏对苍松。

王智林说，你的记性真不错！

邓兴志说，小时候背过的东西最不容易忘记。智林兄也别夸我有什么革命激情了，现在有激情的新对联到处都能看到，我不过是照着模仿罢了。过春节嘛，对联总得赶上新形势，说说进步的话。落后话我肚子里可是装了不少，留在平常日子说。

关于逃回郧阳的想法，邓兴志决定暂时不透露给王智林，只在心里对自己说，哼，这里的干部们哪会想到，过完春节我就会离开簰洲湾回邓家湾了。全世界，哪儿还有比邓家湾更幸福的港湾？

腊月三十中午，吃过团年饭，邓兴志觉得该对王智林露真言了，便把他请到家，关严房门，和盘托出逃跑计划，希望智林鼎力相助。

王智林摇头说，你这个计划我不支持。为啥子不支持，你莫急，也莫插言，听我从头说起。不错，确实，是有郧阳远迁移民跑回郧阳了，并且为数不算少。跑回去的原因多种多样，有的是不适应远迁接收地的生活，有的是安置点的社员对移民不欢迎，认为是增加了包袱。有的地方双方发生矛盾，当地社员和移民打架，打得头破血流。归根结底是两个原因，一，移民故土难离。二，安置地社员群众思想抵触。但是移民们返回郧阳又能怎样呢？家没了，房子没了，户籍没了，工分没了！投亲靠友，亲友又能帮多大忙呢？尤其是那些后靠的亲友们，他们现在也是自顾不暇。所以，许多跑回郧阳的移民变成了流民，居无定所，像乞丐一样。

"政府就不关心关心这些人？"

"当然要关心！但是安排他们重归故园是不可能的，往哪儿安排？有什么基础可安排？只有一条路，硬性规定加耐心说服，动员他们返迁。县里紧急成立了返迁工作办公室。县里也向地委向省委打报告如实反映了情况。上级十分重视，指示各接收移民的地区和县，立即检查在接收移民工作中的不足，改善移民生存环境，配合郧阳地方政府工作，把返迁的移民们再接回新家。邓兴志，你现在若是也跑回郧阳，不等于是自撞南墙？"

"完了，行船偏遇顶头风！"

"别叹气，我倒是有个好办法。"

第八章　家乡刺玫为谁采？　　085

"啥好办法快说！"

"先给你介绍介绍我们郧县全县目前的形势。"

"别对我思想教育，我又不是共产党员。"

"不是思想教育，莫心焦，耐心听，保证让你长舒一口气。"

"那你说吧，简单点。"

"我们郧县，如今成了中华人民共和国的一块风水宝地！我预测，不久的将来，我们郧阳，无论是小郧阳或者是大郧阳，都将闻名于国内外。"

"再简单说。"

"中国的第二汽车厂，铁板钉钉，厂址确定在我们郧县十堰区了。建厂房的范围包括十堰和黄龙两个区，外加茶店区的茅坪公社及土门公社。整片土地的面积是1250平方公里，像不像是摆开了一个大战役的大战场？"

"大战役，大战场，往下说！"

"不仅要在这片一千多平方公里的土地上建设目前中国最大型的汽车制造厂，还有襄渝铁路要从这里穿过。又已经准备好了，要在黄龙区的黄龙滩筑大坝，拦截堵河水，建一座中型水力发电站，给二汽配套。另外给二汽配套的，还要建一座拥有上万名员工的轮胎厂，厂址确定在土门公社。这么多的工程，你说需要什么？"

"要啥，莫问我，你快说！"

"需不需要大量劳动力？"

"噢，要啊！当然要！"

"郧阳地委和行署都已迁往十堰，在临时工棚里办公。全地区各县都在组织民工师团，支援二汽建设。除了民工师团外，十堰现在还需要大量的临时工。"

"好，我愿意回去当临时工！"

"住的可都是工棚。"

"莫说工棚，牛棚也行！"

"郧阳地委在十堰成立了支援二汽建设指挥部，取名'红卫指挥部'。

红卫二字，用的是十堰的一个地名。年前我们局的领导约我谈了一次话，我估摸领导的意图，可能是要我到红卫指挥部帮助工作。"

"太好了，好极了，我俩在十堰可以常见面！"

"我回郧县后立即给你打听，看看你到哪个民工队当临时工手续最方便。"

3

正月初一，邓兴志到林队长家拜年，送一包郧县的黑木耳做礼物。

正宗的好木耳，这种山货水乡人难以见到。林队长心里明白，这黑木耳是王智林带来的，他收了这一份礼，领的是两家的情。

邓兴志是来向林队长进行游说工作的，他担心队长不同意他回郧县，所以已编好了一大篇措辞。说，队长，我三妈病得厉害，身边没人照顾。现在中国第二汽车厂要在我们郧县建厂，要把大量建设物资从水路运到郧县，我们的邓家湾码头又开始忙碌了。我三叔找码头的负责人说好了，叫我回邓家湾当扁担，就便照顾我三妈。队长，我还是你队里的一名社员，我到邓家湾当扁担，就好比到汉正街当扁担，一样按比例向生产队交钱。请队长考虑，照顾我的实际情况。

邓兴志的一颗心扑通通乱跳，唯恐队长以"考虑考虑"为借口而拒绝。没想到队长竟不假思索便答应了，并且答应得干脆利落，半点也不拖泥带水。说，好啊，这是好事，我们队又多了一条现金收入的渠道！

"那，汉正街那边的扁担队，我就去不了了。"

"没关系没关系，我给邵队长解释解释就行了。"

邓兴志哪里知道，他的这一逃离行动，给林队长解决了一个大难题。队里有好多人都想到汉正街当扁担。当扁担多快活多潇洒啊，又见世面又挣钱。但是麻子队长却把这份美差照顾给了一个外乡人。本队人心里不舒服，嘴上又不好讲。毕竟邓兴志这个外乡人各方面的表现都过硬，没有可挑剔处，思想觉悟又高，你看他自编自写的春联，那水平，那觉悟，只怕是好多干部也比不上！

当初林队长让邓兴志去汉正街，当然是有私心的，想报恩。现在邓兴志自己提出告别汉正街，并且表态说回郧县后还给队里交现钱，这一举两得的好事，真正是求之不得，何乐而不为呢？

正月初二，公社书记、大队书记等几个干部来三队给社员们拜年，慰问远迁户。走到邓兴志家门外，公社张书记脚步停了，把门上的对联一口气读了三遍。邓家湾簰洲湾都是幸福湾；郧阳人嘉鱼人同做革命人。好联，好对联呀！

张书记问林队长，这对联是谁写的？

林队长答，是这户的郧阳远迁社员邓兴志写的。

"他自己写的？不大可能吧？"

"确实是他自己写的，我亲眼见他写的！"

"噢，这一手毛笔字写得这么好，简直像书法家的墨宝！"

"他是一个有文化的社员，读过农业中学，又坚持不懈地自学成才。他喜欢写毛笔字，有空就练。"

"这副对联的内容，多好啊，一个远迁来的公社社员，难能可贵有这样的抱负这样的气魄，建设祖国，同做革命人，多宽阔的胸怀啊！"

"是的是的，他关心国家大事，喜欢看书读报，思想觉悟蛮高。"

"我想起来了，自力更生，为盖移民安置房出力，拉黄土脱坯的，就是这个邓兴志。"

"对对，就是他！"

张书记领着几个干部涌进邓兴志家，一遍遍和邓兴志及他的老爹亲切握手。

正月初四，嘉鱼县报社和嘉鱼县广播站来了四位记者采访邓兴志，请邓兴志谈谈自编自写革命春联的思想动因精神动力。邓兴志推辞不掉，只得说几句。他明白面对这种局面不可信口开河，以免叫记者们失望，便琢磨着记者们想听什么，顺着他们的心意说。毕竟邓兴志是爱读书读报的人，肚子里装了不少词汇，说起来也不难。就说道，国家兴亡，匹夫有责，位卑不敢忘忧国。又说，自力更生，艰苦奋斗，为有牺牲多壮志，敢教日月换新天。

记者们频频点头，记笔记。看到记者们这般满意，邓兴志也放心了。

胸前挂相机的漂亮女记者要给邓兴志照相。邓兴志仍积极配合，按她的要求站在门前，以革命对联为背景，昂头挺胸，眼望很远很远的远方。

连照两次相，女记者觉得不甚满意，便要求邓兴志手里得拿上一件生产工具。邓兴志依然积极配合，进屋拿出他甚为喜欢的丁桂芹嫂子从郧阳带来的扁担，问女记者，我用扁担，行不行？女记者忙点头说，好好好极，太美妙了！

女记者让邓兴志把扁担立着持在手里，就如解放军战士持枪站岗。邓兴志照办。照过后女记者仍觉美中不足，便让邓兴志将扁担用双手握在胸前，摆出准备冲锋陷阵的姿势。邓兴志也坚决照办了。

记者们走后，邓兴志突然若有所失，越想心里越不安，急忙见王智林，说，坏了，这些记者会不会把我摆弄成个名人？天啦，我若在嘉鱼一出名，不就回不成郧阳府了吗？糟糕，我真不该太听他们摆布了！

王智林安慰说，你的担忧多余了，我也在报社当过记者，这里面的门道我知道。你又不是什么立了丰功伟绩的人物，不属于跟踪报道的对象。

邓兴志说，这就好，我可不愿意出名，人怕出名猪怕壮，挨刀子的都是肥猪。

正月初七，写邓兴志的新闻报道登上嘉鱼县报，标题用的就是邓兴志创作的对联——邓家湾簰洲湾都是幸福湾，郧阳人嘉鱼人同做革命人。配发的照片是邓兴志把扁担当冲锋枪用双手紧握在胸前的一幅。

佩风、佩雨小哥俩好喜欢这张照片，说邓兴志叔叔真像解放军。弟弟说，最像董存瑞叔叔！哥哥说，更像王成叔叔，双手紧握爆破筒。邓兴志把报纸拿过来看几眼，发现自己的长相还真的酷似王成，五官，身形，神态，越看越相像。王成是电影《英雄儿女》中的志愿军战士，手握拉了导火线的爆破筒，向战友们高喊"向我开炮"，让多少观众潸然泪下。邓兴志由衷钦佩王成，也喜欢电影里的歌曲《英雄赞歌》。在电影里唱这支歌的是王芳，王成的妹妹。由王芳不由得就想起任九琴，突然觉得九琴就像王芳。

对，九琴就像王芳。不，不是"九琴就像王芳"，而是九琴就是王芳，王芳就是九琴。九琴那含羞一笑的神态，活脱脱就是王芳。邓兴志在心里越比较，越将九琴同王芳合二为一。因此他觉得《英雄赞歌》就是九琴唱的，唱给邓兴志听的。

所以邓兴志也想唱这歌，可惜歌词记不全，便向王智林求助。智林一头雾水，问，你专门找我问这支歌的歌词，作何用？邓兴志回答说，村里有个小学生，音乐老师放寒假前教过他们这支歌，他担心开学后老师考试独唱，可是他记不住歌词了，就来问我。

王智林说，这可咋办，我也记不全了。

丁桂芹在一旁插话说，我记得，但是只记得全第一段。

邓兴志说，行行，有一段也行！嫂子你背，背慢点。

邓兴志掏出钢笔，在日记本上认真记下了唱词：烽烟滚滚唱英雄，四面青山侧耳听，青天响雷敲金鼓，大海扬波作和声……

王智林决定正月初九便动身回郧县。领导给了他半个月假，他只用十二天，节约三天归公。智林对邓兴志说，我回去立即托人到十堰联系，落实后马上发电报给你。邓兴志说，还不如我这就跟你一起回，我在邓家湾三叔家等你的消息。智林点头说，这样也好。

老爹支持邓兴志回郧阳。丁桂芹也一样。老爹多盼望儿子回去后能立足，随后也把老爹接回去。丁桂芹心里同样装着重回故里的念头，盼着邓兴志能成为开路人。

林队长给邓兴志开了一封介绍信，盖上了生产队和大队的公章。介绍信说，兹有贫农社员邓兴志，是我队优秀的郧县远迁移民，现带着我队社员们的心意前往家乡，为支援具有"三线"意义的中国第二汽车厂的建设，加入民工队，战天斗地，为社会主义做贡献。

林队长对邓兴志说，关于你回去后向生产队交钱的问题，我和社员代表们也商定了一致意见。你到那么远的地方当扁担，条件比不得在汉正街，你就只按三成给队里交钱就行了。有收就交，无收免交。收多收少，你自己计算，队里充分信任你。小兄弟，注意身体！身体是革命的本钱！

第九章　为何你还要朝前走

1

邓兴志回到邓家湾。一进三叔家门，三妈就拉着邓兴志的手，有几句话想快点儿说出口。三叔急给三妈使眼色，示意她闭嘴。但是这几句话在三妈心里实在憋得太久了，哪能不一吐为快呢？也许她是没看见老头子的眼色，也许是看见了装着没看见，因此不顾一切地说道，志娃子，莫再想那个任九琴，也不许再去看她，她不是你的人了，和别家的男人结婚了！

听到这消息，邓兴志竟然十分平静，平静得好奇怪，连自己也不敢相信这种平静，淡淡一笑撒谎说，三妈，这事我早知道了。

任九琴"没"了。想起去年端午节，还能一个在龙舟上，一个在河岸上，二人远远地见一面，可是现在……

再看家乡，同样也是又变模样了，变得让人眼里心里都更觉凄惶。

丹江口水库好似一只大水盆，下闸蓄水后，盆里的水越积越多，起初只是盆底有水，现在已有半盆水了。郧阳老城大南门、小南门外的银沙滩全部被淹，水位已漫过江堤的堤面。所以，现在从城里到邓家湾，过渡很是困难。邓家湾的水位线已上升到了邓家山的半腰，过渡人越来越稀少了，但是责任心极强的后靠留守的邓家湾农民，仍然在江边开辟了狭窄简陋的新码头，轮流值班当摆渡人。即使好几天只遇到一个人要过渡，码头上也不能不泊一只渡船。渡船从邓家湾新码头抵达小南门外江堤的新码头时，船工得用竹篙抵住堤坎，以免碰撞。乘客上船，须借助于一块长长的木踏板。

过河难，但是王智林也得过，因为心里惦着邓兴志。

当天下午，王智林来到邓家湾邓兴志的三叔家。邓兴志将任九琴已结婚的事告诉王智林。智林说，其实我早知道了，只是不忍心对你透露。又说，兄弟，想起这事，我总觉得亏欠你！邓兴志说，智林兄你再莫这样说了，谁都不欠我，只怪我自己命不好。

王智林向邓兴志介绍任九琴丈夫的情况。此人姓黄，名叫黄天星，外号黄天吹。为啥叫"天吹"呢？因为他爱吹嘘自己，尤其在醉酒之后，更是吹得无边无际，并且还喜欢说脏话。他比任九琴大八岁，无论是长相还是其他各方面条件，都无法与邓兴志相比。但是他有城镇户口，又是建筑公司的正式职工，这就是他高人一头的地方了。任九琴结婚后住进了黄家，在建筑公司当合同工。黄家已许诺任家，一有机会，就把任九琴的农村户口转成非农户口。

邓兴志说，我啥也不想了，只求再和九琴见一面，有一样东西送给她。

王智林说，见一面，只好由我来给你安排，你让我仔细想想再说。要不这样吧，你今天就随我过江，在我那儿住几天。

早早吃罢晚饭，二人过江进了郧阳老城。老城的房子已拆掉了大部分，但城内仍有人居住。因为新城房子的建设并不如原先想象的那么顺利，想节约钱，图省事，抢速度，结果是事与愿违。来不及周密规划，地质条件也没科学分析，只顾顺坡就势用"干打垒"的办法盖新房，必然是欲速不达。有的房子刚盖起便地面下陷、墙体开裂。特别是那些响应政府"自力更生"号召由居民们自己选点、自己平地，自拆自盖（拆旧房盖新房）的房子，出的问题更多，不得不纷纷返工。所以，有不少已经搬上新城的居民，趁着丹江口水库的蓄水水位尚未达到147米警戒线，就又下山回老城，胡乱在一些尚能栖身的旧屋里暂时住下。

王智林也还住在老城的青年路，离徐家巷巷口的土地庙不远。这里地势比较高。青年路原名北大街，南北走向，路西傍着全县乃至全郧阳地区最大的广场——体育场。广场东侧有一座大戏台，功能齐全，前台演出，后台化妆。全县的大型聚会都在这里举行。广场东北侧有一组由亭台楼阁组成的花园式明代的建筑群，当年是文人雅士聚会之所，中华人民共和国成立后成为县文化馆办公楼。馆内有馆——一家照相馆。这照相馆名叫"青年照相馆"，照相技艺上乘，是男女青年照合影照的首选之馆。邓兴志和九琴的肩并肩合影就是在这儿照的。因为有了这家青年相馆，文化馆便也被市民们称为青年馆。久而久之，市民们索性也为北大街更了名，称它为青年路。王智林曾经任教的郧阳师范附属小学，学校大门就在这条街，面对体育场的大戏台。

土地庙在青年路的路北端，坐西朝东，庙门外的丁字路口有一座三层楼高的牌楼，名叫"过风楼"，盛夏季节这里是乘凉的好地方。

青年路的中段也有一个丁字路口，路边有一座井台。井台上有棵上百岁的老榆树。因为井台高，井口宽，井轱辘又长又粗壮缠有两盘井绳，所以这口水井被称为"大井"。井水清澈甘甜。

邓兴志的双脚一踏上青年路，便把这里残存的景物看一眼再看一眼，因为就在今年之内，这里的一切都再也看不到了。

是的，再也看不到了，全失去了！一切的一切，彻彻底底！就连体育场边的一棵棵槐树现在也都被草草锯倒或砍倒了，春天再也闻不到槐花香了！由槐花不由联想到刺玫花，因为刺玫的花色也是洁白的，花香也是有甜味的。

王智林告诉邓兴志，任九琴和她丈夫住在新城的建筑公司家属院。

建筑公司家属院是一片新盖的"四合院"布局的平房，地点在西岭坡。建筑质量属全县最优，毕竟建房的人们是行家里手。

为总结建房的先进经验，王智林曾随县"迁建委"的领导参观过这里的房子，借机到过任九琴家，见到了任九琴，也见到了她的丈夫黄天星。

明天是星期天，王智林不上班也没有加班任务。

王智林将拟好的行动方案告诉邓兴志,说,明天吃过早饭就行动。到那儿后,你先躲在大树后面观动静。我犯一回假公济私的错误,以"代表领导再看房屋优秀质量"之名到建筑公司家属院,名正言顺走进任九琴家。如果运气好,就任九琴一人在家,我就在门口向你招手。如果她家里还有别人,我在门外向你摆手,你就在大树后头别行动,千万别露面。我说的这些,你记牢了吗?

"放心,我照办,坚决照办。"

2

邓兴志彻夜难眠盼天明。刚迷迷糊糊入睡,突然又醒来。索性穿衣起床,提前把早饭做好。

吃过早饭,按计划行动。

来到新城西岭坡。建筑公司家属院在望。邓兴志躲在一棵老槐树后面,目送王智林一步步走向黄家。

王智林进了黄家的门。

过了大约五分钟,王智林出门了。任九琴跟在王智林身后,二人在说着什么话。

王智林假装在脊背上搔痒,胳膊伸向身后,连连朝邓兴志使劲地摆手。

摆手,这分明是停止前进的信号。但是此时此刻邓兴志的脑袋是昏昏然然的,控制不住情绪。突然望见了九琴的身影,血管里的血液在燃烧,心跳加快。他魂不守舍地离开大槐树,大步流星向黄家前行。王智林眼看是拦不住他了,只得听天由命。

邓兴志快步来到黄家门前,迅速将一个信封递给九琴。信封里装的就是他在汉正街买的粉色真丝纱巾,艳若朝霞,薄如蝉翼。

了却了赠纱巾心愿,邓兴志正准备做无言的告别,却不料任九琴的男人黄天星突然露面。

黄天星，一张长脸，两撇小胡子，趾高气扬步出大门，扫一眼邓兴志，冷冷问任九琴，老婆，这人是谁？

王智林抢着代答说，是我表弟！巧了，没想到我在这儿碰见他，正好他从你家门前路过。

黄天星说，路过啊？路过也是客。来，抽根烟！看清没有，这是反包烟。啥叫反包烟，懂不懂？内部特供，一般人享受不到这种待遇。昨天我在中岭遇见何副县长，何副县长热情得不得了，硬是塞给我两包反包烟。来来，现在我让你也享受一支！

邓兴志谢绝，声明不会抽烟。

真不会抽啊？黄天星张口问话，顺势一用劲，朝邓兴志脸上吐出一团烟雾。

邓兴志忍气吞声对黄天星说，我早听人说，你们建筑公司家属院的房子盖得好，所以我今天特意来参观学习。

噢，参观呀，并且还想学习啊？欢迎，我表示欢迎，非常欢迎！黄天星说。

王智林赶紧就坡下驴，对邓兴志说，你早就应该到这儿来参观学习的！如果不是真盖得好，我们迁建委咋会总结推广？你今天已经参观过一大圈了，情况都大致清楚了，黄师傅家的房子就不用进去看了，我们走吧！

黄天星对邓兴志说，一回生，二回熟，对吧？下次来"参观"，你就大方点，莫再像个小偷，做贼心虚，东张张西望望。你何必呢，是吧？

王智林说，是的，参观学习，正大光明，有什么不适之处呢？好了，参观结束，再见了！

两个人落荒而逃。

邓兴志的一颗心疼得鲜血淋漓。不是心疼自己，而是心疼九琴。九琴若能嫁个优秀男人那该多好！即使不优秀，平平常常也行，咋就嫁给了黄天星？说什么他喝醉了酒就又吹牛皮又说脏话，今天他没喝酒，也强不到哪儿去！

回到青年路，邓兴志突然对王智林说，我想回邓家湾。

王智林说，不是讲得好好的了，在我这儿住几天吗？

邓兴志说，我想，想我三叔三妈。

"那我送你到江边。"

"不用你送，我自己又不是不认路。"

"不行！今天我必须送你！"

二人来到小南门外，只见加宽了的汉江，江面烟波浩渺，江边不见一个人影。望对岸，隐隐约约看见邓家湾新码头那条渡船孤单落寞的影子。

王智林说，野渡无人舟自横，还是回青年路吧。

邓兴志说，我自横刀向天笑，游过去！

王智林厉声制止，说，你疯了？这么大的水，这么冷的天，要命不要命？

邓兴志说，我的命是不值钱的贱命！偏要游过去！就是要游过去，你少管我！

邓兴志吼着叫着就往水边冲，王智林伸手拦没拦住，情急之下一把抓住邓兴志的后衣领。邓兴志用力挣脱，衣服吱啦一声被撕破。王智林不顾一切，朝着邓兴志的后腿肚子猛踢一脚，踢得邓兴志两腿一软。王智林再来一脚，索性把邓兴志踢倒在沙滩上……

天啊，我怎么踢得这么狠？王智林抬起右脚，对准自己的左腿连踢三脚。

王智林正待继续惩罚自己，只听邓兴志突然喊声"哥"，双手抱紧王智林两腿，号啕大哭！

王智林忍不住也泪如雨下，说，对不起，我不该踢你，我凭什么踢你？

邓兴志应道，你该当踢我，因为你是我哥！

"起来吧兄弟，回家，咱们回家！"

兄弟二人重回青年路，一路无言。

第二天是星期一，王智林到机关上班，领导正式通知他到郧阳专署支援二汽建设指挥部的"红卫办事处"帮助工作，今天就赶往十堰报到。

王智林立即回青年路家中准备简单的行李。将一床棉被打了背包，家里还留有被褥。他对邓兴志交代,这个家就交给你了,你帮我把日用品都归整归整,我到十堰去报了到,本周内就会回来搬东西,到那时,估计你的事我也能落实到位。

3

邓兴志把王智林送到西河码头。

西河码头现在已上移至大西门城墙根前。郧县城关镇的地方国营支柱企业草绳社早被淹没,牛老二酸浆面馆也已在水底。

对岸的三门店子码头大步后移,现在勉强还能泊船。等水位再稍涨那么几尺,它就彻底作废,完成千年的历史使命。

三门店子的客运汽车站也可怜兮兮地后靠在山坡边。从三门店子到十堰区政府所在的十堰老街,路程35公里。

郧县原来不通公路。抗日战争时期,李宗仁任第五战区司令长官,司令部曾设在离襄阳不远的老河口县城。老百姓们支援抗日,沿线农民自愿投工,紧急修筑了一条自老河口至陕西白河县城的战备公路,称为"老白"公路,中间有很长一段路经过郧县的十堰区和黄龙区。这便是郧县的第一条公路。后来郧县人又修了一条从十堰到汉江边三门店子的公路,名为"郧十公路"。

送别王智林后,邓兴志转身进城,要把残存的半座县城的景物看一遍。沿西大街往东行,首先来到"江西馆"。这是一组屋顶全闪着琉璃瓦光彩的清代乾隆年间的建筑群。当年郧阳府商贾云集,成立有安徽商会、河南商会、江西商会等商会组织,江西馆便是由江西商会的会员们集资而建。馆内有三重大院子,前后有两座戏楼。邓兴志和九琴在这里看过戏,是河南省南阳县曲剧团演的《梁山伯与祝英台》。九琴在看《楼台会》一折时,边看边擦眼泪。郧阳人爱戏也懂戏,本县先后成立了专业汉剧团和豫剧团,街道还成立了"二棚子戏"(郧阳花鼓戏)业余剧团。陕西、河南两省的许多专业剧团都喜欢到郧阳来巡回演出，因为这里的观众爱看戏且懂戏，是戏剧艺人们的知音。

离开江西馆，邓兴志来到"三眼井"。三眼井是城内一处独特的景点，三口井，相距咫尺，呈品字形摆开，井一样深，水一样甜。人们说这三只眼的井水都与汉江相通。这里，邓兴志也和任九琴曾多次一起来过。那时候九琴她爹住在县城"财神楼巷"，住地附近有口井名叫"小井"，离青年路的"大井"不远。九琴给爹挑水，不到小井挑，也不到大井挑，偏偏舍近求远，到三眼井挑，就为多看看三眼井的稀奇。邓兴志来来去去陪着九琴，不走大街专走小巷，为的是把路程拉长，在路上多说说话。记得有一回路过"柴家巷"的巷口，九琴遇见一位五十多岁的小脚女人挑着一对空水桶出门，忙说，大妈，你别辛苦了，我俩把这担水送给你。大妈感激不尽，说道，观音菩萨保佑你们兄妹俩，一辈子快快活活平平安安！

在柴家巷的西侧，坐北朝南，也有一座商业会馆，也是在清代乾隆年代修建，名为"陕山会馆"，由陕西、山西两省的商人们集资而建。这里同样留有邓兴志和九琴重重叠叠的脚印。

再向东走，又见一口水井，名叫"府井"。这是当年郧阳府署的专用井。穿过府井身后的一座已被拆了一半的黛砖琉璃瓦大宅门，邓兴志走进人去楼空的府署大院。中华人民共和国成立后这里成为郧阳师范学校的校园，王智林就在这里读过三年书。王智林和他的同学们可真够神气的，他们的教室、宿舍、图书馆，都是有几百年历史的古色古香的结结实实的建筑。院子里有棵高大的银杏树，据说是当年盖府署衙门时栽下的。这座大院邓兴志也陪九琴来过。十年前，1958年，郧阳师范办了一所附属学校——郧阳幼师，招小学毕业生。那时九琴13岁，邓兴志14岁。邓兴志兴冲冲陪九琴来报名幼师，可惜晚了一步，报名日期已结束。回西菜园的路上，九琴边走边哭。为了哄九琴，路过县城面积最大的广场——体育场时，邓兴志在抗日烈士纪念碑前的草坪上，又翻跟头，又打飞脚，就为逗九琴破涕为笑。

现在，郧阳师范的房子拆空了，那棵古银杏树锯掉了，学校正在武阳岭之北的一座名叫"黑石窖"的山脚下建简陋的"干打垒"新校舍。

穿过郧师大院，北面是一座城中小漫山，名叫沧浪台，俗名牛头山。山上原有两座庙宇，中华人民共和国成立后这里被改建成烈士陵园，山上山下广种果树和花木，成为一处鸟语花香的新景点。

郧阳中学在烈士陵园东北方向，地势较高，但是等水库水满后也将被淹一大半，淹掉食堂、大礼堂、教工宿舍、学生宿舍、校办工厂。庆幸的是，一部分教学楼可得以保存。

郧阳中学历史悠久，前身是建于明代嘉靖二十六年（1547年）的郧山书院。

从郧阳中学校园穿过，走出学校东门是东操场。东操场之北便是已被拆垮的北大门城墙，剩下几堆赤身裸体的土堆子。

在城墙未拆前，拱辰门（大北门）好是八面威风，因为站在城楼上视野开阔，整座郧阳府城的大街小巷和城外四围的山水都尽收眼底。明代万历二年（1574年）年底，时年46岁的文坛领袖王世贞被朝廷任命为郧阳巡抚。次年的农历正月初八是谷神日，王世贞率文武官员登拱辰门城楼拜谷神，祈求风调雨顺五谷丰登。一行人登上二层楼，王世贞正为郧阳府城内外的秀水黛山赞叹不已之时，突然间天地做出回应，一场瑞雪说来就来，屏神静气似的从天而降。那纷纷扬扬的大片雪花落地后即化作春水滋润大地。好一场喜兆丰年的瑞雪啊！王世贞兴奋不已，手舞足蹈赞道，美哉喜哉，谷神之日登拱辰门迎来春雪，此城楼当应天意赐别名为"春雪楼"！言闭，文思如潮，当即吟出一首《七律·登春雪楼》：

郧城东北似齐宫，
四塞烟峦望相同。
忽结楼台银海上，
尽收天地玉壶中。
纵他柳絮能千点，

笑煞梅花仅几丛。

抚罢朱弦君自听，

哪能不让郢人工。

邓兴志读茶店公社农业中学时，听恩师刘老师吟过王世贞的这首《登春雪楼》。当时邓兴志不大明白诗意，刘老师便一句句向他解释。最后一句，"哪能不让郢人工"，刘老师解释说，郢人是指音乐家，王世贞在春雪楼抚琴高歌，自比郢人，可见他当时的心情是多么欢欣且轻松了！

邓兴志17岁那年春节，特意领任九琴登临春雪楼，一字一句，为九琴朗诵了三遍《登春雪楼》……

今日，一路走一路看残景，点点景物里都有九琴的痕迹。越看越伤心。罢了。不看了。回青年路，回到那座冷冷清清不久也将被拆掉的寂寞小屋。

4

彻夜难眠。第二日起床后，邓兴志茶饭不思，晕晕乎乎，梦游一般"游"到武阳岭新县城，企望再见到任九琴一回。

首先来到了西岭路。

路旁立着个高高的大烟囱。这里是一座刚建成不久的地方国营水泥厂。路过厂门口，邓兴志被一则写在小黑板上的招工启事吸引了目光：本厂招收临时工，报名地点门卫室。

邓兴志灵机一动，心想，我若能在这里当个临时工也不错，人在新城，那就常有机会见到任九琴，见一眼是一眼。并且，也免得让王智林在十堰那边费心给我找活干。但是人家这里是工厂，并且是国营厂，能收我这个远迁户移民吗？

试试吧，碰碰运气。

真的来运气了！走进门卫室，就见坐在长桌后面的一位中年妇女主动向邓兴志打招呼，问道，是来报名的吧？

邓兴志连忙点头，是是是，来报名来报名！

问，哪里人？

答，邓家湾。

问，邓家湾的社员？

答，对，社员，贫农成分。

"成分我不管。户籍是不是就在邓家湾？"

"没错，邓家湾。"

"是后靠户，还是远迁户？"

"是后靠，后靠户。"

"看你这身体不错，像铁打的。"

"干力气活没问题，从小干大。"

"叫啥名字？"

"邓兴志，邓家湾的邓，兴旺的兴，志气的志。"

中年妇女把邓兴志的名字写在了登记簿上，问，城里有没啥亲戚能给你提供住所？我们厂可是不管临时工住宿的。

邓兴志忙声明，有有，我有亲戚给我解决住所，我已经住下了，在青年路，来这儿上班不远。

"我还得给你说明，临时工是按计件制拿工钱。"

"好的好的，计件制好，多劳多得。"

"那，明天你就来上班。"

"明天来？"

"是啊，明天来，你没听明白？"

"听明白听明白了，明天就来！"

哈哈，真是意外收获！

第二天邓兴志早早就到水泥厂上班。原来他的工作是抡铁锤砸石头，把大块头的石头砸成小块石头。这些石头是烧水泥的添加原料。石头分成了堆，每堆的堆头大体相同，砸完一堆，工资五毛钱。

这点体力活难不住邓兴志，他砸得比别人快，也比别人轻松。工厂有食堂，菜饭价格都便宜。吃过午饭稍事休息邓兴志继续砸石头。一天砸完了三堆石头，经验收，全部合格。

次日，又是一天砸完三堆石。照这样愉快工作下去，邓兴志的月工资肯定会超过王智林。

第三天早晨，一进厂门，门卫室的阿姨对邓兴志说，你先不上班，随我到财会室去一趟。

进了财会室，会计早已备好三张一元面值的崭新的人民币，对邓兴志说，这是你两天的工资，在这儿签个收讫的名字。

这么及时就发工资！邓兴志喜滋滋地签了字。

会计突然对邓兴志说，明天你就不要来上班了。

啊？不来了？为啥不来了？邓兴志顿时傻了眼。

啥也不为啥，不来了就是不来了。会计不想多费口舌。

邓兴志随着门卫阿姨朝外走，边走边问，师傅阿姨你能告诉我原因吗？

阿姨说，你咋不说实话，差点害我犯政策错误。可惜你这好身体了，别人一天砸两堆都直叫累，你一天砸三堆，像砸着玩儿似的。

"师傅，不要我了究竟啥原因？"

"你莫问我，厂门外有个人正等你，他会跟你解释。唉，我想帮你也帮不上。"

邓兴志走出工厂大门，果然见有个人正优哉游哉地坐在门外石凳子上等他，一脸幸灾乐祸的坏笑。长脸，小胡子，不是别人，是任九琴的丈夫黄天星！

黄天星毫不掩饰内心的得意，阴阳怪气与邓兴志搭腔，哼着鼻音说道，喂，姓邓的，你个骗子，骗了国家三块钱，你还有点小本事呀！

邓兴志说，黄师傅你怕是弄错了吧，我凭劳动汗水挣钱，咋说是骗来的？

"还劳动汗水呢！我问你，你的户口，在哪里？在我们郧阳，还是在嘉鱼？"

"这与你黄师傅有何干？"

"河干，倒海干，太平洋干呢！少在我面前咬文嚼字，街前驴子学马叫。老子告诉你，我黄天星，是正规的中学毕业生，不是半吊子'农中'！你也用不着恭维我'师傅'，工人师傅我当不起，我不过是公司的采购员，编制属于机关干部。"

"噢，不是工人是干部，伟大，难怪这么牛气。尊敬的黄干部，请问，我在人家水泥厂卖苦力，碍着你采购员大干部啥事？"

"你也不打听打听，这水泥厂归谁管？老子明白告诉你吧，这水泥厂，是咱们国营郧县建筑公司的二级单位，厂长是我的好朋友！哼，老子昨天来水泥厂检查工作，就发现你这个骗子了！"

"黄干部你说话干净点行不行，怎么张口闭口就是'老子'？"

"老子愿意，怎么啦？"

"我俩从前素不相识，一无怨，二无仇……"

"呸！你以为老子不知道你是老几？什么到建筑公司家属院参观学习！老子那天从门缝里老早就瞅见你了，鬼鬼祟祟，给老子的老婆塞东西！呸，谁稀罕你一条烂纱巾？老子一把火把它烧了！你也不拿秤盘子称称你几斤几两？你能让我家九琴当上国营单位的合同工吗？你能把她的户口农转非吗？你算个什么东西，为了破坏别人的家庭，竟敢当逃兵，对抗国家的移民政策！你识相一点吧，趁早滚蛋，滚回你的嘉鱼县！"

邓兴志真想狠狠地对骂几句，但终于还是忍住了，不如早早离去。人在屋檐下不得不低头，这"屋檐"也未免太低了吧？低得别说叫人抬不起头，就连脊梁也直不起来！一口一声"远迁户"，远迁户咋啦，远迁户就不是人吗？远迁，远迁，是我自己哭着闹着要求背井离乡去远迁吗？

姓黄的，你神气什么？得意什么？对远迁的乡亲们幸灾乐祸，你的人心，通道是装在狗肚子里？

第十章　金瓶似的小山

1

星期五上午,王智林从十堰回到郧县老城,见到邓兴志便喜笑颜开。

邓兴志心里一亮,估计是事情落实了。

果然如此。因为从十堰通往郧县城唯一的公路"郧十公路"很快就不能用了,靠近郧城的很长一段路将被淹没,所以要抓紧修一条新的"郧十公路",路线改变,起自十堰,经土门镇、茶店镇到天马岩之西的汉江边。并在江边建一座汽车轮渡码头,借一山之隔的邓家湾之名,将此码头称为邓湾码头。王智林已经见过承修这条路的一位工段长,也姓王。王队长表态,欢迎邓兴志到他的第五工段当临时工,马上就可以去找他报到。

王智林在红卫办事处的工作性质很重要,协助领导处理民工团的各类事务。在红卫的住宿问题,后勤部门早为王智林安排好了,住工棚。工棚的条件不错,有木床,有稻草床垫,还有桌子板凳。领导给了他三天假,让他回郧阳老城收拾东西。

老城的家里已没多少东西需要收拾。最主要最值钱的家当是书籍,王智林早已行动,把它们装进纸箱,陆续搬到了岳父家的后靠地,请岳父一家人暂为他保管。几样家具,一张旧木床已答应送给本单位的同事。另有一张小方桌,一个碗柜,两张有靠背的小木椅是比较新的,决定明天送到岳父家。

邓兴志说，还有不少东西不是也都能用上吗，比如这只水瓢，这个瓦盆，这条板凳，这把小椅子，还有这块菜板。

王智林说，我也求之不得多带些东西送给岳父家，可我只有两只手……

"我跟你一起去呀！能带的东西尽量带，韩信点兵，多多益善。"

"太好了，谢谢你！"

"你说的这叫啥话？谢，我该咋谢你？"

"从现在起，你我二人，相互不言谢。"

"对，我一百个同意！"

"正好，明天我带你去见见我岳父岳母。同时还见见另一位老人——我给你夸过无数遍的老兵叔杜满斗。"

"好呀，一举多得，并且还加上又一件事。"

"啥事？"

"我早想过，再到桫椤坡看看那棵桫椤树，明天这不是好机会吗？"

说着话就开始收拾东西。边干活，邓兴志边把前两天在水泥厂的经历说给王智林听。智林叹息说，你今后千万对黄天吹躲远点，免得给你自己也给任九琴惹麻烦。邓兴志说，聊以自慰的是，我挣了三块大洋。王智林说，到了十堰有你挣的，面包会有的，牛奶也会有的。

邓兴志问，这话我是在哪儿听过，猛一下子想不起来。

王智林答，电影《列宁在十月》啊！

"噢噢想起来了！牛奶会有的，面包会有的，一切该有的都应当会有的！"

"邓兴志，听你这口气，我觉得你要为这句话赋予新意。"

第二天，二人一起前往桫椤坡后靠村。

一路走，王智林一路向邓兴志介绍岳父岳母的情况。

王智林的岳父没进过一天学堂，但是却取了一个充满书卷气息的名字，叫丁沧浪。是当年茅窝村的一位年迈的穷秀才为他取的。穷秀才说，"沧浪"二字最能代表郧阳府，因为郧阳府有许多景物以"沧浪"冠名。例如离茅窝村不远的桫椤坡之北的一座山，名字就叫沧浪山，山形远看像观音菩萨。又例如府城之内有座小山俗名牛头山，雅名沧浪台。再例如与东菜园南北相望的一片沙洲，名叫沧浪洲。还有郧阳府均州（均县）城汉水之畔的沧浪亭，更是闻名遐迩，是古代文人聚会吟诗的场所。

一生蹉跎的穷秀才也姓丁，辈分高，他希望丁氏家族中能出现一两个饱读诗书的文化人，所以看中堂孙辈中的一个长得眉清目秀并且天资聪颖的男孩子，为他取名沧浪。可叹丁沧浪家太清贫，没钱供孩子上学堂。

丁沧浪的大名，半辈子很少被人称呼过。小时候，乡亲们唤他的小名沧娃子。他喜欢"沧娃子"三字，觉得比"丁沧浪"顺口。成年后，他相继被称为丁十哥、丁十叔、丁十爷，因为他在本村丁家家族的同辈兄弟中排行老十。

丁沧浪虽未进过学堂门，但是能熟背《百家姓》《三字经》《千字文》《弟子规》《增广贤文》《二十四孝》，会打算盘并且打得又快又准，还能讲许多古今。郧县农村像他这样的老人不在少数，没进过校门不等于没文化，民间的文化传承是依靠一代接一代地口授心传。所以，王智林认为，把没上过学的人统称为"文盲"是不科学不准确的。在农村的默默无闻的"文盲"群体里，藏有许多能人，其中甚至有书法家，有画家，还有故事家，有民歌手，有地方戏的优秀演员，有民间工艺的传承人，等等。他们的才华有时会令上过学的人们惊叹不已。中国的文明财富，继承传扬不是仅靠读书人的，毕竟从前能进学堂的人是少之又少。全民族依靠口授心传的力量继承发扬中华文化，这也许是中国的特色，也可以说是顽强的生存、延续能力。

世事洞明皆学问，人情练达即文章。蒿草之下，或有兰香；茅茨之屋，或有贤良。王智林欣赏这些民间俗语。

王智林的岳母田玉莲同样没上过学。当姑娘时就是个"人尖子"（郧县方言，聪明过人之意），心灵手巧，会织布，会刺绣，还会剪纸。剪出的各种鸟儿活灵活现，像是展翅飞翔。剪出的花朵好似散着香味。

二老都已年近花甲，岳父出生于1911年，现年57岁，岳母比岳父小两岁，55岁。大女儿丁桂芹1934年出生。时隔14年后，1948年，即郧阳城获得解放成为解放军陕南军区司令部所在地的第二年，小女儿出生。父亲没想到送子娘娘又给丁家送一个宝贝女儿，心里高兴，便为小女儿取乳名小小。上小学后，老师依小小的乳名为她取学名丁桂小。

丁沧浪老人也像邓兴志的三叔一样，话不多。他正在门外用锄头劈疙瘩柴（树根），见女婿领着邓兴志走来，停下活，向邓兴志招呼一声说，稀客。接着继续劈柴。

王智林悄声对邓兴志说，别看他只吐了两个字，可是心里装满了热烫烫的话语。

邓兴志说，我当然明白，他这两个字一字千金。

岳母早就望见女婿引着一位客人肩扛背驮什物在爬山，赶忙进厨房，把家里仅有的四个鸡蛋从"藏宝罐"里取出来，煮两碗荷包蛋准备着。待客人来至门前，便招呼了五个字：快进屋喝水。

丁桂小不在家，到均县六里坪去了。

2

吃过午饭，王智林、邓兴志一起爬上桫椤坡，来到傲然屹立的桫椤树下。

邓兴志围着大树转了无数个圈，感慨说，张小二和嫦娥的神话传说真是太美了！看看这棵桫椤树，枝叶这么茂密，若是每根树枝都能变成扁担，那该有多少根挑不断的好扁担啊！

王智林说，神话传说其实是植根于现实土壤的。我读郧阳师范时，语文老师给我们讲过，要理解神话故事的真谛，就得在现实生活中找答案。因此我觉得，这么高大的一棵树能在这儿成长，绝非没有现实原因。

邓兴志说，我也是这样琢磨的。几年前我在公社读"农中"时，和几个同学专门跑来看这棵大树。那时只是来看稀奇。后来在簰洲湾听你姨妹说，全村人后靠到桫椤坡，我就产生了再到这里看一看的愿望。

王智林说，这就叫同病相怜。远迁的人自己面临各种困难，日子难过，却还在替后靠村的乡亲们操心。

邓兴志说，都是一根藤上的瓜。实话对你说，我突然觉得，像你岳父家他们这样的后靠户，还不如远迁户。可是转过来又想，哪里有那么多地方能够接收"消化"远迁户呢？后靠荒山，也实在是没有办法的办法。聊以自慰的是，没离开家乡。就为这，吃苦也值。

王智林说，邓兴志，凭你现在对问题的全面思考，你完全可以担当移民工作的义务宣传员。

"智林兄你可别这样笑话我！言归正传，说今天的事，眼前的事。"

"对，你现在重登桫椤坡，有没有收获？"

"当然有，真是不虚此行。"

"快说说！"

"你看，我为啥围着这棵大树，转一圈又一圈？"

"我给你数了，整整转了十圈。你当然不是转着玩的。"

"我在思考，水有源树有根。这棵大树，为啥能从石缝之间挤着挤着往下扎根？"

"为啥？"

"别看这地表面全是石壳子，可是石壳子下面，肯定有厚厚的土壤，还有充足的水分。"

"对，我也是这么分析。"

"所以我琢磨，把这面山坡整个揭掉它一层皮，把石壳子一块一块剥干净，下面的土壤就可以得见天日。"

"没错，这就叫剥皮见肉！可是工程量太大了，你看这层石壳子，多厚！"

"蚂蚁啃骨头，一口一口啃，总有一天能从骨头缝里啃出骨髓油。"

"啃出骨髓油，好！老兵叔也说过这样的话！"

"是吗，这么说，我是跟老兵叔想到一路了？"

第十章　金瓶似的小山　　109

"这就叫英雄所见略同。靠山吃山，后靠村的二十几户人家，只有这条路可走了。"

"坚决向桫椤坡讨生路！"

"好在眼前他们还不是最困难时期，因为丹江口水库的库水还没完全漫上来，汉江边的一些小坡地还能种庄稼，乡亲们便下山与库水打'时间差'，在河边抢种抢收。能抢一季算一季。县委、县政府的政策宽松，允许并且鼓励后靠户们抢种，收获全归自己。等水位再上升了，那就困难更大。"

兄弟俩与桫椤树挥手再见，回头与二位老人告别。

岳母将一只小陶瓷罐交给王智林，让他到十堰后抽空去均县六里坪走一趟，把罐子交给桂小。小罐里装的是岳母自制的香辣豆瓣酱。

邓兴志这才知道丁桂小还得在六里坪住些日子。她到六里坪不是走亲戚，六里坪没有丁家的亲戚。她是去听课学技术。郧阳地区林业局从省城请来了专家讲授果树栽培知识，公社和大队都决定派丁桂小去参加学习，她本人也非常愿意去。

王智林一闻到豆瓣酱的香味就醉了，说，妈，你做的豆瓣酱，比县城"王义茂"老字号的豆瓣酱还要好！岳母说，也给你装好了，可惜就这一小罐。王智林说，没关系的，邓兴志他也要同我一起到十堰，我俩共享。接着又说，我现在带邓兴志去看看老兵叔，说几句话。

岳父说，老兵哥不在家，到公社开会去了。

原来老兵叔是茅窝村的生产队队长。茅窝村的公文名称是湖北省郧阳地区郧县柳陂区红星公社光明大队第五生产队。现在后靠了，仍保留这个正规名称。第五生产队的公章也一个字没改，还是原来的那枚"圆木头"。

3

王智林、邓兴志回到青年路又住了一晚，次日早早起床捆包袱。两个包袱里全是被褥，一人分享一套。

当天就到了十堰，邓兴志暂时寄居于王智林的宿舍。

放下两个包袱，王智林便领着邓兴志去见"新郧十公路"工程第五工段长王为涛。王为涛是郧西县人，家在上津古镇，与王智林同龄，当过五年铁道兵，为人很爽快。他一见邓兴志就满意，说道，后天早上八点钟，准时到我这儿报到，背上你的铺盖卷儿，我们得上战场冲锋陷阵了！

王智林一到单位，领导就交给他一大堆工作任务，晚上回到宿舍还得加班写材料，不禁犯愁说，桂小的豆瓣酱我啥时才能送去呢？

从十堰到六里坪，15公里路程。

邓兴志说，我后天才上工，明天我去送吧。

王智林说，那行，我给你借一辆自行车。

第二天，邓兴志骑车前往六里坪。自行车虽已老旧，但是一路上都没出毛病。

见了丁桂小，邓兴志才知道她是来学习柑橘栽培技术，授课人是省农科院的张教授。

丁桂小告诉邓兴志，张教授是柑橘栽培专家，常到郧阳地区考察指导，对这片有山有水的土地感情深厚。张教授说我们郧阳地区的地理位置得天独厚，地处最佳气候线北纬32度上下，四季分明，雨量充沛，气候温和。又说这里的山地土壤最适合种柑橘。还说郧县之前虽然也种有柑橘，但是都是本地原生态橘子，味道欠佳，产量低。他希望在郧阳推广优质高产的蜜橘，所以来办培训班。

邓兴志说，听你这话我受到启发。我前天和你姐夫爬到桫椤坡顶观察了一番，我俩都分析，桫椤坡石壳子下面肯定有土壤和水分，不然长不起来像桫椤树那样的大树。还有，一些石缝里为啥挤出了龙须草、酸枣刺？也说明石头下面是土壤层。

丁桂小说，我和老兵叔也正是这样分析的。

邓兴志说，那么大一面坡，如果真能剥开石盖子露出黄土，那它可就是宝山。该感谢坡顶上的桫椤树，它不是一把伞，是一盏指路灯，也是一颗启

第十章 金瓶似的小山

明星。

丁桂小说，你把我们想说的话全说出来了。老兵叔交代我，等培训班一结束，他就带着我一起去找大队，找公社。一是汇报培训班的情况，二是请求领导支持我们的行动，开发桫椤坡，种植柑橘园。

邓兴志说，对，因地制宜，比起种粮食，桫椤坡更适合种果树。

两人正说着话，培训班的班长来叫丁桂小，说是上音乐课的时间马上到了。

邓兴志问，你们还上音乐课？

丁桂小答，这是副课，调剂正课。

班长对邓兴志说，小丁是我们音乐课的教员，等会儿这节课就是她教唱歌。

邓兴志对丁桂小说，你好不简单，还会教唱歌？

丁桂小回答说，不简单什么呀，我们是互教互学，教自己会唱的歌。

邓兴志推着自行车离开六里坪，耳畔回响着丁桂小悦耳的歌声——

金瓶似的小山，

山上虽然没有寺，

美丽的风景已够我留恋。

明镜似的西海，

海中虽然没有龙，

碧绿的海水已够我喜欢。

北京城里的毛主席，

虽然没有见过您，

您给我的幸福却永在我身边……

郧阳地委和专署的各机关，集中于十堰的一片名叫柳林沟的傍着小河沟的河滩地扎营，办公室和宿舍全是工棚或帐篷。整个十堰地区，如今成了工棚的天下，来自北京、长春、武汉、上海等地的二汽建设者们，无论年纪老少，不问级别高低，同甘共苦住工棚，用蜡烛、马灯照明。修襄渝铁路的铁道兵官兵和民工们，则是摆开了帐篷的长蛇阵。看到这些场面，邓兴志心里热热的，就像是在迎接一场大战役，如今自己也是参加这场战役的一名士兵了。想起王为涛工段长说的那句话，我们得上战场冲锋陷阵了，自豪之情油然而生。

邓兴志一夜没睡安稳。起床后背上背包，啃着冷馒头，提前赶到集中地点。

王工段长率领一支百十号人的民工队，步行十几里来到茶店镇。茶店公社的干部们早已为民工队准备了宿舍，地上铺了稻草。王工段长对邓兴志说，今天休息，明天开战，你们临时民工共计12个人，正好一个班，我指定你当班长。又说，我们五工段是先头部队，专打硬仗啃硬骨头，我命名你们这个班为尖刀班，你们得干出个样子，让别的班向你们学习！

第十一章　铁锤与眼泪

1

战斗正式打响了!

新的郧十公路有两段施工最艰难的地段,一段在茶店镇之南,另一段在郧县城汉江对岸的天马岩西侧,全是顽石挡道,需要打炮眼放炮炸石。两处"啃硬骨头"的任务,全交给第五工段承担。

邓兴志带领的尖刀班不负众望,一个个农民工都吃苦耐劳,手掌全磨出血泡,结成厚茧。

两个月后,茶店的工程完工,转战天马岩下。这儿离邓家湾近了,邓兴志一有机会便抽空去看望三叔三妈。

这时,邓家湾的后靠户社员们也在进行战斗。为解决"眼望汉江水却缺水用"的问题,县里决定在天马岩建一座浮船式的提水站,将汉江水提升125米到天马岩山坡。社员们正在天马岩凿石修路,做前期工程。邓兴志的三叔也参战了。社员队伍,民工队伍,两支工程队的施工地段越来越接近,邓兴志能远远地望见三叔的身影。三叔干活还是那么认真卖力,就连打炮眼这样的重活也干。但是三叔的体力明显不如从前了,老黄牛一天比一天老了。三叔也和爹爹一样常说庄稼人的本钱就是一身力气,力气去了会再来。可是我的好三叔啊,你现在的身体已不是十万民工修丹江口大坝时的身体了，你如今是力气去得快回来得慢的状况。邓兴志我盼望三叔你们的战斗早胜利结束，让汉江的河水早上天马岩，解除土地的干渴，更解除社员和牲口们的饮水困难。

转眼到了农历五月，1968年的农历五月，邓兴志24周岁了。

天马岩下的公路工程接近尾声。邓湾码头也已初具规模。

这一天，从河对岸来了一只木船，船上装的是送往天马岩提水站工地的水泥，送货人不是别人，而是蓄着两撇骄傲的小胡子的黄天星！

正在码头旁石崖上打炮眼的邓兴志急忙转过身，躲开黄天星锥子一样的目光。

冤家路窄，偏偏黄天星老远就盯住了邓兴志，一摇一晃走近，咳嗽三声开骂道，嘿，你个逃兵，几个月没见你的鬼影子了，还以为你真是改邪归正撅轱辘滚蛋了呢，原来你是头顶乌龟壳，潜水潜到这儿来了！

王为涛上前，质问道，你是谁，怎么满嘴污言秽语，开口就骂人？

黄天星反问道，你是老几？管球的宽！

王为涛说，我当然要管，我是这儿的工段长。

黄天星撇撇嘴应道，哟，工段长啊，好球大一颗芝麻官！

王为涛说，芝麻绿豆与你何干，你凭啥骂我们的工人？

"啥？他是工人？呸，他是个逃兵！"

"什么逃兵？"

"他是远迁的移民，你不知道？他是从远迁地嘉鱼县逃回郧阳的！"

"他是移民不假，但是移民就没有劳动权吗？"

"要劳动，可以啊，滚回他的簰洲湾，挣工分去！你竟然收留逃兵，知道这是啥性质不？"

"啥性质，你说说看。"

"破坏移民搬迁，阶级斗争新动向！"

"狗屁！"

"你敢骂人？"

第十一章　铁锤与眼泪

"就骂你了怎么了？你骂我就骂得，毛主席教导我们，人不犯我我不犯人，人若犯我我必犯人！"

黄天星一时语塞，重复吼一句：阶级斗争新动向！

王段长说，我看你才是个"新动向"！我问你，这条新公路为什么而修？

黄天星说，我管它是为什么！

王段长说，那你听我告诉你，这公路，是为二汽建设而修！二汽建设，属于三线建设的重点工程。毛主席说，三线建设要抓紧！你跑到这儿张口乱骂，是不是阶级斗争新动向？

黄天星正欲争辩，只见王段长从邓兴志手里抓过大铁锤，对他喝道，拿着！

黄天星问，我为啥要拿这东西？

王段长说，你不是说邓兴志是逃兵？你见过像他这样战天斗地的逃兵吗？你来，拿这一号铁锤也给我打打炮眼，我给你掌钢钎，我不怕你砸伤我的手。你若是打出了一个炮眼，我服你，立即开除邓兴志！接锤呀！怎么腿软了胳膊抖了？

黄天星用鼻子哼哼两声，转身逃之夭夭。

当晚，王段长约邓兴志谈心，了解了邓兴志与黄天星之间的纠葛。

王段长长吁短叹，问道，你心里是不是放不下任九琴？

邓兴志鼻子一酸，背转脸去。

王段长说，是啊，实难割舍！但是现实无情，难割也得割。若不下狠心忘掉，你怎么对付得了黄天星的纠缠？再说，你我二人平心静气分析分析黄天星这个人，他为什么那么恨你？我告诉你吧兄弟，他恨你，其实内心是惧怕你。因为他知道他并不比你强，他能得到任九琴，只因为他不是远迁户，并且有一本非农户口本，又并且是拿工资的人。除此之外，试问他哪点儿敢同你竞争？他恨你骂你，是因为他担心失去任九琴。从这点来分析，他这个人，其实是又可恨又可怜的。兄弟，为了任九琴，你就不必与黄天星计较，说到底他是任九琴的合法丈夫。你想想，是不是这个理？

邓兴志说，谢谢段长的开导，我遇上了王智林这样的好兄长，又遇上你这样的好工长……

王段长说，莫再叫我工长，以后直呼我的名字为涛，我也是你的兄长。

谢谢兄长！邓兴志说着，泪水在眼眶里打转。

王为涛说，别再伤心了，把往事慢慢忘掉，一定要忘掉。将那份纯真的感情深埋在心底，这也是一种财富，精神财富。其实你的这段痛苦经历，王智林兄也对我简单说过。我和智林认识许久了，我们俩很谈得来，相见恨晚。

2

过了两天，三叔托人给邓兴志捎话，晚上一定得回一趟邓家湾，家里有客人在等着。

下午一收工邓兴志就急忙赶到三叔家，进门后愣住了，客人是任九琴的父亲任开希。

邓兴志喊了一声"任叔"，满脸通红，坐立不安。

任叔见了邓兴志也不自在，说话气短，招呼道，邓兴志回来了？在工地上，累吧？

邓兴志答，还好。

全屋的人陷入一阵长久沉默。

不善言辞的三叔，不得不勉为其难，替九琴的爹开口说话。话不多，但一句句一字字，都像大号铁锤砸钢钎一样，一锤一锤砸在邓兴志的心上："志娃子，你任叔，带着一家人的心意，来看你。都记着你，忘不掉你。眼下，九琴的农转非，马上就要解决。人家黄家，为解决九琴农转非，不知跑过多少腿，求过多少人。志娃子，你给我听明白没？这事出不得半点差错啊！"

邓兴志低下了头。

三叔又说，九琴的奶奶，80多岁的人了。九琴她妈，身体不好，住在后靠点挣工分，能挣几个？只等着九琴户口落进城，踏实了，奶奶和妈，也都搬进新城住。有九琴当合同工的工资，九琴妈就是不挣工分，一家人也好安安稳稳过日子。

任叔这时也嗫嗫嚅嚅开了腔，说，邓兴志，亏待你了，我们全家，谁不知道你的好？你难过，任叔心里也过意不去啊，对不起你，这是命……

邓兴志转换话题，问，任叔，虎子还好吗？

任叔叹息一声说，它走了。也不知得的是啥病，吃不下喝不进，一天一天瘦下去。临走那天，它心里知道自己不行了，舍不下，勉强支起四条腿，围着九琴她妈转了两圈，又围着奶奶转了两圈，再也转不动了，躺在奶奶脚边，静悄悄地走了……

听到这里，邓兴志忍住泪水，起身对任叔说，任叔，你们快给九琴办迁户口的事吧，我一两天内就回嘉鱼。

邓兴志回到工地，见王为涛大哥在帐篷外等他。

为涛问，出什么事了吗？

邓兴志回答说，我估计黄天星采取了威胁手段。

"威胁什么？"

"黄家正在给九琴办农转非户口，大概就要办妥了。但是按公安的规定，这事得黄天星出面签字才行，因为他是申报人，是被申报人的丈夫。我估计，他会趁机利用他手中的这点权力，给任家撂狠话，警告说不见我邓兴志滚出郧阳，这农转非的事他就不签字。"

"今晚是谁到你三叔家见你？"

"任九琴的爹。"

"对你说些什么？"

"他没多说什么，是我三叔把话代他说。我全听明白了，所以当即向任叔表态，说我一两天内就回嘉鱼。"

"那就暂时先离开郧阳吧。我估计黄天星会到我们工段侦察，看你'滚蛋'没有。"

"现在我担心的是，九琴的农转非，会不会遇到什么麻烦？"

"你放心，不会的。据我了解，现在你们郧县，农转非已不像以前控制得那么严了。因为眼前的新县城也和农村差不多是一个样子，农转非的门槛就不像从前那样高了。再说，任九琴是独生女，黄天星也是独生子，农转非会照顾的。并且现在已进入让配偶签字确认的程序，可以说是有百分之百把握了。黄天星若前脚听说你走了，后脚就会马上签字去办，难道他不想赶快办妥？"

"那我赶紧，明天就回嘉鱼。"

"等一天，后天回吧。明天你先到十堰待一天，和王智林道个别。"

"好吧，他给我的铺盖卷儿，我得拿给他。"

"我会想办法把你回嘉鱼的消息尽快传给黄天星。"

"我一到簰洲湾就给你寄封信，信封上的邮票邮戳，都能为我已经回远迁地作证明。"

"对，就这样。等任九琴的户口落进城，你再悄悄回来，我等着你。"

邓兴志来到十堰，把暂回嘉鱼的原委告知王智林。智林说，难为为涛处处替你考虑，到底是在部队上当过班长的人，有老大哥的风范。又说，你先回簰洲湾待些日子也好，不知你父亲现在身体怎么样？

邓兴志说，我爹身体底子好，没事。智林兄，我对你有意见！

"啥意见，尽管说。"

"你和嫂子当半边户这么多年了，还要再半边到哪年哪月？现在好多半边户都在积极行动解决户口问题，就连黄家也马上解决九琴的户口了，你为啥不找领导？"

"我不是比别人困难更大吗？一家四口三口是农业户口，我老婆，加上俩儿子。"

"儿子也是你王智林的儿子啊！为啥儿子的户口只能随娘不能随爹？"

"政策是这样规定的，子女户口随母亲，全国都一样。"

第十一章　铁锤与眼泪　　　　　　　　　　119

"这是啥政策？太不合理！"

"兄弟，国家的政策我们莫议论。你听我说，我们单位的领导已经在关心我的半边户问题了，向公安呈递了申请书，申请把桂芹和两个孩子的户口迁到十堰区的五堰大队。"

"迁到五堰大队，不还是农业户口？"

"若真能迁到五堰大队，已经是求之不得的事了，我哪还有更高的奢望？"

第十二章　写你的名字

1

邓兴志这次回远迁点，不乘船，改坐长途汽车。从十堰到光化，转车到襄阳，再转车到武汉。

汽车离开十堰站，一路前行，但见十堰境内到处是建设工地。还见到一队队铁道兵，正抓紧修襄渝铁路。等到十堰的铁路线和襄阳火车站接通了，下次再到武汉可就方便多了。

铁道兵们真辛苦，扛着电钻开山修隧道，就像扛着机枪打冲锋。与铁道兵相比，邓兴志觉得自己打炮眼所受的苦就根本算不得什么了。又想起王为涛曾当过五年铁道兵，邓兴志对他的敬重更增加了一层。王为涛最喜欢唱的歌是《铁道兵战士志在四方》，邓兴志也跟着学会了这歌。现在，望见一队队铁道兵官兵，邓兴志触景生情，心里便响起雄壮歌声——

　　背上了那个行装扛起那个枪，
　　雄壮的那个队伍浩浩荡荡，
　　同志呀你要问我们哪里去呀，
　　我们要到祖国最需要的地方……

我们要到祖国最需要的地方！眼下，祖国最需要我邓兴志的地方在哪里？不在嘉鱼县簰洲湾，也不在汉口汉正街，而是在我的家乡郧县的十堰！十堰需要我修路，十堰需要我抡大锤，十堰需要我流汗水，十堰需要我的两巴掌老茧！十堰，我会再回来的！

可是，邓兴志一回到簰洲湾就被拴住，身不由己了。

原来簰洲湾现在也需要邓兴志这个不怕吃苦的棒小伙。

早年的簰洲湾，一无人家二无耕地，只是一片沼泽地。据说是在清朝乾隆年间，朝廷鼓励嘉鱼及周围几个县的农民到簰洲湾围湖造田，这里的人口便逐年增多。现在，整片湾子的三面都头顶着长江，因此防洪就成了天大的大事，年年都得加固江堤。修江堤是个苦差事，不是"耐磨"的硬汉子，是担不起这又累又操心的重要任务的。

今年公社给胜利大队第三生产队分配了三个修堤的名额，现在只落实了两个。邓兴志突然回来了，解决了难题，社员们不约而同一致推举他上堤。

林队长也不便照顾邓兴志让他不上堤，因为社员们的话他不好反驳。社员们说，邓兴志又是到汉正街当过扁担，又是回郧阳当过扁担，挣了那么多票子，这回该上大堤做点贡献了。

上堤就上堤，邓兴志半句话也不推辞。

好样的，山里人就是实在。既然实在，社员们也不讲什么客气了，一双双目光盯住了邓兴志的荷包。荷包里有现钱。

邓兴志同样没让大家失望，《智取威虎山》戏里头的李勇奇唱过，"山里人说话说了算"，坚决兑现承诺。按三成比例，向生产队交纳在十堰当扁担的收入。在十堰打钢钎修公路，共计出了多少天工，得了多少钱，一笔一笔，清清楚楚都有记录。不是邓兴志自己的记录，而是工程段财务室的记录，盖有财务公章，还有工段长王为涛的签名。邓兴志唯一隐瞒的一笔收入，是在郧县水泥厂砸石头挣的那三块钱，因为这是他的一笔伤心的特别收入。这三块钱，他要一直保存着不用。为什么要保存，自己也说不清。

头天赶回来，连口气都顾不得喘一喘，第二天就得上长江大堤。邓兴志开夜车给王为涛写了封长信，托林队长帮他从簰洲镇邮政所寄出。

2

对于邓兴志来说，修江堤的活儿其实并不比在十堰打钢钎苦。苦的却是孤苦伶仃一颗心。

收工后，人们总见他像个"苕货"（傻瓜）一样坐在大堤上，呆呆地望着长江一言不发。

汹涌澎湃的江水，能冲刷我邓兴志心中的忧伤吗？

接到邓兴志寄自簰洲湾的信，为涛兄及时回信。邓兴志把回信反反复复读，无异于是在反反复复折磨自己。

为涛信上说，邓兴志离开邓湾码头的当天下午，一位满脸风霜的老人到工地寻访。这老人不是别人，是邓兴志的三叔邓永昌。老人可怜巴巴地询问王为涛，我侄儿他离开十堰没？为涛回答说，邓兴志明天一早就回嘉鱼。老人抹一把泪说，这我就放心了。为涛把老人请到工棚里坐，同老人拉拉家常。老人的话语证实了邓兴志的猜测，黄天星正是拿住在农转非通知书上签字不签字的权力当撒手锏，逼迫邓兴志远离郧阳远离十堰。老人还说，九琴怀孕了，所以九琴的爹妈和奶奶又喜又发愁，因为又多了一个人的户口问题。政策规定，娃子生下来户口随妈。如果娃子落地前九琴办好了农转非倒好，娃子出生后娃子的户口也就自然而然随着妈，也是城市户口，非农。可是，万一直到娃子出生时九琴还没办成农转非，那往后再想申请，可就难上加难了！所以两家的老人都战战兢兢，小心翼翼将就着黄天星。

好狠心好骄横的黄天星！我邓兴志回郧阳碍你什么事了？我真会抢你的媳妇吗？你把我想成了什么人？是的，我爱九琴，深深地爱，久久地爱，刻骨铭心地爱！可是这份爱，不是你能理解的！你赶走邓兴志我这个人，但是你赶不走我拴在九琴身上的一颗心！

九琴，想不到你就要做妈妈了，我盼你生一个女儿，长得像你一样，千万不要长成黄天星的样子！送子娘娘，您一定要把眼睛睁开！

　　长江，你替我做证，这世界上是有苦恋的。这苦苦的爱恋，没能得到这证件那证件的承认，但是它的权力是不应该被剥夺的！

　　青梅竹马，耳鬓厮磨，两情像一江秋水一般纯净澄明。没有过肌肤的亲密接触，彼此都把那一道儿女防线看得神圣而美丽，等待着，等待着幸福的洞房花烛夜。谁料有情人未能成眷属，没有洞房，不见花烛，只剩下泪水。邓兴志我并不为没有逾越过那道防线而遗憾，反觉安慰踏实。正因如此，我从九琴那里获得的爱，才是最圣洁的，最经得反复回味。回味她的一颦一笑，回味她的呼吸，回味她心跳的声音，回味她站在汉江边，向龙舟上的划桨人那远远的一望……

　　寒冬腊月喝冰水，点点滴滴在心头！

　　九琴曾红着脸对我邓兴志说过，她胸口有一颗从娘胎里带来的红痣，娘说那是观音菩萨赐予的礼物。邓兴志多想看看那颗红痣，却始终没看过。有九琴亲口把这隐秘对我邓兴志说过，这就足够幸福了！这颗红痣，将永远照亮邓兴志的眼睛！

　　随手捡起一块石头，邓兴志用它做笔，在江堤上写任九琴的名字，一笔一画认真写，心里涌出几行诗句——

　　　　写你的名字
　　　　横撇竖捺；
　　　　写你的名字，
　　　　自秋冬至春夏。

　　　　写你的名字，
　　　　笔如针扎；
　　　　写你的名字，
　　　　从青丝到白发。

写你的名字,

异乡泪洒,

写你的名字,

心,何处安家?

3

在痛苦寂寞的日子里,邓兴志最盼望王为涛的来信。为涛兄是多么地善解人意,体力活无论是多忙多累,也坚持给邓兴志勤写信。

王为涛在信中介绍郧阳和十堰的情况,也耐心地开导邓兴志。为涛也喜欢诗歌,他用泰戈尔《飞鸟集》中的诗句安抚邓兴志——

爱情呀,当你手里拿着点亮了的痛苦之灯走来时,

我能够看见你的脸,而且以你为幸福。

"我相信你的爱。"

让这句话做我最后的话。

我懂,完完全全能读懂这些诗句。感谢为涛兄,你是我邓兴志的好兄长!

两人还在通信中讨论许多问题,包括国家大事。王为涛的观点,总让邓兴志耳目一新,受益匪浅。例如,邓兴志在去信中说,丹江口水库淹没了郧阳府那么多的老建筑,太可惜太令人心疼,是不是得不偿失?为涛回信说,郧阳府的古城墙和钟鼓楼等等明清建筑,确实令人难以割舍,但是中国人又必须强身健体,巍然屹立于世界民族之林,并且是屹立于当代之林。我们今天的奋斗与牺牲,是为了美好的明天。如果我们仅仅是守着秦砖汉瓦不愿改变现状,是实现不了现代化的。我认为,那些有代表性的古建筑是一定要保护的,比如北京故宫,又比如长城等等。而郧县的老房子拆除,是不得已而

为之，如果这样做是失大于得当然不值得，但若是从全局考虑是得大于失而且是远远大于，那也只能割爱了。

为涛的这番话，让邓兴志想起去年在船上听到的那个大学生所讲的"打破坛坛罐罐"理论。那个大学生的话怎么听怎么刺耳，气得邓兴志在心里骂粗话。而读着王为涛的信，却觉得说得有理，心里舒服多了。

为涛还在信上说，他家在郧西上津镇，也是千年古镇，家里的房子也是青砖黛瓦古建筑，但是，实话实说，他觉得这房子供人参观当然不错，但是只有住在里边的人才知道生活有多么不便。他希望老百姓们的"楼上楼下电灯电话"的愿望早日实现，而古民宅在保留旧貌的同时也应改善居住条件。

为涛在信中讨论最多的话题是中华民族的民族精神。他认为最为可贵的精神是自强不息。他引用古代神话和历史故事来说明这一精神。夸父逐日，后羿射日，愚公移山，精卫填海。咱们不指望从上帝那里盗火种，咱们自己钻木取火。咱们不需要躲进方舟里听天由命逃避灾难，咱们有大禹治水三过家门而不入的奋斗行动。什么时代咱中国人发扬了这种自强精神，咱们就扬眉吐气顶天立地。相反，什么时候我们丢掉了这种精神，就会任人宰割，遭人污辱耻笑。

为涛还在信中给邓兴志讲中国人民解放军铁道兵的故事。读着这些故事，渐渐地，邓兴志觉得自己也走进了军营。他也爱上了军歌，那支《铁道兵战士志在四方》的歌他只会唱第一段，便求为涛将全歌歌词抄给他。为涛乐此不疲，把许多军歌的词谱都寄给了邓兴志。

收工后坐在江堤上思念任九琴，思念到不能自已时，就勇敢站起身，对着滔滔长江唱军歌。大声唱，用劲唱，唱得个山呼海啸，地动山摇——

　　　　向前！向前！向前！
　　　　我们的队伍向太阳，
　　　　脚踏着祖国的大地，
　　　　背负着民族的希望，

我们是一支不可战胜的力量……

　　日落西山红霞飞，
　　战士打靶把营归，把营归，
　　胸前红花映彩霞，
　　愉快的歌声满天飞……

　　即使是唱着威武雄壮的军歌，心里的柔情也似一江秋水向东流。他相信了"铁骨柔情"这句话。想起《英雄赞歌》，想起在电影里唱这支歌的王芳和任九琴的模样一个样，因此每次引吭高歌的结尾曲都是这支歌——

　　烽烟滚滚唱英雄，
　　四面青山侧耳听，侧耳听，
　　晴天响雷敲金鼓，
　　大海扬波作和声……

　　有两个外队的年轻修堤社员不知邓兴志的来头，问道，拐子哥，你当过解放军？
　　邓兴志不假思索回答说，是啊，当过。
　　"当过什么兵？"
　　"铁道兵。"
　　"铁道兵，那可蛮了不得呀！"
　　"当然，钢铁之军嘛！你们知道铁道兵的建军历史吗？"
　　"不知道。"
　　"那你们听没听过杨连第这个名字？"
　　"没听过。"
　　"你们应该知道这个名字，他是志愿军铁道兵的战斗英雄。抗美援朝我们取得胜利，一半功劳归前方将士，另一半功劳归后勤支援。敌人一次次炸毁我们的铁路桥梁，我们的铁道兵一次次修复。我们还在清川江修了一座水下铁路桥，敌人的飞机想炸也炸不着。你们知道现在铁道兵正在修哪两条大动脉铁路吗？"

"不知道。"

"一条是襄渝铁路。另一条是成昆铁路，从成都到昆明。修完成昆接着还要修贵昆，从贵阳到昆明。修成昆线的是铁道兵七师，修襄渝线的是八师。"

"拐子哥你是几师的？"

"这是秘密，不可以随便回答。"

第十三章　不是石头是宝玉

1

半年后，王为涛的来信中止。最近的一封来信，落款是1968年12月10日。信上说，他这些日子格外忙碌，也很累。邓兴志知道为涛兄肩上的任务重，他正带着一支民工队，为二汽建设抬电线杆上山架电线。沉重的水泥电杆全靠肩膀一根根抬上山，怎么能不忙，又怎么能不累？邓兴志就回信对为涛说，暂时不必来信了，我的修堤任务年底就完成，回村后我再向林队长申请，争取早回郧阳，我们在十堰重相聚！

邓兴志从江堤工地回到生产队之时，已是1969年2月中旬。林队长对他说，我知道你还想回郧阳当扁担，眼看快过春节，等过了节我想办法替你安排。

1969年农历正月初一是公历2月17日，这一年的春节来得晚，在立春日近半月之后。

腊月三十除夕，丁桂小高高兴兴来到簰洲湾。姐姐和两个外甥迁户口的事落实了，只等嘉鱼这边办迁出手续。姐夫工作忙走不开，桂小带着十堰的准迁证前来代办。有准迁证在手，剩下的只是手续问题，春节后机关一上班就能办妥。

丁桂芹和两个可爱的孩子马上就可以回老家了，邓兴志归乡的心情更加迫切，两家人聚在一起时，话题总离不开郧阳。

丁桂芹对邓永富老人说，邓叔，我和两个小家伙走了，邓兴志也决定再回二汽工地上打工，把你老人家一个人撇在这儿，咋办？

邓永富说，别的都没啥，我就是舍不得佩风、佩雨小哥俩。

小哥俩说，邓爷爷，跟我们一起回吧！

邓永富说，好娃子们，邓爷爷我得留在这儿挣工分，你们都莫操我的心。

丁桂小说，邓叔，就算我们都不操你的心，可你在这儿要操我们好多人的心。所以我建议，你就跟我们一起回老家吧。回去后暂时没地方住不要紧的，你先到桫椤坡后靠村住我们家。

邓永富摇头，说，那咋要得？我不能给你们家当包袱。

丁桂小说，邓叔你可别这样认为，常言说"家有老，是一宝"！我们后靠村的二十几户社员，正在向桫椤坡讨生路，要把坡上的石盖子揭开种果树。你老人家的木匠手艺那么好，到我们那儿，是不是个宝？

"那桫椤坡的石盖子那么厚，你们揭得开？"

"我相信揭得开，只要功夫深，铁杵磨成绣花针。"

邓兴志说，我看不如这样吧，我爹回去，也不必去后靠村打扰丁叔一家人，直接回邓家湾，住我三叔家，帮我三叔挣工分。同时也顺便关心桫椤坡后靠村的事，桫椤坡有木匠活需要时，及时去帮一把。

邓永富说，这办法好倒是好，可就不知道簰洲湾这边的生产队队长，还有大队领导，人家同意不同意。

我去找他们磨磨嘴皮子。邓兴志说。

邓兴志拜会林队长，道出一大篇早已打好腹稿的措辞。说道，队长，我对我的第二故乡嘉鱼县是越来越热爱了！嘉鱼同我的老家郧阳一样，也是千年古城，早在西晋太康元年，也就是公元280年就建立了县治。"嘉鱼"二字，蕴含了深厚的中国文化，取意于《诗经·小雅》篇："南有嘉鱼，烝然罩罩，君子有酒，嘉宾式燕以乐。"

林队长插话说，这几句古诗我一句也没听懂，说的是个什么意思？

邓兴志说，翻译成白话文，大概意思是说，南方这美丽的地方出产好鱼，鱼儿摇头摆尾，许许多多，数也数不清，我烹鱼酾酒招待宾客，心情像燕子展翅飞一样欢乐！

林队长唏嘘不已说，邓兴志，我怎么越看你越不像庄稼人，整整是个中学老师嘛！

邓兴志说，队长莫夸我，我这也是鹦鹉学舌，现学现卖。我是有一天到县城，在嘉鱼县文化馆的墙报上学到的这点知识，强记下来的。县城原名鱼悦镇，也是因为有嘉鱼而欢喜之意。现在改名叫鱼岳镇，也没离鱼字。我个人浅见认为，新名字鱼岳镇还不如鱼悦镇，喜悦的悦才最恰当。

"你学了就能记下来，还能背给别人听，又会分析，这也蛮不简单！"

"队长，我的中心意思是说，嘉鱼是鱼米之乡，簰洲湾更是土地肥沃，所以这里人丁兴旺。可是也有美中不足。那么，美中不足在哪里呢？在于人均耕地太少。再加上我们这些郧阳远迁移民挤到这里，更给本地乡亲们增加了沉重负担，是不是？虽说我们也挣工分，可是越挣工分越等于是抢你们的口粮，说白了就是跟这里的乡亲们抢饭吃！惭愧，怎么好意思继续抢？"

"邓兴志，你就莫跟我老林绕这么大个圈圈了，我知道，你想的是重回郧阳当扁担。"

"队长，那你就听我把我现在的现实思想向你汇报。"

"喝口茶，慢慢说，莫说古文，说眼前的大白话。"

"对，眼前话。我认为，这次丁桂芹和两个孩子户口从我们队迁走了，是件好事，大好事！"

"为什么？"

"减轻本队负担了呀！你想想，她一个妇女，带着两个小娃子，能给簰洲湾做什么贡献？只有生产队照顾他们。还有我老爹，简直更加是三队的拖累，是不是？"

"邓兴志，听你这话音，是不是想让你爹爹也回郧阳？他那么大岁数，回去当得动扁担？"

第十三章　不是石头是宝玉

"他当然再挑不动扁担。他回郧阳，只能住我三叔家，让我三叔背包袱，替这里的生产队减轻负担。"

"你和你爹都走了，那，这里的房子，找谁给你们看管？"

"队里不是已经决定，把丁桂芹母子三人留下的移民房，拿来给福利院用吗？"

"是的，队里有几个无依无靠的五保老人，公社早指示，要集中住，集中照顾，可是我们队哪有空房子？"

"是啊，虽然现在有了丁桂芹留下的房子，但是也不够用啊！"

"邓兴志，那你的意思是……"

"我和我老爹回老家，把移民房交给生产队，福利院的房子不就全解决了？"

"这不就太亏待你们父子二人？"

"队长不用这么客气，我刚才说过，我越来越热爱我的第二故乡簰洲湾，我理当为第二故乡做点贡献！"

"那屋子里的家具……"

"屋子里也没几样家具，况且还是队上帮我们置办的，理所当然，留给福利院使用！"

"好，好！邓兴志你放心，这房子，还是你们父子二人的房子，包括宅基地。什么时候你们又想回来住了，只管先打声招呼，我们马上腾房。"

"谢谢林队长！"

"不必说这个谢字，我是一直把你当亲兄弟看待的！实话对你说吧，从我知道丁桂芹要迁回郧阳开始，我就在替你考虑，考虑怎么样替你，也替你爹搭个过河的桥。可是还得考虑怎么样才能让本队的社员们高高兴兴放你们走，怎么样让大队公社也没话说。小老弟，还是你聪明，提出让房的办法，一切难题全解决了！我再强调说一遍，房产权，宅基地，永远是你们父子俩的！"

"队长，我爹跟我一起走，他的作用只能是减轻这里的负担，如果让他再做其他贡献，他怕是力不从心的。"

"那是当然！谁还忍心叫他老人家也去当扁担挣现钱给队上提成？"

"我爹的损失我来补。我回郧阳当扁担，还是按三成交生产队。"

"这不可以，不可以！"

"队长……"

"小老弟你莫急，听拐子把话说完。你这么体谅生产队，把房子都腾出来了。人都是心换心，这里的社员们也不能不为你们想一想。你交钱换工分，拿工分分口粮，可是你又不可能一次次跑来把口粮背到郧阳。生产队拿口粮到粮所，给你们兑换粮票，兑换几个钱，也麻烦得不得了，倒不如两免了！"

"两免？"

"你也不用向队上交扁担钱，队上呢，也不给你记工分分口粮了。"

"这，队上会不会吃亏？"

"队上吃点小亏，吃大亏的是兄弟你，你得买高价粮过日子。这也是没办法，顾不得两头。"

"队长，谢谢你为我考虑得这么周全！不要紧的，这些年不像以前，想买点高价粮，还是买得到的。价钱贵一点，总比买不到强。一句话，我只有对你感谢再感谢，就不知道队上的社员们会怎么想？"

"放心吧小老弟，簰洲湾的农民，也是蛮厚道的农民。这事我会马上召集几个社员代表通通气，相信大家都会支持的。"

2

正月初四各机关开始上班，当天丁桂小就把姐姐和外甥们的户口迁移手续办妥。

正月初八，两家一行六人，背着大包小包离开簰洲湾。乡亲们自发送行。有两位五保老奶奶，让年轻人用板车拉着，一定要把他们送到簰洲镇汽车站才分手。丁桂芹只觉泪水在眼眶里打转，蓦然间觉出了"第二故乡"沉甸甸的重量，心里说，乡亲们再见，簰洲湾再见，有机会我一定回来看你们！

大包小包的行李，全是衣服被褥等看得见的日用品。独有邓兴志肩上的一个背包不一般，包一层又一层，捆一道又一道。乡亲们猜不透里边包的是什么值钱物件。只有林队长知道，不过是一块石头而已，于是问道，邓兴志，这是块什么石头，为什么你把它包那么严实？

邓兴志支支吾吾正在想如何应答，丁桂小开腔了，说，他那不是一块石头，是宝玉。

林队长惊问道，宝玉？啥宝玉？

丁桂小胸有成竹回答说，它的名字叫绿松石。

林队长泄一口气，应声说，绿松石，不还是石头吗？

丁桂小解释说，石头和石头不一样。绿松石，又被我们郧阳人称为绿宝石，因为它确实不是普通石头而是玉，并且是一种很珍稀的玉。

"为什么珍稀？"

"因为全世界只有土耳其和我们中国有。现在土耳其没了，开采完了，仅剩中国还有。"

"噢？只中国才有？"

"中国也只有我们郧阳有。有一个历史典故叫'完璧归赵'，队长听说过吧？"

"没听过，你说给我听听。"

"说的是一块名叫'和氏璧'的宝玉，是楚国的国宝。琢璧的玉料，采自我们郧阳山区，它就是绿松石。"

"绿松石绿松石，颜色应该是绿的，对吧？"

"是，绿色越深，越是好玉料。"

"那，为什么邓兴志的这块玉料是蓝颜色？"

"蓝色是表层，真玉深藏不露，这才更属为珍品。"

"你是说,深处的颜色不一般?"

"是的,越是好的宝玉石料,外表看起来越普普通通。书上说的'浑金璞玉'四个字,就是这个意思。"

"噢……"

"我才说的那块楚国的和氏璧,刚被发现时,也只是一块普通石头。发现他的人,是郧阳山区的一位石匠,姓卞,名叫卞和。卞和发现了这块璞玉心里高兴,风尘仆仆赶到郢城,向楚国君主楚厉王献宝。"

"楚厉王马上就高高兴兴收下!"

"不是这个情况。楚厉王先命令鉴玉专家鉴玉。"

"专家一定会说,宝贝,这是一块宝贝!"

"也不是这个情况。专家说,山野匹夫哪识得宝玉,这个卞和抱来的只是一块无用的石头而已。楚厉王一听大怒,命令刀斧手,砍断卞和的左脚。"

"啊?这样蛮不讲理?"

"过了些日子,楚厉王去世,楚武王继位,卞和二次献玉,被武王砍断右脚。"

"又被砍断一只脚,这璞玉再不能献了!"

"卞和矢志不渝,等到又一个楚王——楚文王继位,他第三次去献玉。"

"这一回什么结果?"

"文王识货,一块璞玉终于见天日,被琢成了和氏璧。"

林队长转头对邓兴志说,想不到你有这么一块宝贝石头,为什么不卖掉?这可是能卖不少钞票吧,少说也得抵上你两年的工分!

又是丁桂小代为回答,说,宝石宝石,只有遇到识宝人,才会肯定它的价值。

林队长说,我明白了,如果遇不上行家,就不知道石头里头有宝玉,所以得耐心等机会。

丁桂小点头应答说,是的是的,林队长你总结得好!

邓兴志越听越感激,感激丁桂小替他解了围,更感激她把他的石头说成

第十三章 不是石头是宝玉

宝玉。丁桂小啊，曾经的柳陂中学的学习委员，我该怎样向你致敬？

3

一行六人回到十堰，王智林拉着一辆板车接站。一见王智林的面，邓兴志就急着打听为涛兄的情况。王智林说，莫急，都快把行李放车上，先到住地安排住下来。

原来王智林已在五堰老街租好了两套相邻的住房。都是老房子，青砖灰瓦，瓦上长有瓦针，大约是清代的建筑。屋内有些阴暗潮湿，泥土地面。条件差，因此租金十分便宜。

十堰有条河名叫百二河，长度为60公里。两岸的乡民引水修堰塘，先后共修了十座堰塘，十堰的地名便由此而来。早先，这里的小地名从头堰一直排到十堰，现在只剩下三堰、五堰、六堰、十堰，其他的堰已被新地名代替。五堰离柳林沟口不远，方便王智林上下班。

邓兴志领着老爹走进出租屋看了几眼，说，不错，看样子下雨天不会漏水。老爹说，不管错不错，我可不能住在这儿吃闲饭，我回邓家湾帮你三叔挣工分。邓兴志说，我知道，我明天就送你回邓家湾。

因为心里惦记着为涛兄，邓兴志先扔下老爹，到隔壁向王智林打听。

王智林脸色一沉，低下头。

邓兴志忙问，怎么啦？

王智林眼圈红了，说，为涛兄，走了……

"走了？哪儿去了？"

"牺牲了。"

"啊？牺牲了？怎么牺牲的？"

"为涛兄领着民工抬水泥电杆，穿烂了多少双草鞋，磨破了多少副垫肩，一言难尽！那一天，1968年的最后一天，抬电杆爬坡，那坡实在是太陡太难爬了！突然，一个民工脚一滑，身子一歪，咚一声摔在地上。他这一闪失，其他几个民工双脚也站不稳，又有两个民工摔倒。这下糟了，失控的电线杆把其他几个民工挑翻在地，顺坡就往山下滚！山下紧跟上来的是另几个抬电杆的民工！为涛容不得多想，跃身一跳，扑倒在向下滚动的电线杆的前方，用身体，死死阻挡……"

王智林说不下去了。邓兴志双膝一软瘫在地上。为涛兄，你写给我的最后一封信，时间是1968年12月10日，想不到，才隔半个多月时间，你就突然这样走了！不敢想象，那被你阻挡的钢筋水泥电线杆和一块块滚石，把你的浑身上下碾压成了什么模样！

王智林告诉邓兴志，为涛兄没能迎来1969年新一年的曙光。他于1968年12月31日23点50分在抢救室闭上了双眼，临终，他攥在王智林手腕上的五指也没松开……

为涛曾服役的铁道兵部队的团首长，到十堰参加为涛的追悼会。这时王智林才知道，为涛兄在部队曾立过两次三等功，一次二等功，还被评为优秀共产党员。同时也才知道，为涛是名有12年学历的士兵，他初中毕业后考入郧阳地区财贸学校，财校毕业后报名参军。

为涛叶落归根，骨灰被他妻子捧回郧西上津镇，埋在镇外的一片松树林内。

邓兴志对王智林说，我想到上津看看为涛兄。

王智林说，我们元宵节去吧，这几天你抓紧把家里的事安置妥当，元宵节后你去报名上班，单位我已联系好了。

邓兴志说，我家也没啥大事可安排，我老爹不想住五堰，我明天先送他回邓家湾。

第十三章　不是石头是宝玉

第十四章　天皇皇，地皇皇

1

邓兴志送老爹回到邓家湾。

三叔见了大哥的面，啥话也说不出，把旱烟袋杆递给老哥哥，只顾像小孩子一样昂哧昂哧哭，哭得三妈坐在灶前不敢抬头。

终于又听到邓家湾山风的声音了，风声里有汉江河里的流水声，夜里邓永富睡得好踏实。第二天，他让邓兴志带他到桫椤坡看看。

从邓家湾到桫椤坡大约6公里路程，因为要翻山爬坡，所以得走一个多小时。

到了桫椤坡后靠村，邓兴志才知道，年纪还不足21岁的丁桂小如今肩上压上了千斤重担。生产队队长原来是老兵叔杜满斗，他一次次向公社向大队要求说，应该选拔优秀青年接革命班，我看丁桂小这姑娘比我全面。全生产队社员也一致推举丁桂小，可谓众望所归。老兵叔"扁担不离肩"，队长不当了，自告奋勇给桂小当副手，任副队长。最近村里又成立了开山突击队，同样是丁桂小当队长，老兵叔当副队长。全队社员齐心协力向桫椤坡要饭吃。起五更睡半夜，真的像蚂蚁啃骨头一般，用钢钎，用镐头，用锄头，已经揭掉了一大片石头壳子，果然石壳子下面有土壤。他们先在这里种上了腊菜。腊菜"命穷"，没有肥料也能生长。用腊菜先把板结的生土拱松养熟,然后再作植树的打算。

邓永富老人来到桫椤坡,在坡上转过来转过去,手执一把锄头,在各处石壳子上敲敲打打。丁桂小对邓兴志说,你爹像不像个探矿的教授?邓兴志说,你可能不知道吧,我爹会和石头说话。

"和石头说话?"

"对,他不仅擅长木匠活,还会石匠活。我们邓家湾无师自通的石匠可不少。因为我们邓家山早年也是石头山,是一代又一代邓家湾人开山凿石,才造出一块块梯田梯地。"

"啊,是这样啊,那你爹爹更是宝贝了!"丁桂小心里好高兴,走近老人身边,问道,邓叔,你用锄头向石壳子问话,问出什么来了吗?

邓永富说,问出来了!最左边的那片石壳子不用费力撬了,石根子太深,撬不开。右边这一片,用火攻加水攻,这是一片麻骨子石。

"啥叫麻骨子石?"

"这是我们邓家湾人的叫法,书上叫个啥名字我也不知道。这种石壳子好对付,先架柴火烧,烧得烫烫的,赶紧用冷水往上泼。一烧一泼,石壳子就松了,自己裂开。"

"邓叔,你真是个诸葛亮!你可别走了,担任我们的技术顾问,多好啊!"

乡亲们都围上来,恳请邓永富留下。

桂小的爹丁沧浪说,兄弟,住我家。

邓永富说,那咋行?太麻烦你们一家子!

副队长杜满斗上前发话了,说,最好的安排,是永富老弟你住我家。我家就我单身一人,你住我家,你是我的伴,我是你的伴。两个老汉做伴,在一起拍拍(说说)话,多美啊!

邓永富立即高高兴兴答应,说,满斗哥啊,实话说,我就等你这句话!虽说我今天是第一次见到你,可是你的名字,我早刻在心上了!我在簰洲湾时,就听桂芹、桂小姐妹俩,还有王智林夸过你。知道你的好,也知道你的

第十四章 天皇皇,地皇皇   139

光荣。

是的，邓永富早已在心里敬佩杜满斗。

杜满斗称得上是个传奇人物。

当年，一贫如洗的爹娘生下他，为他取名"满斗"，巴望他过上不挨饿的日子。哪知他的少年时代却是饥寒交迫，别说是家有一斗粮，就是一升隔夜粮也未曾有过。三岁那年爹病故，七岁那年又没了娘。幸亏茅窝乡有个民间"二棚子戏"（即"郧阳花鼓戏"）戏班子，班主看满斗这娃子实在可怜，就收他当了小演员，让他有口饭吃。他在戏班子里逐渐学会敲鼓打锣吹唢呐，后来又登台演出。他腿勤手勤，脑子也勤，戏班子里的人无不怜悯他。抗日战争时期，李宗仁任司令长官的第五战区在郧阳山区征兵，征兵口号是打日本鬼子。这时杜满斗已成年，应征入伍。在对日作战中负伤，至今大腿上还留有伤疤。没想到打败了日本鬼子，蒋介石不听众人好心劝阻，硬是一门心思要打内战。杜满斗不愿当炮灰，领着两位弟兄，冒着被抓被杀头的危险，逃离国民党军队，参加了解放军。在"解放全中国"的战斗中他英勇无畏多次立功，光荣加入了中国共产党。抗美援朝战斗中他也立过大功。美国兵的炮弹炸伤了他下身要命的部位，在战地医院差点没醒过来。复员回乡后，乡亲们热心为他介绍对象，他一一谢绝，说，我的身体我知道，不能害别人。

他是政府的优抚对象。他把为数不多的优抚金大多用在乡亲们身上，给五保老人送钱，给小学校买篮球、排球、图书。他的身上，集中体现了茅窝村普通农民纯朴善良的品德。他挨过饿，受过累，但是他从没有抱怨。他认准了社会主义，相信共产党是一心想让中国老百姓过上好日子的。他说，一个国家好比一个人，从刚学走路的小娃子长成身强力壮的大人，是一天天长大的，哪能不磕磕绊绊？摔跤了，爬起来，拍拍身上的灰，重新看清前面的路，继续走，这就对了。

他渴望国泰民安。他痛恨贪官懒官，崇敬人民的好干部。他曾经专程去了一趟河南省兰考县，就为了看一看焦裕禄种植的泡桐树。

他爱学习，肯钻研。解放军部队就像一座大学校，他在部队不仅学文化，还学会为国家分忧。小戏班子的经历让他会拉会唱，在部队时他就是连队文艺骨干。光是会唱倒不算稀罕，稀罕的是他还会即兴自编新唱词，可以称得上是出口成章。回乡后，区政府、乡政府领导常给他布置任务，让他编写唱词宣传新政策。他总是出色完成任务，连县文化馆的专职创作员也称他是老师。他还曾"临危受命"，为茅窝乡政府临时凑起来的农民"二棚子"演出队编写过剧本。他编的宣传唱词，丁桂小从小听，多少年过去了也忘不掉。例如有一段唱词是宣传光荣参军的，他编道——

妈妈放宽心，
妈妈别担忧，
光荣服兵役，
军营三五秋。
门前种棵小桃树，
转眼过墙头，
桃树结了桃，
胸佩红花
回来把桃收。

这唱词，水平真是不亚于专业人员。
又例如宣传反对包办婚姻提倡自由恋爱的唱词，引经据典，通俗易懂，并且非常符合农民们的口味——

梁山伯，祝英台，
好呀好可惜！
可惜啥？你们听仔细——
可惜没生在新社会！

第十四章　天皇皇，地皇皇

生活在新社会多幸福，
手拉手政府去登记。
大红的结婚证捧在手，
自由恋爱多美气！

参加修丹江口大坝时，杜满斗是茅窝村民工班班长。他还被聘为工地广播站特邀宣传员，负责编写广播稿。有一首他编的郧阳新民歌，曾反复在工地大喇叭里播放——

十万大军战丹江，
扁担锄头手中枪。
早晨比星星起得快，
晚上没灯有月亮。
省长的脚上也穿草鞋，
跟我们一起挖土方。
困难见我们它咋务（务，郧县方言，办之意）？
跪在地上忙投降！

乡亲们都尊称他杜老兵，几乎忘了他的原名杜满斗。

丁桂小还曾在杜老兵编写的剧本中扮演过角色，那时桂小还是个小学生。

1959年10月，为庆祝中华人民共和国成立10周年，郧阳地区举办了一次全地区农民文艺会演，要求所有参演节目必须是农民们自编自导自演。演出地点在军教馆（原为孔庙）的大礼堂（原为大成殿）。有三个节目荣获头等奖，郧县茅窝乡的二棚子戏《留下箩筐》名列其中。另两个头等奖，一个是房县的彩调戏《我失骄杨君失柳》，另一个是竹山县的山二黄戏《施洋的乡亲们》。

《我失骄杨君失柳》，剧名取自毛主席的诗词《蝶恋花·答李淑一》，剧情是介绍李淑一的丈夫柳直荀在1931年担任红三军政治部主任兼中共房县县委书记期间，是怎样发动群众投入革命，又是怎样克服重重困难把几十名房县青年送上井冈山的。《施洋的乡亲们》是讲述施洋在英勇牺牲后，他的乡亲们是怎样继承他的遗志。施洋是竹山县人，出生于1889年，曾在郧阳城上过府立农业学堂，后来到省城上学，毕业后当律师，维护劳苦大众权益，担任湖北全省工团联合会法律顾问。1923年军阀吴佩孚等反动军阀对我进步工人阶级实施镇压，施洋律师被杀害。他是竹山人民的骄傲。

二棚子戏《留下箩筐》的剧本是杜满斗熬了三个夜一笔一笔编写的。丁桂小女扮男装在剧中演小男孩缸娃子。剧情是，缸娃子的爹娘不孝顺，折磨缸娃子的奶奶。九月初九重阳节这天，缸娃子的爹娘突然一反常态，笑脸相对奶奶，说是要陪奶奶上山看菊花。奶奶说，我走不动。缸娃子的爹娘对奶奶说，你坐在箩筐里，我俩抬你上山。爹娘昨夜商定阴谋诡计时，缸娃子都听到了，所以他也尾随爹娘和箩筐里的奶奶上了山。正当爹娘准备把奶奶和箩筐一起从山顶推下汉江时，忽听缸娃子一声大喊，爹，妈，留下箩筐！爹妈一惊，问他，娃子呀，为啥要留下箩筐？缸娃子回答，等你们老了，我也学今天你们的样子，和我老婆一起，把你俩装进箩筐，推下汉江！缸娃子的这番话使爹娘幡然悔悟，从此孝顺奶奶。剧终，台前台后演员齐唱——

  留下箩筐，留下箩筐，
  手拍胸膛想一想！
  天皇皇，地皇皇，
  天地皇皇问汉江，
  谁家没有儿和女，
  哪个不是爹娘养？
  天是爹，地是娘，
  没爹没娘暗无光。

百善之首孝为先，

中华美德要发扬！

仅仅回味《留下箩筐》这出戏，邓兴志也觉得应向杜满斗老人致敬。老爹能和这个老人住一起，是求之不得的幸运！

2

元宵节这天，邓兴志和王智林天不亮就出发，赶往郧西上津镇。

到了上津，二人先到松林坡给王为涛扫墓。

为涛兄的墓碑上刻着八个大字：铁道兵战士王为涛。这是遵为涛的遗言所刻，字是出自智林之手。邓兴志对着墓碑说，为涛兄，你是好班长，我和智林是你班里的成员！你放心，你教我唱的《铁道兵战士志在四方》我全会唱了，每个字我都铭刻在心。班长，听我现在把歌词背给你听——背上了那个行装，扛起了那个枪，雄壮的那个队伍浩浩荡荡。同志呀，你要问我们哪里去呀，我们要到祖国最需要的地方。离别了天山千里雪，但见那东海呀万顷浪，才听塞外牛羊叫，又闻那江南稻花香。同志们哪迈开大步朝前走呀，铁道兵战士志在四方……

与为涛兄英灵告别，王智林、邓兴志来到上津小学的校园外。今天是星期一，寒假结束，学校刚开学。为涛兄的妻子乔新梅是五年级的语文老师，正在给学生们上课。教室是土墙平房，智林和邓兴志从窗外就能看见嫂子站在讲台上的身影。她正在给学生们朗读课文，是方志敏烈士在狱中写的《可爱的中国》。

——听着！朋友！母亲躲到一边去哭泣了，哭得好伤心呀！她似乎在骂道：难道我四万万的孩子都是白生了吗？难道他们真像着了魔的狮子，一天到晚地睡着不醒吗？

——我们相信，中国一定有个可赞美的光明前途。我相信，到那时，到处都是活跃的创造，到处都是日新月异的进步，欢歌将代替了悲叹，笑脸将代替了哭脸，富裕将代替了贫穷，康健将代替了疾苦，智慧将代替了愚昧，友爱将代替了仇杀，生之快乐将代替了死之悲哀，明媚的花园，将代替了凄凉的荒地！这时，我们民族就可以无愧色地立在人类的面前，而生育我们的母亲，也会最美丽地装饰起来，与世界上各位母亲平等地携手了。这么光荣的一天，决不会在辽远的将来，而在很近的将来，我们可以这样相信的，朋友……

王智林、邓兴志轻步离开校园，回头一次次张望，心里说道，嫂子，保重身体！今年暑假我俩再来，接你和侄女到十堰住些日子。

3

郧县和郧西县虽然是山水相连的近邻，但是从十堰到上津却不容易，来回都要绕弯子。王智林和邓兴志来时是经郧县新城，邓兴志亲自参与修筑的新郧十公路发挥了作用。先是在十堰长途汽车站乘车，车到了邓湾码头过轮渡。第二程，从郧县新城的长途汽车站乘车到郧西县城。第三程，从郧西县城乘车到上津镇。上津镇已离陕西省的山阳县不远，所以王为涛说话的口音里带有陕西味，他还会唱秦腔和陕西碗碗腔。现在，王智林、邓兴志决定走西线回十堰，先到陕西的白河县城。

可是从上津到白河县城现在还不通客车。王智林、邓兴志运气好，遇到一辆拖拉机拉货到白河城，二人便搭上了顺风车。

到达白河县城已是万家灯火时分。

白河县因境内有条白石河而得名，与郧西、郧县两县相邻，被称为秦头楚尾。县城在汉江的南岸，也是一座有千年历史的古城。街道依水盘山，夜晚，站在江滩上仰望县城的满山灯火，觉得是在遥望天宫。

因为有了汉江水的滋润，所以，白河县也像郧阳地区的六个县一样，多美人。

二人在汽车站附近的一家小旅社住宿。旅社门口挂了一盏灯笼，二人这才想起今天是元宵节。小旅社里总共只有五个旅客。这样的地点，这样的日子，这样的环境，最适合兄弟俩促膝谈心。

王智林对邓兴志说，兄弟，你快25周岁了，该重新考虑个人问题。

邓兴志苦笑一声说，我的个人问题，画上句号了。

"画句号了？画了个啥句号？"

"不管是啥样的句号，正句号也罢，歪句号也罢，都是句号。我邓兴志这辈子就这样，就义了"（就义，郧县方言，定型了之意，非"英勇就义"之意）。

"唉，真是负心的女子痴情的汉啊！"

"任九琴不是负心女子，她是身不由己。她是孝顺爹妈和奶奶，不得不自我牺牲！"

"对呀，我也知道任九琴是个好女子，她并非有意负你。我刚才不过是借古语那么一说罢了。对你而言，准确的表达，当是曾经沧海难为水，除却巫山不是云。"

"如果是九琴不爱我了，自己心甘情愿爱上了另一个男人，我怎么会这样受熬煎？可是情况不是这样，所以我就义了，一辈子不结婚！"

"可是你想没想过一个难题？"

"啥难题？"

"你如果不成家，就会有一个人，悬着的心老是放不下。"

"谁？"

"黄天星啊。"

"我成家不成家与他有啥关系？"

"太有关系了！你一天不成家，他一天心里不踏实。如果他知道你又回十堰了，说不定会玩出什么新花样，让你不得安宁。"

"我惹不起他，躲着他不就行了？"

"只能躲着他，一定不要让他发现你重回家乡了。"

第十五章　画眉鸟飞过不回答

1

1969年的十堰，是加快步伐抢时间抢速度奋力快跑的十堰。

二汽的建设全面铺开，二十几个专业厂——发动机厂、车身厂、车桥厂、水箱厂、总装厂、铸造一厂、铸造二厂、标准件厂、刃具量具厂……先后开工建厂房。还有东风轮胎厂，另有供水供电等后勤单位的用房，又有职工医院等等，建筑工地标记图布满了十堰的新地图。

是领导们的期望和鼓励加快了建设者们的前进脚步。年前，周恩来总理批示说，二汽要毫不动摇在十堰地区加快建厂。毛主席在关心着二汽的建设，他老人家在十几年前就提出了要在中国建一座汽车城，自力更生，生产完全国产化的汽车。现在，一张绘制多年的建设蓝图，终于变成了一片沸腾的工地。

担任二汽建房任务的主力单位是国营中国第三建筑工程局，简称"中建三局"。三局需要大量的肯吃苦能耐劳的辅助工人，于是邓兴志便成了其中的一名勤杂工，搬砖，推车，工作得十分愉快。

丁桂芹也在为二汽建设做贡献。五堰大队的公社女社员们成立了一个草编组，打草鞋，编草帽，织蓑衣，支援工地的工人和民工们。有时候也需要编制粗绳子，织绳的器械也是摇绳机。但是已不是郧县城关镇草绳社使用过的那种原始的摇绳机了，而是半人工、半机械化的新机器，不需要像汉江大堤那样广阔的"车间"。丁桂芹想起，她当年是多么羡慕翁大英在城关镇草绳社摇机器，现在自己也摇上了，心里好生欣慰。

修建黄龙滩水库的准备工作已全部就绪，马上就要动工。水库是拦截堵河的河水，所以得从堵河河岸修一条运送物资的公路至黄龙滩镇，称为"堵黄公路"。两个工程是一体工程，因此郧县县委、县政府成立了"黄龙滩电站、堵黄公路指挥部"，简称"双黄指挥部"。

黄龙滩水库回水35公里，将淹没郧县叶大区、叶滩区和红岩背国有林场范围内的25个自然村，淹没耕地5647亩，淹没经济林5600亩，淹没18个乡村码头，淹没18家乡镇企业。又有一批社员要成为移民。移民工作必须抓紧，所以，地区"红卫指挥部"应县"双黄指挥部"的请求，又让王智林回县里，干移民的老本行。他住在黄龙滩的工棚里，很少有时间回五堰大队。

佩风、佩雨小哥俩很听话很懂事，一起到"老虎沟小学"（离五堰老街不远）上学，一起放学回家。回家后，若妈妈还没收工，哥俩便先饿着肚子认真写作业。邓兴志叔叔就住在隔壁的出租屋。有时候邓叔叔回来早，小哥俩就快乐得喜笑颜开，因为邓叔叔总会给他俩带回好吃的。也有时候邓叔叔没带回好吃的，两手空空。但是小兄弟俩也不会失望，因为遇到这种情况时，邓叔叔会在他出租屋里马上生火做饭。他动作好迅速，没多一会儿工夫就过来招呼说，苞谷糁煮熟了，馍馍也热了，我们开饭了！

爸爸也会偶尔在星期天回家，佩风、佩雨小哥俩就更高兴。爸爸会带他俩到三堰或六堰去玩。三堰很热闹，长途汽车站就在三堰。六堰也热闹，有大商店。在这两个热闹地方都有卖水果和卖棉花糖的，还有卖爆米花的。爸爸拎着一小袋子苞谷籽，和小哥俩一起规规矩矩在爆米花机前排队，耐心地，怀着渴望的心情，看摇爆米花机器的师傅先给别的小朋友摇。终于轮到咱哥俩了，那圆鼓鼓铁肚皮的机器在呼呼的火苗子上摇呀摇，终于，嘭的一声响，苞谷籽从机器肚子里爆出来了，变成了好多好多香味扑鼻的爆米花！

小哥俩好喜欢十堰这个地方。这里的生活热气腾腾，这里的人们朝气蓬勃。这里到处是挖掘机、推土机、压路机。这里的帐篷和工棚多得像春天里的花朵。听老师说，住在帐篷和工棚里的建设者们，有许多是我们国家国宝级的顶尖科技人才。老师还说，在张湾大队那片山坡下，在东岳庙四周的工棚和帐篷里，住的国宝级别的建设人才最集中。是他们，在长春市创建了中华人民共和国的第一座汽车制造厂，圆了中国人的汽车梦。老师说，早在1920年，孙中山在《建国方略》中就提出要建立中国汽车工业。可是孙中山的汽车梦，只有到中华人民共和国诞生后才得以实现。1953年7月15日，"中国一汽"动工建设，三年后的1956年7月15日，第一批解放牌载重汽车就下线了。后来又造出了东风牌轿车和红旗牌轿车。现在，许多建设过一汽的功臣又来到咱十堰，他们之中有的人是从国外回到中国的老专家，有的是党在战争年代就放眼未来培养储备的建设人才。他们许多人都年事已高，但也和年轻人们一起艰苦奋斗，点马灯，住帐篷。

2

这天，丁桂芹突然问邓兴志，最近在十堰遇没遇见过黄天星？

邓兴志说，没遇见过呀，他住在郧县新城，我咋会见到他？

丁桂芹说，可能九琴一家人也到十堰来了。

"也到十堰？不会吧，她家咋会来十堰呢？"

"现在有不少人从新城迁到了十堰。政府动员他们迁。新城那三道梁子，盖房子条件不如十堰，有的房子刚盖起来，就不能住人了。"

"这我知道。"

"前两年，政府动员新城居民迁十堰，好多人不愿迁，嫌这里是农村。现在不同了，十堰也变得有点城市样子。再说现在十堰也需要新城的一些人过来，开饭店的、照相的、修钢笔的、补锅的、补鞋的，都需要。他们来后，政府保证户口不变，保留城市非农户口。"

"就算是非农户口不变，黄天星家也不会来十堰，他们公司家属院结结实实，何苦搬家？"

"这也不一定。前几天我听人说，郧县建筑公司要一分为二，分一半人来十堰，因为这边急需建筑力量。还听说，他们公司的人都愿意分到这边来，过来后工资增加，住房优惠。都想过来，可是领导决定，老技术工人优先。老技术们过来可以传帮带，培养新人。九琴的爹和黄天星的爹，不都是老技术骨干吗？"

"听嫂子这么一分析，也有可能他们两家人到十堰来。我以后走路多注意观察就是了，免得撞见黄天星。"

邓兴志在心里升起了希望。不是希望撞上黄天星，而是盼望能与九琴不期而遇。多么渴望见到她啊！此前只能在梦境里重逢，现在有希望当面见她了！哪怕只是远远地一望，或者只见到她的一个侧身，甚至是只见到她的背影，也是极大的心灵安慰啊！

一个月过去了，两个月过去了，三个月过去了，这强烈又可怜的愿望却并未实现。也没撞见过黄天星，这就充分说明，任、黄两家人都还住在郧县新城。

农历五月初一是邓兴志25周岁生日。恰好这天是星期日，邓兴志放弃了加班机会，毅然决定休息一天，给自己过生日。他漫步到三堰长途汽车站，车站对面有一家小小门面的酸浆面馆，味道还算可以。他在这儿吃了一碗长寿面，返身回五堰老街。从三堰经五堰到六堰已修成了一条街道，名叫人民路。沿着人民路往北走，经过郧阳军分区大门口，突然见有人老远扬手同他打招呼。此人大约三十五六岁，戴一副度数不高的咖啡色镜框的眼镜，镜片后的一双眼睛竭力瞪大，表现出精神焕发的神态。中等身材，衣服很新很耀眼，时髦的雪白雪白的"的确良"白衬衣，配着有直直的裤线的蓝色西装长裤。黑亮的皮鞋，一尘不染。他满面笑容，称呼邓兴志"表哥"，问道，表哥，你可能忘记我了吧？

听口音是均县人。邓兴志回忆不起来是在哪儿见过这位体面的干部同志，更想不明白为什么这位比自己年纪大不少的同志将他称为表哥。

这位同志忙提醒说，表哥你忘了吗，去年，你骑自行车到六里坪，看望你姑妈的女儿丁桂小……

噢，邓兴志想起来了！去年到六里坪给丁桂小送豆瓣酱，同学们问送豆瓣酱的人是谁，桂小信口回答说"是我舅家表哥"。当时眼前的这位干部也在场，身份是均县林业局的一位股长，恍惚记得同学们喊他莫股长。

邓兴志拿不准股长到底是不是姓莫，便说，你是均县林业局的股长同志吧？

股长说，对，我姓莫，名其然，莫其然。

邓兴志说，莫股长你好！

莫其然说，我现在不在林业局了，我调到了县委，给主要领导做秘书工作。

邓兴志突然想起电影《南征北战》中女游击队长的母亲夸奖三营长的那句话，便借来一用，对莫其然说，祝贺莫同志，又进步了！

莫其然谦虚地回答说，进步谈不上，只不过工作责任更重而已。

邓兴志说，那是的，担子越重，责任越大。

原来莫秘书是参加郧阳地区的文秘工作学习班来了，住在军分区大院。他说，这次到十堰，机会难得，一定要专门抽出一天时间，去见见丁桂小。

邓兴志说，感谢莫秘书还记得我姑家表妹。

莫其然说，感谢什么呀，我又不是外人。

邓兴志听出一点儿话音了，便问，准备哪天去？

莫其然说，自六里坪一别，虽然我与桂小书信往来频繁，但是怪我粗心大意，没有问过她，到桫椤坡乡具体路线该怎么走。

邓兴志说，我可以给你带路，不过我得提前向我们领导请假。

莫其然说，那就麻烦你当向导了，这个星期日去，行不行？

邓兴志说，行，我明天一上工，就提前把假请好。

二人议定了详尽的行动方案。周日，上午七点钟，二人准时在军分区门口会面。莫其然提前向军分区借一辆吉普车。吉普车把莫、邓二人送到邓湾码头便完成任务转回，接着由邓兴志带莫其然步行到桫椤坡。下午返回十堰时，二人步行到邓湾码头搭客车。

　　邓兴志正欲同莫其然说声再见，莫其然又做出决定，要随邓兴志去一趟五堰老街，认认邓兴志的家门。这样做是为了双保险，万一周日邓兴志睡觉睡过了头，到约定时间还没起床，莫其然便带车到五堰老街叫邓兴志。邓兴志觉得，还是人家莫秘书考虑问题细致周到，虽然自己绝不会睡懒觉误大事，但还是欣然同意，带莫秘书去认家门。

　　从军分区大院到五堰老街不远，二人边走边交谈。邓兴志说得少听得多，他认为这是向有文化有知识的人学习的好机会。三人行，必有吾师，莫秘书就是位好老师。原来莫秘书也同智林兄一样，出生于农村，老家在均县六里坪。他从小学到初中再到高中，成绩一直优秀，考上了武汉的华中农学院园林系，毕业后分回均县在林业局工作。上次全地区在六里坪举办果树栽培技术培训班，组织工作主要由均县林业局承担，授课的专家张教授原来是华中农学院的老师，他还记得他的得意学生莫其然。

　　二人到了五堰老街，邓兴志请客人进屋坐坐，莫其然说不必了，以后有机会再登门拜访，少不了要经常打扰你这位表哥的！

　　送走莫其然，邓兴志想把今天的巧遇告诉桂芹嫂子，但是她不在家。又一想觉得不妥。莫其然与丁桂小是朋友，这是他们二人之间的秘密，桂小不一定对家里人说过，我邓兴志怎可以多嘴多舌当喇叭筒呢？

3

　　周日眨眼之间就来临了。一切行动按计划进行，一切也都顺顺当当。

　　二人在邓湾码头下了吉普车，邓兴志在前引路，领着莫其然直奔桫椤坡后靠村。

边行，二人边愉快交谈。交谈中，邓兴志越发明白，莫其然这位国家干部，为什么会爱上人民公社"向阳花"。他开动脑筋为莫秘书归纳出四条理由。第一条，丁桂小天生丽质，许多男青年见到她都觉眼前一亮；第二条，丁桂小虽然只是初中毕业生，但是她聪明，非常爱学习，文化知识并不比高中生甚至大学生逊色多少；第三条，丁桂小身体健康，热爱劳动；第四条，丁桂小心地善良，孝敬老人。百善孝为先，这第四条优点尤其重要，莫秘书有眼力！

但是有件事让邓兴志放心不下，那就是户口问题。莫秘书是国家干部，非农户口。而丁桂小是农村社员，农业户口，结婚之后怎么办？莫其然愿意当半边户吗？

莫其然的一番回答解除了邓兴志的疑虑。他对邓兴志说，表哥你不必担忧桂小的农转非问题，这对我而言是个不存在任何问题的问题。你想想吧，毕竟我在县委给老革命老领导做秘书工作，天天为老领导服务。我申请把爱人的户口迁进城里，合情合理，在领导眼里不过是区区小事而已，会照顾我的。并且，县公安局户籍科长是我的朋友。

邓兴志内心对莫其然更加敬重。敬重他选对象不考虑女方是城里人还是乡下人，只重人品。也敬重他考虑问题细致周到，未雨绸缪，一切该想到的问题全提前想到了。

邓兴志听莫其然讲国际国内形势，敬佩他知识丰富。莫其然说，修建丹江口水利枢纽工程，均县人民和郧县人民都做出了重大贡献甚至是牺牲。郧县县城被淹了，我们县的千年古均州城也被淹了。现在的新均县城，是建在丹江口大坝的下面，所以有人建议把"均县"县名改为"丹江口市"。县改市，升高半格，求之不得呀！我估计，很快就会改名到位的。

莫其然又说，均县也有大量移民，远迁地也和郧县一样，汉阳、武昌、嘉鱼都有。远迁的移民故土难离啊，流了多少泪！但是这些眼泪都不会是白流的。我认为中央的决策很英明，高瞻远瞩，大格局地部署全国的经济建设，中国的前途是无限光明的！

邓兴志对莫其然说，听了你这些话，我很受鼓舞。

后靠村终于到了。在村口遇见老兵叔，邓兴志忙将贵客介绍给他。

老兵叔对莫其然说，不巧，桂小和她爹妈都不在家。

莫其然大失所望。邓兴志也心里一沉，忙问，到哪儿去了？

老兵叔答，到瓦坊沟桂小的妈妈家吃喜酒，姨妈的儿子娶媳妇。

邓兴志的一颗心放下了，对莫其然说，这事好办，瓦坊沟不远，只有七八里路，我现在立马去报告消息。

老兵叔说，那，邓兴志你就快去瓦坊沟一趟，叫桂小吃过午饭就回来，晚上的喜酒免了。莫同志先随我来，晌午在我家吃饭。

邓兴志问老兵叔，我爹在吗？

老兵叔答，回邓家湾去了。你麻溜（快点之意）先去瓦坊沟吧！

邓兴志来到瓦坊沟，晌午的喜宴已近尾声。几张餐桌全摆在门外稻场上，丁桂小正坐在长板凳上听亲友们拍（说）家常，未待邓兴志走近，远远地就发现他了。

邓兴志躲在一丛刺玫架后面不再向前。不可走近喜宴桌，因为他不认识桂小的姨家人，况且来得太匆忙，空着两手什么贺礼也没带。

满架的刺玫花花蕾即将绽放，暗香浮动。

丁桂小假装要找阴凉地走走，离席，来到刺玫架下，问邓兴志，你咋来了？有事？

邓兴志答，报告你一个好消息，有远方的客人到桫椤坡看你来了！

"哪儿来的？叫啥名字？"

"我没好问人家的名字，反正是贵客，见面你就知道。"

"男客还是女客？"

"男客。"

"男客？会是谁跑到后靠村找我？后靠村是个新村名，外面的人几乎没人知道。"

邓兴志不吱声，就是要守住悬念，等着给丁桂小一个大大的惊喜。

在 水 一 方

"客人现在哪儿？"

"在老兵叔家。老兵叔叫你快回去！"

"你还没吃午饭吧？"

"没关系，到老兵叔家再吃。"

"你别动，就在这刺玫架下等我，我去给我姨和爹妈说一声。"

"你可快点，人家是远道而来的贵客！"

丁桂小并没多耽搁时间，很快就返回，对邓兴志说，走吧。

邓兴志的一颗心放下了，为莫其然高兴。

丁桂小变魔术般从手提包里取出两个包子，对邓兴志说，快吃，还是热的。

邓兴志已是饥肠辘辘，抓过包子就咬一口，好香！

一路无语，丁桂小不再问来客是谁，邓兴志也乐得严守秘密。

到了老兵叔家，一进门，莫其然便起身对丁桂小说道，怎么样，想不到是我，不远百里专程来看你吧？

丁桂小说，是，万万没想到！

老兵叔正在收拾碗筷，对邓兴志说，吃饭吧，我和莫干部刚吃完。

邓兴志说，我吃过两个包子，不饿了。又说，我想到村子里转转，老兵叔，你也陪我去转转吧，碗筷回来再洗。

老兵叔说，要转你自己去转，我可没闲工夫陪你。

这个老兵叔，心眼咋这样实呢？丁桂小和莫其然久别重逢，你也不给人家创造个单独交谈的条件。

"你真不陪我？你就陪陪我吧，老兵叔！"

"你啰唆个啥？没见我正忙？"

"那，我只有自己去转了。"

"去吧去吧！"

邓兴志出门，不在近处，往远处转悠。

转至村头，迎面扑来由刺玫花的花蕾散发的淡淡清香。啊，原来这儿也

第十五章　画眉鸟飞过不回答　　155

有满满一架刺玫，邓兴志从前竟没注意到。好茂盛的一架刺玫，枝条粗壮，根须牢牢扎在深土里，土是从别处移来的。是谁，在这贫瘠之处破石填土，移栽了这么一架蓬勃成长的刺玫呢？

两只画眉鸟从邓兴志眼前匆匆飞过，对他的疑问无暇作回答。

立在刺玫架下，邓兴志不舍离开，不由又想起任九琴。九琴说过，她采的刺玫花，只送给邓兴志一个人……

突然听到老兵叔的咳嗽声。抬头看，原来是老兵叔送客，准确说是陪丁桂小一起送客。邓兴志迎上前问道，莫同志咋这样快就走？莫其然捋起袖子看一看手表，回答说，时候不早了，晚上还得分组学习，我负责一个组。丁桂小说，工作才是最重要的，别耽误，快快走吧！老兵叔说，莫同志再见！然后交代邓兴志，喂，是你陪莫同志一起来的，你也得负责陪他一起回十堰，听清没有？

邓兴志回答，老兵叔放心，不用你交代，我和莫同志也早说好了的，同来同往。

莫其然恋恋不舍，对丁桂小挥手说，再见，我一定会常来！

邓兴志领莫其然出村，发现莫其然十分高兴，满面喜色，沉湎在回忆之中，无暇与邓兴志搭话。邓兴志想起了一句成语——旁若无人。高兴，他替莫同志高兴，也为丁桂小高兴。

邓兴志还观察到，莫其然的手提公文皮包有了变化，来时是鼓鼓的，很显然包里装有送给丁桂小的礼物，现在皮包是空空的。

来到邓湾码头，正巧一辆轮渡船从江北岸开过来，船上有一辆开往十堰的客车。邓兴志扬声向客车司机问道，喂，师傅，还有座位吗？师傅答有，但是只有一个。邓兴志便临时改变主意，对莫其然说，莫同志你乘这辆客车先回十堰，我现在回邓家湾看看家里的三位老人，天黑前我再到这儿拦车回五堰。莫其然问，那么晚了你还能拦到车？邓兴志说，放心，这是个繁忙的码头，夜晚也有车辆来往。

邓兴志来到三叔家，才知道老爹这次特意回邓家湾，是为了船。明天老爹要将邓家湾的一条木船撑到桫椤坡后靠村，泊在坡下的汉江漫水湾。

桫椤坡的石壳子已被揭掉一块又一块，梯地也造了一片又一片。现在的任务是给土地喂奶，土地有了奶水才会肥壮，才会慷慨地回报庄稼人。土地最好的奶水是有机肥，包括人畜粪便。所以桫椤坡需要大量的大粪。厕所成为难得的宝贝，尤其宝贵的是公用厕所。后靠村已在郧县新城号定了几个公厕，派人轮流值班日夜看守。

进城挑大粪离不开粪桶，邓永富的木匠手艺发挥了作用，为后靠村新箍了十几对粪桶。到新城去挑大粪，来回得乘船，乘渡船肯定不行，船太公和乘客们都不会欢迎，所以需要一条自己的运粪船。

现在桫椤坡上还没种上柑橘树。丁桂小是队长又是技术员，大家乐意按她的指导办事。先在新开出的梯地里多种蚕豆。蚕豆的根部生出大量的根瘤菌，对改良土壤大有益。收了蚕豆插红薯秧子种红薯。红薯浑身是宝。红薯根在地下结红薯时产生的张力可以松土，让生土逐渐变成熟土。

老爹现在很忙碌，但是身体还不错，心情也愉快，和老兵叔住在一起很高兴。三叔、三妈的状况也都不错，让邓兴志觉得很放心。

邓兴志回到五堰，已是夜晚 12 点。今天一天很忙很紧张，但也很有收获，替人做了好事，睡得踏实。

第十六章　站在那树下你问一问风

1

半个月后的星期天。

邓兴志休息，丁桂芹也休息。丁桂芹对邓兴志说，今天你到我家帮我包饺子吧，两个娃子早就想吃顿饺子了。邓兴志说，那好，我去买肉馅。丁桂芹说，不用买，馅我都备好了，你来帮我包就行。

两个大人一起包饺子，佩风、佩雨小哥俩压抑着内心的欢喜，面对面坐在桌前认真写作业。

邓兴志，嫂子有件事，不知当问不当问。丁桂芹突然这样开了口。

邓兴志应道，嫂子有啥话尽管说。

丁桂芹说，那我就不拐弯抹角。我问你，半个月前，你是不是带了一个人，到后靠村看我妹妹去了？

邓兴志自我表功地回答，是是，是我当的向导。你妹妹都告诉你了？

"你先别管我妹妹告没告诉我。嫂子我现在只问你，你给我妹妹领去了一个什么人？"

"是均县的一位干部，原来在林业局当股长，现在是县委的秘书。"

"姓什么？叫什么？"

"姓莫，名其然，莫其然。到底是文化人，名字就不一般。"

"名字是有点不一般。你了解这人？"

"不敢说我了解他，因为我跟他只有两面之交。但是你放心，你妹妹肯定了解他，两个人认识那么长时间了，互相通信也通了不少。"

"是莫其然亲口对你说，他和我家桂小经常通信？"

"是啊，当然是他亲口对我说的！嫂子你别不信，这事我咋会瞎诳？"

"你是没瞎诳。嫂子我再问你，你那天领莫其然去看我妹妹，发现没发现，他带了礼物？"

"有，有礼物！"

"啥礼物？"

"这我可不知道，也不应该知道。"

"那你咋断定他带了礼物？"

"他提了这么大个公文包，去的时候包是满的，走的时候是空的。"

"你很细心，观察得不错。"

"这不用细心观察，一眼都看明白了。嫂子你应该为桂小高兴！"

"邓兴志你先别急，听我把话说完。你没看错，那人确实是给我妹妹送了份礼物，按你的想法应当是一份宝贵礼物。现在，我妹妹已经把这份'宝贵'礼物交到我这里了，今天，我按妹妹的嘱托，把这份礼物，转送给你。"

"啥？嫂子你说啥？"

"我妹妹说，一定要把这份礼物，完完整整，全部转给你。"

"这这，这咋能行？我我，我咋可以收这特别的礼物？"

"你咋就不能收？好了，饺子包好了，我去烧火，你帮我检查检查两个小家伙的作业。等吃罢饺子，我就把莫其然的礼物全部交给你。你别推辞，就算请你替我妹妹保管。"

2

桂芹嫂子转交给邓兴志的东西是一捆书信。

全是莫其然写给丁桂小的书信。奇怪,这么重要且私密的信,为何丁桂小竟托外人保管?

每封信都叠得整整齐齐,装在印有美观图案的信封里。因为信写得很长,超重,所以几乎每封信都贴了两枚8分钱面值的邮票。邮票在信封的右上角贴得端端正正。信封上的字也写得端正,全是仿宋体,上写收信人地址湖北郧县柳陂区杪椤乡,中间写丁桂小同志启,寄信人地址只写两个字:内详。

私人信件,未经信的主人同意,外人是不可阅读的。但是丁桂小既然把这一捆信全交给我,让我替她保管,我看上一两封信也应该是可以的吧,为的是了解一下大概内容。

从一封比较轻的信封里取出几张信笺。内容毫无意外,是表达莫其然对丁桂小深深的思念之情。例如,最亲爱的桂小,你知道我是多么爱你吗?我日思夜想寝食难安,你那美丽的容颜时时在我眼前浮现,你那甜美的歌声像春天的河水在我心中流淌!你是那天上的一轮明月,我愿做月边的一颗星;你是那国色天香的牡丹,我愿做采花酿蜜的蜂儿!我还愿做一只小羊,跟在你身旁,盼你手执细细的皮鞭不断轻轻地打在我身上……

邓兴志觉得,莫其然的信虽然写得热情似火,但是模仿的词语太多,有的段落甚至是抄写的。是丁桂小觉得这些信美中有不足吗?可是即便如此,也不该将这些情书托他人保管呀!

这谜团太难解!邓兴志决定见见桂芹嫂子,试试能否从她的言语中分析出原因。

邓兴志把信重新捆好,锁进木箱,出门。

只见嫂子家的大门上挂着把铁锁,这才想起嫂子说过,柳林沟沟口的大礼堂兼电影院已盖好了,她答应过佩风、佩雨,今天带他们去看电影。

邓兴志回头也把自家门锁了，到外面走一走。

3

无目的地信步而行，不觉来到了百二河河边。想起了百二河上修有一座水库，名字就叫百二河水库，地点在十堰老街的南边，水库被青山环抱，风景极美，不如去看一看。但是路太远了，以后有机会再去吧。又想起东岳庙，庙虽然早已拆了，但是一座高台仍完整保存，四周有围墙。墙院里有一棵古柏树，800岁高龄，去看看这棵树吧！但是也不近，并且不好走，一路上得穿过好几处建筑工地，也就作罢吧。

邓兴志最后决定就在近处走走。沿着百二河前进的方向，往北走。不知不觉间，却也走了不少路，来到神定河边。百二河就是在这儿找到归属，像小孩子蹦着跳着似的，一头扑入娘怀，流进神定河。有了百二河水的加入，神定河的波浪就更宽阔，勇往直前，一路向北，流向土门镇。当年只有一条安静小街的土门镇，现在也成了热火朝天的工地。万人大厂——东风轮胎厂就在这儿建设。神定河穿过土门镇的建筑工地后仍不歇脚，大踏步进入茶店公社的沃野，直奔茶店镇。在茶店镇外，神定河又接连"收编"两条小河。因为有了"三河相会"的景观，所以茶店镇成为郧县的江南名镇。但是神定河并不留恋名镇美景，波浪哗哗响，像是为自己喊"加油"，向北，再向北，经过老营沟村，与二道坡村擦肩而过，终于胜利到达终点，在邓家湾之东的长岭乡流入汉江。

邓兴志对神定河怀着眷恋。小时候，12岁那年秋天，野猴子一样贪玩的邓兴志，划一条小船，带着11岁的九琴，从邓家湾出发，顺江而行，到长岭乡的两河口玩耍。两河口就是神定河与汉江的汇合处。这儿有一道好看的景观叫"浪花拍手"——因为神定河水流湍急，一头扑进汉江时便激起朵朵浪花，像小孩子们拍手一样发出响声。这里还是仰望宝塔最近的地方，宝塔山就在眼前。秋天和冬天，蓝色的汉江水面平静，像一面镜子，把宝塔映得清清楚楚。傍河的一片洼地里，密密麻麻生长一种矮树，结的果子像小橘子。邓兴志为九琴摘下几个果子，自己先尝尝，天啦，涩得他龇牙咧嘴，逗得九琴"咯咯咯"笑个不停。但是邓兴志没想到，现在丁桂小却把这种结涩果的矮树当成了宝贝，特意到两河口洼地考察过。她说，这种矮树的名字叫涩橘树，是培育甜橘的理想砧木。砧木也叫本木。本木上嫁接另一种橘树，结出的果子才好吃。她还说，后靠村的社员们，要在桫椤坡培育优质高产的蜜橘园，涩橘树将派上大用场。等到把桫椤坡的生土喂熟后，就栽种涩橘树苗为砧木。之所以选中涩橘树作砧木，不仅是因为它好栽活好嫁接，还因为它耐旱，并且有超强的抗病虫害的能力。

挑重担的丁桂小，你真了不起，也真不容易！歌儿里唱道，公社的阳光照万家，社员都是向阳花。你就是一朵最向阳的向阳花！

突然，邓兴志的思绪被拉回眼前的百二河，因为他发现有几个老汉在河边钓鱼，其中一个，头戴草帽，脚穿草鞋，多么眼熟啊！是他，就是他——任叔，九琴的老爹！

任叔在这儿钓鱼，说明了啥问题？说明桂芹嫂子曾经的分析不错，极有可能，任家和黄家，这两家人现在都在十堰了！他们住在哪里？九琴现在好吗，孩子有多大了？多想走上前喊几声任叔，但是双脚像是戴了沉重的铁镣，迈不开步子。又多想在这儿能见到九琴，见到她来河边喊爹爹回家。但是这个希望是非常渺茫的，因为看情形任叔是刚坐下不久，不会有家人来喊他。如果我在这儿等，等不来九琴，反而等了个黄天星突然出现呢？

再见吧任叔，愿你日子安好，身体健康！

4

一周后，邓兴志收到一封信，是林广德队长从簰洲湾寄来的。

急忙拆阅。林队长要求邓兴志抓紧时间回一趟簰洲湾。他说，前几天公社张书记到三队，提起邓兴志，说是想见见曾经写过革命化新春联的优秀远迁移民邓兴志。林队长没对书记讲真话，撒谎说邓兴志被派到汉正街当扁担去了。张书记当即严肃批评林队长，说，这样一个觉悟蛮高的社员，不能老是去当扁担啊，应该让他多回队里，给社员们当榜样。所以，林队长要求邓兴志快回簰洲湾抵挡一阵子，在公社书记面前露露面，因为近两个月是最容易和书记碰面的时期。现在正值长江的主汛期，防洪是地方各级干部天大的事，每年这个时期公社书记都亲自上阵，天天在长江大堤上忙碌。林队长决定让邓兴志回簰洲湾之后也立即上堤，加入巡堤查堤固堤的队伍。

林队长还在信中向丁桂芹及两个孩子问好。

邓兴志便把队长的信拿给丁桂芹看。

丁桂芹说，林队长的信写得这么恳切，他心里又那么急，你就回一趟簰洲湾吧。

邓兴志说，怎么赶得这么不巧，眼看学校就要放暑假了，我和智林兄都计划好了的，假期里把乔新梅嫂子和她孩子接到十堰住几天。

丁桂芹说，你就放心吧，我和智林会安排好。这事我也对我妹说过，我妹说她会抽时间来陪陪新梅嫂子。

邓兴志说，我争取早点儿回来。

丁桂芹将林队长的信交还邓兴志，说，你早准备早动身吧，估计林队长那边正等得心焦，眼巴巴翘首以盼。

"不会的，今天我才刚收到信。"

"可是这封信走得太慢，已经在路上耽搁七天，加上今天是第八天。"

"你咋知道它路上耽搁了？"

"有邮戳说明啊。你看这邮戳上盖的时间，从簰洲湾发信是在八天前，十堰这边的收信邮戳，时间是昨天。"

"噢，我看看！还真是你说的，发信收信之间相隔了七天。还是嫂子你细心，我以前看信，从没注意看过邮戳。"

"看信一定要记得看邮戳，才知道信的来路正不正。就好比是看树，同样是椿树，香椿树和臭椿树的气味就大不相同，连风都闻得出来。所以我们郧阳民歌唱道，分不清香椿与臭椿，站在那树下你问一问风。"

邓兴志走进自家屋，回味桂芹嫂子的话，明显感到她是在暗示什么。

分不清香椿与臭椿，站在那树下你问一问风。边琢磨这两句郧阳民歌，边动手收拾行李。打开木箱，莫其然写的一捆信赫然在目。看信一定要记住看邮戳！拿起这捆信，邓兴志开始用心看邮戳。第一封信，信封上贴有两张邮票，但是奇怪，没盖邮戳，发信邮局和收信邮局的邮戳都没有！再看其他的信，一封又一封，所有的信都如此，只贴了邮票，没盖邮戳。

噢，明白了，原来这是一捆未曾寄出的信！是我邓兴志太粗心了，前番看信为什么没看出这个问题呢？还有，收信人地址写得也不对，只写了"湖北郧县柳陂区桫椤乡"，后面却没具体写是哪个村或者哪个大队哪个生产队，让邮递员如何投送？再说，柳陂区也根本没有桫椤乡，只有一面从前荒无人烟的桫椤坡。这说明什么问题呢，说明莫其然根本就不知道丁桂小详细的通信地址，也说明他声称他与丁桂小经常书信往来是瞎诓。若说经常，也算得上"经常"，但他只是经常写一些无地址可寄的信，一本正经贴上邮票，等待机会当面献给丁桂小，以表达他对丁桂小是多么多么爱，多么多么忠心。难怪他那天见到丁桂小，离开时心情是那么愉悦，因为他终于把一捆信亲手交给收信人了。

现在回忆那天的情景，分析丁桂小当时的心情。她一定是没想到莫其然会突然出现在后靠村的，更没想到充当向导的人是邓兴志。她的心里也许并没装进过莫其然，甚至很有可能不喜欢这个人。所以，当她走进老兵叔家发现莫其然后并不惊喜。她对莫其然笑脸相对，极有可能只是出于礼貌。

再想想老兵叔当日的一言一行，邓兴志更觉自己当时是太大意太糊涂了，只顾为莫其然高兴，也只顾希望丁桂小高兴，竟没有注意到一些细节。此时想起来了，老兵叔从第一眼见到莫其然起，就不怎么喜欢他这个国家干部。可是来者为客，又是丁桂小的客人，老兵叔当然要热情接待，又当然要叫邓兴志快去把丁桂小叫回来。等到丁桂小回村，走进老兵叔的家里时，老兵叔肯定要看丁桂小的脸色。出门看天色，进门看脸色，老兵叔一定是一切按照丁桂小的眼色行事。这一老一少的老乡邻，一正一副两个生产队队长，对彼此的目光语言太熟悉了。难怪！难怪邓兴志想叫老兵叔出门走走老兵叔无动于衷甚至发脾气，又难怪老兵叔要陪着丁桂小一起把莫其然送到村头交到我邓兴志手里。

原来莫其然只是一厢情愿，自己敲锣打鼓又自己登台唱独角戏。

丁桂小的态度十分明显，拒莫其然于千里之外。

可是莫其然的这一捆信，我邓兴志该如何处置？罢了，先锁在箱子里吧，等从簰洲湾回来，再请教桂芹嫂子该怎么办。

次日邓兴志到张湾医院建筑工地向工段长请假。医院是二汽总厂的中心医院，因为建在神定河北岸的张湾大队的地界，所以被人们称为"张湾医院"。

工段长听了邓兴志的情况，说，既然是这样，你就回一趟簰洲湾吧，放心，你什么时候回十堰，就什么时候再到我们工段上班，像你这么好的工人，我们不嫌多只嫌少。

5

邓兴志回到五堰老街，从桂芹嫂子门前经过，不由眼前一亮，见到老兵叔正坐在堂屋里喝茶。他忙进屋打招呼道，老兵叔，啥风把你老人家给吹来了？

老兵叔永远是那么红光满面，也永远是精神饱满风趣幽默，回答说，是东风把我吹过来的呀！二汽不是正在建厂吗，二汽建成了不是要造东风牌汽车吗？东风好，我这个老兵，就喜欢东风，毛主席说，东风压倒西风！

邓兴志说，老兵叔你稍坐，我去买包烟。想去给老兵叔买包好烟，永光牌的，带过滤嘴。3角5分钱一包。

老兵叔说，莫去，花那些冤枉钱做啥？我不吸香烟，自带旱烟。又说，旱烟我也吃得少了，尽量不吃，大队的赤脚医生早吼着叫我戒烟，说是希望我多活几年。哎，说了这半天话，你像个木头桩子一样，站在门外干啥呀？进来，叫你不去买烟就不去，听见没？进来进来，陪老爷子拍拍话。拿茶碗，自己倒茶。

邓兴志进屋坐下。

老兵叔是带着几个社员，给五堰大队妇女草编组送龙须草来了。他说，这可是个好事，得谢谢丁桂芹，是她把他们草编组需要大量龙须草的信息告诉了我们。桫椤坡靠汉江河那面陡坡，石缝里长满了龙须草，都是优质草！这下子可合包（好，巧事之意）了，后靠村又多了个创收门路！

老兵叔他们不辞辛苦，昨天半夜上路，拉了一大板车龙须草来，已交给了五堰大队草编组。

待邓兴志坐定，老兵叔突然变得神情严肃，说，我给你拍一段一个老干部的故事，真人真事。你听不听？

"我听我听！"

"仔细听吧。那是1956年，我们湖北省的张省长到郧阳地区检查工作，也到我们茅窝乡了，陪他走家串户的人之中有我。张省长跟我们农民没啥不一样，也是穿一双草鞋。我带他穿过田坎上山，他突然停下脚步。你知道他为啥子停吗？"

"为啥子？"

"因为他看见草地上有一泡牛粪，才屙下的还有热气的牛粪。我们的张省长，不言不语，连门儿（急忙之意）蹲下去，双手把这泡牛粪捧起，撒进稻田里。这是我亲眼所见的事，张省长红军出身，不知立过多少功劳！"

"老兵叔，你讲这件事，是不是想启发批评我什么？"

"志娃子啊，你听我说，我不是批评你，是想告诉你，要学会用一颗心当两只眼睛看人。你那天就不该答应那个名叫莫其然的人，不该答应领他到我们后靠村。我一见到这人，只瞅了两眼，就隔疑（不待见）他。你看看他那副摆排场的样子吧，扎我眼睛！从十堰到我们村，他未必不知道要爬坡走山路？你看他穿了一双啥鞋？他若是嫌穿一双草鞋丢了他当干部的面子，那他穿一双解放鞋或者布鞋也行啊,偏要穿一双这么深这么高的黑皮鞋。还生怕皮鞋不亮堂,一见鞋上沾了土,就赶紧用手抹掉。你姓莫的这样显摆,显摆给谁看?还有,胳膊上戴一块手表,生怕我们乡下人没发现他有手表,隔一会儿看看手脖子,再隔一会儿又看看手脖子。你姓莫的你说你看那么勤快手脖子做啥子?你是在计算分秒时间要向敌人发起总攻吗?还有,我客客气气请他进了家门,倒茶招待他。他不放心,怕我的茶杯脏,假装不小心碰倒茶杯,茶水满桌子直流,他这是为了给茶杯'消毒'。吃饭的时候也这样,趁我进厨房的工夫,把筷子伸进茶壶水里烫一烫。"

"老兵叔,我当时真没注意这些,只顾高兴,心想他是丁桂小的男朋友,应该热情招待。"

"我呀,我就担心他真是桂小的男朋友!我想,桂小咋这样不长眼?可我又得顾桂小的面子,才不得不对姓莫的笑脸相待。我叫你快去把桂小喊回来,只有桂小回来,我才能明白,这个莫其然是真猴王还是假猴王。桂小回来了,进了我家门,发现是莫其然,她就赶紧给我使眼色。好,我就明白了,也就放心了。姓莫的这家伙,根本就不受我们桂小的欢迎!所以,当时你叫我跟你出去走走,我咋能答应你?我不能丢下桂小,叫她没个帮手孤军作战,对不对?又所以,我必须陪着桂小,一起把不速之客送出村。现在,这一切你总该清楚了吧?把莫其然这号人跟为人民服务的同志们相比,他连个边边儿都比不上。我刚才给你讲的把牛粪捧到水田里的老省长,后来我又见到他了,你猜在哪儿又见面的?"

"在哪儿?"

"在丹江口大坝工地。他兼任工地指挥长,穿草鞋跟我们一起干活。比比看,是老省长的草鞋亮,还是莫其然的皮鞋光?"

"老兵叔,你对莫其然观察到的事,我当时粗心没注意。实话说,我对他初步印象还挺不错,心想他是大学生,文化程度那么高。"

"啥叫文化程度高?不是说上了多少年学堂,就算高程度了。有的人没机会上学,可是自己爱学习求上进,照样也能有文化。有的人读了许多书,可是把书都读到狗肚子里去了。"

"我听莫其然讲国际国内形势,讲革命道理,也都讲得头头是道。"

"邓兴志啊,你千万记住,看一个人的高矮,不能只听他咋说,要紧的是看他是咋做!有的人就是会卖嘴皮子,可是却说的是一套,做的又是一套。"

"老兵叔,这事是我欠考虑,给丁桂小添麻烦了,对不住她,你替我向她解释解释。"

"用不着解释,桂小心里点着亮闪闪的灯,她什么不明白?这女子,真是叫百里挑一万里挑一,她爹妈真有福气!唉,我若也有这么个女儿,天天夜里都从梦里哈哈哈笑醒!"

"老兵叔,我明天一早就走,簰洲湾那边的队长叫我回去一趟。"

"刚才桂芹给我说过。你放心去吧,你爹跟我住在一起,我们老兄弟俩日子好过得很。你三叔三妈也都好好的,你莫操心。你把你自己的心操好就行了。你今年多大?25奔26了吧?"

第十七章　山妹子同爱这首歌

1

邓兴志回到簰洲湾，一见林队长就检讨。对不起，我回来得太晚了，因为你的信在路上耽搁得太久。

队长说，不晚不晚，我就估计到信走得慢，所以提前好几天给你寄出。别说是信，就是电报，也有时候走慢步。一队的余赞昌，他亲娘病危，他赶紧给他姨妹子拍电报，拍到巴东县城，整整过了七天他姨妹才收到电报，亲娘已过世三天了。还是封加急电报！

邓兴志感慨说，队长，你说若是我们国家的科学大发展，发展到每个生产队都能安上一部电话机，那该多好！

队长摇头说，邓兴志不是我批评你，你这理想的要求也太高了，别说是每个生产队，就是每个大队有一部电话，那也就是进入社会主义高级阶段了。

邓兴志把一包干花椒交给林队长，这是丁桂芹托交的小礼物。丁桂芹知道队长的爱人炒菜喜欢麻辣，特意买了包郧阳花椒。郧阳花椒的味道又麻又香。

队长说，丁桂芹真是个细心人。邓兴志，什么时候喝你的喜酒？

"喝喜酒？喝啥喜酒？"

"喝你和丁桂芹妹妹丁桂小的喜酒啊！"

"为啥喝我和丁桂小的喜酒？"

"你说你这话问得怪不怪，你俩早过了法定年龄，不该早点儿结婚办喜事吗？"

"我，跟谁结婚办喜事？"

"你说你跟谁结婚，除了丁桂小，难道是七仙女？七仙女也不如丁桂小呀，七仙女那是神话虚幻人物，丁桂小才是实打实的真正仙女。"

"队长你听我说，这事是不可能的。"

"为什么不可能？"

"人家丁桂小跟我没关系。"

"为什么啊？没关系？"

"人家丁桂小，她不是我女朋友。"

"啊？不，不是你女朋友？"

"队长，你是听谁说，丁桂小是我女朋友？"

"不用听谁说呀，我自己观察分析的结果啊！"

"那你为啥觉得她是我女朋友？"

"因为你俩般配呀，太般配了！"

"可是人家丁桂小真不是我女朋友。"

"那你就太可惜了！我白白替你欢喜。"

"队长……"

"邓兴志啊邓兴志，你到哪儿才能找到这么个全面发展的媳妇？"

"队长……"

"你听我给你说说人生的经验。常言说，看谁家的姑娘伢优秀不优秀，先看这姑娘伢的姆妈，姆妈是女儿的一面镜子。常言又说，看谁家的细妹子好不好，先看这细妹子的亲姐姐，姐姐是妹妹的人模子。你看看人家丁桂芹吧，全村人，老村户也好远迁户也好，哪个不夸她？就连最尖酸刻薄的厉害婆娘们，说起丁桂芹也没半个不字。别的我不说，就说她的那两个伢，谁见了谁不喜欢？她是个半边户，丈夫把自己交给了国家，家里的事，里里外外全靠她丁桂芹。可是你看她的两个伢，被他调理教育得多好啊！具体的例子我都不举了，就单说两个伢身上一年四季穿的衣服，新衣服也罢旧衣服也罢，从来都是收拾得整整齐齐干干净净！看衣服净不净先看领口，俩伢的领口看着都让人觉得眼睛也清洁！家里的日子过得那么紧巴，伢们的衣服好多都是丁桂芹拿大人的旧衣服改的，又没有缝纫机，都是一针一线缝出来的，穿在俩伢的身上，怎么看都好看！这样的姐姐，真是打着灯笼也难找啊！妹妹会是怎样好上加好，难道你真看不出？"

"队长，你说得很对，我对丁桂芹嫂子和丁桂小也一样钦佩尊敬。"

"邓兴志，你不是对人说过你早有对象了吗？那你所说的对象是哪个？"

"队长，我今天太累了，等哪天有空再对你慢慢说。"

"好吧，你快准备明天上堤，等你从大堤上回来我俩谈谈心。"

第二天邓兴志上堤，公社张书记老远就跟他打招呼，说，小邓同志你可真是个好社员啊，去年修堤有你一不怕苦二不怕累，今年护堤又有你上战场。来，抽支烟，烟不好，阿尔及利亚的烟，呛鼻子，但是有个优点是便宜，求人才买到的，八分钱一包，一封平信邮票的价钱。

邓兴志说，谢谢张书记，我不会抽烟。

"真不会？"

"真不会。"

"不会也好，抽上瘾了就戒不掉，天天遭老婆抢白。跟她说个体己话吧，她把脸一扭，嫌我嘴巴臭。我说那你也抽，我俩就谁也不嫌谁。她说，想叫我抽烟除非把我打死！你说说看，这烟有什么好处，是不是万恶的敌人？——嘿，你们几个年轻伢，在一旁笑什么笑？莫笑成傻瓜了！快干活，不许偷懒！"

去年修堤时邓兴志遇上的那两个年轻伢今年又见面了，一个姓陈，名叫陈武昌；一个姓艾，名叫艾宏伟。两个人笑罢张书记的抽烟故事，上前同邓兴志打招呼，问道，铁道兵拐子哥，今年又上堤了？

邓兴志回话说，我不是铁道兵，去年是跟你们开玩笑。

陈武昌说，我看你就像个当过兵的人。

邓兴志说，谢谢夸奖！

艾宏伟问，听说你是郧阳移民？

邓兴志点头说，对，移民，这才是我的真实身份。

陈武昌说，听说你们郧阳蛮穷，蛮落后，是吧？

邓兴志回答道，旧社会我们那儿确实是又贫穷又落后，交通闭塞。可是现在不是在改变吗？我就不服气，为什么一提起山区，就把它当成贫穷落后的代名词？山区山区，肯定有山。有了山就也肯定有水，有丰富资源。再加上有勤劳勇敢的劳动人民，凭什么不能创造幸福生活？

艾宏伟说，邓拐子你莫激动啊，有话咱们好好说！

陈武昌却不好好说话，对邓兴志说道，我还听说省城人瞧不起你们郧阳山里人，有一个笑话最能说明问题。说，有个郧阳人，还是个读书人呢，考上了武汉大学，第一次出远门，第一次见到大武汉，第一次坐上公共汽车，脚上穿的还是一双稻草鞋。

邓兴志纠正说，不对，应该是龙须草草鞋，我们郧阳人都穿结结实实的龙须草草鞋，没人穿稻草鞋。

陈武昌说，不管是什么草的草鞋，反正是草鞋。你听我接着讲这个笑话。你们郧阳的那个新大学生，刚在公共汽车的座位上坐下，就见一个汉口伢走到他面前，板起一张脸严肃问道，喂，草鞋，你买的是坐票，还是站票？你们那个郧阳伢，老实巴交傻乎乎回答说，我也不知道是坐票还是站票。汉口伢说，拿给我检查检查！草鞋伢就把车票交给汉口伢。汉口伢瞪起眼睛说，起来起来，你这是站票！草鞋伢只得乖乖地站起来，眼看着汉口伢神气活现稳稳当当地坐下。你说你们这郧阳伢苕不苕，公共汽车哪分坐票站票？

邓兴志说，我认为这个笑话不是在讽刺我们山里人傻，倒是在羞辱人家武汉人心胸狭窄。城里人，乡下人，是不是都是中国人？省里的大领导到我们郧阳山区，脚上也穿草鞋。我在汉正街当扁担，就没见哪个汉口人瞧不起扁担，反而是照顾我们。等着瞧吧，总会有一天，城里人乡下人会真正成为不分高低贵贱的一家人。

2

护堤修堤是辛苦活儿，稍有闲暇邓兴志便坐在大堤上，面对长江想心事。去年在这里想心事，只集中精力想任九琴，今年却又加了一个人：丁桂小。想念九琴时，丁桂小的样子怎么也会随之出现呢？反过来，稍微想起丁桂小的一桩什么事，就必然更加思念任九琴。

想起丁桂小11岁那年参加会演，在郧阳军分区礼堂演《放下箩筐》，就联想到当年和任九琴一起在军分区参观的事，那时九琴也是11岁。

郧阳军分区离青年路不远。从青年路向北走，从过风楼楼下穿过，再向北走几十米有个岔路口，向左拐，一条宽敞的上坡路通向郧阳中学；向右拐，也是上坡路，通向新体育场。新体育场是中华人民共和国成立后修的，曾是解放军两郧军区的练兵场。站在新体育场可以远远望见小东门，出了小东门望见棒槌河，过了棒槌河就是西菜园。

郧阳军分区又被称为"军教馆"，因为大院内有一座展览馆，常年举办国防教育展览。邓兴志12岁那年，同11岁的任九琴在这里参观过。他们第一次看到英法联军火烧圆明园的图片，第一次知道日本鬼子是怎样在南京进行大屠杀。从此把"不忘国耻，振兴中华"八个字牢牢记在心里。走出展览馆，邓兴志对任九琴说，长大了我要去当解放军。九琴说，你当了解放军要给我多写信。邓兴志说，那当然，我写好多好多的信，把部队发给我的津贴都拿来买邮票。九琴咯咯地笑了，说，你还不知道呀，解放军写家信不用贴邮票。

莫其然写给丁桂小的信，却贴满了没盖邮戳的邮票，可笑至极！

想起那天离开簰洲湾,肩背洗衣石好似背着整整一条棒槌河。林队长问这是一块什么石头,自己正不知该如何回答时,是丁桂小解了围。丁桂小说,这不是石头是宝玉。现在回味丁桂小的这番话,怎会不万千感谢之情萦绕心头?谢谢你丁桂小,谢谢你理解并肯定任九琴在我心里的"不是石头是宝玉"的分量……

想起那一天去六里坪给丁桂小送豆瓣酱,她那么坦然地向大家介绍说,这是我表哥。当时,莫其然站在旁边紧盯着邓兴志,目光里也不知藏着什么复杂的内容。莫其然,你想到哪里去了呢?

想起和智林兄及三叔一起逆水而上划龙舟,九琴站在河边那期期艾艾的目光……

想起那天去瓦坊沟叫丁桂小回桫椤坡后靠村,丁桂小叫邓兴志在刺玫架后面等她。她返回时,从姨妈家的厨房里给邓兴志拿了两个热包子。

想起从老兵叔家出来,到村子里转悠,发现一棵新栽的刺玫树。后来才知道是丁桂小费尽辛苦栽下的。原来丁桂小也像九琴一样喜欢有刺的刺玫花。

想起那一天躲在槐树后面,智林摇手示意邓兴志不要露面,可是邓兴志管不住自己,大步走近任九琴,把纱巾递给九琴。这时,黄天星大摇大摆从屋子里走出。

想起第一次同智林兄一起去后靠村,两个人还在爬坡,桂小的母亲望见了,急忙进厨房煮两碗荷包蛋……

林队长到大堤给三队的守堤人送月饼,在帐篷里住了一晚。邓兴志才想起今天是八月十五中秋节,心里便涌上许多与月亮有关的古诗。明月几时有,把酒问青天,不知天上宫阙,今夕是何年?海上生明月,天涯共此时。举头望明月,低头思故乡。我寄愁心与明月,随君直到夜郎西。嫦娥应悔偷灵药,碧海青天夜夜心……

今夜的月亮是多么圆满啊,夜空万里不见一丝云影,万里长江波光粼粼。林队长和邓兴志并肩坐在江堤上拉家常。邓兴志这才向队长道出了任九琴这个深藏在心底，曾经用石块当笔在长江大堤上写过无数遍的名字，也把和任九琴的相爱经历讲给队长听。并且将洗衣石的秘密对队长如实相告，说明白它只是一块石头而已。不过丁桂小说它是宝玉也没说错，任九琴用这块石头洗过衣裳，并且这石头来自家乡的小河，它当然就是我邓兴志心里的一块宝。

听完邓兴志的叙述，林队长长叹一声说道，邓兴志，这我林广德可得开导开导你了。人家任九琴都结婚那么久了，伢都会走路了，你还这么痴心有什么意义呢？该放手了！应当考虑考虑人家两口子的感受！你说任九琴的男人黄天星，像防火防盗一样防着你，你听我说一句蛮不中听的话，你这是活该！我若是他黄天星，我也要防着你！你再想想人家任九琴，你能晓得她现在是什么样的心结吗？你说她是孝顺女，她当然是个孝顺女，她若不是因为孝顺爹妈，孝顺奶奶，她也不会落到如今这一步。唉，真没想到，远迁、后靠，还迁出靠出这么一桩叫人肝肠寸断的揪心事！

邓兴志说，千不怪万不怪，都怪户口！为啥要有两样的户口？黄天星鼻孔朝天，就只因为他有"非农户口"。哪一天咱中国人，城乡户口都一个样，那该多好！

林队长说，邓兴志你这想法太天真了，户口怎么可能一个样呢？全国有几亿农民，若都成了非农户口，谁种庄稼？邓兴志你别再怨天尤人了，面对现实吧！任九琴她现在上有老下有小，她需要的是安安稳稳过日子。即使她心里还有你，即使她根本就不喜欢她的男人，她也要安稳的日子，她也得认命。说什么爱情价更高，那只是文人们笔头下的理想。多少个家庭，不都是求个太太平平过日子？你再这样放不下任九琴，任九琴她也会为你担惊受怕！邓兴志你听我一句劝吧，丢掉思想包袱，从头再来。我看人家丁桂芹的妹妹就蛮不错，要不要我给丁桂芹写封信，提提这个事？

邓兴志忙制止，说道，队长千万莫这样，算我恳求你了！

林队长说，好吧，还是你自己多想开些，多向远处看，千万别再一条道走到黑。我希望早点儿喝上你的喜酒。

突然，林队长一拍脑门又说道，邓兴志我差点儿忘了提醒你，你和任九琴的事，千万不要对我家婆娘实话实说，她若问你婚姻的事，你就说，你未婚妻是丁桂小。

"我为什么要骗嫂子？"

"一句话两句话说不清。反正，总而言之，你必须和我保持口径一致。明白不？"

"好吧，嫂子若问起我，我就对她说丁桂小是我未婚妻。不问就算了，不问最好，最好莫问。"

3

重阳节这天，簰洲湾喜迎集体客人。

客人是均县慰问团的团员们，由县里的领导干部带队，到嘉鱼县演出文艺节目，慰问从均县远迁来的移民，同时也慰问郧县移民。

簰洲湾守长江大堤的社员们今天放假，到镇上看演出。

天还没黑，戏台前的广场上就已摆满了板凳。有的人用砖头或者箩筐先代替板凳，抢先把位子占好。

演出时间终于到了，邓兴志只能站在人群外翘首观看。

正式节目开演前，先由从均县来的一名干部登台朗读慰问信，用普通话朗读。邓兴志不由一愣：咦？这个人怎么有点儿面熟，会不会是莫其然？急忙绕个大圈子，挤到戏台边看个究竟——没错，就是他，莫其然！

莫其然朗读慰问信，操着一口怪声怪调的普通话，情绪激昂，把声音提得高高的，简直是声嘶力竭。慰问信倒是写得不错，说，远迁来的均县以及郧县的移民们，你们辛苦了！你们为国家建设做出无私贡献，背井离乡，家乡人民惦记着你们……接收移民的嘉鱼县当地的人民公社乡亲们，你们同样是胸怀大局，为支援国家的大建设做出了贡献，均县人民向你们致敬了！

邓兴志心想，这慰问信如果不是由莫其然朗读那该多好！莫其然你拿腔捏调讲什么普通话呢？就用均县话读，哪点儿不好？还有，你读信就读信呗，你还摇头晃脑握拳头挺胸脯干什么呢？好好的一封慰问信，被你这么一念，念糟蹋了，彻底变味了。姓莫的，你简直就是个歪嘴和尚！

演出开始了，节目丰富多彩。有小合唱，有舞蹈，有乐器合奏，有京剧样板戏唱段。压轴的节目是女声独唱，歌手是一个二十岁出头的女演员，报幕人特别向观众说明，她是一个农民歌手，人民公社的贫下中农女社员。这女社员穿着打扮十分朴素，一双黑布鞋，一身蓝布服装。但是模样长得十分俊俏，身材苗条，走路像风吹杨柳，一双亮晶晶的细长的眼睛。嗓音甜美，演唱的歌曲也让邓兴志满意，是他在六里坪听丁桂小唱过的《金瓶似的小山》。原来今日登台的这位来自家乡的山妹子也喜欢这首歌。她的声音不高也不尖，但是吐字十分清晰。她越是轻轻地唱，观众越是安静，屏气凝神地听，然后送给她长时间热烈的掌声。她这种情景与莫其然念慰问信的情景成了鲜明对比。莫其然抬高嗓门大声念，仿佛要叫全中国的人都听到他的声音。但是他越这样卖力表现，台下的观众越不买账，相互拉家常，闹哄哄的声音响成一片。

演出结束夜色已浓，演员们都到镇中心小学入寝。他们实行军事化管理，都是背着被子来的。这一点也让邓兴志感动。

邓兴志晚饭没吃饱，现在是饥肠辘辘。好不容易才找到一家小饭店还未关门，便买了一碗热干面填肚皮。吃过面，又喝一碗面汤，心满意足回大堤。

一路走，邓兴志一路轻轻哼着歌：金瓶似的小山，山上虽然没有寺，美丽的风景已够我留恋。明镜似的西海，海中虽然没有龙……

出了镇口，见有两个人影，一男一女，正在一棵大树下你拉我扯发生争执。男的要上前拥抱女的，女的坚决不让。男的声音高，女的声音低。男的问，美玲你是怎么了，不知道我想你想疯了吗？女的说，我求你顾一顾脸面好不好，为啥到这么远的地方也不放过我？男的说，亲爱的，是我特意向领导建议，选你代表贫下中农参加演出。我这般用心良苦，就为了有机会和你在一起呀！女的说，我咋又上当了，如果早知道你也来，打死我，我也不同意参加这次演出。男的说，亲爱的美玲，相信我，我是一心一意爱你的！听我表表心声好不好？你是那天上的一轮明月，我愿做天边的星。你是那国色天香的牡丹，我愿做采花酿蜜的蜜蜂！

　　咦，这话在哪儿读到过？邓兴志已听出来了，这个老调重弹的男人不是别人，而是莫其然！被他称为"美玲"的女子，邓兴志也听出了，是今天唱《金瓶似的小山》的演员。好不让人为她叹息！只听得她对莫其然说，你这些漂亮话，希望你说给你孩子的妈妈听。莫其然说，马克思说过，没有爱情的婚姻是不道德的婚姻，我和黄脸婆早就没爱情了，我的心中只有你美玲！可惜我遇上你太晚了，正如古诗所云，恨不相逢未嫁时，但愿下一辈子早相逢！女子打断莫其然的表白，问道，你许诺的事，到底啥时候落实？你究竟要骗我到哪一天？莫其然急忙赔笑脸说道，美玲你怎么又催问呢？我不是向你表白过无数遍了吗，君子一言，驷马难追！既然我答应了你，就一定说到做到！但是不可太急，欲速则不达。我今天必须再对你重复声明一遍，事成之后，你不许离开我！美玲，美玲你听我说呀，你才是我真正意义上的爱人！爱情是不拘形式的，我爱你，海枯石烂志不移！

　　见鬼去吧，这就是莫其然的"爱情"，幸亏丁桂小心明眼亮没上这个骗子的当，不然就又是一个"美玲"。

　　邓兴志不想再听莫其然的鬼话，甩开大步迅速离去。

第十八章　姊妹河

1

护堤防汛任务终于结束，邓兴志表现突出，被评为"一等护堤模范"。

全公社共有十人获一等模范称号，除了每人获得一张大红奖状外，还有奖品。奖品是机关和学校捐赠的，有搪瓷茶缸，有手电筒，有煤油灯等，一溜摆在长桌上，由劳模们自己挑选，各取所需。

邓兴志让别人先取，自己排在队伍的最后面。他看中的奖品是两个一模一样的文具盒，都是铁皮壳的，都印有葵花向阳的图案。他盼望得到这两件奖品，回十堰后送给佩风、佩雨小哥俩。但是他非常担心被别人领去，所以眼巴巴地盯着长桌。

谢天谢地，没人把两个文具盒看在眼里。手电筒被领走了，煤油灯被领走了，搪瓷大茶缸被领走了，一双解放鞋被领走了……最后就只剩下两个文具盒。邓兴志如愿以偿，喜不自禁。护堤防汛没有白辛苦，回十堰后不仅要给小哥俩送文具盒，还要把奖状也当作礼品相赠，和他俩得的那些三好学生奖状保存在一起，多有意义啊！

邓兴志离开簰洲湾回到十堰，已是初冬。见了丁桂芹的面，他说，嫂子，我先不急着去上班，抓紧时间到均县城走一趟。丁桂芹问他到均县有什么事，他便把在簰洲镇所看到的莫其然的丑行讲了一遍。丁桂芹说，那你就快去吧，自从上次莫其然跟你一起到过我娘家，知道我妹的详细通信地址后，他就老给我妹妹寄信。不回他的信，他照寄不误，你说烦人不烦人？邓兴志说，都怨我，解铃还须系铃人。我到均县，把莫其然的一捆信当面还给他，警告他今后不许再骚扰。丁桂芹说，你要注意方式方法，和这种人撕破脸不值当。邓兴志说，嫂子放心，我会把事情处理妥当。

邓兴志来到均县新县城。这里的地势比较平坦，造房子比郧县新城的条件好，所以一座新兴的城市已有了雏形。

下午下班前，邓兴志来到县委机关，见门口挂着一块"均县革命委员会"的牌子。

邓兴志在县革委门外等候。终于等到了下班时间，干部们一个个走出大门，却不见莫其然的影子。

眼看天快黑了，邓兴志到传达室询问值班的师傅。师傅说，你找莫秘书啊，他出差去了。

"到哪儿出差？"

"竹溪，竹溪县在省专家指导下种薄皮核桃树，获得大丰收，全郧阳地区在那儿办培训班。"

"莫秘书他不是不在林业局上班了吗，怎么又去参加果树培训班？"

"你看你这话问得稀奇不稀奇，他不在林业局，林业局也得归县革委领导啊，他本人有这个积极性，愿意去协助林业局的培训工作，领导表扬他都来不及呢。"

"培训几天？"

"半个月左右吧。"

"快结束了？"

"哪儿那么快呀，前天才去。你找他有事？"

"有事。"

"那你等半个月再来。"

"师傅，培训班的人在竹溪住哪里？"

"咋？你的事就这么急，要跑到竹溪去见他？"

"我只是随口问问。"

"他们住竹溪县招待所。"

"师傅再见！"

"慢走。"

邓兴志心想，快刀斩乱麻，宜早不宜迟，干脆我到竹溪去一趟，不然等我上工后再来均县又得请假。但是得给桂芹嫂子通报一声，不然她见我没及时回十堰会替我操心。可是怎么通报？到邮电局去打长途电话？五堰大队又没有电话机。发个电报给她？一两天之内她不一定能收到。再说她若听见邮递员说有她家的电报，她会吓得出一身冷汗，电报令人生畏，平民百姓人家，若不是遇上大事急事，是不会拍电报的。

邓兴志便在均县城住了一夜。次日一大早乘长途汽车回到十堰，当面向桂芹嫂子报告了情况。

第二天，早起床早动身。从十堰到竹溪路程不近，在地图上用比例尺量直线距离就有近200公里，从前交通不便，现在通了公路，也有了客运汽车。

客车从三堰长途汽车站出发，向西南方向前进。走过了几里平路，进入大川乡属地，汽车用劲爬坡。大川乡山多溪流多，山上长满了毛栗子树、拐枣树、猕猴桃树，还有成片成片的火棘子灌木。虽已是初冬季节，但是火棘子果依然映红一面面山坡，一粒粒果子像红玛瑙。火棘果可以果腹，当年刘秀为推翻王莽的新朝重建汉朝，在鄂西北山区屯兵，最困难时就是靠吃火棘果充饥，所以刘秀把火棘果称为"救命粮"。贺龙、邓中夏、柳直荀带领一支红军部队在鄂西北建立红色根据地，则将火棘果称为"红军果"。可惜啊，从前因为郧阳山区交通闭塞，再好的土特产也下不了山，大量的毛栗子、猕猴桃、山枣等等野果子烂在地里。现在有了公路，废物变宝了，比如郧西县城现在建了一家火棘子酒厂，用火棘子酿出的果酒强身健体，润肺补肾，大受欢迎。

第十八章　姊妹河

听智林兄说过，大川乡还保留了一片原始森林，那地方名叫赛武当，因为那里有一座山峰比武当山的最高峰还高而得名。智林去过赛武当的林子里捡毛栗子。毛栗子没有板栗个头大，但是味道美极了，比板栗甜润。深秋，毛栗子成熟脱壳了，一粒一粒像下雨似的从树上落下，王智林半天就捡了10斤。

汽车过了房县县城，向西行。到了竹山县城，车子停在汽车站，司机和乘客都已累了，稍作休息，然后继续西进。

竹溪县城终于到了。这里也是一座古城，也有石板街，也有鼓楼、钟楼，也有青砖黛瓦女儿墙，房顶瓦檐上也有瓦针。还保留有一段古城墙和两座古城门。

培训班的人们果然是住在县招待所。邓兴志赶到招待所，已是吃罢晚饭的时候。他听到有位学员是郧县口音，便上前打招呼说，兄弟是从郧县来的吧？对方回答，是，我是郧县南化区的。邓兴志说，我找均县的莫其然莫秘书，你知道他现在在哪儿不？郧县老乡回答，他可能又到竹溪河边去了，前两天他天天吃过晚饭都到那儿散步。

2

竹溪河不远，就在城外。

还没走近河边，阵阵凉爽的风便迎面吹来。河水是那么纯洁，河滩上也铺满干干净净的细沙和彩色石头，和郧阳的棒槌河是多么相似啊！难道她也是一条女儿河，和棒槌河是姐妹俩？

远远地，就发现河滩上有两个人在并肩散步。一男一女，男的正是莫其然。

邓兴志的心里掠过一道阴影，心说，这么干净的河水和沙滩，千万莫让莫其然给污染了！

莫其然见邓兴志气昂昂大步走近，忙打招呼："哟，这不是邓表哥吗？

怎么到竹溪来了？"

邓兴志只嗯了一声，暂不开口，因为碍着莫其然身边女子的面子。这女子，像那位到簰洲镇演出的女子一样年轻。

莫其然对女子说，小关，你先回吧，这是我表哥，我和他说会儿话。

女子离开，回头向邓兴志望了一眼。

邓兴志不想和莫其然多费口舌，开门见山说，我特意到这儿见你，为了当面还给你这捆信，请你今后不要再纠缠丁桂小！

莫其然先是一愣，又立即镇定，脸上挤出笑，说道，表哥，这是何意呢？

邓兴志说，别谦虚，我不是你表哥。

"瞧你说的，你是桂小她的舅家表兄，我不该称你表哥？"

"我也不是丁桂小的表兄。"

"不是表兄？那，你和桂小是什么关系？"

"什么关系，我用不着告诉不相干的人！"

"邓兴志，你发什么火呢？我俩不是朋友吗？"

"我是曾经真心诚意把你当朋友，但是没想到我看错了人！"

"我到底哪点儿得罪你了？"

"没用的话少说，实话告诉你，我也是远迁移民。"

"远迁近迁，碍我何事？风马牛不相及……"

"再告诉你，我的远迁安置点，在嘉鱼县，簰洲湾！"

"什么县，什么湾，又怎样？"

"别装糊涂，重阳节，均县慰问团，簰洲镇演出，你该记得吧？"

"重阳节？演出？"

"开演前朗读慰问信的人，是不是你莫秘书？"

"你听谁说？"

"那个唱《金瓶似的小山》的女子，是不是名叫'美玲'？"

"你长了千里眼和顺风耳？"

"你是不是个已经有了妻子儿女的男人？"

第十八章　姊妹河

"邓兴志，兄弟，回答我，这些乱七八糟的话都是听谁说的？告诉我吧，我一定重重谢你！"

"谁稀罕你谢？明人不做暗事，我再向你把话挑明，我就是远迁到藩洲湾的移民，那天晚上的演出，我从头到尾都看了！演出结束，你躲哪儿去了？干什么见不得人的事了？"

"邓兴志，你可不能胡乱猜想，说话你得负责任！"

"哼，要想人不知，除非己莫为，人在做，天在看！活该你倒霉，你把那个什么美玲骗到大树下，正好我回大堤从那儿路过，你的一言一行……"

"邓兴志兄弟，你要我拿什么酬谢你，尽管说！是用资金谢你，还是你有什么事需要我帮忙？放心，只要是我职权范围力所能及的……"

"莫干部，你又大错特错了！"

"我？"

"我不是拿这些来要挟你，你的这些事，与我们平民百姓无关，我不想对谁说，更不想管你的烂事。"

"谢谢，我感恩，没齿难忘！"

"但是我正告你，不许再打扰丁桂小，听清没有？"

"是是是，洗耳恭听了！"

"再敢骚扰，我就去你们县革委见你们领导！"

"不敢，不敢！谢谢你把我这捆信完璧归赵，我是写着玩的，从今往后再也不写了，兄弟你走好，再见！"

眼看邓兴志迈着军人式的步伐走远了，莫其然从鼻孔里喷出几声冷笑，心说，真是个二百五，跑这么远的路，就为了把信全部还给我，哈哈，阿弥陀佛，成全我莫其然了！如果这个二球货他不是把信交还我本人，而是稍微长那么一点点心眼儿，把信交到我老婆手里，或者交给我领导，我不是吃不了兜着走吗？到底是个乡巴佬，斗心眼哪斗得过我莫秘书？心里一得意，莫其然哼起了小曲。哼着哼着，飞起一脚，把河滩上的一粒石子踢进河里，叫道，去你的吧，天涯何处无芳草？

3

夜幕降临。明天返回十堰的汽车是上午八点半开,邓兴志已买好了车票。在一家小旅社登记好住宿,现在上街寻找饭店。

走在石板街上,觉得好亲切,仿佛郧县老城又复活了。郧阳府所辖的六个县的县城全是历史悠久的古城。竹溪县的县治始建于西汉高祖元年(公元前206年)。全县面积3000多平方公里,山多,河流多。光是海拔2000米以上的山峰就有十几座。海拔1500以上的山峰25座。被称为"竹溪第一峰"的凤凰岭(又称葱坪,因山顶平坦,树木郁郁葱葱而得名)海拔2740米。常年流水不断的大小河流191条。堵河就发源于这里,流经竹山县,在郧县辽瓦区西流乡的堵河口汇入汉江。现在,正在郧县黄龙镇日夜奋战修建的黄龙滩大坝,拦截的就是源自竹溪县的堵河水。王智林兄忙于堵河两岸移民的安置工作,邓兴志难得同他见上一面。

竹溪县的五谷杂粮生长季节长,味道醇厚。最出名的是竹溪大米,被称为"竹溪贡米",蒸出的米饭,不配菜就能美美地吃两大碗。郧阳地区曾有一支民谣这样唱道:"要吃米,到竹溪,要娶媳妇到郧西。要找野人到房县,要看竹海到竹山。要读大学到郧县,要拜武当到均县。"鄂西北山区从前教育落后,青少年求学难,1958年之前,全郧阳地区六个县只有郧阳中学有高中部。全地区也只有一所中等师范学校,即郧阳师范。在六个县百姓们的心目中,郧阳中学和郧阳师范就是"大学",要考上这两所"大学"实实在在是太难了。歌谣里说要找媳妇到郧西,是因为郧西县的姑娘们都勤俭贤惠孝敬老人。要找野人到房县,是说从被称为千里大房县(包括现在的神农架林区)的山里不断传出有野人出没的传闻。

邓兴志在鼓楼街发现一家饭店,卖的正是竹溪贡米饭。他喜滋滋地走进,不觉眼前又一亮,因为这里还专卖一道竹溪名菜:酸菜辣椒炒魔芋。邓兴志早盼望能享受这一道鄂西北名菜,今日如愿了。魔芋,油桐,茶叶,被称为竹溪三大宝。除此外,竹溪县的宝贝还多着呢,比如绞股蓝,野生猕猴

第十八章 姊妹河

桃，还有娃娃鱼，学名大鲵。

竹溪县的自然资源丰富，只是全郧阳地区的"之一"而已，山水相连的六个县，整体就是一座绿色宝库。

第二天，邓兴志提前赶到汽车站，第一个登上汽车。刚坐稳，邻座的乘客也对号入座了。邓兴志不经意扭头望了一眼，发现不是别人，是昨天傍晚同莫其然一起在河边散步的年轻姑娘！

姑娘也认出了邓兴志，打招呼说，是你呀，太巧了！

邓兴志点头应答，是，又见面了。

姑娘没有觉察出旅伴的冷淡，热情问道，你也到十堰？

邓兴志又点了一下头。

姑娘问，贵姓？

邓兴志答，姓邓。

姑娘说，我姓关，关云长的关。

邓兴志敷衍一句，小关你好！

小关问道，你昨天来竹溪，是专程见莫秘书？

邓兴志顺水推舟应答，是的。

小关又问，有啥要紧事，特意从十堰赶来？

邓兴志答，没啥大事，也不是专程，我在竹溪还办其他事。

谢天谢地，小关姑娘没有再刨根问底。但是她并没住口，因为她还有其他疑问要弄明白。所以接着她问道，我看你比莫秘书年轻，为啥他喊你表哥？

这问题叫邓兴志如何作答呢？当然也不必实话实说，胡诌几句吧。于是说道，因为在我俩的长辈之中，我父亲比他父亲年长。

噢，明白了，莫秘书喊你表哥，是顺着长辈们的称呼。小关说道。

邓兴志又敷衍地点点头，心里期望这位姑娘别再开腔了。

这怎么可能呢？坐长途汽车是件寂寞的事，姑娘遇见了熟人，又是邻座，哪能装哑巴？

你也是郧县人？小关礼貌地问道。

是，郧县人。邓兴志不得不应答。

"郧县哪里人？"

"邓家湾。"

"邓家湾啊，那可是个好地方，有山有水。你们那儿的人划龙舟划得特别好！可惜现在邓家湾被淹了一大半。"

"是的，可惜。"

"我们家在青曲乡拐枣村，你去没去过那里？"

"没去过，听说过。"

"这么小的小村庄你也听说过？"

"村庄虽小，但是出名，因为拐枣树多，所以叫拐枣村，对不？"

"对！听说拐枣树现在是濒临绝迹的珍稀树木。"

"你们村在青曲河河边，离郧西县很近了。"

"是，一点儿也不错！邓大哥你叫啥名字？"

"名字嘛，一般化。"

"一般化那也是名字啊！是不是要保密，你是公安人员？"

邓兴志忙说，哪是公安呀。我姓邓，名邓兴志，邓兴志。

小关说，邓兴志，这名字好记。礼尚往来，我也报上我的姓名，我姓关，名爱华，关爱华。

邓兴志的心像是被什么东西猛拍了一下，暗思道，这位关爱华姑娘，待人这么透明，毫不设防，看年纪不过20岁出头，千万不能又成为莫其然这个衣冠禽兽的猎物啊！不对，我对她爱搭不理是绝对错误的，而是应该主动同她说说话，了解情况。

"小关姑娘，你到竹溪也是参加薄皮核桃培训班？"

"是，公社通知我参加的。"

"你早就和莫秘书认识？"

"我咋会早认识他，到了竹溪才刚认识。"

第十八章　姊妹河

"刚认识，你天天傍晚陪他散步？"

"没有啊！他这个人莫名其妙，老在约学员们陪他散步。昨天吃晚饭时他约我，我本不想去，又怕驳他的面子。"

邓兴志松了一口气，心想，原来是这样，看来莫其然是刚刚伸出了魔爪，关爱华尚未受伤。

小关，莫秘书在河边，都对你说了些什么？邓兴志又问。

关爱华回答说，国内国外，我只听他高谈阔论，不想插话，想早点儿回宿舍。幸亏你出现了，我好感谢你！

邓兴志的一颗心更是放下了。再问道，小关，你还没参加完培训，为啥子突然离开？

关爱华掩饰不住高兴，回答说，我昨天从河边回宿舍就遇到喜事，收到我老姑父从十堰发给我的加急电报！我老姑父在他们单位给我找了一份合同工的工作，要我立即去报到上班。

邓兴志的脸上也露出了笑容，说道，太好了！太值得祝贺！

关爱华问，你也在十堰工作吧？

邓兴志答，是的。

问，在哪个单位？

答，单位没固定，临时工，干体力活。

关爱华说，都是在十堰，说不定哪天还会再见到的。

邓兴志说，是，同在一片蓝天下，会见到。

"你咋不问我是要到哪个单位上班？"

"噢，忘问了。"

"我告诉你,单位的名字是十堰红卫建筑公司,听说过这个公司没有？"

"红卫建筑公司呀？听有人说过，好单位，地方国营的，你真有福气！"

"对，所以我太高兴了，昨晚兴奋得睡不着觉，就盼着天快亮！"

188　　在　水　一　方

4

汽车在山路上颠簸，终于把心情高兴总想说话的关爱华颠进梦乡，脑袋靠在了邓兴志的肩膀上。邓兴志想推醒她，又不忍心，只好一动不动端坐在椅子上，眼望窗外。从姑娘的身体里散发出一种好闻的气味，搅得邓兴志心里紧张难安。

车突然停下了，关爱华也猛然醒来。邓兴志长舒一口气。

汽车抛锚了，司机一次次重新发动都无济于事。所幸离竹山县城汽车站已不远，只有几百米。全体乘客下车，将汽车推到了车站。站长说，请大家耐心等待，我们积极调配车辆，三个小时后让大家重新出发。

关爱华对邓兴志说，要等三个小时啊，这么长的时间别浪费了，我俩一起去看看竹山县城的老街道吧！我还想到竹山中学走一圈，这学校原先是孔庙，像郧阳城的孔庙一样，也有一座大成殿。

邓兴志说，对不起，我有位朋友住在城外堵河街，我得趁此机会去看看他。

邓兴志独自一人出城门来到堵河边。又是一条蓝色的河流，又是三面环绕县城，又是河面上木船来往，白帆点点。不得不让人想起已经失去的郧阳老城。蓝色的堵河啊，你的水资源如此充沛，难怪水利专家们要选在黄龙滩修大坝拦截你。

堵河从竹溪县流来，汇集了无数的山间溪流最后才在郧县汇入汉江。

邓兴志心说，有人笑话我们是山里人，看不起我们山区。这些人为啥不动脑筋想一想呢，没有山区的青山绿水，哪有大平原的大江大河？所有的河流都发源于山区，是数不清的小河才汇成了大河。例如竹溪县吧，统计在册的常流河是191条，但是如果把流程在5公里以下的季节河加起来，那就更多了。竹山县的大小河流646条。郧西县1557条，房县1261条，就如遍布人体的毛细血管。汉江由陕西流入湖北境内后，从白河县到襄阳市，这段流程的水量陡增，江面加宽，不正是得益于郧阳地区六个县一个林区的几千条

"毛细血管"的贡献吗？一江碧波，生命之河，源头在山野之间！

时间有限，邓兴志不敢在河边多逗留。返回的路上，又想起棒槌河，好令人难忘的棒槌河啊！想起九琴为他留下的洗衣石，又想起丁桂小将洗衣石称作宝石……

进了古城门，邓兴志闻见烤馍馍的香味，原来街旁有一家卖锅盔馍的饭店。芝麻锅盔馍，鄂西北美食。邓兴志买了一块，出门后又觉得像是少了点什么，便回头又买一块。

回到汽车站，见关爱华早已返回，站在候车室门外向来路眺望，见邓兴志走来，忙招手说，我生怕你误了时间！邓兴志说，我也惦记着早回来好，至少提前了一个小时。

二人走进候车室，邓兴志问，小关饿了没？

关爱华回答说，我现在最怕谁提起这个"饿"字，早饭我没好好吃，刚才急着回车站，又忘了买点吃的，还以为车站会有卖零食的呢，谁知啥也没有。

邓兴志从挂包里取出两块锅盔馍，不声不响递给关爱华一块。关爱华双手接过，说，还是邓大哥考虑问题周到！

候车室里有开水桶，有碗。关爱华说，邓大哥你莫动，我去给你端开水。

汽车按预定时间离开竹山站。

路经房县城，邓兴志目不转睛地欣赏窗外风景。在郧阳地区六县一林区之中，就剩下神农架的松柏镇他没近距离看过。房县城也看过，很美，建在三条小河和一条大河的汇合处。三条小河名叫包家河、沙沟河、回龙河。大河的名字更好听，马兰河。马兰河的两岸有多处温泉。县城的四周是一片片小平原，类似于郧县的柳陂、茅窝、东西菜园、胡家洲。房县城里有条街名字也叫北大街，街当间儿也有一座钟鼓楼。离钟鼓楼不远的街边有棵皂角树，树龄几百岁了，依然根深叶茂，雨天为人们遮风挡雨，夏日成为人们纳凉的好地方。

房县土特产丰富，最著名的是野生香菇及黑木耳、银耳。还有房县甜米酒，颜色是乳白色的。有郧阳民谣说道，房县归来不饮酒，足可以说明这酒是多么美味了。

郧阳民谣又赞道，未到房陵莫言泉。是说房县的温泉多，水质优。"房陵"是房县的代称。唐代，公元690年，武则天称帝，改国号为周，把临朝没多久的亲生儿子中宗皇帝李显贬为庐陵王，流放到房县。李显从京城到鄂西北山区，一路走来好不凄惶潦倒，他的曾贵为皇后的妻子韦氏途中生下女儿，竟没有衣服穿，李显脱下身上的衣服包裹婴儿，因此为这可怜的女儿取名"裹儿"。可是一到房县境况就不同了，淳朴善良的山里人同情落难人，为李显一行送上安慰与关怀。李显感恩于这片土地，赞美它"纵横千里，山林四卫，其固高陵，如有房屋"。"房陵"二字便由此而来。李显在房县生活了14年，在均县生活了一年，于公元705年重登皇位。

邓兴志一边欣赏窗外美景一边思古抚今，到了忘我的境界。而关爱华也沉浸在对往事的回忆之中，想到高兴之处笑出声。笑声打断了邓兴志的思绪，不由在心里感叹，唉，这姑娘心思太单纯了，虽已20岁出了头，但还像是个天真无邪的小孩。道貌岸然的莫其然，连这样的姑娘也想欺骗，实在是太无耻了！幸亏她今天离开了培训班，若是在竹溪再待几天，不知会有什么可悲结果。真该感谢她的老姑父，是老姑父的一封加急电报犹如救命符，让她转危为安。

十堰汽车站到了。汽车开始进站，关爱华打开窗户向外望，寻找接站的人。见到了！她连忙招手呼喊：喂，姑父，任伯，你们就在出站口等我！

邓兴志也望见了这两位老人，其中一位，被关爱华称为"任伯"的，不是别人，竟然是任九琴的父亲任开希！他忙问道，小关，你喊的任伯是你姑父的什么亲戚？

关爱华回答说，他是我姑父的亲家公，你要不要跟我一起去认识认识他们？他们可好了！

邓兴志说，不用了，我还有托运的行李得赶快去取。

关爱华说，那好，再见吧！

第十八章　姊妹河

邓兴志目送关爱华走向出站口，感叹这世界太小了。原来关爱华的姑父就是黄天星的爹。过去邓兴志从未与这位老人谋过面，今天竟在这儿不期而遇。

第十九章　说什么你不认识我

1

邓兴志又在十堰当上了"扁担"。

准确说，当的不是"扁担"，而是"十字镐"，因为他使用的工具是一把像重机枪一样战斗力超强的大号的十字镐。他被工段长任命为十字镐班的班长，带领全班15名大力士，前往位于花果公社一大队为二汽的发动机厂挖厂房地基。哪里的地基最难挖，十字镐班就出现在哪里。

发动机厂基建科的同志们也和民工们一起劳动。科长是位年约40岁的女同志，名叫崔顺吉，吉林省朝鲜族人，是长春一汽的老职工。她说，发动机是汽车的心脏，所以发动机厂就是整个汽车厂的心脏部位。又说，咱们二汽厂，要造出完全拥有中国知识产权的先进发动机，首先得建出好厂房，万丈高楼平地起，各位十字镐战士劳苦功高，老崔我在此谢谢了！

邓兴志说，崔科长你才不过40岁，为啥自称老崔？

崔科长答，有了"老崔"这个称号，就像是花木兰变成了花木力，有力量！

这天上午一上工，老崔就向十字镐班的班员们公布好消息，说，各位兄弟，今天中午食堂有红烧肉！又说，谁身上带的菜票不够，我这儿有！

"红烧肉"三个字太诱人了。邓兴志已有好多天没买过食堂的荤菜，因为太贵，每份一角多钱，而一份咸菜只要两分钱。并且食堂也不经常供应荤菜，十万建设大军遍布十堰这一片土地，副食品供应哪能不紧张？

崔科长又宣布说，我已到食堂打听过了，今天中午的红烧肉质量优，分量足，所以价格不菲，一角八分钱一份。

邓兴志心说，完了，一角八呀，想都莫想了，身上只装了八分钱菜票。

突然有人伸手递给邓兴志一张面值两角钱的菜票，说道，拿着吧，我猜你身上的菜票不够用。

邓兴志忙说，崔科长，这咋行得？

崔顺吉一笑，学说郧县方言，那又咋行不得？你是个儿娃子（男子），我是个女娃子，我们女娃子都不讲礼行（客气），你们儿娃子还礼行个啥晃子（什么）？

整个一上午，工地上充满欢乐气息。

民工们是和二汽的职工们同在一个食堂就餐的。

中午排队买饭，邓兴志让旁人排在前面，他让位又让位，最后排在一位年过半百的二汽职工后面。这位职工师傅戴一副眼镜，一手提着装碗筷的布袋子，一手拿着本书在低头阅读，是一本英文书。

终于轮到这位职工老师傅走到窗口，炊事员对他说，你运气真好，就剩这最后一份红烧肉了。

邓兴志大失所望，买了一份五分钱一份的炒白菜。也算不错，比咸菜强。

买好饭菜，邓兴志转身，见买到最后一份红烧肉的老师傅正站在一旁等他，并且热情招呼道，小伙子，来来，我俩一张桌子用餐。

坐好后，老师傅对邓兴志说，今天的红烧肉这么肥，我只能享用两块。小伙子，这四块归你，我用干净筷子，先拨到你菜碗里。邓兴志忙不迭地谢绝，说，老师傅这不可以不可以！老师傅已完成了分配任务，说道，小伙子，就算你帮我避免浪费。我年纪大，医生叮嘱我少吃肉，今天我违背医嘱，有这么肥的两块肉就足以解馋了，多贪嘴就是自伤健康。邓兴志说，那好吧老师傅，我付给你菜票。老师傅笑了，笑得好慈祥，说，你就把我当作

194　　在　水　一　方

你家的老人,好不好?

是的,这位老师傅和邓兴志的父亲是同龄人,再对他说什么付菜票的话,那就不仅仅是矫情并且是太不尊老了。

二人边用餐,边交谈。

老师傅说,听小伙子的口音,是本地人吧?

邓兴志答,是,我就是郧阳人。

老师傅说,二汽建设离不开你们,郧阳人功不可没。

邓兴志说,我没啥功劳,我干活国家给我发工钱。我是个库区远迁户,远迁在嘉鱼县。因为家乡建二汽,我才有机会回乡当民工。我在这儿挣了工钱,还得向我远迁地的生产队交一部分。虽然生产队的队长和社员们都说可以不交,但我一定要交。因为我还是那里的社员,我的户口在那儿。我不能忘记我的身份还是个远迁户移民。

老师傅说,移民回乡做贡献令人尊敬,现在咱二汽建设工地太缺劳动力了。

邓兴志应道,是的啊,若不然我也没机会回山里来。我实心实意感谢二汽,也感谢三线建设!

老师傅说,你在工地付出了劳动,当然应该有工资,领了工资不等于你没给国家做贡献。我不是也领工资吗?

邓兴志问,老师傅,我刚才见你一边排队还一边看外文书,是看的技术资料吗?

老师傅答,不是技术资料,是一本小说。我很认真,把它当反面教材研究。

"为什么是反面教材?"

"这本书,是一个从中国大陆潜逃到日本的汉奸文人写的。当年在上海,他是日本侵略军的一条走狗,如今跑出去,挟洋自重,变本加厉美化侵略者,丑化、辱骂中国人民。"

"这号人最可耻!他辱骂中国人,难道他不是中国人生中国人养?总

第十九章　说什么你不认识我　　195

不会是从石头缝里蹦出来的吧？从小我爹就对我说过，百善孝为先，爹娘最恨忘恩负义的逆子，所以咱们中国人绝不可饶恕任何一个汉奸！"

"小伙子，你叫什么名字？"

"我叫邓兴志。"

"哪三个字，写在我笔记本上。"

"好的。"

"邓兴志，小邓，就为你刚才的一席话，我也应当记住你的名字。还有你父亲的话，是中国老百姓的哲理之言啊！汉奸败类虽然是少数，但是危害极其严重。这些败类不停地骂我们，原因何在？因为我们不愿也像他们一样，趴在地上当奴隶。骂就骂吧，看他们还能骂到哪一天？中国人民站起来了，但是现在还不富裕，我们今天吃一份红烧肉还得排队。所以我们要长志气，自强不息。总有一天，我们会强壮得连挨骂都不怕。"

2

吃过午饭，邓兴志回到工地。

难得中午有一段休息时间，工友们围在一起打扑克，崔科长在旁边观战。见邓兴志走近，她问道，邓班长，你和我们总厂的总工在一起，都谈了些什么呀？

邓兴志一头雾水，说，总厂总工，我没见着呀！

崔科长说，和你在一张桌上吃饭的人是谁？

邓兴志答，是一位老师傅啊。

"他就是我们的总工程师。"

"啊？总，总工程师？那他为什么在你们厂的食堂吃饭？"

"你可能没注意观察吧？"

"观察啥？"

"已经有三天了，我们厂的食堂多了几个老同志排队买饭。他们都是我们二汽的核心人物,是中华人民共和国汽车工业的开拓者,正在我们发动机厂搞调研。"

"噢,原来是这样啊!"

"你被我们总工程师给哄骗了。"

"哄骗了?骗我什么?"

"他可不是不能多吃红烧肉,恰恰相反是最爱吃,我们长春老一汽的人都知道他的这个爱好。"

"啊?崔科长你当时在食堂为啥不提醒我?"

"这是他老人家的一片心意,我怎忍心挑破?"

"这可真是,敬老爷的人,反而吃了老爷的供香馍。"

"邓班长,你这句郧阳话,意思是说,敬神的人反而享受了神的供品,对不?"

"对。你为啥子学说郧阳话这么用心?"

"因为我现在也是郧阳人啊,二汽是我家,二汽在郧阳的十堰,十堰就是我的家。"

"崔科长你这话好让我感动!我想问你,我今天见到的这位总工程师,是不是姓孟?"

"对,他是孟总,也有人尊称他为'牛总',因为他是中华人民共和国汽车工业的拓荒牛。"

邓兴志不再说话,上工时间到了。一边干活,一边回味与孟总的交谈,眼前出现一行大字:让中华人民共和国乘上汽车轮子前进!这是孟总对二汽全体职工说过的一句话,刊登在《二汽建设报》上。当时读过报纸邓兴志对孟总深怀敬意,想不到今天见到了他。孟总的经历王智林对邓兴志讲过。孟总小时候家境贫寒,在亲戚们的资助下才得以上学读书,考上清华大学。"七七事变"后清华大学内迁,并入西南联大。1940年,西南联大公派孟总到美国留学,毕业后他在美国的汽车厂当工程师。怀着中国人也要造汽车的梦想,他于1946年5月回国,任教于清华大学,讲授汽车制造。国民党政府的腐败使他痛心疾首，他明白了，只有中国共产党才能带领全国人民走向富强之路，于是投奔解放区加入共产党。他是建设长春一汽的元老。他渴望中国的汽车工业早一日走在世界前列，因为汽车工业的水平，代表一个国家的科技和经济发展水平。他高瞻远瞩，目光远大。他说，等到有一天，我们中国城乡的普通家庭也能用上国产轿车，我的中国汽车梦才算圆满。

中国普通百姓也用上轿车，这美好远景我邓兴志这辈子见得着吗？真的有了这一天，那些跑到国外辱骂中国的汉奸们，还会想出什么新措辞继续辱骂我们呢？

邓兴志的十字镐撞击着顽石，迸出闪闪火光。

3

1969年是全体二汽建设者们难忘的一年。这一年的9月28日，二汽总厂在张湾工地召开万人誓师大会，正式宣布二汽建设全面开工，并宣读了毛主席、周总理等中央领导同志对二汽建设的指示和期望。从此，这个特殊的日子便被定为中国二汽的法定诞生日。

从1965年12月21日二汽筹备组成立，到1969年12月，十堰汽车城的远景已越来越清晰可见了。

1970年，在一阵阵劳动号子声中来临。

元旦放假，睡了个懒觉的邓兴志早上8点钟才起床。刚洗漱完毕，就听王智林在门外喊他，声音里有抑制不住的兴奋。邓兴志出门，只见王智林扶着一辆锈迹斑斑的旧自行车，立在老街的正中心，一见邓兴志便说，看看，我有自行车了，13块钱买的！

这辆自行车，是在废品收购站门外，从一位卖废品的人手里买来的。刚买来时不能骑，前后两个轮子的钢圈全都扭曲得像麻花。王智林敢于大方地掏出13元买下它，因为他知道黄龙滩镇上有个修自行车的高手。高手真是不凡，花了两天工夫把两只钢圈矫正，变圆了。锈迹斑斑没关系，关键是它还能骑，并且可以快速前进。经常擦拭，锈迹会减少的。今天它是第一次上路，非常好，20公里路，没出任何问题，不像侯宝林在相声里所说，除了铃铛不响哪儿都响。

我这辆车是哪儿都不响，铃铛也不响，因为它根本没铃铛。王智林说。

邓兴志说，没铃铛，美中不足。

王智林说，没关系，骑的时候注意避让就行了。

邓兴志说，前几天我路过六堰，见百二河河堤上有个修自行车的摊位，我恍惚看到杂物筐里有一只旧铃铛，等会儿我去看看那铃铛还在不在。

佩风、佩雨小哥俩听到了爸爸和邓叔叔的对话，忙跑出来，高高兴兴围着自行车转。原来王智林还没进过家门，先见邓兴志报告消息。

匆匆吃过早饭，邓兴志赶到六堰。好庆幸，没记错，修车师傅的竹筐里确实有一个自行车旧铃铛，并且还在。邓兴志蹲下身，拿起这铃铛端详，发现它已锈成了一张麻子脸，不过还好，仍然能摇出叮叮当当的响声。修车师傅要价八角钱，讨价还价，五角钱成交。

邓兴志喜滋滋地用一张白纸将铃铛包好，当宝贝似的装进口袋。转身的瞬间，见到一个熟悉的身影从眼前闪过。急忙定睛追望，望见一位妇女，左胳膊挎着一只竹篮，篮子里装的是刚洗净的衣服，右胳膊费力地抱着一个大约一周岁的小女孩……

她不是别人，是邓兴志已两年多没见过面的任九琴！

邓兴志的心跳加快，热血沸腾，哪顾得多想，大步追上去，脱口喊一声，九琴！

任九琴戛然止步，回头望见了邓兴志。小女儿不知妈妈为何突然站住了，赶紧把小脸蛋贴紧妈妈胸脯。

九琴！邓兴志又喊一声，声音里分明有泪水在汹涌。

任九琴的目光定定地落在邓兴志的脸上，久久不曾移动。时间像是凝固了，也不知过了多久，她突然开口对邓兴志说，你是谁？我不认识你。

九琴……邓兴志的泪光变成了火光。

任九琴躲过邓兴志的目光，低头向怀里的女儿问话，乖，如果有人问你叫什么名字，你怎样回答呀？

女儿刚刚咿呀学语，声音稚嫩，回答说，小——河。

九琴问，为什么妈妈给你取名小河？

女儿一脸茫然。

九琴代女儿回答，因为妈妈，从小在一条小河边长大，那条小河哗哗啦啦会唱歌，妈妈喜欢它，喜欢它！记住没？

女儿点头。

九琴再问，小河，如果有人问你，你现在家住哪里，你怎么回答呀？

仍然是妈妈教女儿回答，乖小河，你就说，家住十堰，六堰村，建筑大院。

女儿心里不安，伸手扯妈妈的头发。

九琴问，小河你怎么啦？

女儿用手指前方。

九琴说，好，回家，回家。撂下邓兴志，转身离开。

邓兴志急切地喊两声，九琴，九琴！

九琴匆匆一回头，回答的还是前面那两句话——你是谁？我不认识你。

一手抱小孩，一手提竹篮，她走了，走了，始终没有再回头，连一眼也没有回望⋯⋯

失魂落魄的邓兴志，直到望不见九琴母女的背影，才转身踽踽而行，重返河堤。河边有几位妇女在洗衣服。百二河洗衣的条件远不如棒槌河。棒槌河有银色沙滩，沙滩上有七彩石，百二河没有。棒槌河的河水拍着浪花唱着歌，百二河却心事重重沉默无语。棒槌河边的洗衣人隔河相望排成了队，欢声笑语，气氛是那么热烈，而百二河边的洗衣人稀稀落落。百二河河边也没有洗衣石，洗衣人或者自带小板凳，或者屈腿蹲在河边。可怜的九琴她也没带小板凳，她又要洗衣又要照顾小孩。她的丈夫眼瞎了吗，为什么眼睁睁看着妻子如此遭罪？

九琴，你为何这般冷酷无情，竟面对面说你不认识我？知道在这近三年时光里我是怎样思念你吗？知道我的心依然是怎样的一颗心吗？知道男儿落泪是一种什么样的凄凉痛苦吗？数过这两年多的时光是多少个日日夜夜吗？已经消失了的棒槌河，它已无言为我诉说了，但是那块洗衣石还在，那石头上，一行行，写满了多少读不尽的文字？

　　邓兴志回到五堰老街，努力装出轻松快乐模样，把自行车铃铛交给智林兄。智林并没发现邓兴志情绪的变化。可爱的佩风、佩雨小哥俩，见到了能摇响的自行车铃铛，更是只顾高兴。智林一边装铃铛一边说，邓兴志，想到哪儿逛一圈，骑自行车去吧。邓兴志回答，以后有的是机会，今天我只想补一补觉。

　　邓兴志回家，关了房门，一头栽在床上。想睡觉，哪睡得着？头枕着洗衣石，心如万箭穿。索性滚下床，愤愤摊开笔记本，写，写一首诗，题为《无题》——

　　　　听见我的呼唤了吗，
　　　　小河，故乡的小河？
　　　　测到我的心跳了吗，
　　　　浪波，河里的层层浪波？

　　　　你就是故乡小河的化身，
　　　　又给牙牙学语的女儿取名"小河"，
　　　　既然河水仍在你生命中流淌，
　　　　却为什么说，你不认识我？

第十九章　说什么你不认识我　　　　201

第二十章　流浪在家乡的怀抱

1

写完诗，合上笔记本，邓兴志像幽灵一样无声无息出门，决定流浪一天。十堰，我家乡的土地啊，今天为何突然变得这么陌生？

流浪，到处流浪。坚决不朝六堰有任九琴呼吸声息的地方走，反其道，往三堰方向。

首先来到柳林沟口。新盖的大礼堂今天要放电影，售票窗口外面排起了长队。邓兴志视而不见，径直前行。

走到了郧阳军分区大院门外。大院，大院，有什么特别景色吗，从未光顾过。对，今日不妨进去走上一走。

进门后才知道，大院只是徒有虚名。不见亭台楼阁，不见小桥流水，甚至连个普通的花坛也没有。一排排平房，全是"干打垒"。房前屋后是一小块一小块菜地，地边有鸡鸭在觅食，一派农家风光。好，好得很，这样的军区大院我早该来看看。

大院里有一个篮球场，正在进行友谊赛，主队是军分区，客队是东风轮胎厂。篮球架是简易的，两根木柱一块篮板，一个没有网的篮框。

出了军分区大院，走不多远，来到《郧阳报》社。《郧阳报》是郧阳地委的机关报，原来报社在郧县老城，现在搬到了十堰。报社隔壁的附属印刷厂，是目前十堰地区设备最新、技术最先进的印刷厂，不仅负责印《郧阳报》，还接收其他业务。

报社不能乱进，进印刷厂看看去。

像军分区大院一样，印刷厂对进入大门的人也不阻拦。各个车间都可以参观，只要你不走近机器影响工人操作就行。别的车间不看，邓兴志进入排字车间，他早就想弄明白，书报上的那么多字，是怎样排出来的。

车间竖立着一排排一人多高的钢铁字架，不同型号不同字体的铅字分门别类装在铁盒子内。排字工人手持文稿和字盘，在字架上寻找需要的铅字。例如"人民公社"四个字，要分别从字架上的四个盒子里取出，装进字盘上的小格子内。铅字的字是反的，印出来才变正。等把一篇文章所有的字都"拣"好了，就在排字铁板上分行排列，然后四周用铁条卡牢，用专用的丝线将铁板捆紧。这时还不能上印刷机，须先刷油墨印一张清样出来，交校对室，由校对员一字一字、一个标点一个标点校对。发现的所有错字，排字工人都要用小钳子将它们夹出来予以更换。这样的校对要进行三次。因此排字工人不仅要有文化，视力好，还得身体好，有一把子力气。一块嵌满了铅字的字盘，沉甸甸的，力气小的人是抱不动的。

这就是中国人发明的活字印刷术。发展到今日，用的是铅铸的活字。邓兴志觉得很了不起，对眼前的一位排字工说道，师傅你真行，当代毕昇！师傅却摇头回答说，一行不知一行苦，我们自己才深有体会，这种铅字印刷术已跟不上形势了，不远的将来，这里的字架将统统淘汰。

淘汰？淘汰了这些铅字，拿啥印刷？邓兴志觉得，这位师傅真会说笑话。

盯着师傅的字盘望了许久，邓兴志突然心里一热，脱口提出请求，说道，师傅，我想向你要一个铅字，行不行？师傅不觉一愣，问，要字？要哪个字？邓兴志答，要一个"琴"字，琴弦的琴字。师傅立即冷了面孔，说，稀奇古怪，你好不好地（郧县方言，无由头，莫名其妙之意）要个铅字干啥子？工厂有规定，字盒里的铅字，一个都不能少！对不起，"琴"字也好"弦"字也罢，哪个字都不能给你。接着发出逐客令，问道，你参观够没有？你该走了吧，莫再影响我的正常工作！

不给"琴"字就不给，你发个啥牛脾气呢？邓兴志心里嘀咕着，离开印刷厂。

来到与长途汽车站面对面的小饭店，赌气似的，邓兴志连喝两碗"胡辣汤"，把肚子喂饱，然后继续流浪。

不觉来到了十堰老街。石板地面的窄窄的长街，在邓兴志眼里，满是苍凉。

他在一家铁匠铺门外止了步，看师徒二人打铁。师傅左手握大铁钳，夹着一块烧红的铁坯，右手用小铁锤在铁坯上指点，徒弟按师傅的指点抡大锤，汗如雨下。一粒粒汗珠子，又大又圆，像火苗一样是红色的。

看完打铁，走进铁匠铺斜对面的中药铺，看铺子里的伙计抓药。这伙计手艺不错，有准头。什么当归啊、白芪啊、陈皮啊、二花啊、甘草啊，哪种药在哪个药柜里，他想都不用想就直奔目标。拉开小抽屉，抓出一种药，用小小秤盘一秤，分量丝毫不差。

前来抓药的顾客共两个人，其中一个人的药方里有一味特殊的药：两只全虫。所谓全虫，其实就是蝎子。但是蝎子和蝎子不一样，其他地方的蝎子都只生有八只脚，唯有我们郧阳山区的蝎子是十只脚，所以名叫全虫，是一味除毒的良药。这就是咱郧阳山区不同凡响的地方！咱郧阳山里的乡巴佬，即使变作一只蝎子，也要长足十只脚爪子成为"全虫"。我邓兴志死后若能再重生，就一定生成一只全虫！

中药铺的隔壁是剃头铺。年过半百瘦骨嶙峋的剃头匠干活认真，手艺也顶呱呱，将一个肥头肥脸大胖子的一圈络腮胡子给刮得干干净净。刮完胡子掏耳朵，把胖大汉掏得舒舒坦坦，眯着两眼打着呼噜，睡着了。

发现一个儿娃子（小男孩）在街边打翘儿，翘棒再怎么用力，那地上的翘儿就是蹦不起来。邓兴志上前说道，小弟弟，你的翘儿两头都太粗了，应该再削细削尖一点。你家有镰刀没有？

打翘儿是鄂西北城乡男孩子们喜爱的游戏。将一根约半尺长，比成年人大拇指粗一圈的硬木棍两头削尖，它就叫翘儿。翘棒也是硬木棒，比翘儿粗也比翘儿长。将翘儿横放在平地上，用翘棒敲击翘儿被削尖的任意一端，翘儿就会像受了惊吓似的突然跳离地面。玩游戏的孩子便用翘棒快速对准翘儿的中部用力一击，翘儿就会像子弹似的飞向远方。比赛时，谁的翘儿飞得远，谁就是胜利者。

邓兴志小时候是制翘儿打翘儿能手。

小男孩回家取来了镰刀。邓兴志帮他将翘儿削得又合格又美观。一试，哈，翘儿飞得又快又远。小男孩高兴得拍手欢呼。邓兴志的脸上总算也有了一丝笑容。

小男孩突然把翘棒和翘儿都交给邓兴志，说，你不许走！站这儿等我！

小男孩飞跑向家里奔去。返回来，双手合拢捧了一捧苞谷花，献给邓兴志。苞谷花类似于爆米花，但不是用爆米花的机器爆成的，而是自家用铁锅炒出来的，特别脆，特别香。过春节时家家户户炒苞谷花，平常日子很难吃到。

邓兴志将几粒苞谷花丢进口里，仰脸说一声"香啊"。突然间，好想像孩子一样"嗷嗷"大哭一场。当然没哭，反而是对着小男孩哈哈哈笑出声来。

谢过小男孩，邓兴志起步离开十堰老街。出了街口，见几位老人在墙根下晒太阳，不由驻步。对年迈之人，邓兴志心存敬意，一见到他们，便会想起老爹和三叔、三妈。墙根下的这几位老人，比邓兴志的老爹年纪更长，都已过了古稀之年。他们大半辈子要经历多少事情啊，流过多少汗，淌过多少泪，出过多少力，操过多少心？如今满脸的皱纹纵横交错，能这样舒舒服服在墙根下晒晒太阳，多好啊，心满意足了。盼望他们一个个都身体健康，再没有烦恼之事纠缠在心头。

又来了一位老爷子，80岁上下，身体修长，一手拄拐杖，一手拖着把小椅子。来在墙根下，他慢腾腾的，在一位满头银丝的老婆婆身边坐下。

老婆婆说，你个死老鬼，又挨着我做啥？

第二十章 流浪在家乡的怀抱

老爷子说，谁稀罕挨你坐呀？你昨天不是说，你好多天没听我唱郧阳锣鼓歌了吗？今天我给你唱个够够的，离你远了，怕你这个老聋子听不见。你莫不知好歹。

老婆婆说，好了那就坐稳当，快开唱吧！

"你急个啥子？我总得先清清嗓子吧！"

老爷子咳嗽两声，开口唱起来——

一二三四五，
金木水火土。
歌师开歌场，
擂动三通鼓。
一开地久天长，
二开日月星光，
三开三纲五常，
四开尧舜禹汤。
清气为天，浊气为地，
明月为阴，红日为阳。
日月星，为三光。
君臣义，为三纲，
马牛羊，鸡犬猪，此为六畜。
仁义礼智信，它为五常……

唱得好！邓兴志情不自禁鼓掌。老爷子和老婆婆却没反应。也许没听到掌声，也许是根本没注意到，一个身强力壮的小伙子，为何百无聊赖在这儿看七老八十的老人们晒太阳。

老婆婆突然打断老爷子的歌声，说，不听这个不听这个！唱古今的歌，唱到点灯的时候怕你也唱不完。

老爷子将就老婆婆，调门转变，改唱《绣香袋》——

　　石榴花开叶叶儿青，
　　妹绣香袋送郎君，
　　青线绣一棵合欢树，
　　红线绣妹一片心……

　　邓兴志不再拍巴掌，因为两只手突然沉重，举不起来。
　　老婆婆又摇头，说，绣啥香袋呀，都快过奈何桥的人了，我给谁绣？昨夜里做梦，在丰都城遇见我那死老头子。他对我说，从今往后，不许你再来见我了。我问他为啥，他说，我马上要重新投生。我就说，不叫我见你就不见你，你当是（以为之意）我好稀罕见你？我又对他说，你到投生地，可得把投生门看准看清楚一点，宁愿投生成一只鸟，也莫再投生成一个人。鸟多快活呀，想咋飞就咋飞。人来到世上走一回，那是要一遍又一遍受罪的！
　　老爷子说，好了，莫说你到丰都城"楼台会"的事，正在儿（现在之意）我给你唱一段《养儿难》。我知道你最想听这一段，你就听好了——

　　未曾开言泪先抛，
　　众家儿女听根苗，
　　为人在世当尽孝，
　　父母恩情儿难报。

　　孩儿出生是娘心肝，
　　长夜护儿不得安，
　　左边尿湿右边换，
　　右边尿湿换左边，
　　左右两边都尿湿，

第二十章　流浪在家乡的怀抱　　207

娇儿放在娘胸前。

十冬腊月北风寒，
打开冰块洗尿片，
若是晴天还好过，
阴天雨雪火烤干……

这一回老婆婆再没打岔了，听着听着，昏花的双眼里满是泪光。

邓兴志不由得想起了自己的母亲，她走得太早了，没能等到儿子在她面前尽孝，如今还在为儿操心吗？

想起母亲就止不住又联想一个人，强迫自己别再想别再想，却偏偏又想。养儿难，养儿难，而任九琴这个母亲当得更加可怜！到河边洗衣裳还得连带照顾女儿，回家的路上，一只胳膊挎着满篮子湿衣裳，一只胳膊抱着孩子……

幸亏九琴身体好，若换个体弱的女子，早累倒在地了！

聊以自慰的是，九琴果然生的是女儿，并且女儿的长相没有随她爹的那副"尊容"，而是像妈妈。

2

离开了十堰老街，往南行，跨过一座石桥，邓兴志准备到百二河水库走走。眼前是一条新修的公路，由东向西，从正在修建的十堰火车站通往正在修建的二汽总装配厂。

发现一位拉车人，正低头弓腰拉着一板车红砖，步步艰难地行进在上坡路上。邓兴志忙上前，从后面帮忙推车。板车终于被推上了平路，拉车人停下车，回头对邓兴志说了声"谢谢"。

这两个"谢"字让他愣住了，因为拉车人是个年轻女子，并且邓兴志认识她。

是谁?

是关爱华!

关爱华也认出了邓兴志,说道,呀,邓大哥,想不到在这儿遇上你!

邓兴志说,我也没想到是你。今天不是元旦吗,为啥你还上班?

关爱华答,我不是合同工吗,计件制,多劳多得。

问,砖是从哪儿拉的?

答,火车站西边,红星砖厂。

问,拉到哪儿?

答,二汽总装厂工地。

"还准备拉几趟?"

"时间有限,只能再拉一趟。"

"走,我帮你一起拉。"

到总装配厂工地卸完砖,关爱华拉着空车在前,邓兴志随后,前往砖厂。

关爱华突然说,邓大哥你上车吧,我拉着你走。

邓兴志说,让你一个女娃子拉着我这堂堂男子汉,不怕路人笑掉牙?

"邓大哥你听过这么一段民间故事?"

"哪一段?"

"父子二人赶着一头毛驴去赶集,路人说,这父子俩好傻,放着毛驴不骑。听了这话,儿子赶紧扶父亲骑上毛驴。路人又说,这当父亲的太不像话,怎么自己骑驴让儿子走路?父亲就赶忙把毛驴让给儿子骑。路人又有话说了,这个当儿子的太不孝顺!父子二人就干脆一起骑在毛驴背上。路人的批评更严厉了。父子俩无可奈何,抬着毛驴去赶集。"

"这故事我当然也听过。你的启发有理,放着空板车不用太浪费。你上车,我拉你。你在车上休息,以逸待劳。"

"行啊,叫我上车我就上。'以逸待劳',你这个词用得恰当,一百分!"

一个拉车,一个坐车,边走边说话。

邓兴志问，那个莫秘书，莫其然，还和你联系吗？

关爱华答，他凭啥子跟我联系？我跟他有几文钱关系？

"他，没有给你写信？"

"写信？笑话，他也不知道本姑娘的通信地址。"

"我听说，他这个人，喜欢到处给姑娘写信。他在竹溪，没问过你通信地址？"

"问过呀！"

"啊？"

"问过又怕什么，我给他打胡乱说了一个地址。我都记不得我信口胡诌了个什么公社，什么大队，反正全郧县都找不到这个地方。"

"这就对了，说明你还是肯动脑子的。"

"你这话，到底是在表扬我，还是批评我？"

"有表扬有希望，希望你遇事多分析，谨防上当。"

"照你这么一说，你肯定是比我警惕性高，从来不上当了？"

"这个嘛，基本做得到。"

"那我问你，为啥子你跑前跟后，兴颠颠地，替一个莫名其妙的人当向导？"

"当向导？我替谁当过向导？"

"还要我点破？不必吧，响鼓何须重锤敲？"

"你，好像……"

"好像什么？"

"好像在乱猜什么吧？"

"好了，我向你打听一个人。"

"谁？"

"姓丁，名桂小……"

"丁桂小？你认识她？"

"何止认识，桂小已经是我朋友！我还到桫椤坡后靠村，在她家住过两天。"

"谁介绍你和她认识的？"

"谁介绍的啊，让我想想……对不起，我这个人记性不好忘性大，想不起来了！"

说完这话关爱华闭了双眼，虚张声势地长长打一个哈欠，在板车上盘腿而坐打瞌睡，姿态像一尊女菩萨。

邓兴志哪好再追问，便在心里自寻答案。难道，这个假装说"忘性大"的关爱华，她早就和丁桂小认识？她俩在六里坪培训班是同学？不对，她如果参加过六里坪培训，就应该早就认识莫其然，可是她说她是在竹溪才第一次见到姓莫的。那么，她是丁桂小家亲戚？也不对，从未听智林兄和桂芹嫂子说过丁家在拐枣村有什么亲戚。又会不会是关爱华在桫椤坡后靠村有亲戚呢？这倒是有可能。下次到后靠村，问问"老人根"老兵叔。

回头望一眼闭目养神的关爱华，邓兴志不得不对她刮目相看了。想起第一次在竹溪河滩上见到她，还以为她是个没头脑的傻女子，陪莫其然散什么步？第二天和她同行回十堰，看出她是个心地光明的女子，只不过是待人处事有点儿幼稚。今天才看清，原来她头脑并不简单，而是藏智慧于简单之中。可叹，为什么这个不简单的女子是黄天星的表妹呢？不不，我不该这般想，她是她，黄天星是黄天星。记得刘老师曾说过，朋友是可以选择的，但是亲戚你无法选择。亲戚不等于朋友，你喜欢或不喜欢他，亲戚关系是客观存在的。况且亲戚关系也是有亲有疏的，关爱华那么敬重她的老姑父，并不等于她对老姑父的儿子黄天星也有好感。像黄天星这号"天吹"人物，要取得别人好感，谈何容易？五根手指头伸出来有长有短，即使是同在一个屋檐下的一家人，性格品德也有差别。三叔就多次对邓兴志说过，黄天星这人虽然不咋地，可是他的爹妈都是好人。三叔的这话，是听九琴她爹说的。这说明任叔和黄天星的爹关系是不错的。两个人是老工友了，应该是互相了解的。不然那日黄天星的爹到汽车站接关爱华，任叔就不可能同行。

蓦然间，邓兴志的心里又冒出一个新问号：关爱华知不知道我和九琴的

第二十章　流浪在家乡的怀抱

事？有这个可能，完全有可能！既然她认识丁桂小。我邓兴志失恋的痛苦，智林兄和桂芹嫂子最知情，丁桂小不可能没从姐姐姐夫那里了解到些什么。肯定已有所了解。现在回忆，丁桂小向林队长说洗衣石不是石头而是块宝玉，更领悟到是话里有话了，不仅仅是为在林队长面前替我打掩护。往下再推测，关爱华说她和丁桂小是朋友，那她就极有可能已从桂小那里多多少少了解了一点我与九琴之间的往事。

可是，你关爱华，还有她丁桂小，你们哪会想到，今天，就在今天，九琴她当着我面，红口白牙对我说，她根本不认识我！

九琴啊九琴，如果连你都不认识我邓兴志，这个世界上，还有谁认识我？

3

拉车的人思绪纷纷，而坐在板车上假装打瞌睡的关爱华，心里也难平静。

是的，关爱华已经知道邓兴志与任九琴之间的往事，她不仅听丁桂小大略讲过，并且和当事人九琴表嫂有过坦诚深入的交谈。九琴对爱华这位好表妹不存戒心，而表妹对表嫂则是充满了同情。二人在一起说体己话，说到伤心处，表妹也陪着表嫂落泪。如果说，这么长的时间过去了邓兴志还陷在痛苦深渊之中不能自拔，那么邓兴志又怎会想到，九琴心里的苦水比他更多也比他更深呢？女人自有女人的难处啊。况且九琴又是一个孝女，为父亲考虑，为母亲考虑，为老祖母考虑，后来又得为善待自己的公公、婆婆考虑，唯独没替自己考虑过。现在，压在她心上的负担更沉重，因为她已做了母亲，女儿是那么无助，那么依赖妈妈。真正是上有老下有小啊，谁能指出九琴的人生路该怎样往下走？冷暖自知，她不得不自甘牺牲，不得不盼望邓兴志忘掉过去的一切，忘得干干净净，忘得和小河的妈妈面对面也互不相识。邓兴志啊邓兴志，九琴的良苦用心，你这个粗心的男子汉能理解吗？

任九琴现在也像郑邓兴志一样敬重王智林。从前是抱怨王智林，抱怨之后的敬重，是日益加深的。九琴知道王智林的妻子丁桂芹贤惠善良，也知道桂芹有一个好妹妹丁桂小。所以她相求爱华介绍她认识了桂小，并且和桂小成了朋友。邓兴志，其中的情与事，你哪会知晓！

九琴喜欢丁桂小，敬重丁桂小，心生念想，期盼丁桂小和邓兴志成一家人。如果这个愿望能实现，九琴心里对邓兴志的愧疚感就减去了一大半。这些情况，现在我关爱华怎么能贸然告诉你邓兴志呢？因为我还不明白人家丁桂小心里是怎么想的。听说，到丁家去给桂小提亲的人多得是，都快把丁家的门槛给踩平了。邓兴志，就看你有没有这个福分了。

砖厂到了。

在板车上整整齐齐摆好红砖，邓兴志拉车前进，只让关爱华空手在后跟着。走上坡路时关爱华要帮忙推车，也被邓兴志拒绝，说，这点活儿算得了啥，用不着帮忙。

到总装厂工地卸完砖，天色已晚。关爱华对邓兴志说，喂，我桥（桥，郧阳方言，请之意）你吃晚饭吧！

邓兴志问，桥我吃啥好的？

关爱华说，东岳台有一家三合汤店，正工正（正宗）的郧阳三合汤。

邓兴志说，一提"三合汤"，我就觉得饥肠辘辘了。

关爱华，那就目标东岳台，前进！

邓兴志说，可惜我今天没这口福。

"为啥？"

"我邻居家今晚要来一个重要客人。"

"什么邻居？"

"我大哥家。早上我大哥对我说过，晚上有贵客来。我差点给忘了！"

"那我今天咋样谢你？"

"这点小事还用谢吗？"

"一定得谢。这样吧，你坐车上，我拉你走一段路。"

"这咋能行？不行，不行！"

"咋不行呢？你不是拉过我吗？"

第二十章　流浪在家乡的怀抱　　213

"不可，不可相提并论！"

"两条道路由你选，要么我请你吃三合汤，要么你坐一会儿板车享享福，我拉你。"

"小关，我发现你很顽皮啊，比男孩子还皮，上学时没少挨老师处罚吧？"

"上车不上车吧，说句干脆话！趁着这段路人少，你不会遭人笑话的。"

"好吧好吧老天爷。"

邓兴志无奈，硬着头皮上车。但是车子只前进了几步他便慌忙又跳下。

关爱华嘻嘻一笑，头也不回地说，好了算我谢过了，再见！

第二十一章　在那更遥远的地方

1

邓兴志并没对关爱华撒谎，智林兄确实对他说过今晚家里有客人来，是乔新梅的弟弟乔新松。乔新松比桂芹嫂子的妹妹丁桂小大一岁，1947年生，1965年考上湖北大学，读的是农业经济专业。毕业后在农场锻炼了几个月，现在刚分配工作，分在郧阳地区农业局。

邓兴志回到五堰老街，远远见智林兄正站在门外张望，等候他的归来。

邓兴志随智林进家门，才发现客人不只乔新松一人，还有他姐姐乔新梅。并且从桫椤坡后靠村也来客人了，是丁桂芹的母亲田婶和妹妹丁桂小。

初次见乔新松，完全符合邓兴志的想象，也像他姐姐一样眉目清秀，让人看着心里舒畅。虽然是大学毕业高学历，但是穿着很朴素，粗布衣，粗布鞋，唯一"奢华"的装饰，是姐姐给他织的一条灰色毛线围巾。

主客几人早就一起动手包好了饺子，只等邓兴志回来。郧阳人包的饺子不同于北方大饺，皮薄馅多，类似于大馄饨。今天的饺子馅很特别，是晒干了的槐花，还有鸡蛋、豆腐干、炒芝麻，都是田婶和丁桂小带来的。

还带来了一罐子黄酒。

晚宴开始。智林边斟酒边说，今天是1970年第一天，新春吉祥。在座的，不管会喝酒不会喝酒，都要端起酒碗，尝尝我老岳母做的糯米黄酒，佩风、佩雨兄弟俩除外。

佩风、佩雨说，我们也有好喝的，是小姨上山给我们采的蜂蜜。

乔新梅说，老人家的酒我一定喝，借此机会感谢亲人们对我的关怀。自从为涛走后，智林兄弟给过我家太多帮助。还有你，邓兴志兄弟，我真不知用什么语言感谢你。你在十堰干的是重体力活，挣点工钱多不易啊，滴滴汗水。你却几次给我家寄钱，我实在是受之有愧。

邓兴志说，嫂子快别这样说，要说感谢，应当是我感恩不尽。我离开䉓洲湾，第一次回郧阳找工作，是为涛兄接纳了我，让我这个远迁人开始了新的生活。更要感恩的是，为涛兄给我树立了做人的榜样。

王智林说，邓兴志这话是肺腑之言，为涛兄同样也是我的楷模。

邓兴志说，自从遇见为涛兄之后，我越发为自己没当过解放军感到遗憾。18岁那年我报名参军，我爹我三叔三妈都支持。可是那一年，我们大队报名参军的小伙子特别多，名额有限。大队分给我们生产队才一个名额，三个人争，我是独生子，竞争不过另外两个人。

佩风说，小邓叔叔你就像个解放军！

佩雨说，对，小邓叔叔你手握扁担照相，登上报纸了。我说你握的是冲锋枪，哥哥比我知道得多，他说不是冲锋枪。

那他握的是什么武器？王智林也像个小孩似的，认真问。

小哥俩齐声回答，爆破筒！

王智林响应道，对，爆破筒！开山筑路建二汽的爆破筒！

屋子里充满欢乐气氛。

吃过晚饭，王智林、邓兴志一起送新梅、新松姐弟回住地。

智林对新松说，我没进过大学校门，不知大学的各个系是怎样分的，比如你们农业经济系，都学些什么？

新松说，这问题如果让我们系主任回答，他会一二三四、甲乙丙丁讲一堂课，其实我理解得很简单，就是为农业为农村为农民服务。比如，应当怎样因地制宜发展地方的农林牧副产品，又比如怎样让农产品实现最大收益。

按西方的说法，就是如何在市场经济中获利。

智林说，我明白了，你的用武之地不在办公室。

新松说，是，必须经常下乡。

智林说，我姨妹现在肩上担子沉重，她正带着后靠村的乡亲们开辟柑橘园。

新松说，今天我也听你姨妹讲过，我想抽空去后靠村看看。

智林说，如果到时候我抽不出空陪你去，就让邓兴志带路。

邓兴志对新松说，就你的时间，提前一天告诉我，我好请假。

新梅对弟弟交代，去了要多请教，多学习。

新松说，姐姐你放心。

把新梅、新松姐弟送到住地后，王智林同邓兴志一起来到百二河的河堤上散步。

满腹忧懑的邓兴志，终于有了倾诉心声的地点和对象，把今天如何偶遇任九琴，任九琴是怎样冷淡相对的经过讲给智林兄听。

智林望着夜幕下的河水沉思，不知该怎样安慰邓兴志。

见智林兄无语，邓兴志低下了头。他有些怨恨自己了，恨自己为了九琴的事给智林兄添了太多的麻烦。起初，为了九琴而咬牙切齿痛恨智林，骂他是"四眼狗"。接着，智林为了让邓兴志和九琴远远地见上一面，同邓兴志和三叔一起在端午节划龙舟。多么宽多么长的一条汉江河啊，就只一条龙舟逆水而上，智林兄取下眼镜穿上龙舟服，奋力划桨……

邓兴志长叹一声，郑重道歉。智林兄，对不起，我又烦你了。

智林回答说，兄弟你误会了，我并未怪你又提起任九琴，而是找不出什么话语安慰你。

"罢了，我今后再不对你提起任九琴。"

"兄弟，这是不可能的。过去了的事，过去了的感情，是你生命的一部分。如果不知珍惜，你邓兴志就不是你邓兴志了。"

"智林兄，你最理解我！"

第二十一章　在那更遥远的地方

"邓兴志，对任九琴今天的特意冷淡，你也就理解吧！"

"我也想理解，可是……"

"你痛苦，难道她那样做，心里不比你更受熬煎？你好好想想，你是该因此而怨恨她，还是更心疼她？"

"是，我自私，太自私了，为什么不多替她想想？她上有老，下有小，小女儿那么小，那么乖，那么无助，那么需要妈妈的呵护……"

"邓兴志，我现在更加明白了，为什么九琴特意把那块洗衣石留给你。我给你说吧，桂芹的妹妹桂小她分析得深刻啊，那不是一块普通的石头，是一块璞玉。不必问这石头里藏有多少'玉'又是什么'玉'，只要完整地珍藏，就足够了！"

"谢谢你启发我，我好庆幸，迷茫的时候有你在身边。"

"还有，九琴她今天分明是有意告诉你，她为她女儿取名叫'小河'，并且对女儿说，取这个名字，是因为妈妈从小在一条小河边长大，那条小河哗啦哗啦会唱歌。邓兴志，你想没想过，她这番话，到底只是说给女儿的，还是特意也说给你邓兴志听？"

"我，也知道她也是在说给我听，可是我心里就是迈不过一道槛……"

"邓兴志……"

"智林兄你不要再为我操心了，我应当向你学习，坚强一些。"

"邓兴志，你也让我学到了许多东西，真的，相信我的心里话。走，回家吧，好好睡一觉。明天是1970年的第一个工作日，我俩都振作精神。我得提前起床，骑自行车回黄龙滩。新梅嫂子也是一早就赶车回上津，她只请了一天的假。她说好不让我们去送她。桂小也是个忙人，明天回后靠村。只留我老岳母多住两天。"

"桂小太辛苦，太不容易了！"

"噢，我想起一件事，我老岳母说，你明天上工时，把你房门的钥匙交给她，她有用处。"

2

遵智林兄所嘱，正月初二一大早，邓兴志把家门的钥匙交给了田婶。没问田婶为什么要钥匙，不必问，老人家做什么事，都会是有道理的。

今天邓兴志转移了工地，在红卫大队附近的一座山坡下垒条石修护坡。一道道护坡将坡地变成一层层平地。路通水通电通地平，这就是完成了"三通一平"。要在这里修建两所学校，一所本科学校，一所该大学的附属技工学校。大学名称为"湖北汽车学院"，附属技工学校名为"二汽技校"。

不仅要在十堰建汽车城，还要把十堰建成一个培养汽车行业高科技人才和能工巧匠的教学基地，邓兴志在心里称赞，决策者们真是高瞻远瞩。

汽车学院基建科的同志们也和发动机厂基建科的同志们一样，一脸汗一身灰，和建筑工人们一起干活。这里的基建科长是位男士，姓邱，年近50岁，老家在武昌县，与嘉鱼县相邻。他听说邓兴志来自嘉鱼簰洲湾，顿生亲近感，休息时主动找邓兴志聊天。他说，我们武昌县也安置有你们郧阳的远迁移民，我老家的村子就安置了三户。又说，实事求是说吧，我们武昌县的安置条件优于嘉鱼。为什么这样说呢？因为我们县不像嘉鱼，几乎百分之百的平地，名副其实的鱼米之乡。我们武昌县海拔比嘉鱼高，有丘陵，也有山坡，水田比不过嘉鱼多，相对来说旱地比较多，实事求是说，我们县的这种自然条件，对来自郧阳山区的移民，就比较适应。

邓兴志点头说，邱科长您说得太对了，我们好多郧阳移民，种惯了旱地，享受不了鱼米之乡的福气。

邱科长说，实事求是说，你们郧阳移民比河南淅川县的移民幸运得多了！郧阳移民远迁安置点都在湖北本省，可是你抬头望望吧，还有人在那更遥远的地方，他们是淅川县的移民。

邓兴志问，淅川县的移民在哪个更遥远的地方？

邱科长说，天苍苍野茫茫，青海省，远不远？实事求是说，当时河南省的移民决策者们把事情想得太简单太天真了，将移民工作和支边工作合二为一了。怎样个合二为一呢?那就是,让数以万计的淅川县移民,以支边人员身份,佩红戴花奔赴青海省,到国营农场当农工。这就是当时决策者自以为是的合二为一。给每个移民都配发了棉大衣、棉袄、棉裤还有棉被、棉鞋。实事求是说,考虑得不为不周到吧?

"周到,我觉得很周到。"

"我也觉得蛮周到。移民们心里也蛮满意,想象着到青海农场后的集体生活,多有吸引力啊,就像新疆生产建设兵团的农场一样。"

"新疆生产建设兵团当然好,有了建设兵团,新疆才唱出了'我们新疆好地方'。"

"可是你想过没有,实事求是想想,寻找正确答案。人家新疆生产建设兵团,是怎么样一步一个脚印建设起来的?首先,是整师整团的解放军,集体转业。他们个顶个身强力壮,战斗力旺盛,放下枪杆子拿起锄头。他们开垦了荒地,立下了根基,这才有一批批男女青年支边到新疆。可是淅川县的支边人员,是什么样一支'队伍'呢?实事求是分析,淅川县的远迁移民,是分散的农民,而不是集体的军人。他们长短不齐,有老有小,拖儿带女,怎么样和新疆生产建设兵团的退伍军人们相比?他们到了青海,气候不对头,环境不适应,热情一落千丈,一下子就变得束手无策。怎么办?扭头就奔淅川老家。一个人带头往回逃,十个百个千个就照样学样,成了积重难返的大难题。"

"这么一说,我们郧阳移民,比淅川移民,情况确实好多了。"

"所以,实事求是说,我们更应当向淅川县移民敬礼,他们做出了太多奉献。还要实事求是说,凡事都应当全面考虑。但是实事求是说凡事也都是吃一堑长一智,谁也不是天生聪明,只有学而知之,不可能生而知之。淅川县远迁移民的痛苦换来了教训,以后再有移民,我相信,情况肯定会大为改观。"

实事求是说,邓兴志觉得邱科长见多识广,和他多拍拍话,会学到不少东西。

邓兴志问道,邱科长,听说二汽在十堰,光是主要的专业厂就要建二十九座,都是哪些厂?

邱科长回答,实事求是说,叫我一口气给你报二十九个厂名,我也报不全,四季花开,我拣主要的花名报给你听吧。车身厂,车架厂,车轮厂,车厢厂,车桥厂,底盘零件厂,钢板弹簧厂,发动机厂,总装配厂。我这报了几家?

"九家。"

"还有水箱厂,变速箱厂,传动轴厂,锻模厂,铸造一厂,铸造二厂,轴瓦厂,化油器厂,仪表厂,标准件厂。又报了几家?"

"十家。"

"让我想想。噢,还有设备修造厂,设备制造厂,冲压模具厂,刃具量具厂,动力厂……想不全了,想起来再告诉你。"

"邱科长,这些专业厂的名字,为什么要用数字代替呢?比如发动机厂,我知道它的代号是49厂,总装配厂的代号是43厂,标准件厂的代号是61厂。"

"实事求是说,这就是我们的中国特色。二汽建设属于三线建设,并且是重点项目。工厂建成后,不仅要生产民用车,还担负军用车生产重任,必须让咱们解放军用上战斗力强大的国产车。我认为这就是用数字代替厂名的特殊用意,鼓舞咱汽车工人的团队精神,向解放军学习。"

"邱科长,你的话蛮有深意。"

"实事求是说,其中的道理,我也是慢慢琢磨出来的。咱们中国人民,现在特别需要团结奋斗精神。不奋斗,哪有光明前途?中国的近代史写满了耻辱,连日本小鬼子也敢骑在我们脖子上拉屎拉尿,到现在它还阴魂不散,还想卷土重来!我们的国歌唱得多好啊,中华民族到了最危险的时候!居安思危,应当永远有忧患意识,前进,前进,筑起我们新的长城!"

邓兴志庆幸自己四处转战,这里修护坡那里挖地基,可以多认识人,多增长见识。

第二十一章　在那更遥远的地方

3

1970年的第一个工作日，天气好，阳光暖人，邓兴志又认识了邱科长这样有知识的新朋友，心情比昨天好多了。

下午收工后，邓兴志正低头往家走，忽听迎面有人大喝一声，逃兵！咋又跑来了？

冤家路窄，挡道者是黄天星！

邓兴志不想与他纠缠，继续前进。

黄天星却拦住去路，质问道，又来十堰干啥？

邓兴志只好搭腔，回答说，这十堰是你黄干部一个人的吗，你来得，别人就来不得？

黄天星说，少给老子"推磨磨打转转"，正面回答，来干啥？

"你说我来干啥，我又能干啥？"

"到底来干啥？咋不敢说？"

"我凭啥不敢说，我行得端走得正，来当建设者，建设二汽！"

"我呸，看看你个样子，还建设二汽呢，二汽稀罕你？"

"黄干部，我刚下工，饿着肚子……"

"你饿肚子跟我啥关系，未必叫老子赏你两个铜钱拿去买一根油果子（油条）？"

"黄大干部，请你少安毋躁，听邓某把话说完。我是说，我干了一天重活，肚子饿了，我女朋友，约好请我吃饭，没工夫跟你在这儿扯筋。"

"女朋友？你，还有女朋友？"

"男大当婚，女大当嫁，我凭啥不该有女朋友？"

"是不是在诓我？"

"有必要诓你吗？"

"谁是你女朋友？姓啥，叫啥？"

"你何必这样凶呢，审犯人？我得罪过你，但是我女朋友没有得罪过你，我何必要把她的名字向你报告？"

邓兴志欲抽身离去，却被黄天星一把扯住了衣服。因为黄天星底气更足了，一个有头有脸的人物从天而降。

来者是个40来岁的男人，骑一辆加重型的自行车，头戴一顶鸭舌帽，身穿一件黑色短大衣，脚蹬一双黄色翻毛大头皮鞋，肥头大脸，举手投足威风八面。黄天星一手抓住邓兴志的衣服，一手向来者挥舞，喊道，贾主任贾主任！刹一脚刹一脚！

来人刹住自行车，扫一眼邓兴志，向黄天星问道，什么情况？

黄天星回答说，阶级斗争新动向，这个破坏分子，又被革命者抓住了！

来人问，什么破坏分子？

黄天星说，破坏移民远迁政策，又从嘉鱼县跑回来当盲流！

来人转脸质问邓兴志，什么名字？哪儿逃来的？

邓兴志反问，你是谁？

黄天星代为回答，你连他是谁都不知道？他是咱们郧县县革委副主任贾光明同志！

贾副主任摆手对黄天星说，有理讲理，说话不许带把子！

黄天星说，我听领导的教导。

贾副主任继续审问邓兴志，名字？从哪里来？

邓兴志回答说，这有什么难回答呢，邓兴志，从远迁安置地嘉鱼县簰洲湾来。

"来干什么？"

"建二汽，出力气，当民工。"

"有当地大队和生产队的介绍信吗？"

"有。"

"来十堰住哪里？"

"五堰老街，出租屋。"

"在五堰大队做过登记吗？"

第二十一章　在那更遥远的地方　　　　223

"登过。"

"什么家庭成分？"

"世代贫农。"

"一切属实？"

"句句实话。"

"是不是实话，我会派人调查。你可以走了。"

"欢迎调查，走了。"

黄天星还想拦住邓兴志，被贾光明制止。

"贾主任，你咋叫他就这么走了呢？"

贾光明对黄天星摆摆手，然后冲着邓兴志的背影扔出一句话：如果查出有任何问题，加重处罚，决不姑息！

邓兴志今天稍微变好了的心情，又被这两个人给搅坏了。

如果他能知道他走后黄天星和贾光明在一起又嘀咕了些什么，他就完全用不着烦恼了。

眼看邓兴志走远了，黄天星重复对贾光明说道，你咋把他轻飘飘放了呢，我好不容易逮住他，就像摸到一条狡猾的泥鳅。

贾光明问，他就是你老婆的原男朋友？

黄天星说，不是他，我何球苦（何必）赶他走？

"黄老弟，你也不研究研究目前的形势。"

"啥形势？"

"你们郧县建筑公司，为啥又招兵又买马，在十堰成立红卫建筑公司？"

"因为这里缺人啊！"

"对，这里缺人，但是不缺你我这样吃清闲饭的人。缺的是下苦力干重活的人，挖地基，抬电线杆，修铁路，修水库。"

"这些事与我不相干，我才不关心。"

"你关心啥，只关心老婆莫被别人抢跑了？你老婆都当娃子的妈了，他邓兴志还抢她有个啥滋味？"

"他就是死心眼子货！"

"黄老弟，不是我批评你，你既然稀罕你老婆，怕别人抢去，那你就对她好一点呀！我要是有这么个漂亮老婆，我天天搂在怀里，亲都亲不够。"

"贾主任，那邓兴志这小子该咋办？"

"咋办？凉拌。人家是来支援三线建设的。再说，我告诉你一件事。"

"啥好事？"

"好事个卵包子，从今往后，你莫在人面前大声武气喊我贾主任了。"

"为啥？你不是正工正的县革委副主任吗？"

"正工正个球，副主任，不是了。"

"不是了？为啥？"

"别问了，老子今天心情不爽，不跟你多扯皮，再见。"

4

邓兴志不想回家生火做饭，就在街边小摊胡乱吃了一碗糊汤面。

回到五堰老街，田婶出门打招呼说，邓兴志还没吃晚饭吧，快进来，我把留给你的发面馍再馏（热）一遍。邓兴志回答说，田婶别麻烦，我吃过了。

田婶将房门钥匙交还给邓兴志。

邓兴志进屋，拉亮电灯，望见一样东西，恍然大悟，才知道田婶今天为什么要叫他留下房门钥匙。一床新洗新装的被子，叠得方方正正，放在堂屋的小桌上。

这床被子确实是早该拆洗了，可是我怎能让田婶她老人家为我辛苦啊？已进入寒冬，再过五天就是农历腊月，拆洗一床被子容易吗？邓兴志把被子抱在怀里，暖烘烘的感觉让他心中好不愧疚。我怎么没想到老人的心意呢，我为什么问也不问原因，就把房门钥匙交给她老人家呢？被子洗得这般干净，一定是在家里洗过两道之后，又特意下河，在百二河里清了一遍，多么刺骨冰冷的河水啊！被子现在是这么干这么热，不仅是被太阳晒过，也一定是用火烤过。刚才从嫂子家门外经过，见她家堂屋还摆着火笼，火笼里还有炭火。田婶啊，你老人家今天是特意生了火笼，一点点一遍遍，把被里被面都烤得这么温暖啊！

田婶，敬爱的田婶，您也知道邓兴志我是个苦命娃子，三岁就没了亲娘吗？知道我是多么想梦见亲娘，可是梦境中的亲娘总是面容模糊不清吗？田婶，我多想拜您为干娘，喊您几声娘，可是，我配当您的干儿子吗？

邓兴志好想双手抱着暖暖的被子，过去对田婶道声谢意，但是立在桌前半天又打消了这个念头。邓兴志你记住，对老人家的敬爱不是用一声谢字可以表达的，从现在起，你更要向智林兄学习，向为涛兄学习，做一个好男儿，这样，才是对心中的干娘最好的报答。

今天是星期五，后天是星期日，邓兴志多么盼望后天智林兄回五堰老街。才分别了一天，他心里又有多少话想对智林倾诉。

第二十二章　后皇嘉树

1

盼智林回，想不到智林第二天傍晚就真的骑自行车回家来了，带回一张1969年度先进工作者奖状。还有奖品———一只印有大红双喜字的暖水瓶。

见了邓兴志，智林问，晚饭吃没？邓兴志答，还没，正准备烧火。智林说，别生火了，我俩出去吃三合汤。邓兴志说，好，我请客，祝贺你评为先进工作者。智林说，我得了奖当然我做东。到哪儿吃？邓兴志说，东岳台对面那一家味道最正宗。智林说，想到一起了。

二人直奔东岳台。

三合汤是郧县人喜欢的美食，地位高于酸浆面，有素有荤，价格比酸浆面贵。

正宗的三合汤必须用大海碗盛，因为它的汤料宽（充足）。汤是牛骨头熬出的萝卜汤。汤里除了有熬得又透又耐品味的白萝卜做底料，还得再投入如下三样食物。一、红薯粉丝，必须是用手工制作的。二、牛肉，必须是黄牛肉，切成均匀的薄片。三、几只薄皮饺子。佐料丰富，有蒜苗、葱花、香菜、花椒等等，再加上辣椒油，热气腾腾，馋得人挪不开脚步。

寒冷的冬季，吃上一碗三合汤，真是神仙般的享受。

邓兴志说,咋样才能买几碗带回去呢?

智林说,我老岳母和桂芹母子三人都不沾牛肉。别操心他们,他们今晚在家也有好吃的。

邓兴志说,智林兄,我真后悔昨天把房门钥匙交给了田婶。

智林说,老人家不过是帮你洗了一床被子。你又不是外人,在簰洲湾时,你和邓叔少帮过桂芹和俩孩子吗?

邓兴志说,这么冷的天,田婶已是57岁的老人了。

智林说,不提这事,说说这两天你有啥高兴事没有?

"在汽车学院修护坡我倒是很高兴,可是好心情被两个人给搅坏了。"

"哪两个人?"

"第一个是黄天星。"

"咋又遇上他,哪儿遇上的?"

"红卫大队附近。"

"也难怪,他们建筑公司的机关就在红卫。另一个人是谁?"

"黄天星的朋友,黄天星喊他贾主任。"

"贾主任?哪个单位的主任?"

"黄天星说,是县革委的副主任。"

"噢,是不是脑壳上扣一顶鸭舌帽,名叫贾光明?"

"对,鸭舌帽,贾光明。"

"见到此人你有啥可忧愁的?"

"他说他要派人调查我,五堰大队,嘉鱼县,两个地点都调查。"

"你信他胡吹?他调查别人?等着别人调查他吧!"

"他不是县革委的领导吗?"

"他这个人啊,我说都不想多说他,只给你简单介绍。他原是郧县炸药厂保卫股的股长,人送外号'贾呼闪'(呼闪,忽悠煽动之意)。'文化大革命'开始他成立造反队,后来当上县城造反指挥部主任。县革委成立,他强烈要求以群众代表的身份进入领导班子,当了一段时间的县革委副主任。

现在已经被撤职了，老百姓对他意见太大。老话说得好，君子是修行修出来的，不是装出来的。野猪肉终归上不得正席。"

"这我就放心了。"

"别说他没资格查你，他就是有资格查，你行得端，走得正，还怕谁查？"

"我也是这样想。可是我就担心黄天星从中作梗。不说这些了，现在我请你办件事。"

"啥事还得用一个'请'字？"

"我今天在五堰商场买了条围巾，你帮我拿给田婶，就说是你送给她老人家的。"

"你送的就是你送的，为啥说是我送的？"

"你就替我圆一次谎吧，求你了！"

"好吧好吧，就骗她说是我花钱买的。"

"不，也别说是你买的。"

"那我该咋说？"

"你就说是奖品，围巾，暖水瓶，单位一共发给你两样奖品。"

"行，听你的。不过我也请你办件事。"

"你咋也'请'呢，啥事？"

"我老岳母明天要回后靠村，我没时间送她，明天下午就得返回水库工地。"

"当然我送老人家呀！明天恰好是星期天，我不加班。想起来了，我提个建议。"

"啥建议？"

"乔新松不是说过他想到桫椤坡看看吗？等会儿我去见他，问他明天有空没有，有空就跟我一起去。"

第二十二章　后皇嘉树　　　　　　　　　　　229

2

星期天的天气真好，晴空万里，阳光温暖。邓兴志的心情愉悦，因为乔新松也与他随行，一起送田婶回后靠村。

邓兴志替田婶提包袱，包袱里装有智林兄的奖品暖水瓶。另一件"奖品"——围巾已被田婶用上了。天蓝色的，围在田婶的脖子上，同她的黑色上衣很是搭配。

邓兴志说，田婶，今年单位发给智林兄的两样奖品都实用。看这只大暖水瓶多好，又有把手又有提手。还有……

没等邓兴志把话说完，言语不多的田婶开言了，说，还有这条围巾，也是智林的奖品，我喜欢。

邓兴志放心了，田婶的话印证了智林兄是说到做到，没对田婶说围巾是邓兴志买的。

到了桫椤坡，乔新松与丁桂小的对话也让邓兴志听着高兴。他俩有许多共同语言，交谈起来很融洽。新松在大学学过果树栽培课程，还到各地（例如浙江温州）的果园参观过。邓兴志在一旁用心听他与丁桂小讨论问题，增长了不少知识。

新松说，古文《晏子春秋》里有这样两句话，橘生于淮南为橘，生于淮北则为枳。屈原在他的《橘颂》里也写道，后皇嘉树，橘徕服兮，受命不迁，生南国兮。说明橘树只适应南方的气候。当代的农林专家们也说，我国的长江之南才最适于栽种柑橘。那么，郧阳地区发展柑橘种植，气候条件允许吗？

桂小的回答同样有知识性和条理性，让人觉得她也是个大学生。她说，虽然我们郧阳地区位置在长江之北，但是我们这儿的局部气候条件优越。北有秦岭山脉做屏障，西有大巴山脉阻挡寒流，冬季气温就不会太低。春夏季节，东南风顺着汉江河谷从江汉平原向我们山区吹来，带来充沛的雨量。所以气候温润。当然，我们这里的冬季，气温毕竟比江南低，大雪覆盖田园，给柑橘树保暖带来困难。但是常言说，凡事有弊必有利。雪盖三床被，帮我们杀灭柑橘树病菌。并且，因为有了雪水的滋润，我们这儿产的柑橘，水分多，味道甜。

新松说，现在柑橘种类不少，并且新品种还在不断培育。优质柑橘的培育需要嫁接。嫁接用什么树苗作砧木至关重要。不知你们桫椤坡的柑橘园，砧木用什么树苗？

桂小说，选啥树苗作砧木，我们起初费了不少脑筋。最早考虑过枳树，因为郧阳山区枳树资源丰富。我们农村人不叫它枳树，叫它狗枳子，果子的味道又酸又苦，是中药材，名叫枳壳。当时我们想，狗枳子不用花钱买，并且耐寒。可是后来我看了专家的指导资料，知道枳树的最大缺陷是抗病能力差，尤其抵不住立枯病、裂皮病、碎叶病。

新松说，除了枳木，常用的砧木树苗还有枳橙、酸橙、构头橙，你们最终选了哪一种？

丁桂小说，这些得花钱买的砧木，我们都不考虑。我们已经有了秘密武器。

"秘密武器？是什么？"

"是神定河和汉江送给我们的礼物。"

"快说说这礼物，说详细些！"

"好，从头说。我正为砧木树源发愁，老兵叔的一番话点亮了一盏指路灯。他说，我的桂小傻女子也，离你不远处就站着一头毛驴，你咋不把它拉过来替我们推磨？我问，毛驴在哪儿？他说，在沙洲村啊！我当时真是茅塞顿开！沙洲村属我们柳陂区，离后靠村只有十五里。那里有一座柑橘园，是闻名全县的唯一一片早已成规模的柑橘林，结出的柑橘味道甘甜。我连忙到沙洲村向果农请教，才知道，他们用的砧木，全都取自于长岭乡两河口。两河口，是神定河流入汉江的汇合处，河滩洼地里长着大片矮矮的野橘树，名字叫涩橘。沙洲村用的砧木，就是这种其貌不扬的'矮子'树。我在沙洲村取了经，顾不得回后靠村，直接就奔两河口。走近放眼一望，高兴坏了，野橘树多得数不清！"

"砧木确定下来了，那么接穗木呢，用沙洲村的柑橘树？"

"不，我们用温州蜜橘树穗。温州蜜橘树穗比沙洲村树穗更优秀，资源也丰富。"

"还得到浙江温州去取？"

"不用舍近求远，我们的接穗来自均县六里坪。六里坪，早已在省农科院专家指导下嫁接温州蜜橘成功，园林形成了规模。"

"丁桂小，今天我听你回答我的问题，你猜我是什么感受？"

"猜不出。"

"我就像是在向我的教授请教。毫不夸张地说，你现在可以称为柑橘专家了！"

"可别笑话我，我不过是个初中生。今天回答你的问题，答案是从培训班学来的。"

"上学固然重要，但是看一个人的知识是否丰富，绝不可只看学历。邓兴志兄不是也只读到初中毕业吗，但是我觉得他许多方面都是我老师。"

邓兴志忙说，新松你才是老师！

桂小说，邓兴志说得对。

新松说，你们二位别以为我是谦虚。我今天耽搁桂小这么多时间，问这问那，并非将他当学生，而是在实践中拜师，复习在书本上学的知识。

桂小说，到底你还是老师，希望你抽空常来。

新松说，我肯定会常来，这里是我多好多难得的学习基地啊！

桂小说，你要对我们多指导！

新松说，指导二字可不敢当，我们相互切磋，集思广益吧。我学的是农业经济，三句话不离本行。我建议，从现在起，我们桫椤坡这一大片柑橘园，不仅要用心加强技术管理，还应当谋划经济管理。

"经济管理，这是个新鲜词。"

"其实并不神秘，通俗点说，就是怎样让劳动成果获得最大的收益。桂小你考虑过没有,等桫椤坡柑橘园的果树都结了果,走什么销售渠道?"

"现成的渠道,等国营果品公司来收购。"

"但是你想过没有,现在在丹江口水库库区,有不少移民后靠点都在种柑橘树,等到有一天,处处柑橘园丰收,果品公司收购不了那么多,怎么办?"

"哟,这问题我们可是想都没想过。"

"所以应当未雨绸缪。"

"你心里一定有什么好方案吧?"

"实话说,我还没有方案。我是今天见到这么大一片园林,才想到这个问题。等我想出什么眉目了,再和你们讨论。"

3

邓兴志带乔新松登上桫椤坡顶,抬头仰望桫椤树的姿态犹如大鹏展翅的树冠。

邓兴志说,我每次见到这棵树,都想向它立正敬礼!

乔新松说,我有同感,我宁愿相信这树真是扁担变成的神树。读大学时老师带我们到过神农架考察,我们见到过塘坊村那棵桫椤树,也听当地村民讲过张小二的故事。我觉得这个神话故事,是属于我们中国劳动人民的专有故事。我又觉得,这故事比伊甸园的故事更美。邓兴志你读过《圣经》没有?

邓兴志说,没读过,因为我找不到这本书,但是我听过关于伊甸园的故事,我现在大概讲讲,你听听对不对。

"你讲吧。"

"上帝创造了天地日月星辰和万物,又用尘土做原料,按照自己的形象造人。造的第一个人是个男人,名叫亚当。上帝把亚当送进伊甸园,园子里有各种果实,亚当不用劳动就可以安享天福,并且无须动脑子分辨善恶。上帝从亚当身上取下一条肋骨又造一个人,是个女人,给亚当做妻子,亚当为她取名叫夏娃。伊甸园里有一棵禁树,吃了这树上的禁果能分善恶,变得聪明,所以上帝不允许亚当、夏娃吃这棵树上的果子。是这样吧?"

"你讲得很有条理,并且通俗易懂。接着讲!"

"伊甸园里有上帝创造的各种动物,其中,蛇最狡猾,它怂恿夏娃偷吃了树上的禁果。这禁果太好吃了,于是夏娃也让亚当吃。上帝知道后大怒,就把亚当、夏娃赶出伊甸园。"

"这个故事很美,但是我觉得,我们的桫椤木扁担的故事更美,它体现了我们中华民族的品格和智慧。我们不指望上帝赐给我们伊甸园。嫦娥送给我们珠宝,我们也不要。"

"我们只要一根挑不断的扁担,因为我们能用自己的劳动创造伊甸园。"

"对,这就是我们中国人了不起的地方。我们的许多神话故事都像桫椤木扁担一样,体现了我们中华民族勤劳勇敢自强不息的精神。"

"新松,你的这番话,让我想起你姐夫王为涛。为涛兄给我写过不少信,信中他也说到我们的民族精神。他也引用古代神话和历史故事来证明这一种精神。夸父逐日,羿射九日,愚公移山,精卫填海。我们中国人,不指望从上帝那里盗火种,我们自己钻木取火。我们不需要躲进方舟里逃避灾难,而是要像大禹治水一样三过家门而不入,用勤劳和奋斗建设家园。大禹的行动和精神为我们树立了榜样。"

"我姐夫的这些信,还在吗?"

"在,我会好好珍藏的。"

"我姐夫也是我心中的老师,这些信可以给我看看吗?"

"当然可以!"

与桫椤树挥手再见,邓兴志带新松到老兵叔家看望两位老人。

邓永富老人见到王为涛的弟弟,怜爱之情不知如何表达,只是说,快坐快坐,肚子早饿了吧?又说,可惜你们的老兵叔不在家。

永富老人早已做好了午饭等着两个孩子,是红薯小米粥和杂面壳壳。杂面壳壳也是一种郧阳美食，以豌豆面为主，辅以白面做成薄饼，两面撒上芝麻粒和花椒壳，用慢火在铁锅里烙熟，吃起来香脆可口。

邓兴志问新松，这两样饭你吃得惯？

新松说，当然吃得惯，并且吃得香啊！邓兴志兄你别忘了，我也是大郧阳人，我的家在郧西的河夹乡，紧挨着郧县的青曲乡。我们村子名叫乔家沟，和郧县的拐枣村田坎连田坎，我上小学就是在拐枣村小学。

新松提起拐枣村，让邓兴志不由就想到了关爱华，脱口便说道，新松你是在拐枣村上小学，那你认识关爱华吗？她就是拐枣村人，小学应该和你同过学。

"关爱华……这名字好像有点儿印象，但一时想不起是谁。男生还是女生？"

"女生。"

"今年多大？"

"大概比你小三岁吧。"

"难怪我想不起来，不在一个年级。"

"我想介绍你认识她，毕竟她是你小学的同学。"

"小学同学确实难得。"

"并且她这个人，人品好，很聪明，爱学习，虽然和我一样也只是初中毕业生。"

"她人在哪里？"

"也在十堰，在红卫建筑公司当合同工。"

"好，有机会你带我和这位老同学聚一聚，你说她是好人，那就一定是个好人。"

这次来没见着老兵叔，乔新松觉得很遗憾。老兵叔到郧县新城守厕所去了。郧县的老城几乎已全部被淹，而地势较高的郧阳中学很幸运，保住了大部分校舍，包括老"八高"（辛亥革命后，郧山书院更名为湖北省第八高级中学）的几幢老房子。现在又增盖了新教室，学生更多了。校长和书记都出身于农村,知道农民伺候庄稼的不易,所以欣然答应老兵叔的请求,把学校的两座大厕所都给了枞椤坡后靠村。后靠村的老人们轮流进城来守护这两个厕所,把厕所打扫卫生的事全承包了。今天,等吃过午饭后,邓永富老人进城接老兵叔的班,老兵叔回村,要到傍晚时候了。

(农民与公共厕所建立起了一种特殊关系,本书作者认为,过上若干年后,生活在21世纪的年轻人是难以理解的。到这时,老人们不得不向年轻人们解释,因为在20世纪50年代、60年代、70年代,农民种地极少施化肥,有机肥是宝贝。农民们进城守护公用厕所,义务承包厕所的卫生工作,不分春夏秋冬,不管下雨下雪,辛苦劳动的报酬是粪池里的粪便。在农民的眼里,粪便是宝,是五谷丰收的保障。正如一句农谚所说,有收无收在于水,收多收少在于肥。)

新松问邓兴志,守厕所,夜里也值班吗?

邓兴志答,是,夜里更要值。

"那他们在哪儿休息?有避风寒的地方没?"

"有,郧阳中学专给他们腾了一间小屋。"

"我真想为这些老人哭一场……"

"是啊,想起来我也是欲说无言,这就是我的父亲和我父亲的老兄弟们!是他们,把枞椤坡的乱石山开辟成了柑橘园;又是他们,把生土变成了熟土。汉江日日夜夜从他们身边流过,应该记住这些老农民们的故事。"

吃过午饭,邓兴志、新松与后靠村作别。二人来到邓湾码头,新松向邓兴志提出请求,乘此机会到邓家湾看看邓兴志的三叔和三妈。邓兴志说,我也想他们了,但是我俩不可多耽搁,看一眼马上返回码头,太晚了怕拦不到回十堰的汽车。新松说,时间你掌握。

两个人每人都肩扛着一布袋子红薯,是田婶挑选的本地白皮红心红薯。一袋子带给丁桂芹,另一袋子是田婶送给邓兴志和新松的礼物。新松正准备扛着红薯爬天马岩,邓兴志说,你随我来。

公路靠天马岩的一侧有一个小小的山洞,是人工开凿的。邓兴志说,我俩先把两袋子红薯寄存在这里。新松问，不会丢吗？邓兴志答，放心，绝对丢不了，这山洞就叫寄物洞，山里人赶路，中途临时有别的事要办，就把重物先放在洞里。你看，这儿不是已经有人放了个麻袋吗，好像装的也是红薯，或者是萝卜。新松说，我们郧西人也一样，如果路边没有山洞，选一棵大树，在大树下寄存重物也行，在重物上面压一块石头，就是寄物标记。

　　两个人急急忙忙爬山，爬出了一身汗。匆匆和三叔三妈见了一面，喝了几口水便告辞。回到邓湾码头，山洞里的那只麻袋已被主人扛走了，只有两布袋子红薯在静静地等候邓兴志和新松。

　　回到十堰天已擦黑，邓兴志做晚餐招待新松。不复杂，煮苞谷糁粥，再把四个冷馍馍馏热，下饭菜是干辣椒炒萝卜筒（片）。好吃，全部彻底被消灭干净。

　　吃过晚饭邓兴志三下五除二洗好碗，随新松到他的住处。新松的宿舍很小，书籍没地方放，全装在床底下的一只大木箱里。邓兴志今晚赶来就为的是木箱里的书。很多好看的书，中国的外国的都有。邓兴志今天只先借一本回去看，《钢铁是怎样炼成的》。虽然早已读过，但是还想再读一遍。

第二十三章　听那用废钢管敲出的乐曲

1

关爱华好似从天而降，突然出现在邓兴志面前。

邓兴志依然在汽车学院修护坡。今天领着民工干活的是中建三局的一位工段长，40多岁，河南人，名叫贺飞。

午间休息，贺飞和邓兴志并肩坐在阳光下讨论读书的问题。贺飞说，世上的书浩如烟海，一个人读两辈子也读不完。有的书只须翻一翻，知其大概就行了。有的书则需要反复读，每重读一遍都有新的收获，例如唐诗宋词，《红楼梦》，又例如《钢铁是怎样炼成的》。

原来贺段长也喜欢《钢铁是怎样炼成的》。

此刻，贺段长情不自禁地背诵书中的一段话：人最宝贵的是生命。生命属于人只有一次。人的一生应当这样度过——当回忆往事的时候，他不会因为虚度年华而悔恨……

就在这一刻关爱华突然出现。贺段长停止背诵，说，小邓，我到那边抽支烟。

邓兴志问关爱华，找我有事？

关爱华所答非所问，果然你在这儿。

邓兴志问，你咋知道我在这儿？

关爱华说，我表兄告诉我的呀！

"黄天星？"

"他在附近碰见过你，估计你在这儿干活。"

"他让你来找我？干啥？"

"让我把你轰出十堰啊！"

"我在十堰碍他什么事？你真听他的？"

"你真信我的这话？怎么这样憨呢？"

"那你找我有啥事？"

"你去给你们工段长说句话好吗？"

"说啥子话？"

"说普通话！"

"啥意思呀？"

"我要求，你现在用普通话同我对话。"

"为啥子？"

"因为现在十堰的年轻人，都在向外来建设者们学说普通话，并且我们学起来很容易，我们的方言属北方语系。你没听人夸我们吗，说十堰车城京味浓。我希望你今后别再说'啥子啥子'了。"

"好好，我现在也来撇撇普通话，请问小关同志，您让我给工段长讲什么事啊？"

"给他说，我也到你们工段干活。"

"到我们工段？你，不是红卫建筑公司的职工吗？"

"合同工，还不如到中建三局来当临时工。"

"你表兄同意？"

"为什么要经过他同意？"

"那，你老姑父同意？"

"双手赞成。他说，中建三局是大国营单位，你去好好干，说不定有招

第二十三章 听那用废钢管敲出的乐曲　　239

工的机会。"

"行，我给贺工段长说说看。"

贺工段长已自己走过来了，向邓兴志问道，小邓，这姑娘是……

关爱华抢答，我是他女朋友！

邓兴志一愣，却不好开口纠正。

贺飞见邓兴志满脸通红，上前拍拍他肩膀说，别不好意思。接着与关爱华对话，说，我在一旁听你说，你想到我们工段上班？

关爱华说，是，我原来在郧县的建筑公司当合同工，我想投奔你们国营大公司，中不中？

贺工段长立即就点头同意，中啊，我们这儿正缺人手，你又是小邓的女朋友，我们当然热烈欢迎！我现在给你写个字条，你拿着字条，下午到我们三局劳资科登记，明天就来上班。

关爱华暗自欢呼，河南人办事真利索，河南人真不错！

邓兴志心说，关爱华啊，你应该感谢二汽在十堰建设汽车城，大建设才显出了劳动力的宝贵，也才体现劳动者的光荣。

第二天关爱华就到贺段长的工段来上班了，任务是给砌堡坎的师傅打下手。另一个任务则是扮演邓兴志的女朋友，吃午饭时她与邓兴志一桌，下工后与邓兴志并肩而行。

邓兴志向她恳求说，别老跟着我行不行？

"你这人才古怪，对你好，你还不领情？"

"我希望你，不要对我这么好。"

"为什么？"

"免得别人误以为，你真是我女朋友。"

"怎么啦，关爱华我配不上你？"

"你是个好人，真的好。但是我不想有女朋友。"

"不想有女朋友？可是你不是对我表兄说过，你已经有女朋友了吗？"

"你怎么知道这话，他告诉你的？"

"你别管谁告诉的,我问你,假如我表兄刨根问底,问你女朋友是谁,你作何答?"

"不回答,无可奉告。"

"这办法不行,他不会放过你。所以我才想出这个好主意。"

"什么好主意?"

"我挺身而出,充当你的女朋友啊!"

"这?"

"'这'什么呀,充当女朋友,并不等于真是女朋友,什么叫挺身而出,懂不?"

"我担心,这样一来适得其反,你表哥会更加恨我,更加不放过我!"

"你听我的没错!我表兄我了解,他才不在乎他的表妹会嫁给谁。只要知道你有女朋友了,他就吃了定心丸,你也就安身了。"

突然,关爱华靠近邓兴志,一把抓住他的手。邓兴志欲挣脱,关爱华忙提醒说,别动,发现目标!

邓兴志抬头,真的发现目标了!是黄天星,正边走路边张望,眼睛盯着从汽车学院工地下班的人流。终于,他瞅见了邓兴志和一个女子手拉手,不禁长出一口气。这女子是谁,因为她是背着脸,距离又远,所以他没看清。他也不需要看清,管她姓甚名谁呢?只要证明邓兴志确实已经有女朋友了,这就不用我黄天星再提心吊胆防着他!

2

邓兴志决定,尽快将关爱华介绍给乔新松认识。他对关爱华说,我曾经对你讲过,我敬重的王为涛大哥,为建设二汽献出了生命。现在他的内弟大学毕业分在十堰工作,我想介绍你俩认识,因为他是你的老同学。

关爱华问,什么时候的老同学,初中?小学?

邓兴志答,小学,拐枣村小学。

第二十三章 听那用废钢管敲出的乐曲

关爱华说，小学的同学太稀有了，他叫什么名字？

邓兴志说，他姓乔，名叫乔新松。

"乔新松？没印象。今年多大？"

"比你大三岁。"

"那他应该比我高三个年级，我更不可能认识他。"

"他那儿有许多好看的书，包括你想看却借不到的《圣经的故事》。"

"是吗，他连这书都有？读初中时历史老师告诉我，要了解西方文化，应该读《圣经的故事》。乔新松，他外号叫什么？"

"外号？为什么问人家外号？"

"在我们拐枣村小学，几乎每个同学都有外号，许多同学我记不住他们的学名，但是一提外号我就想起来了。他外号叫什么？"

"我怎么可能打听别人的外号？"

"那你不妨先把我的外号告诉他，看他记不记得我。"

"你什么外号？"

"土匪。"

"什么？"

"土匪。"

"土匪？一个小女娃子，咋会得这个外号？"

"你先别管'土匪'二字的来历，你就问问他记不记得'土匪'。"

晚上，邓兴志见乔新松，问道，你读小学时，你们学校有个女生外号叫土匪，你记得不？

乔新松的反应十分强烈，应道，土匪啊，太记得她了！她现在在哪里？

邓兴志说，她就是我想介绍给你认识的人，关爱华。

"噢，你说过，她在红卫建筑公司当工人。"

"现在她已离开红卫公司，和我在一个工段干活。"

"外号土匪，学名关爱华，我现在终于对上号了！"

"奇怪，她为啥叫土匪？"

在 水 一 方

"她这'土匪'不是贬义词,而是褒义词。她比我低三个年级,她读三年级时我读六年级,她的光荣外号就是在她刚上三年级荣膺的。她虽然是个小女孩,模样秀气,可是性格却像个土小子,爬树,打架,比男孩更厉害。学校操场边有棵特别高的拐枣树,别人都不敢爬,她像小鸟似的毫不费力就爬上去。她坐在一枝树枝上还故意上下晃悠。树下的同学求她扔拐枣果子下来,她提出条件,谁仰头向她敬个礼,她就赏给谁一串。敬礼须敬少先队队礼,五指并拢,代表人民的利益高于一切。谁如果敬队礼敬得不标准,谁就别想吃到拐枣。最难忘的一件事是她打架,轰轰烈烈的一次打架。挨她打的人是我们六年级的一个男同学,外号叫得螺(陀螺),因为他的体型像只得螺,上身胖,两腿细。得螺欺负了三年级的一个女同学,把这位女同学打哭了还不许她向老师告状。关爱华路见不平拔刀相助,冲上前伸腿一个绊脚,把得螺绊倒在地,然后双手猛甩书包,往得螺脑袋上砸。书包是她妈妈给她缝的花布书包。书包里装的有书还有一只铁皮文具盒。就是这只文具盒在关爱华的'指挥'下发挥了威力,在得螺的脑袋上留下两个包。这下子她闯大祸了,得螺在地上打滚,惊动了两个班的班主任老师。关爱华站在原地不躲不逃,理直气壮对老师说,怪得螺他自己,他装可怜,我只绊了他一下,他就自己摔倒。我也没用劲打他,是他自己把脑袋碰出包的。得螺的两个朋友不依不饶,证明是关爱华又绊人又打人,简直像个女土匪。关爱华的班主任老师虽然偏爱关爱华,也不得不批评她,说,这两个同学骂你没骂错,你就是个小土匪!从此她就得了'土匪'这个外号。她对这外号并不反感,无论谁喊她土匪,她都欢欢喜喜答应。"

邓兴志说,听你这么一介绍,这外号确实不含贬义,倒觉得好听。

乔新松说,你明天见了关爱华,你就这样问她,喂,土匪,记得"老队长"吗?

"老队长是谁?"

"是我。我连续三年都当少先队的大队长,同学们说,我这个队长,和拐枣村的生产队老队长资格一样老。"

邓兴志好高兴，第二天一上工就把与"老队长"的谈话内容汇报给了"土匪"。一提起"老队长"三个字，"土匪"就说，记得他记得他，原来他的真名叫乔新松啊！

三人约好星期六晚上在乔新松宿舍见面。

3

"土匪！"

"老队长！"

两声招呼，让二人仿佛回到十几年前的少年时光。

乔新松问，土匪，还记得你为学校立过的一个大功劳吗？

关爱华答，我还立过功？我怎么记不起来？

乔新松说，你记不得，我记得，我来讲给邓兴志听听。

事情是这样的。拐枣村小学的教学条件很简陋，课桌和讲台都是用土坯垒起来的。上下课要敲钟，钟是什么钟呢？是一把破旧的锄头，悬挂在屋梁下。用一根废铁棍敲这旧锄头，敲不出清脆响亮的声音，敲钟的老师就附上叫喊声：上课，上课了！下课，下课了！关爱华在读三年级上学期的寒假期间，做了一件大事。她逮了许多蝎子，十只爪的蝎子。那时候蝎子正冬眠。蝎子顺着石缝钻进地下的窝里不吃不喝，人们很难发现它们。但是关爱华很聪明，她早在山坡上观察过蝎子钻石缝的路径。她挖开了三个大蝎子窝，逮到的蝎子装了大半个瓦罐。她提着瓦罐步行到青曲镇中药铺卖蝎子，中药铺伙计说冬眠的蝎子太瘦，卖不出好价钱。钱多钱少关爱华不在乎。伙计给了她两块钱。在当时，对她来说，两块钱是一笔巨大财富，她高兴得又蹦又跳。离开中药铺回家，路过废品收购站，她突然止步。因为她发现收购站的磅秤上堆着一堆刚收来的废钢材，其中有一根钢管，茶杯一样粗，半尺长。她急忙走进收购站，用一根废铁丝敲敲钢管。呀，这钢管发出的声音好听极了，又清脆又悦耳，是学校的"锄头钟"万不可媲美的。废品站的人问关爱华,哪儿来的野女娃子,乱敲啥子?关爱华说,叔叔,把这根钢管送给我好吗?叔叔说,送给你?凭啥子送给你?这又不是白捡的东西,是花钱收来的。关爱华说,叔叔,那我拿钱买。叔叔冷笑,你买?你有钱?关爱华说,我有钱,我刚才卖蝎子卖的钱。叔叔问,你有多少钱?关爱华老老实实回答,两块。叔叔说,好吧,那就两块钱卖给你。关爱华求情说,叔叔给我留点钱吧,留五角钱也行。叔叔问,你要这根废钢管干啥子?关爱华答,我们学校的锄头钟敲不响,我想用这钢管给学校当钟。叔叔愣住了,说,你只给五角钱吧,我再送你一根敲"钟"的钢棍,连"钟"一起拿走。

从此后,拐枣村小学的"锄头钟"便被"钢管钟"代替。啊,回忆那钢管钟的钟声是多么美妙啊,不仅小学校的师生们喜欢听,就连拐枣村的乡亲们,在听到这悦耳的钟声时也会停下脚步,像是在享受一段乐曲。

关爱华说,老队长你是说这件事呀,我想起来了。不过这算不得什么功劳,让我真正引以为豪的功劳,是打败了打架王得螺,从此后,他再也不敢欺负我们班上的女同学。

"你记得得螺的学名吗?"

"记不得,只恍惚记得他姓罗。"

"对,姓罗,名叫罗德刚。"

"难怪他外号叫得螺,不仅和他的体型有关,还和他的名字有关。罗德,得螺,你们班上的同学很会起外号。"

"得螺的体型早已不是一只陀螺的模样了,他现在长成了个美男子,身材挺拔,像一棵年轻的白杨树。"

"他现在在哪里?"

"说出来你要当心,狭路相逢,他会报当年的一箭之仇的。"

"他也在十堰?打架,我仍然不怕他。"

"不过,他再不是当年那个打架王了。他变化很大,文质彬彬。他毕业于华中工学院机械系,也是刚分配到工作单位不久。单位在十堰。"

"哪个单位?"

"二汽总厂的技术中心。"

"你去通报他一声，土匪我如今学会了武当拳，最好还是跟他过过招。"

"他现在不在十堰，到长春一汽实习去了，等他回来你再约他摆战场吧。"

邓兴志见"老队长"和"土匪"谈得高兴，便说，你们两个老同学好不容易见面，多说说话，我先走了。

邓兴志刚站起身，立即就被"土匪"一把扯回原位，用郧县方言说道，你你这人才叫格外一条筋，是你把我带来的，凭啥子扔下我不管？——噢，我明白了，你看我和老队长都有外号，你却没有，你眼乞（羡慕）是不是？好办，马上，我给你也取个外号。

邓兴志急忙谢绝，说，外号我就不要了。

关爱华说，客气个啥呢，你没外号，天下太不公平了！

"真想给我取外号，手下留情，别取得太难听。"

"放心，肯定好听！我早想好了，你名叫'疙瘩柴'，最合适。"

"疙瘩柴？为啥给我取这么个外号？"

"表扬你呀！疙瘩柴烧火，耐烧，火力旺。"

"真就这个意思？"

"对呀，邓疙瘩柴！"

"没，没别的含义？"

"除了夸你，还能有啥其他含义？你如果认为有别的含义，说给我听听。"

"没说的，我就接受这个外号。"

时间不早了，我俩一人借一本书，和老队长再见。

第二十四章　怀把渔鼓抱

1

1970年的春节来临。

除夕前两天，邓兴志收到林队长从簰洲湾寄来的长信，报告了一个意外消息。

信上说，实在是没想到，曾接收安置郧阳远迁移民的前进大队第三生产队全队社员，现在竟然马上也要成为移民了！为什么要移？因为簰洲湾的许多田地都是历年来围湖造田累计的产物，政府为了环境保护之大局，也为了确保当地社员群众的安全，现在终于痛下决心退田还湖。第三生产队离长江最近，百年前这里是一座为长江调节水量的季节湖，现在应当让这座湖泊重现，因此全队社员被列入第一批迁移户，一户也不留……

信只读了一半，邓兴志心里便生出悲叹，唉，我们要当"二茬"移民户了！

但是信的后半部分却给邓兴志心里送来暖风。

信上说，嘉鱼县的这次移民工作，总结了丹江口水库库区移民工作的经验和教训，决定就在本县境内安置移民。毕竟移民人数不像丹江口水库库区移民人数那么庞大，所以嘉鱼县完全可以做到"自家的孩子自家抱"。并且，安置房统一规划，提前盖好。又并且，考虑到有的移民户有投亲靠友安置的要求同时也具备这样做的条件，政府应当予以允许支持，做好帮助及补贴工作。

信上还说，丁桂芹母子三人户口迁回郧县时，把籣洲湾的安置房给生产队做了福利院住房，按政策规定这房子的房权依然是归丁桂芹家的。现在面临全队即将移民之新情况，生产队已向上级反映这个问题。上级有了明确答复：关于丁桂芹家原有的即将拆除的移民房之问题，拟按现在本县远迁政策处理，给丁桂芹家发放投亲靠友自建房补贴费。

好，上级的决定太英明了！

除夕前一日，邓兴志的老爹和智林的岳父、岳母及姨妹丁桂小，四个人相伴来到五堰老街，两家相聚过新年。

邓兴志将林队长的来信念给大家听。

老爹的最初反应，也像邓兴志的最初反应一样觉得太突然，信只听邓兴志念了一半便插话说道，啊？三队也要远迁？那我家不就成了二迁户？迁往哪里？这不是又要给人家新安置点找麻烦？

丁桂芹说，邓叔你先莫急，听邓兴志把信念完。

邓兴志接着念信，放慢语速，一字一句念得清清楚楚。

听完全信内容，老爹高兴了，说，好好好，政府考虑得好周到！干脆，我家也当个投亲靠友户，靠回郧县老窝，免得给那边的两头都添麻烦。

丁桂芹应道，邓叔说的也是我想的，昨晚我就把林队长的来信读过几遍了。邓叔你们回来投亲靠友，当然应该靠到五堰老街这儿。

邓兴志说，我想起汽车学院基建科邱科长说过的一番话，他说，当初郧阳移民和河南淅川县移民所做出的奉献和牺牲，为以后其他地方的移民工作交足了学费。

丁桂芹说，有了嘉鱼县发给我们两家的建房补助款，我们就不用住出租屋了，就把现在住的两套出租房给买下来。房子是有些太旧了，可是就因为旧才便宜，房主早就想卖掉了。

王智林说，我赞成桂芹的决策，邓兴志你和邓叔就二次移民到五堰大队吧，户口也落这儿。

邓永富说，可我舍不得离开桫椤坡老兵兄弟。

丁桂小说，邓叔，不管你户口落在哪儿，你都永远是我们桫椤坡后靠村的社员。

邓永富说，有桂小姑娘这句话，我就安心了。

丁桂芹说，今年春节真是好事多，恰好我妹妹就要到省城学习，过完节就和邓兴志同行，先到一趟簰洲湾。

原来省农科院在华中农学院举办农村基层共青团员农科人才培训班，分给了郧县一个名额，县里决定让丁桂小参加，正月初八到华中农学院报到。

王智林说，我们分工协作，先把前期工作做好。春节这几天，我和邓兴志，一起向五垱大队和柳林公社负责人汇报情况，请求将邓叔和邓兴志的户口迁入五垱大队。农村户口与农村户口之间的对迁，一点儿也不复杂。这里开好准迁证，嘉鱼那边就一路绿灯。

邓兴志说，五垱大队肯定欢迎我，大队长早对我说过，五垱大队特别需要像我这样的棒劳力。

不出所料，这边的准迁证，正月初四就顺利拿到手了。

1970年，开年大吉！

正月初五，邓兴志和丁桂小一起出发。

丁桂小这次与邓兴志同行，与三年前的情形大不一样。三年前她是第一次出远门，一路上暗求邓兴志的帮助，多用心，少开言。

其实当时丁桂小是在明处，在暗处的反而是邓兴志。邓兴志他哪里知道，这都是桂小姐夫王智林的安排。当时，桂小早就想到簰洲湾去看姐姐，而全家人都对她独自远行不放心。恰在这时遇上机会，五月初五王智林和邓兴志一起划龙舟，邓兴志对智林说他五月初七回嘉鱼，托智林提前帮他买船票。智林满口答应，第二天就买好两张船票，一张买给邓兴志，另一张是买给桂小的。智林先到桫椤坡通知桂小，并帮桂小收拾好行李，带她和岳母一起先到老城青年路住下，然后再到邓家湾给邓兴志送船票。第二天一早，王智林送桂小到西河码头，远远地看见邓兴志脚步匆匆的身影，对桂小交代，那人就是邓兴志，你莫告诉他你是谁，只记住下船后跟着他走。

这次二人一起远行，丁桂小却成了唱主角的。这次不坐船。坐汽车，坐火车。买车票都是桂小排队，让邓兴志看好大包小包的行李。省农科院通知，参加培训班的学员不仅须自带被褥，还得带上洗脸盆和茶缸饭碗。

上了火车，邓兴志与丁桂小并肩而坐。邓兴志竟生出局促不安的感觉。想和丁桂小说说话，却变得笨嘴拙舌。一会儿问桂小，风是不是太大，要不要我把车窗关小点？一会儿又问，渴不渴，要不我再去给你接点开水？

丁桂小说，你别忙了，坐下歇歇吧。

邓兴志坐下不久，又起身，到车厢连接处"罚站"。

丁桂小也就不再劝他了，自己安安静静看书。看过几页书，小心把书装好，从布包里取出一件织了一半的毛线背心，开始做针线活。

毛线是深蓝色，全新的。丁桂小织得很用心，织一会儿就数数针脚，保证织得又整齐又密实。

邓兴志像是发现了另一个丁桂小，想不到她做针线活也这么手巧，神态安然，聚精会神。

想起了和泥脱坯的丁桂小。

想起了汗流浃背抡铁镐破石开荒的丁桂小。

想起了自学成才同大学毕业生在一起讨论"后皇嘉树"的丁桂小。

想起教两个小外甥唱"苞谷穗子挂满墙"的丁桂小……

在田间，在农家，有多少个这样的"丁桂小"啊！她们终年劳作，结满厚茧的双手能开山劈岭也能穿针引线。她们守拙归朴，也渴望吸收新知识。只要能得到一点点学习的机会，她们就像蜜蜂采花一样用心，不酿出花蜜不罢休。想想那些瞧不起农村妇女的"高等人"，邓兴志心里蓦然间冲出一句口号：敬礼，中国农村妇女！又觉得这不仅是一句口号，亦是一首诗，虽然全诗只有一句话。

邓兴志此时更想同丁桂小说说话。话题很多，内容广泛。比如，我听关爱华说过，她和你已是知心朋友，常在一起谈心，那她告诉没告诉过你，她自称是我的女朋友？其实她不是我女朋友，她是为了帮我应付黄天星。又比如，听关爱华说你和她表嫂任九琴也成了朋友，这是真的吗？还听说任九琴很愿意和你在一起拉家常，这也是真的吗？你俩之间的家常话主要都涉及一些什么内容？

想说的话很多，可是邓兴志不知该如何启齿。

望着丁桂小计算着针脚认真织毛衣的神情，更加不好拿言语干扰她。

于是，邓兴志转而在心里对自己说，我想对她说明的事，又何须说明呢？我想向她打听的事，又何须打听呢？她是谁？她是优秀姐姐丁桂芹的优秀妹妹，是令人尊敬的老兵叔挑选的在后靠村挑大梁的铁姑娘。她心里的一盏明灯，还需要别人替她点亮吗？

2

二人一起来到箅洲湾。

第三生产队很快将不复存在了，但是却丝毫不现紧张不安迹象。家家户户的房屋仍安然无恙，庄稼在照样生长，社员们的安宁日子在照样过。原来政府正组织人力物力在安置点盖安置房，只等新房全部盖好，便有序帮助三队的社员们搬家。等到社员们全搬走了，再开始拆旧房，有计划地拆，按部就班地拆，不留任何残墙断壁和垃圾，为退田还湖创造一个干干净净的环境。

箅洲湾，你是多么幸运啊，你应当感谢郧阳和淅川县移民在前面为你踏平了一条道路。

丁桂小在福利院住下。邓兴志借住林队长家。

林队长的夫人杞居美热情欢迎邓兴志，说，我早给你们腾了个小房间。你为什么不喊丁桂小一起来住？

邓兴志正欲回话，见队长在使眼色，便想起他的叮嘱，于是对嫂子解释说，不能叫她也来，我俩还没正式结婚。

杞居美说，那有什么关系，反正是你的人，赶早不赶晚。

林队长发话了，严肃批评老婆，莫在这儿瞎佡（说），人家郧阳人守规矩！

杞居美说，你吼什么，我这不是一片好意？专门备了一对枕头。这是我对邓兴志兄弟和他媳妇，换了别人，你喊我这样安排我也不这样安排！

邓兴志忙说，嫂子的好意邓兴志全领了，感谢嫂子，衷心感谢！

林队长也软下口气，对老婆说，我也替邓兴志谢你，但是你的好心安排明天莫对丁桂小说，人家姑娘伢脸皮薄！

杞居美说，放心，没办成的好事，空话把（拿）给她有个什么意义？

第二天，转户口，领建房补助款，两件事都办得顺顺当当。

自从有了邓兴志家和丁桂芹家提供的住房，福利院老人们的生活是越过越舒心了。生产队安排有社员专为老人们种菜养猪。现在，老人们为答谢邓兴志和丁桂小，把一头最肥的猪杀掉，好酒好菜宴请邓、丁二人。

盛情难却，邓兴志和丁桂小肩并肩坐在了上席位置上。一位白发奶奶走向前，将她亲手制作的两朵红色绢花戴在邓兴志、桂小胸前。

队长娘子杞居美问道，钱婆婆，你给他俩戴的是什么花？是新郎、新娘喜花吧？

钱婆婆解释说，我献的是光荣花！

林队长急忙说，不管是什么花，戴在他俩胸前都好看，让我们热烈鼓掌好不好？

好！老人们齐声响应。

席间，有两位老汉起身，一位敲渔鼓一位打竹板，演唱了一段自己创作的渔鼓调——

    怀把渔鼓抱啊，
    问声乡亲们好，

福利院老人心欢喜，
唱一段渔鼓调。
唱得不好莫见笑！

唱一唱两个伢啊，
千里路迢迢，
迢迢千里从郧阳来，
郧阳人真厚道。
簰洲湾人心知晓！

长江向东流啊，
簰洲湾让大道，
嘉鱼人学习郧阳人，
也当上移民了，
觉悟一样高！

觉悟一样高啊，
说得到做得到，
克服困难向前进，
吃点苦莫计较。
日子会更美妙！

3

正月初八，天不亮邓兴志和丁桂小悄悄启程，为的是不惊动福利院的老人们。

今天是桂小到华中农学院报到的日子。出了村，二人回头望，心里道一声,再见了,簰洲湾的乡亲们!

乘长途客车,搭公共汽车,几经辗转来到位于武汉市武昌区南湖之畔的华中农学院,已是下午一点钟。丁桂小在报名处报了名,邓兴志扛着行李送她到女生宿舍楼。值班的阿姨拦住邓兴志说,男生不许进。邓兴志留在阿姨的值班室,等候丁桂小上楼铺好床铺再下楼。阿姨把邓兴志打量两眼,问,上楼的学员,是你女朋友?邓兴志满面通红纠正,不是,不是的!

阿姨说,还不好意思呢!

丁桂小上三楼,认准自己的房间和铺位,放下行李就先下楼,对邓兴志说,我送送你吧,送到公共汽车站。邓兴志忙拒绝,说,你送我到车站,我不放心你再送你回学校。送来送去送到啥时候?

阿姨在一旁哑然失笑。

丁桂小说,好吧,只送你到校门口。

邓兴志问,培训班结束,你在省城还有没有事?

丁桂小说,没,当天晚上就坐火车回。

邓兴志说,我到丹江口车站接。

丁桂小说,那不太麻烦?

邓兴志说,不麻烦,请一天事假。

丁桂小说,行,接吧。

二人在校门外分手。

邓兴志在武昌火车站买好车票,离开车时间还有三小时,便决定去看看长江大桥。在汉正街当"扁担"时他只远眺过这座建成于1957年的长江第一桥,早就想近距离看看。一桥飞架南北,天堑变通途,这工程太伟大了,想象不出在滔滔的江水之中,大桥桥墩是怎么立起来的。现在,郧阳老城被淹了,汉江河也变得像长江一样宽,从桫椤坡到郧县新城,坐木船来去多么难啊,假若有一天,在咱郧阳的汉江河上也架起一座长桥,那该有多美气多得意呀!可是这是不可能的,大桥是那么好建,想在哪儿建就在哪儿建吗?

邓兴志舍不得花钱坐公共汽车，甩开大步步行到长江大桥桥头，匆匆忙忙看了看大桥的雄姿和"唯见长江天际流"的景色，又快步奔回火车站。他已经觉得心满意足了，想想吧，全中国人民，有几人见过这么了不起的大桥？

第二十五章　可知这酒的真滋味

1

邓兴志把户口落在了五堰大队，现在他和老爹又成为郧阳人了。

住房问题也解决了。邓兴志家和王智林家租的老房子，房主是同一家人。房子原来的用途不是住宿，而是油坊的作坊和库房，后来一直空着。现在房主老两口已年过八旬，盼着拿旧房换一笔养老钱，要价不高，相当于半卖半送。

关爱华依然同邓兴志在一个工段上班，也仍旧故意表现和邓兴志是男女朋友关系。

邓兴志突然变得落落大方。工友们问他何时请喝喜酒，他嘻嘻哈哈回答说，牛奶会有的，面包会有的，喜酒也会有的。

说到喝酒咱就喝酒。这一日刚上班，邓兴志对关爱华说，明天下班后我请他喝酒！

关爱华问，你说什么？重复一遍！

邓兴志说，明天星期六，我下班后请喝酒。

"请谁？"

"请你表兄。"

"我家的表兄数不清，你请我哪个表兄？"

"你又不是李铁梅。李铁梅的表叔数不清。而你的表兄只有一个,黄天星。"

"你请他喝酒?我耳朵没出毛病吧?"

"我再说一遍,明天,我,邓兴志,请你表兄黄天星,喝酒。"

"真请?"

"真请。"

"诚心?"

"百分之百!"

"哪位高人给你下过指导棋?"

"没有谁指导,是我自己想明白了。我,应当与黄天星沟通。"

"想请客你就请,告诉我做什么?"

"必须告诉你,因为我得求你,代我向你表哥发出邀请。"

"行,我就代你向我表哥邀请。"

"且慢且慢,我还有……"

"还有什么?痛快点,别吞吞吐吐!"

"还有就是,请你也参加。"

"凭什么把我拉扯上?"

"因为你是他表妹。"

"是表妹就参加?什么逻辑?"

"你不仅是他表妹,还有一个特殊身份。"

"什么特殊身份?"

"我不说不行吗?"

"不说拉倒,休想让我去陪客!"

"行,我说,因为你是我的女朋友。"

"啊?我是你女朋友?这么天大的秘密,我本人怎么一点儿都不知道?"

"好了关爱华同志,算我恳求你了,行不行?"

第二十五章 可知这酒的真滋味

"行，行，我是你女朋友。阿弥陀佛，一块疙瘩柴总算被劈开了！不过，你今天还有功课要准备。"

"什么功课，女侠请指点。"

"什么？你叫我什么？"

"女侠。从今后我不称你土匪。"

"女侠，你给我取的？"

"是，我觉得'女侠'这个雅号比'土匪'外号好听。"

"去去，你还是叫我土匪，我听惯了土匪这个称呼。"

"那好吧土匪老师，你说，今天我还要做什么功课？"

"知己知彼百战不殆。既然你决定和我表兄沟通，那你就应当首先对他了解，不带偏见，实事求是地了解。"

"该怎样客观，你讲给我听听吧！"

"我可就不谦虚，郑重其事给你上一堂理论课，课题是'怎么认识人'。听不听？"

"听！洗耳恭听。"

"大千世界，任何事物的发生都是有原因的。树木有根，河流有源。人的品行的形成也有根源。没有天生的坏人，也没有天生的好人。坏人并非一切都坏，好人也不可能一切全好。正所谓人无完人，金无足赤。对不对？"

"很对！请接着讲课。"

"我表哥就是一个典型例子，对他也应该一分为二看待。比如，爱说脏话，如果不吐脏字就觉得说话不自在。但是他在我表嫂面前却争取不说脏话，宁肯变得结结巴巴。他从小就脑子笨，读不进书。读小学时留级，上初中又是个'老留'，同学们嘲笑他，所以他自卑。但是他把自卑藏在骨子里，表现出来却是自傲，吹牛说大话，脸不变色心不跳。他自知有短处，所以必须看重自己的长处。一旦他发现他有哪方面比别人强，他就要把强项的威力发挥到极致。他的强项是什么，你知道吗？"

"还是关老师你分析吧，学生用心听。"

"第一,他是独生子,爹妈宠着他,甘愿为他做牛做马。第二,他生在县城,长在县城,拥有城镇户口。这一条强项对他来说十分重要,就像他手里有了根金箍棒,一棒子,就可以轻而易举,把怀揣一本农村户口本的'敌人'打翻在地。第三,他虽是留级生,但是好赖有一张初中毕业文凭。这一条,他觉得又比你邓兴志强,因为你上的是'农中'。第四,他是国营建筑公司的职工,而你只是个农民。第五,他不属移民范围,不远迁,而你却是不折不扣的远迁户。第六,他有条件帮妻子女儿农转非,你邓兴志能吗?"

"是的,接着讲。"

"当然这一切优势都不是他自身努力得来的,得益于他运气好,出生在县城,而非生于邓家湾。若拿自身条件比拼,哪是你的对手?所以,他在你面前虽然居高临下,而实际上他是心虚的。他做梦都怕他妻子飞掉了,说明他是爱他妻子的。仅凭这一条,难道我们不该给予他理解甚至同情吗?"

"放心,你的话我都记在心里了。但是请给我时间,让我逐步向前走。"

2

关爱华下班后先到表兄家,通知表兄说,明天晚上有朋友请你喝酒。

黄天星问,喝酒啊,谁请?

关爱华说,先别问谁请,见面你就知道了。

黄天星问,就请我一个人?

关爱华说,也请了我。

黄天星说,那好,你去我就去。在哪儿喝?

关爱华说,地点定好了,张湾桥桥头的房陵饭店。

"房陵饭店啊,我去过。"

"这饭店咋样?"

"好,选得好!虽说店面不大,可是饭菜有特色。酒也好,白马尿。"

关爱华提醒说,表兄,明天做客注意别说脏话。

黄天星辩解，说他刚才并没说脏话，是房县人自家将本县的米酒称为"白马尿"。又辩解说，我就特别喜欢喝白马尿。

黄天星没说错。房县人酿造的糯米酒颜色是乳白色，自嘲为"白马尿"。

确定好了明天的事，关爱华问，表嫂呢，哪儿去了？

黄天星答，到张湾菜场，排队买菜。

关爱华说，我差点把大事给忘了，张湾菜场从柳陂乡进了一批莲藕，我也得去买一点。

关爱华是和老姑父、老姑妈住在一起，照料二老的生活。

张湾菜场是一个大型国营菜场，位于正在修建的"人民公园"对面。人民公园是十堰目前唯一的一座在建公园，自然条件极佳，有青山，有绿水。公园门前的大马路已修好，名为公园路，连接六堰和张湾。张湾大队的中心位置是二汽总厂的办公大楼，因此，"张湾"二字在十堰是非常响亮的。

关爱华来到菜场，见表嫂怀里抱着孩子，胳膊上挽着菜篮子，忙说，来，小河乖，姨姨抱。

关爱华在与任九琴单独相处时，不称她嫂子而称她姐。她说，姐，告诉你一个好消息，邓兴志明天下班后请我表哥喝酒。

九琴问，真的？

"真的，拉我做陪客。"

"你对你表哥说了吗？"

"刚说过，但是没告诉他是谁请。"

"对，先别对他漏底。我早盼这样。是你做通了邓兴志的思想工作？"

"我是点拨过他。但是我估计丁桂小可能也劝过他。桂小前几天去嘉鱼去武汉，是和邓兴志同行的。"

"好，这就好，但愿他多听听桂小的话！"

九琴的眼圈红了，说不上是高兴还是难过。

爱华岔开话题，说，听说这次张湾菜场从老河口拉回了两汽车大白菜。老河口的两个公社，为保证向二汽供应蔬菜，扩大了菜园面积。

九琴说，我想起我们原来的家，西菜园。那儿的蔬菜才叫好。

爱华说，是的，西菜园，东菜园，风景如画。

九琴忍不住鼻子发酸，说，最美是那条小河。会唱歌的棒槌河，没有了……

"姐，过去的事都过去了，别再想了。"

"是的，不想了。想有何用呢，这辈子，也就这样了……"

3

第二天傍晚，关爱华领着黄天星走进房陵饭店。

踏进店门，黄天星见是邓兴志站在桌前等客，止步问表妹，咋？是他请？

关爱华答，对呀，他请。

黄天星浑身不自在，想打退堂鼓。

关爱华索性把黄天星一把拉出店门，说道，走！

有酒喝，其实黄天星并非真想拒绝，问表妹，走哪里？

表妹反问道，你说走哪里？这酒，你到底敢喝不敢喝？不敢喝咱俩就撤退！

我……黄天星只回答了一个字。

表妹严厉批评表哥，说，你姿态高点行不行？你是工人阶级，他是农民，你是他学习的榜样，对不对？常言说伸手不打笑脸人，他向你求好，低头请你，说明你面子大，是不是？你大人不记小人过，何必叫他下不来台？再说，不看僧面看佛面，你也该替我考虑考虑呀！你没听人说过他是我男朋友吗？先不说他是不是真是我男朋友，就算不真是我男朋友，他也是我工友啊！我能转到中建三局上班，还是他帮忙的。你把你国有公司职工的气魄表现出来，别让表妹失望！他今天巴结你，诚心诚意请你，这敬酒你若都不敢喝，你是不是个胆小鬼？是不是想让我瞧不起你，说你见不得世面？难道你怕他吗？

第二十五章　可知这酒的真滋味

黄天星手一挥，说，笑话，是他怕我，我咋会怕他！说着雄赳赳走进饭店，又大步流星走向餐桌，昂头挺胸面对邓兴志，一屁股坐下。

邓兴志笑脸相迎，说，黄哥今天给我这么大面子，我太高兴了！其实我早就想请黄哥一起坐坐，解释解释我们之间的误会。来，我先自罚三杯酒！

邓兴志一连喝下三杯酒，然后给黄天星斟酒，用的不是酒杯，而是大号的汤碗。

关爱华趁势端起小酒杯对黄天星说，表哥，我可就不讲礼行（客气）了，先尝尝这酒味道怎样？——哇，正宗房县米酒！

听表妹夸酒好，黄天星也就不再端架子了，端起大碗酒，一口气喝个底朝天。

邓兴志不停地给黄天星斟酒，又不停检讨自己从前不知天高地厚，对黄大哥多有得罪。今天，请黄大哥多批评多指教！黄大哥您文化程度高，在国营单位工作，别跟我这泥腿子一般见识。我衷心祝福黄大哥，全家生活幸福，吉祥如意！

黄天星越听心里越舒坦，应道，邓兄弟别再检讨了，实话对你说吧，我对你这个人，还是有实事求是的评价的。我知道你老实。拿什么证明呢？告诉你吧，九琴和我结婚的时候，她还是个黄花大姑娘，百分之一百属于我！这就说明你老实，不是个混账，对不？

邓兴志说，黄大哥，以后还要请你多批评！

黄天星说，客气啥呀，喝酒，喝！

关爱华说，表哥你喝醉了，别再给自己倒酒了。

黄天星把表妹的手推开，说，白马尿，喝不醉……

邓兴志突然扔出一句话，黄大哥，我和我爹已经离开嘉鱼，户口迁到十堰了……

黄天星不由得一惊，瞪大眼珠子问道，啊？迁，迁十堰？农，农转非？

邓兴志急忙说明，不不，哪敢指望农转非呢，我们还是农字号，永远的农民，永远的公社社员，永远的农村户口。

黄天星悬在半空的心又回到肚子里，摆摆手，豁然大度说，农村户口也是户口，放心，我不会撵你走的！来来来，再干一碗！

黄天星喝得尽兴，分手时像平易近人深入群众的大干部一样，和邓兴志握了握手。

目送黄天星远去，邓兴志心里五味杂陈，理不清是觉得如释重负，还是感叹输得两手空空。

第二十六章　谁能告诉我

1

邓兴志按时到丹江口火车站接丁桂小。

火车终于到站。邓兴志在出站口外目不转睛，唯恐把丁桂小给漏掉。

她走来了，肩上背着行李，双手也提着行李，若没有人来接，可怎么办呢？

同武昌的情况不同。从武昌火车站到长途汽车站路程比较近，但是从丹江口火车站到长途汽车站路却很远。

邓兴志同丁桂小一起向汽车站前进，有许多话想对丁桂小说。想说户口已落在五堰大队。想说两家的房子都买下了。想说请黄天星喝了一场酒。但是仍像在同乘火车那天一样，一句话也没说出来。

邓兴志已提前买好了两人回十堰的汽车票。到汽车站后，离发车时间还有两个小时，二人便坐在站外广场一棵树下等候。

邓兴志不由想起三年前也曾和丁桂小并肩坐在树下等车，地点在武昌火车站站外广场。那时候的身后是一棵法国梧桐树，今天的身后是一棵香樟树，不落叶，四季常青。那时候坐在一起无拘无束拉了许多家常话，讲到丹江口大坝，讲到江汉平原，讲到武当山的龙头香，讲到三叔三妈，讲到榆树林村，讲到智林兄和桂芹嫂子成为一家人的经过。为什么今天邓兴志舌头变短了呢？

忽听有人叫丁桂小，声音里满是惊喜："桂小！哎呀丁桂小！想不到在这儿遇见你！我不是在做梦吧？"

来人是一位年轻女子，看身材看面容听话音，邓兴志都觉得似曾相识，却又想不起来是在哪儿见过。

丁桂小也显得很高兴，招呼说，美玲，我也没想到和你在这儿巧遇！接着对邓兴志介绍说，邓兴志，这是我的同学，在六里坪参加培训时的同班同学，并且我俩住一间宿舍。她是均县人，名叫伍美玲，是班上有名的金嗓子，唱歌好听极了！

伍美玲说，桂小你就别夸我了，我唱歌算什么，你才是真正的音乐家，不仅唱得好听，还会识简谱，当教员教大家唱歌。记得吗，《金瓶似的小山》这支歌，就是你教会大家唱的。

丁桂小说，那我也是现学现教。

伍美玲说，因为是你教唱的，所以我就特别喜欢这支歌。这歌也确实好听。我随慰问团到嘉鱼县慰问远迁移民，唱的就是这支歌。

邓兴志的脑子里划过一道闪电，想起来了，这个伍美玲，就是那个被莫其然追到大树后面，想要与其拥抱的女子。

丁桂小问伍美玲，你提着这么多行李，准备到哪儿去？

伍美玲突然显得面有难色，绕着圈子回答说，你猜我想到哪儿去？

丁桂小说，别叫我猜谜，告诉我吧。

伍美玲只好直说，我正想到郧县找你。

丁桂小说，专程去找我，一定有什么要事吧？

伍美玲又开始绕弯子，反问道，你们是不是要回十堰？车票买好了吗？说着把自己的汽车票拿给丁桂小看。

丁桂小说，是的我们回十堰，车票也买好了，正好和你同一班车。

伍美玲说，那就好。接着望一眼邓兴志，问丁桂小，他是你表哥吧？我好像记得他到六里坪看过你。

第二十六章　谁能告诉我

丁桂小说，对，我表哥，名叫邓兴志，到六里坪给我送过豆瓣酱。

伍美玲说，你妈妈做的豆瓣酱太好吃了，我偷吃了不少。

丁桂小说，我表哥不是外人，你找我有啥事尽管说。

伍美玲低头一声叹息，说，到十堰后慢慢说吧。

2

三人一起回到十堰。丁桂小带伍美玲一起住进姐姐家。

半路上遇上被莫其然纠缠过的伍美玲。她为何特意来找丁桂小？邓兴志心里惴惴不安。

桂芹嫂子让邓兴志留下陪陪客人，一起吃晚饭。邓兴志谢绝了，回到自家屋，边做家务边思考。一遍遍回忆在簰洲湾看演出那天晚上发生的事，觉得非常有必要告诉丁桂小，提醒她，伍美玲这番突然来郧县，怕是事情有些蹊跷。

没等邓兴志想好怎样与丁桂小交谈，丁桂小却先来向邓兴志通报情况。原来伍美玲刚才一进桂小姐姐的家门，就迫不及待，将她来郧县的原因和目的，全倾诉给桂小了。

晚饭后，丁桂小约邓兴志一起到百二河堤上散步，把伍美玲的事详细补充说给他听。

不出邓兴志所料，伍美玲此行与莫其然有关。她怀孕了，怀的是莫其然的小孩。她想人工流产，但是无颜在均县做手术，怕被熟人们知道，所以来郧县求丁桂小帮忙。

邓兴志不解，问道，这是莫其然做的事，她为什么不找姓莫的？

丁桂小说，她不愿在当地声张，怕丢人。

"她怕丢人，这不是便宜了莫其然？她应该勇敢站出来揭发姓莫的，维护自己的权益！"

"话是这么说，可是她一揭发，把自己也暴露了，以后怎么做人？"

"如果每个受害的女子都这么想,都这么哑巴吃黄连,岂不是纵容了坏人,让他们逍遥法外?"

"伍美玲她忍气吞声,还有一个原因。"

"啥原因?"

"莫其然有把柄捏在手里。"

"把柄?"

"'把柄'这两个字用词不准确,简单地说,因为伍美玲家欠了莫其然的人情债。"

"人情债?"

"'人情债'也不准确……对了,权力,是权力债。"

"到底是咋回事?"

"莫其然替伍美玲家办了一件事,给伍美玲的姐姐转了户口。'农转非'的户口"

"户口,又是'农转非'户口!我真想破口大骂'农转非'!"

"骂粗话有何用?耐心听我从头说。伍美玲家姐妹兄弟三人,她上有姐姐,下有弟弟。姐比她大九岁,名叫伍美霞。爹妈操心她姐姐,比对她的操心多得多。因为她姐对家贡献大,从小就帮爹妈干活,家里地里都是一把手。姐姐长得也像妹妹一样好看,嫁在均县县城。姐夫姓袁,人长得不咋地,但是有城市户口,还有固定工作,是县城搬运公司的工人。姐夫家婚前就承诺过,婚后把伍美霞的户口迁进均县城,农转非。愿望是美好的,但是现实是冷酷的。结婚后,伍美霞的农转非问题,袁家一直没兑现,长期得不到解决。因为这不是花钱可以解决的事。伍美霞生孩子了,农转非更无望。正在两家为这事愁得焦头烂额时,莫其然盯上了伍美玲,在伍美玲毫无防备的情况下用卑鄙恶劣的手段占有了伍美玲身子。为了封住伍美玲的口,莫其然就主动对伍美玲表态说,我一定报答你,我知道你姐姐盼星星盼月亮盼着农转非,我向你保证,这件事交给我,我坚决帮忙办成功!为了姐姐,伍美玲只得忍辱负重,打掉门牙往肚子里吞。谁料想狡猾的莫其然只是以此为诱饵,并不真正愿意出力帮忙，因为帮这个忙他也得求人。伍美玲正在无奈之际，出现了一个新情况。什么新情况？莫其然又一次采用卑劣手段占有了伍美玲的身子，不久后伍美玲便发现自己怀孕了。一不做二不休，伍美玲索性把这个情况通告莫其然，以此向姓莫的摊牌，如果农转非的事再不立即落实，那就鱼死网破，到县革委告发莫其然。莫其然慌了，不敢再拖延，上蹿下跳四处活动，也不知求了哪一个顶头上司，给伍美玲的姐姐和外甥办成了农转非。但是莫其然给伍美玲提了个交换条件，那就是叫伍美玲立即到均县地盘之外的地方，自己把小孩打掉。从此两不欠，谁也不许讨旧账。否则，莫其然声言甘愿冒受处分的风险，找公安局，让公安局宣布伍美玲姐姐的'农转非'作废。伍美玲的姐姐怎舍得让农转非户口得而复失，就恳求伍美玲，千万别冲动，一定要委曲求全独自吞下苦果。"

听了丁桂小讲这些经过，邓兴志的心肺都快气炸了，农转非！任九琴为了这个农转非，嫁给一个她不爱的男人！伍美玲为了这个农转非，牺牲自己的贞洁！谁能告诉我，这是为什么？为什么啊？

丁桂小说，邓兴志，别这样冲动。

邓兴志说，你就让我在这百二河边吼几声吧，我心里憋屈得太久了，不吼几声，我直想跳河了！

丁桂小说，我陪你朝那边走走，到那边没人的地方你放声吼一吼。走！

邓兴志却突然驻步，咬牙切齿说，我不吼了，吼有何益？今天在这里，我只想对你说几句心里话，几句不能对旁人倾诉的肺腑之言！

"邓兴志你说吧，我在听，知道你心里的苦。"

"不是全国人民是一家人吗？不是人人平等吗？既然是一家人，为什么两样对待？为什么农村户口就低人一等？农民怎么了，农民就不是中国人？农民起五更睡半夜，农民一年四季趴在黄土地里伺候庄稼，没有农民，城里人吃什么穿什么？什么时候农村户口和城市户口才一样？连户口都不一样，能叫社会主义大家庭吗？"

"邓兴志，我完全同意你的说法，我心里也是这样盼望的，盼望城乡一家,中国人一家。"

"我怕我一辈子也盼不到这一天!我邓兴志不稀罕!我邓兴志一辈子挺起胸膛,堂堂正正当我的农村户口庄稼人!农村户口万岁!农民万岁!农村的高山大河万岁!"

"邓兴志,看远点想远点吧,莫生气也莫悲观。你不是上过武当山吗?最高峰金顶你是怎样上去的,是一步登天吗?从山下到山顶,你爬过多少山,上了这山又下山,下了这山又爬那座山,走了多少曲曲折折的路?"

"桂小,你拿这些话打比喻,我也想理解,什么事我都愿意理解。可是,谁能理解我邓兴志的心情?"

"我理解,相信我,我理解你。"

"不说户口了,从此我再也不说了!"

"邓兴志,实在想说的时候你还是说吧,比憋屈在心里要好。"

"不说了,真的不说了。说说伍美玲的事该怎样帮她吧。"

"是要帮她,可是,要费太多周折,难啊!"

"费周折也得帮,她也是农转非的受害者,这么远来求你。"

"当然得帮,帮到底。但是我们要预先把办法想好。其中有个最麻烦的问题。"

"啥问题?"

"医院为妇女做人工流产手术,需要家人陪护,还得她本人的丈夫或者男朋友在手术同意书上签字。"

"什么?还有这样的规定?由她本人签字不就行了吗?"

"不行,必须有丈夫或男朋友签字。"

"天啊,这可怎么办?"

"只有请关爱华一起来想办法了。我记得她对我说过,她有一个熟人,在郧县县医院当医生。"

"那我明天一上班就把这事告诉关爱华,看她有没有什么办法,求郧县医院给伍美玲开个后门,无论如何帮她渡过难关。"

3

晚上，丁桂小、邓兴志、关爱华、伍美玲，四个人在一起商议行动方案。

关爱华确实有个熟人在郧县医院当医生，姓宋，是关爱华的拐了几个弯的远方表姨。虽说是远亲，但宋医生对关爱华这个表侄女还是挺喜欢也很关照的，并且她心地善良，乐于助人。遗憾的是，她是内科医生而非妇产科医生。伍美玲的事，只能通过宋医生从中周旋，请妇产科医生开开方便之门。

丁桂小有些担忧，问关爱华，你估计，你表姨肯当这个中间帮忙人吗？

关爱华说，如果我好好恳求她，应该没问题。

邓兴志说，那你一定要多对她说好话。

伍美玲说，爱华姐，叫我该怎样感谢你呀？

关爱华说，先不说谢字，现在继续商量具体办法。

丁桂小说，一定要考虑细致周到，该想到的事都尽量想到。

关爱华说，美玲去做手术，需要家人陪同，这事不难办，我和桂小都作为她的家人。难的是丈夫或者男朋友，需要在手术同意书上签字。谁来签这个字？

邓兴志对关爱华说，求求你的表姨帮人帮到底，请妇产科医生网开一面，这个字不用签了，可以吗？

关爱华摇头说，你想得太简单了，有哪家医院做大手术不要求家属签字？何况是人工流产，打掉的是一条小命。

丁桂小说，爱华说得对，不签字是绝不可能的，妇产科医生没法向医院领导交代。

关爱华补充说，除非这个医生白大褂不想穿了，甘心受处分。

邓兴志说，那就叫伍美玲本人自己签字，不就行了？

关爱华急了，批评邓兴志，说，你这个人，说你是疙瘩柴，你真是块柴疙瘩！

丁桂小说，邓兴志你想得确实不切实际，哪有病人做手术病人自己签字的道理？

伍美玲突然放声痛哭，揪自己的头发骂自己，都怪我，我自己丢脸，还害得你们为难！

关爱华说，别哭了！哭能解决问题吗，哭若能解决问题，我们陪你一起哭，用劲哭，哭个昏天黑地。

丁桂小安慰伍美玲，美玲你别伤心，也别自责了。越是在这样的时候，我们越不要焦急，大家一起想办法，渡过难关。

伍美玲羞愧地说，我对不起你们……

关爱华说，错了，你对不起的是你自己，你是个彻底的受害者。

丁桂小说，美玲，现在你需要振作精神。

关爱华说，兵来将挡，水来土掩，没有迈不过的门槛。迈不过，爬也要爬过去！

丁桂小对关爱华说，爱华，你听我这样假设。假设郧县医院的妇产科手术医生，她心里明白，在美玲手术书上签字的人，并不真是美玲的男朋友，他只是好心帮美玲渡过难关，这医生会不会理解？或者说，会不会不太较真？

关爱华说，我去求我的表姨，把真实情况和盘托出，请她找和她关系最好的妇产科医生帮忙。其实像美玲这样的事，我们觉得很严重，实际情况也确实严重。可是妇产科的医生们见得多了，能帮忙处且帮忙，力所能及的事，何不睁一只眼闭一只眼？可是我们必须明白，力所不及的事，人家想帮也爱莫能助。丈夫或男朋友签字是硬性规定，任何一个医生也绝不敢违规。我们是有求于人，那就得让人家下得了台阶。签字一定得有人签。即使医生心知肚明签字的人并非真男朋友，那也得走这个过场。可是我估计他们对假签名是不会点破的。何须点破呢，睁一只眼闭一只眼，只要有人签字，也就好交代了。

丁桂小说，听爱华这么一说，我的心放下来了。我们帮美玲帮到底。我们之中得有一个人临危受命，出面充当一次美玲的男朋友，在手术同意书上

第二十六章　谁能告诉我

签字。

邓兴志问，谁来充当这男朋友？

关爱华说，在座的除了你，谁还是男士？

邓兴志的脑袋"轰"一声响，问，什么？

关爱华说，邓兴志你坐下听我说，这个决定，叫哪个男士听了都会吃一惊。可是有什么其他办法呢，没有。华山一条路，你就是这一条华山路。这也是无奈之举。你不用担心，担心你这样帮了美玲的忙，会引起其他女孩子的误会，害得你今后讨不到媳妇。放心吧，你的善举会被人理解，受人尊敬。至少，我们今天在场的三个女子，都知道内情。今后如果真的没人嫁给你，我表态，我嫁给你当老婆，行不行？我绝非戏言，可以马上在这儿写保证书！

丁桂小对邓兴志说，邓兴志，爱华说得有道理。我也在这儿，难道我不理解你，我不相信你，我不尊敬你吗？我会的，更加会的！

关爱华笑了，笑得像个孩子似的顽皮，她拍拍邓兴志肩膀说，放心吧邓兴志兄，用不着我写保证书，会有比我更优秀、更理解你、也更适合你的人……

没等关爱华把话说完，伍美玲"咚"的一声，双膝落地，跪在邓兴志面前，哭求道，邓兴志大哥，救我这糊涂人一命！来生我做牛做马报答你！请你尽管放心，我伍美玲，今后绝不连累你！我若连累你，我就连猪狗都不如，天打雷轰！我这一辈子，也不会连累其他任何男人，真的，我下定了决心独身一生！

邓兴志说，小伍小伍别这样，快起来吧，有话慢慢说。

伍美玲未起身，转向丁桂小下跪，说，桂小，你的恩情我没齿难忘，若不报答誓不为人！

丁桂小说，美玲，我相信你！你快起身，坐下说话。

伍美玲依然长跪不起，转身面向关爱华，说，爱华姐，我遇上了你，是我一生不幸中的大幸！你刚才的一句写保证书的话提醒了我，写保证书的人既不该是爱华姐也不该是桂小姐，应该是我伍美玲！你们别急，听我把话说完！我写保证书，内容是感谢邓兴志大哥帮我渡过难关，冒充我男朋友，在我的人工流产同意书上签字。但是，我面对天地良心说明，邓兴志不是我真的男朋友，我若今后给他找任何麻烦，愿负法律责任！

邓兴志说，小伍你的话我相信，再别跪了，我同意假冒你男朋友，签字。

伍美玲说，谢谢邓大哥！请大哥给我纸笔，我跪在这小桌前写保证书！

邓兴志说，我相信你的话，谁叫你写什么保证书呢？

关爱华冷起了面孔批评邓兴志，你这个人怎么不通人情呢？人家美玲要写保证书，那是她的一片心意，你凭什么不叫人家写？

丁桂小附和道，还是尊重美玲的决定吧！我来给美玲拿纸笔。

伍美玲写好保证书，签好名字，又突然用一只发卡刺破手指，盖上血指印。这时她才站起身，双手捧保证书，交给丁桂小。

丁桂小和关爱华都没想到伍美玲写的一纸保证书竟是血书。二人一起上前，和伍美玲抱在了一起。

伍美玲抹干泪水说道，二位姐妹莫替我难过，从现在起，我伍美玲新生了！

关爱华说，对，谁都不许伤心，团结就是力量。邓兴志，明天你上班后替我给段长说，我家里有紧要事，请一天事假。明天我到县医院找宋姨，先把一切安排妥当。后天星期天，我们四个人一起去郧县，迎接美玲的解放！噢，美玲，我差点忘了告诉你一件事。

伍美玲说，什么事，你尽管说。

关爱华说，也不是什么大事，我只是提醒你别紧张。现在医疗技术先进，人流手术早已不是什么了不起的大手术了，在正规医院做，不会有危险。

伍美玲说，我知道，我也侧面了解过。

关爱华说，去年我曾陪拐枣村的一位妇女去做过人流，不是县医院，只是到青曲镇医院，人流手术的医疗器械都十分先进。手术时间不长，不用住院，做完就可以回家调养。

第二十六章　谁能告诉我

伍美玲说，我也知道不用住院。就是叫我住医院我也不住。

丁桂小说，就到我们桫椤坡后靠村，在我家休息几天。

关爱华问，美玲，手术费有没有困难？

伍美玲忙回答，没困难没困难，我早就准备好了。

关爱华说，那好，别着急，明天等我带回准确好消息。

第二十七章　太阳的笑容

1

星期日，好天气。白云白得洁净，蓝天蓝得澄明，太阳的笑容宽厚慈祥。关爱华已在前一天把事情全安排到位。

一行四人来到郧县人民医院。

这所医院创建于 1951 年，是科室齐全的综合医院。它的前身是郧阳地区医院，为鄂西北山区六个县的医疗中心。郧阳老县城被淹之前该医院位于县城中心位置，院内的环境像一座大花园。现在搬入新城，地址叫黑石窖。虽然房屋简陋，但医护队伍依然优秀，医疗条件仍在全省排名靠前。因此，伍美玲暗自庆幸，心里不断祈祷一切顺顺利利！

关爱华的宋姨出面相助，而宋姨的朋友妇产科的姚医生也答应帮忙。按照宋姨的吩咐，关爱华领着伍美玲直接走进姚医生的医疗室。姚医生给伍美玲做了检查，说，没问题，别紧张。然后故意提高嗓门大声喊，患者家属，进来一下！

接着就是姚医生演戏给其他医生们看，虚张声势，批评红着脸走进屋的邓兴志。其他医生大概也都猜到这是在演戏，心照不宣，瞄也不瞄邓兴志一眼。

姚医生把邓兴志给狠狠教训一通，板着面孔说，既然男女两家的家长，都没做好为你们办喜事的准备，连婚房都没有，你着个什么急呢？你看你，给你女朋友造成了多大痛苦？你现在还傻愣着干什么？还不快在手术书上签字？

邓兴志拿起笔，手在颤抖。签字，不按正规笔画写字，而是像个半文盲，把名字签得缺胳膊断腿。签完一看，连自己也不明白到底写了哪三个字，活像鬼画符。姚医生看也不看他签了个什么名字，收了签字单，便带伍美玲进入手术室。她对丁桂小和关爱华说，你们两个女家属，可以在手术室门外等候，有事我叫你们。让患者的男友到医院大门外等着，这里男士免留！

邓兴志像得了大赦令，连滚带爬仓皇逃离，浑身上下汗水湿透了。

2

所有人都觉得一切顺利，却不料突然遇上麻烦。

谁也没想到，黄天星今天也到这里看病来了！

黄天星患了脚气病，痛痒难耐。虽然郧县建筑公司在十堰建了分公司，但是分公司职工的公费定点医院仍是郧县人民医院，并且黄天星也相信这家老牌医院。

黄天星看过病取过药，一瘸一瘸出医院大门。路过妇产科医疗室，他猛听得医生大声喊叫患者家属进屋，不由将目光扫过去，发现被叫进去的人不是别人，竟然是邓兴志！他连忙躲在窗外偷听，听见了医生对邓兴志的严厉批评。

我的个蚂蚱爷呀，原来邓兴志是个混账乌龟，谈恋爱把人家女孩子的肚子搞大了，又没有经济实力赶快结婚，就偷偷摸摸到这儿打胎！太不是个男人！

呀？先别骂，他打胎的女朋友是谁？黄天星溜到大门外，躲在角落里，等着看个究竟。

  刚躲好，发现邓兴志出来了。这个人到底是做贼心虚，一屁股坐在葡萄架下的石凳子上，失魂落魄，低头抱脑袋无脸见人。

  时间一分一秒过去，黄天星安全地藏在暗处，耐心等待。

  终于，人工流产手术做完了，病人被两个女子一左一右搀扶着走出大门。搀扶病人的两个女子之中的一个，黄天星一眼就认出，是表妹关爱华。悬着的一颗心放下了，受害人不是表妹！

  姚医生也跟着出了医院大门，目光寻到了葡萄架下的邓兴志，扬声招呼道，喂，小伙子，手术做完了，非常成功！

  黄天星心里乐开了花，觉得脚丫子不疼也不痒了，突然英勇亮相，拦住邓兴志，惊天动地大吼一声，呸！你要脸不要脸？

  天啦，竟然在这里狭路相逢，简直倒霉透顶！邓兴志无处躲避，强作镇定回答说，你在说啥，我咋听不懂？

  黄天星嘴一咧，脏话连篇，别给我装糊涂了！你不是吹牛皮，说什么谁谁的表妹，是你女朋友吗？

  关爱华忙插言，表哥你干什么？别挡道，让开！

  黄天星说，不让！老子要叫他说清楚，这个刮胎的女人，是他啥人？

  关爱华说，你管她是啥人，她跟你井水不犯河水！

  "表妹，你别替姓邓的这个人打掩护了，我刚才正巧从妇产科窗外经过，医生对他训的话，我全听到！"

  空气顿时凝固了。

  还是关爱华反应快，说道，表哥这事与你无关，别在这儿多管闲事惹人耻笑好不好？

  黄天星说，我惹人耻笑？姓邓的这臭不要脸的才该遭耻笑！

  "好了好了表哥，你先闭嘴！我不知道今天你也来看病，你看病也不给家里人打声招呼。你看你现在，走路一瘸一瘸，疼不疼？痒——不——痒？"

  一句问话提醒了黄天星，顷刻间觉得两只脚痒得"昏天黑地"，恨不得

第二十七章 太阳的笑容 277

拿把斧子把脚指头全剁了。

关爱华说,我说吧,别人的闲事你管它做啥?自己的健康最重要!走走走,我现在护送你赶紧回十堰,快点走!

"姓邓的,走着瞧!别以为你请过我一次酒,就能封住我嘴,哼!"黄天星撂下狠话,随关爱华一同离去。

3

关爱华走了,只剩下丁桂小一人搀扶伍美玲。桂小便对邓兴志说,你也来搭把手吧。

伍美玲忙说,不不不,我自己走,走得动!

丁桂小说,怎能自己走?又小声说,毕竟是一次手术,小心为好。

邓兴志突然说,我来背!

伍美玲更是摆手,不不,不可以……

丁桂小从从容容说,怎么不可以?可以得很,我跟在一起,我们怕什么?

对,我们不要怕!邓兴志像宣誓上战场一样,说到做到,在丁桂小协助下,背起伍美玲阔步向前进,目标直奔桫椤坡后靠村。

伍美玲不知黄天星是个什么人物,更不知道他与好人邓兴志有什么宿怨,所以一路上不住责备自己,连说对不起邓大哥,惹出了这么大的麻烦。丁桂小安慰她说,别想那么严重,小事一桩,你现在安安心心调养身体才最重要。

伍美玲说,邓大哥为我吃了这么大的亏还背我,我……

丁桂小说,他背你才是对的,不然他就不是他邓兴志。

邓兴志的步伐更踏实,陪桂小把伍美玲一直送到后靠村。

今天的任务总算完成了,可是没料到遇上黄天星,真窝囊!邓兴志唉声叹气走进老兵叔家。老兵叔正在朝堂屋的正墙上贴一张大红纸,回头招呼道,志娃子你来了?你爹不在,到郧阳中学值班去了。接着指着大红纸说道,这是郧阳中学学生会的娃子们,写给我们几个老爷子的感谢信。

邓兴志读感谢信。大致内容是说，这次全郧阳地区中等学校校园卫生大评比，郧阳中学又获优秀成绩，保住了流动红旗。其中有后靠村几位人民公社老社员的卓著功劳，是你们长年轮流值班为我们扫厕所并及时清理粪池，才使得检查评比团的全体成员众口一词，称赞我校的厕所是最清洁的厕所。

老兵叔问，志娃子，今天咋有空回来看看？

邓兴志心里憋了一肚子话，就等着发问。他一五一十，把今天冒充均县姑娘伍美玲的男朋友的前后经过，倾诉给了像父亲一样可亲可敬的老兵叔。

老兵叔说，志娃子，我不是对你说过吗，我早就看出他莫其然不是个东西！

邓兴志说，我真憋屈，替姓莫的这衣冠禽兽顶黑锅。

老兵叔说，你不能这样想，要反过来想，你是在搭救伍美玲。

"这也太便宜他莫其然了！"

"既然是伍美玲自己有难处，她需要哑巴吃黄连暂时忍一忍，那就该帮她先忍忍。"

"难道就让他莫其然逍遥法外？"

"人在做，天在看。善有善报，恶有恶报，不是不报，时候不到，时候一到，一起都报！志娃子，你要充分相信这些老话。"

"老兵叔！"

"好娃子，莫憋屈了。你今天这样做，老兵叔我，更稀罕你，更看重你！时候不早了，等有空时，我们爷儿俩再好好拍拍。我现在要连门儿（赶紧）给你做晚饭。你想吃啥？"

"我来不及在这儿吃饭了，我来看看你打个招呼，得赶紧回十堰，再晚了怕搭不到车。"

"那好，昨天我和你爹一起蒸了两笼萝卜粉条馅的包子，你带几个。记住要馏得热透了再吃，可不能吃冷的。"

第二十七章　太阳的笑容

第二十八章　汉江塔影

1

星期一上班，邓兴志等着与关爱华交谈，直到午休时才有了机会。

邓兴志懊丧至极，说，想不到，我昨天丢大脸，丢在黄天星面前！

关爱华却云淡风轻一笑，说，塞翁失马，焉知祸福，你大可不必长吁短叹。我反而觉得，你应当庆幸。

"庆幸？我有什么可庆幸？"

"庆幸你今后在我那个'宝货'表哥面前，更加安全无虞了。"

"什么？更安全？"

"你别听他在医院门外咋呼什么走着瞧，他才不会再对你耿耿于怀了。因为从此后他已经不再在乎你了。"

"是吗？你这话倒是有点深奥。"

"听出哲理味道了？"

"请你再点拨点拨。"

"我问你，矮子最不喜欢和什么样的人站在一起？"

"和什么样的人站在一起，矮子？"

"是我在问你，不是你在问我！"

"你明知道我脑子笨，直接指导多好啊！"

"告诉你一个常识，矮个子的人，是不愿和高个子的人站在一起的。矮子喜欢和矮子勾肩搭背。是不是？"

"你说下去。"

"一个人，如果他内心自卑，知道自己许多地方不如他人。那么请问，他愿不愿意同他所妒忌的人称兄道弟？"

"可能不会太情愿。"

"但是当他突然发现，他所最妒忌最担心的这个人并不怎么样，并且还有把柄抓在他手里了，他会不会对这人改变态度？"

"明白了，我现在已经是个矮人。"

"很有悟性嘛。"

"但是，我现在若是上赶着弯腰去讨好他，他能领情？我严重得罪了他。本来他以为我的女朋友是你，结果他亲眼发现不是的，是另一个人。"

"你以为，他真愿意让他表妹当你女朋友？他不过是两害相较择其轻而已。他觉得牺牲了表妹虽然心里不爽，但是解除了他的后顾之忧，那就睁只眼闭只眼吧。你明白吗？"

"他是个多疑的人，他此前为什么就相信你是我女朋友？"

"其中有前因，今天我不妨全告诉你。你听仔细了！九琴姐的爹娘都是好得不能再好的好人，他们觉得有愧于你，所以期盼你早成家，希望有一个好姑娘代替九琴。同样，我的老姑父老姑妈，也是心地善良之人，他们和九琴姐的父母心灵相通。四个老人一起关心你，商议为你物色个好姑娘……"

"还有这样的事？四位老人菩萨心肠，我有何德何能，怎么报答他们？这秘密，你怎么不早告诉我？"

"老人们不许我告诉你，上善若水，他们一点半点儿也没想过图你报答，反而是想着补偿你。"

"我好浑，早该让他们莫为我操心了，我对不起他们！"

"九琴姐的父母和我接触后，觉得我是他们二老中意的人选，把我当他们亲闺女看待。他们把心愿告诉我老姑父老姑妈，四位老人达成一致意愿，征求我的意见。"

"噢,还有这事……"

"我对四位老人是这样讲的。我说,邓兴志是个好人,配得上我关爱华。但是你们不必为他的终身大事操心,因为还有比我更适合他的女孩子,人家比我关爱华更优秀。"

"你所说的这女孩子是谁?"

"你说她应该是谁,又希望她是谁?"

"我……"

"如果你到现在,还真的体会不到是哪位好姑娘在一直关心你,那你的情商就太低。或者根本就是个傻瓜,冷血动物。"

"小关,你言重了。"

"一点儿也没言重。你这个人,早该用重棒敲敲了!你看看你自暴自弃的模样吧,天塌地陷了吗?地球毁灭了吗?世界上所有的苦难,都落到你邓兴志一个人头上了吗?你还需要多少好心人来同情你?难道九琴姐当面对你说她不认识你,也唤不醒你?你以为你这样固执,就是忠贞不贰?错了,这是自私!"

"我不是自私……"

"就是自私!你害得那么多关心你的好人心里不安,你还不够自私?"

"我没想到会这样。那,就是我对不起大家了……"

"你不是最喜欢泰戈尔的诗歌吗?泰戈尔说,如果你因为失去了太阳而流泪,那么你也将失去群星了。好了,我的话就点到此为止,午休时间结束,上班了,明天见!"

2

次日二人见面,邓兴志对关爱华说,我想明白了,我要和黄天星交朋友。

"怎么交?"

"我再请他喝酒，单独请他，不麻烦你陪我。"

"很好，像个男子汉。"

"这些天在哪儿才能见到黄大哥？"

"哟，称呼黄大哥了！很好，进步很快！"

"哪儿能见到黄大哥？"

"你的黄大哥脚气病未愈，正在休病假。如果遇上好天气，你的黄大哥就到人民公园门外，看书。"

"看书？"

"人民公园门外有几个小人书的书摊，他在那儿看小人书。"

"今天天气就不错，我向工段长请一个小时的事假……"

"你何必请事假呢？刚才工段长不是交代你，卸完这一车砖，让你到公司仓库拉一板车油毛毡过来吗。你去的时候，朝公园门口拐个弯，不就行了？"

邓兴志照此行事。

人民公园门口果然摆有几个小人书书摊。黄天星也果然坐在书摊前的小板凳上看小人书。

邓兴志把空板车停在书摊前，向书摊的女老板问道，阿姨，看一本书收多少钱？

老板回答，两分钱。

邓兴志交上五角钱，说，我代我黄大哥交五角钱，他看书的钱从这五角钱里头扣。

老板问，谁是你黄大哥？

邓兴志指一指黄天星，说，在这儿看书的，就数我黄大哥文化水平最高！

黄天星抬头，向邓兴志发问，你来干啥？

老板代回答，他替你交了五角钱，你就坐这儿慢慢看书。

邓兴志提高嗓音对女老板介绍说，我大哥是公家人，平时工作很忙。如果我大哥不是正在休病假，他哪有工夫光顾你的书摊？

第二十八章　汉江塔影

女老板问，你大哥是做啥事的？

邓兴志答，我大哥是国营单位的干部，文化高，待遇高。不像我这样，从东门到西门，一门没一门，只配拉板车。

女老板安慰邓兴志说，你也莫自卑，拉板车也不丢人，靠劳动吃饭。

邓兴志说，要说我不自卑那不可能，但是我也有骄傲的资本，因为有我的黄大哥，经常批评教育我，也帮助我。

女老板说，那你黄大哥是你命中的贵人啰！

邓兴志说，阿姨你真有眼力，我黄大哥就是我的贵人，心胸开阔，一次次原谅我的错误。

黄天星越听心里越舒坦，脸色由阴转晴，居高临下问邓兴志，你拉板车，咋拉到这儿来了？

邓兴志回答说，我正好从这儿路过。黄大哥我遇见你又高兴又惭愧，前几天的事，我又惹你生气了，我想向你赔礼认错，解释解释。

黄天星哼一声，问，在哪儿解释？

邓兴志答，当然不能在这儿解释，得有正式场合。我请你喝酒，行不行？

"喝啥酒？"

"我知道大哥你喜欢房县米酒。我们就还是喝房县米酒，可不可以？"

"哪家饭店？"

"上次我们去的房陵饭店，饭菜味道不错。关键是酒好。大哥你看呢？"

"凑合吧，还行。"

"大哥你看时间定在哪天？择日不如撞日，就今天，行不行？"

黄天星矜持地回答说，今天啊，今天不巧没工夫，地区建材局有个科长已经说好请我。

"那明天，明天你有空没空？"

"明天啊，明天也有人请，不过我可以叫他往后挪挪。"

"那就定在明天？"

"明天嘛，行吧，明天就明天。"

"好，明天下午一下班，我在房陵饭店恭候大哥！"

"等等！我想起来了，我的一个朋友，也是领导干部，明天约我……"

"这好办，让你朋友同你一起来，行不？"

"好吧，给你这个面子。"

"谢谢大哥！我走了，不敢耽搁太久，得赶紧去拉货。我可不像大哥你这么清闲，端的是金饭碗。"

"少在这儿啰唆，快走吧。好好拉你的板车，注意安全！"

邓兴志拉油毛毡回到工地，将与黄天星见面的情况告诉关爱华。关爱华说，我再给你提个建议，你和我表哥说话时，不妨也带点把子（脏话）。

邓兴志不解，问，为什么要带把子？

关爱华说，物以类聚，人以群分，他和好朋友之间，说话都喜欢带把子。

"我明白了。"

"但是你要做到自然，把子别带太多，免得做作。"

"是，我会注意分寸。"

3

在房陵饭店见面，邓兴志才知道黄天星带来的"领导干部"是贾光明。

贾光明仍是一身干部制服，端着大领导的架子。

邓兴志表示欢迎，说，想不到贾主任百忙之中给我面子！服务员，拿包烟来，永光牌的！

贾光明径直在上席位置入座，摆摆手说，别叫我贾主任，就叫我老贾。

黄天星说，贾主任就是贾主任，永远的贾主任！

邓兴志应和，对，永远的领导！

贾光明说，小小一顶县革委副主任的帽子，不过是七品芝麻官，有啥了不起？以为我真看在眼里？

邓兴志说，是，莫把它当球个事！

黄天星对邓兴志说，你说话不是不带把子吗，今天为啥也说"球"了？

邓兴志装糊涂，问，我，我说球字了吗？

黄天星说，当然说了，贾主任做证！

邓兴志说，其实我说话也是喜欢带把子的，只是从前在黄大哥面前忍住不带，假装斯文。

黄天星说，装个球斯文啊，我俩现在谁跟谁？想带把子就带把子，说话才顺畅痛快！

贾光明说，此言有理！其实带把子也是一种民间文化，俗文化。朋友之间在一起说话，带点把子，活跃气氛，显得亲热，是不是这个理？

邓兴志点头说，是是是，贾主任说得非常精辟！

贾光明说，带把子也有带把子的水平，有高水平，有低水平。我们郧阳人带把子，语言就丰富生动。

我举一个郧阳言子（歇后语）的例子，你们听听，老母牛撒尿——牛皮拉撒，生动吧？

黄天星来劲了，说，我也来一个！肚脐眼放屁——妖（腰）里妖（腰）气，咋样？形象不？

邓兴志说，形象，太形象！接着又忙说，二位大哥快举碗开怀畅饮，今天我不一一敬酒，大哥们随意，能喝多少喝多少，行不？

贾光明说，很好，自由为重。喝酒嘛，又不是处理国家大事，就应该气氛轻松自在。

邓兴志说，我趁此机会，向我的黄哥检讨错误。首先声明，有人说我是黄大哥表妹的男朋友，那都是在故意讥笑讽刺我，我咋配得上？我不过是一只歪锅，歪锅配歪灶，托亲戚给介绍了现在这个女朋友。

黄天星问，就是那天在医院刮娃子的，对吧？

邓兴志装出满面羞愧模样，点头。

"叫啥名字？"

"孟雪花。"

"孟雪花，名字倒是不难听。"

"是，将就。腊月间，下大雪那天生的，所以她爹随便给她取这个名，雪花。"

"哪里人？"

"郧县，山里头，刘洞乡。"

"啥户口？"

"她还能有个啥好户口？跟我一样，农村户口。"

"那天她刮娃子，我见我表妹好像也在帮她忙。我表妹难道认识她？"

"你表妹，她咋可能认得孟雪花？你表妹她是到县医院看望她的一位长辈医生，碰巧遇上我女朋友孟雪花从手术室出来。你表妹心肠好，学雷锋，上前搭把手，扶了扶我女朋友。"

"我表妹跟孟雪花认识？"

"不认识。"

"那她凭啥帮忙扶孟雪花？"

"孟雪花有个亲戚，陪孟雪花到医院做手术，就是扶孟雪花出医院大门的那个女子。你表妹恰好认识这个女子，并且还是朋友，所以帮忙。她是看她朋友的面子。"

"我表妹的那个女朋友，叫啥名字？"

"这我可不知道，我是第一次见到她，忘了问问孟雪花她叫啥名字。那天我只顾替孟雪花心焦，其他的事都糊里糊涂。你不是也见到我急得昏天黑地吗？"

"你说的这些，都是事实？"

贾光明不耐烦了，对黄天星训斥道，你说你讨厌不讨厌，啰里啰唆的！人家不是都给你坦白交代了吗？他女朋友，名叫孟雪花。孟雪花，到县医院刮娃子，请一个女亲戚帮忙。正巧，这个女亲戚认识你表妹，你表妹心肠软上前搭了一把手。邓老弟这不一五一十说得清清白白了吗？事情不就完结了吗？坦白从宽，抗拒从严，这点政策水平，你都没有？

第二十八章　汉江塔影

黄天星说，好，行了，喝酒！

邓兴志说，谢黄哥信任！

黄天星鼻子哼一声，说，老子警告你，今后不许再接近我表妹！

贾光明再次不耐烦，对黄天星说，你有完没完？

邓兴志说，这事不怪黄哥反复强调，只怪我早没对他说实话。来来，现在我给你们二位把酒都再续满。我自罚一杯，你们开怀慢饮。

贾光明端起酒碗一饮而尽，对邓兴志说道，你的这个黄哥呀，我早就批评过他，婆婆妈妈，干不得大事。比如当时提出了响亮口号，保卫家园，反对移民！想想吧，县城是老子们祖祖辈辈住了上千年的县城，村庄是老子们流血流汗养出来的村庄。凭啥子，凭啥子说声叫我们远迁后靠，我们就远迁后靠？依我的行动计划，在全郧县组织一个妇女告状队，召集一千个妇女，浩浩荡荡，告到武汉，告到北京！天天哭，在地上撒泼打滚地哭，坚决要求把丹江口水库的大坝给炸掉，保住三个县城，保住家园！可是我的号召没人响应。郧阳人真没出息，包括你黄天星，软蛋一个！

黄天星解释说，我是想，那大坝修了那么多年，政府同意炸吗？再说，我家也不远迁。

贾光明说，老子说你是二球你就是个二球！我当然知道政府舍不得炸大坝。常言说会哭的娃子有奶吃，我们为啥不撒泼打滚使劲哭？如果按我的计划办，一千个甚至一万个女人天天哭，那得哭出多少好处？邓兴志他还用得着去远迁吗？

邓兴志心说，姓贾的，你可真有丰富的想象力，原来你的水平不过如此。你只不过是个泼皮无赖而已。

第二十九章　伴着唐诗宋词韵律

1

这天，邓永富来到五堰老街。他是到十堰买锯条，顺便来看看儿子，喝杯水就走。邓兴志发现老爹穿了一件深蓝色毛线背心，觉得有点儿眼熟。

没等邓兴志开口问，老爹就高兴地告诉儿子说，你看这毛背心多合我身，我一穿上就舍不得脱下来。这是人家桂小姑娘，一点一点攒钱，到大商场买来毛线。又是她抽空一针一针织成的。她给老兵叔织了一件，也给我织了一件。我这大半辈子，哪穿过毛线衣裳啊？

老爹身上的这件毛线背心，让邓兴志的一颗心多日得不到安宁。思来想去，做出个决定，以后每周的星期日都不休息，到后靠村去，给丁桂小家干体力活，也算是做一点报答。

想到做到，抓紧付诸行动。

星期日。邓兴志天不亮就爬起床，老早赶到后靠村。先同老爹和老兵叔打个照面，然后直奔丁桂小的家。

桂小的老爹丁沧浪又在门外晒场上劈疙瘩柴。丁家的疙瘩柴很多，垒起来像围墙似的，都是前些年丁沧浪老人挖回积存下来的。丁家住茅窝村时，村后的几面山坡树木茂盛。后来为支援建设，山上的树被锯、被砍，光是为支援修丹江口大坝就锯掉、砍掉不少。树被锯被砍了，树根就成了废物，唯一的用处是刨出来当柴烧。可是刨树根是一件又累人又麻烦的事。丁沧浪既不怕累也不怕麻烦，所以就收获了大量的疙瘩柴。疙瘩柴好烧不好劈碎，他老人家便一有空就劈一阵子。

邓兴志见老人在劈疙瘩柴，不由心里高兴，太好了，有现成的活儿干。忙上前说，丁叔，把锄头给我，我来劈。丁叔也不客气，把沉重的大号锄头交给邓兴志，自己操一把铁锹，干别的活儿去了。

劈疙瘩柴，这事对邓兴志来说根本算不上重活。想起了在郧县水泥厂砸石头，想起修公路挥大号铁锤打炮眼，今天劈柴，越干越轻松，越干越愉快。边干，边在心里背诵古诗词，像小学生背书复习功课。才学了几首唐诗，觉得特别好，可是没有背熟，今天就伴着劈疙瘩柴的节奏，抑扬顿挫，一句句背诵——

君问归期未有期，嘿！巴山夜雨涨秋池，嘿！何当共剪西窗烛，嘿！却话巴山夜雨时。嘿！嘿！

李白乘舟将欲行，嘿！忽闻岸上踏歌声，嘿！桃花潭水深千尺，嘿！不及汪伦送我情。嘿！嘿！

昔人已乘黄鹤去，嘿！此地空余黄鹤楼，嘿！黄鹤一去不复返，嘿……

桂小的妈妈闻声出屋，问道，邓兴志，你在跟谁说话？

邓兴志回答道，田婶，我在跟我说话，自己跟自己说话，干活有劲。

田婶说，你看你，一来就干活，歇一会儿，进屋喝水。

邓兴志说，我不渴。

只见丁桂小出现了，是和伍美玲一起出现的。两个人各担着两桶水，从坡下上来，走进了村口。后靠村没有水井，吃水用水都得到坡下汉江回水湾里去挑。丁桂小挑的是两只大桶。伍美玲挑的是一对小桶。二人在村口分手，伍美玲走向老兵叔的家。

丁桂小走到自家门口，见老妈站在邓兴志身边，脸上藏着怜爱的神情，便说，妈，你该忙你的事，自己忙去。

母亲还想说什么，看了看女儿的眼神，进屋去了。

女儿进屋把水倒进水缸，出门，望一眼邓兴志，又下山去挑水。

邓兴志继续劈疙瘩柴，越劈越有精气神。

丁桂小第二次挑水回来，在门外站定，歇一口气。

邓兴志装作没看见桂小，将劈碎了的柴拢在一起，展示自己的辉煌战绩。

丁桂小说，进屋去洗把脸吧，该吃晌午饭了。

邓兴志回答说，我来时见过我爹和老兵叔，他们交代，叫我跟他们一起吃晌午。

丁桂小说，那你就快去吧，省得两个老人等得心焦。

桂小的妈妈走出屋来，说，邓兴志，进屋歇歇，该吃饭了。

桂小说，妈，你别操心他。他有饭吃，邓叔和老兵叔早做好了。

邓兴志说，田婶，吃完饭我再来，接着劈疙瘩柴。

田婶说，别劈了，在十堰天天忙，回来该歇歇。

邓兴志说，我劈疙瘩柴就是最好的休息。

丁桂小说，妈，他喜欢劈疙瘩柴就让他劈吧。要不我们家这么多树疙瘩，哪天才劈得完？

2

邓兴志来到老兵叔家，还未坐定，伍美玲就把一杯茶水递到他面前。

邓兴志没想到在这儿同伍美玲见面，问道，身体好些了吗？

伍美玲满脸绯红，答说，好多了。

"养病要注意休息，我刚才好像看见你在挑水。我没看错吧？"

"是我在挑水。其实我的病也不是大病，医生的医术好。医生说，调养几天身体就能恢复元气。这些天我住在桂小姐家，田婶天天想方设法做好吃的给我补身体，我都吃胖了。"

邓兴志发现，伍美玲的气色确实好多了。气色一好，人就显得更好看。

第二十九章　伴着唐诗宋词韵律

实事求是说，伍美玲是应当被称为美女的。她的美与丁桂小的美属两种类型。桂小的皮肤天生的白，太阳晒也晒不黑。炎热的夏天，桂小在庄稼地里干活，汗如雨下，这汗雨就像是专来为她洗脸化妆，使得她的脸色更加红润，眼睛更亮更好看。伍美玲的肤色偏黑，但是黑得细腻有光泽，并且是健康的光泽。丁桂小在六里坪柑橘种植培训班初见伍美玲时，就听均县的学员姐妹们介绍说，伍美玲的外号叫"黑牡丹"。可叹这朵黑牡丹被莫其然这个衣冠禽兽糟蹋，害得她的脸色像是打了霜的枯树叶。现在，她脸上又可以看到春风了。

伍美玲继续对邓兴志解释说，医生叮嘱过我，身体恢复阶段适当活动活动，可以参加轻体力劳动。我今天才第一次下河去挑水，陪桂小姐一起去。她用的大水桶，我用的是小水桶。

老兵叔对邓兴志说，美玲她得的不过是小病，不要紧的。现在她住进了我家，我和你爹会照顾她的。她的身体会好起来，越来越好。

邓兴志的老爹也说，是的，人吃五谷杂粮哪能不生点把点的病？病去了，身体反而就更结实。别只顾说话，吃饭，早做好了。

吃过晌午饭，老兵叔说，邓兴志，你休息一会再去干活吧。邓兴志说，不累，我得抓紧时间，今天还得赶回十堰。

邓兴志又来到丁家的门外，操起大锄头正准备继续战斗，见丁桂小走出屋来。

桂小说，疙瘩柴，别劈了。

邓兴志问，为啥？我劈得不合规格，不符要求？

桂小说，既符要求又合规格，但是现在你另有任务。

"什么任务？保证完成！"

"那么严肃干啥？又不是叫你去堵枪眼炸碉堡。"

"那，啥任务？"

"我到公社办点事，你陪我去。"

"啥事？"

"好事，到了公社你就知道了。"

好事？邓兴志不好再问。丁桂小在前行，他在后紧跟随。

从后靠村到公社路程不太远，半小时就走到了。

什么好事呢？

3

在公社办公大院门外，丁桂小遇见民政助理，忙上前打招呼，汪助理你好！我正有事麻烦你！

汪助理是位30多岁的女干部，齐耳短发，人显得很精神也很干练。她望一眼跟在丁桂小身后的邓兴志，亲热地将丁桂小拉到身边，悄声问，来领结婚证？

虽然汪助理是小声问，但邓兴志却听得清楚，心里不由一惊，两腿僵住了。

只听丁桂小回答说，汪姐你误会了，我今天来是为老兵叔杜满斗办事。

噢，邓兴志的心又返回肚子里。

一提起杜满斗的名字，汪助理的嗓音就变大了，说道，为杜老英雄呀，走走，到我办公室！

汪助理的办公室门外挂着两块牌子，一块写着"民政事务办公室"，另一块写的是"婚姻登记室"。进了屋，汪助理让座，倒开水，向丁桂小问，请问这位男同志贵姓？丁桂小回答说，姓邓，名叫邓兴志，是我姐夫家的邻居。汪助理说，邓同志请坐，别客气，一回生二回熟！

丁桂小问道，汪助理，孤寡老人认义子义女的事，也是归你们民政部门办理吧？

汪助理说，对，归我们。是不是杜老英雄想通了，想收个义子？我早动员过他，百年之后也好有个送终的人。

丁桂小说，现在老兵叔决定收一个义女。

第二十九章　伴着唐诗宋词韵律　　293

汪助理说，收个义女也好啊，女儿如果知道孝顺，比儿子还强。你们来就为这事？

丁桂小说，是，专为这事。

汪助理问，手续材料都准备齐全了吗？

丁桂小答，都齐了，有老兵叔和义女两个人的申请书、合议书，有生产队和大队的证明书，还有本队社员们签名按指印的中证人证明。

汪助理边看材料边问，义女伍美玲，是哪里人？

丁桂小答，她是均县城郊公社人，户口也是农业户口。

汪助理说，农业户口对农业户口，转户口的事倒是很简单。问题是，伍美玲愿意当杜老英雄的义女，是当真女儿，还是精神安慰的女儿？

丁桂小有些不解，问，这两者之间有啥区别？

汪助理说，区别很大。如果只是当一个一般意义的义女，给老人家一些精神安慰，有本队的乡亲们做证，在一起庆贺一下也就行了，无须我们民政部门登记通过，也用不着迁户口。

丁桂小说，我明白了。伍美玲她是要当一个真正的义女，改姓杜，叫伍美玲，把户口迁到老兵叔的名下，认老兵叔为亲爹。

汪助理说，这事就有些复杂。伍美玲是孤儿吗，在均县老家有没有亲人？

"有亲人。"

"啥亲人？"

"爹，妈，姐，弟。"

"复杂就在这儿。伍美玲想改姓给杜老英雄当女儿，这得经过她亲爹亲娘的同意。还得有她爹娘所在地的证明材料，至少得有生产队的证明材料。等把这些材料都备齐了，我们这儿才好办。我这儿肯定没问题，保证一路开绿灯。"

"谢谢汪姐指点！"

"谢啥呀，你回去给杜老英雄解释解释，免得他对我误会。"

"放心，老人家是世事洞明之人，是他让我来向你先问问明白的。"

"桂小，你说，事情要按这复杂程序办，均县那边办得成吗？"

"办得成！我有信心，伍美玲她会自己回均县，把一切材料办齐的。"

"那好，我就等着这天，喝一杯杜老英雄的喜酒。"

离开公社大院，一出门，邓兴志就对丁桂小说，原来你带我来是为这件事啊！

丁桂小说，那你以为是啥事情？

邓兴志赶紧声明，我啥也没以为，反正跟着你走是好事，错不了。

"邓兴志，你是从哪天开始学会说奉承话了？"

"这咋是奉承话呢，这是实事求是。老兵叔收义女不就是好事吗，对老兵叔好，对伍美玲好，对我老爹也好。两个老人都有女儿照顾了。"

"确实是几全其美的事。美玲已经再不愿意，并且也再不能在她均县老家待下去了。"

"她的情况，真实情况，老兵叔知道吗？"

"知道，根根底底全知情了。为啥离开均县来十堰求我，在郧县医院看的是啥病，哪些人帮了她，谁挺身而出帮了大忙，在真人面前不说假话，美玲她从头至尾，一五一十，详详细细，全倾诉给老兵叔和你爹爹了。二位老人正是听了美玲的倾诉，才商议决定，收她当老兵叔的闺女——亲闺女！"

"伍美玲自己一人回均县老家，能把手续材料办齐？"

"肯定能，她有把握，我也充满信心！"

4

邓兴志还要到后靠村去劈疙瘩柴，被丁桂小拒绝。

桂小说，别再跑去跑来了，想到我家干活，今后还少得了你的机会？只要你不怕累。

邓兴志说，让我现在就回十堰也太早了，浪费时间。

桂小说，时间不会浪费，我陪你到邓家湾，看看你三叔三妈。

邓兴志喜出望外，问，真的？

桂小说，不是"蒸"的，还是"煮"的？

啊，真是真的呀？

以前桂小也曾到邓家湾看望过三叔和三妈，但那都是她单独一个人去的。今天她要随邓兴志一起去，三叔和三妈会是多么多么惊喜啊！想象着桂小一进门，喊一声"邓三叔"，又喊一声"三婶"，三叔三妈会笑成什么模样呢？

谢谢，谢谢你啊丁桂小，你是那么讨老人们喜欢，让他们高兴！

邓兴志在前为丁桂小带路。他突然想唱歌。当然不是放声高歌，而是在心里默唱。唱一支什么歌呢？——就唱丁桂小最喜欢的那支歌，《金瓶似的小山》。

金瓶似的小山，
山上虽然没有寺，
美丽的风景已够我留恋……

反反复复默唱，唱到了邓家湾。

可是，三叔三妈家里没有人，门上挂着把铜锁！

邓兴志向邻居打听二老的去向，得知他们到麻石沟做客去了，明天才能回来。

邓兴志大失所望。丁桂小却安慰他说，看看你，眉头锁那么紧干啥？又不是相隔千里远，等有了空，我再陪你一起来，不就行了？

邓兴志说，那我现在怎么办？

丁桂小忍不住笑了，回答说，怎么办，你说怎么办？别问我，问老天爷。都到这时候了，难道还叫你到后靠村去劈疙瘩柴？早点儿回十堰吧，走，我把你送到邓湾码头。

来到邓湾码头，正好遇上一辆"轮渡"靠岸，船上有客车。车上还有几个空位，所以，车子从渡船上下来后，司机停车，探身大声问，有到十堰的吗？

邓兴志应了一声"有"，声音却不像以前拦车时那么雄壮响亮。

快上车呀！司机催促。

噢噢，上车，上车！

半个多小时后，汽车到达十堰长途汽车站。太阳还没落下，染红西天的晚霞。

邓兴志步行从三堰回五堰老街，走到柳林沟口，恰与三个人撞了个对面。一个是关爱华，一个是乔新松。还有一个邓兴志不认识，是个长得很帅气的小伙子，同乔新松年龄相近，戴了副浅度的眼镜。但是神态却不全属知识分子类型，有几分军人气质，上前与邓兴志握手，热情有力。

乔新松对邓兴志说，我们三人刚才去你家你不在。我来给你介绍这位新朋友……

邓兴志说，你俩不用介绍，让我自己猜。罗德刚，对不对？

罗德刚回答说，对对，我就是得螺，罗德刚。

邓兴志说，你到长春一汽学习，结业了？

罗德刚说，是，今天上午才回十堰，中午就急着和老队长见面。老队长告诉我说，土匪也在十堰。我一听土匪的大名就被吓住了，我得赶紧拜望她。

关爱华说，你拜望她，理所应当！

罗德刚对邓兴志说，今晚我请客，老队长和土匪都说不能少了你，他们都夸你。

邓兴志说，我可没啥可值得夸的，我的外号叫疙瘩柴。

罗德刚说，疙瘩柴，这名字好啊！这是男子汉的名字。疙瘩柴耐烧，火力强，烧成了木炭也继续发热发光，不像那些草草叶叶的柴火，刚点着，轰一下子，眨眼工夫便烧完了。

乔新松说，白杨树分析得有理，我赞同！

第二十九章　伴着唐诗宋词韵律　　297

关爱华问，白杨树是谁？

乔新松答，远在天边近在眼前，这不是一棵白杨树吗？

关爱华说，得螺吗，怎么摇身一变成了白杨树？

乔新松说，我上次不是对你说过吗，人家得螺早就不是当年的模样。白杨树，是我送给他的新外号，形象不形象？

关爱华说，什么呀，还是得螺这个名字好听。得螺请客我参加，白杨树请客我谢绝。

罗德刚说，对对对，坐不改姓，行不改名，我还是叫得螺。

四个人在一家小饭馆聚餐，没有大鱼大肉，全是家常小菜。吃饭不是主要内容，为的是见见面，说说话。

乔新松说，今年郧县又有将近3万人完成了移民后靠任务。准确的数字是4820户，27073人。牵涉到5个区1个镇，26个公社95个大队348个生产队。这是郧县的第四批移民。因为上级指示，丹江口库区的安全线提高了，原来决定的安全线是147米，现在提高到157米，提高了10米。就是这10米，让3万人拆房子搬家。不过这一回没有远迁户，全部后靠，一切困难，由郧阳地革委和郧县县革委自行消化。

罗德刚说，二汽的技术中心现在是人才济济，从全国各地汇集来了许多老专家，还从各个高校分配来了一批批新生力量。上级部门高瞻远瞩，不仅要把十堰建成中国的汽车制造基地，还要建成各类汽车的研发基地。

邓兴志说，桫椤坡的柑橘园越来越成形了，最早栽培的两亩蜜橘树，今年秋天就会有收获。

乔新松说，那好，我得立即行动，和十堰现有的几家商场联系，请他们包购包销。

罗德刚说，我来和我们二汽后勤服务中心联系联系。十堰这地方，农副产品供应不足，二汽后勤服务中心的任务就是到处采购吃的喝的，包括水果。如果后勤中心能把后靠村的柑橘全包下来，那不是两全其美吗？

关爱华赞道，得螺到底还是得螺，脑瓜子转得就是快！

罗德刚说，感谢土匪为得螺二字赋予了新意，我更加喜欢我的雅号了。

今天的聚会真令人高兴。分手后，邓兴志漫步回五堰老街，又产生了想唱歌的冲动。前后左右观察一番，行人不多，并且也没有任何人注意他，于是就开口唱。唱的是威武雄壮的铁道兵之歌——

背起那背包扛起枪

雄壮的队伍浩浩荡荡……

第三十章　就为跨过这座小桥

1

伍美玲回均县城郊公社办手续,取证明材料。正如丁桂小所料,一切顺利。

美玲说要在郧县的一座后靠村认义父,爹妈知道女儿的心苦,哪有阻拦之力。

女儿为这个家,流过的泪水太多、太酸楚了!

一家三个孩子中,吃亏最多的是美玲。姐姐美霞是长女,父母不可能不对她多关心。弟弟美学是爹妈唯一的儿子,是伍家的宝贝。只有夹在中间的二丫头美玲是一棵草。为了姐姐,也为了弟弟,美玲已经人不像人鬼不像鬼了,谁能理解她心中的痛?她不愿在家人们面前艰难地强装笑颜,不想看到父母和姐姐歉意和怜悯的目光,就让她自己为自己做主,换一个活下去的地方吧。

生产队的乡亲们并不知道伍家发生了什么事,只知道伍家祖祖辈辈都是老老实实伺候庄稼的人。听说美玲认了个义父,觉得这是她对孤老行善事,所以都愿意当中证人。

找生产队盖公章更没遇到困难。木头章子和印泥盒就装在队长的裤子口袋里,谁想盖多少个章就盖多少个章,反正这枚小小公章也顶不得大用场。

在村里办齐了一切手续，伍美玲犹豫再三，最终还是决定进均县城看看姐姐和外甥。

从城郊公社到县城其实并不远，城乡的分界线不过是一条窄窄的小石桥。但是姐姐为了跨过这座小桥却望眼欲穿，苦等苦熬了好几年时间，直到妹妹为她牺牲了贞洁，她才拿到一张薄薄的名叫"农转非准迁证"的过桥通行证。

现在，伍美玲站在这座小桥上，往事历历，万箭穿心，不堪回首。

失足之恨，是从到六里坪参加柑橘种植培训班埋下祸根的。

在培训班，伍美玲初次见到莫其然。姓莫的那时是县林业局的干部，负责培训班的接待工作，给人的印象是热情洋溢，乐于助人。

虽然伍美玲当时也知道了莫其然乐于助人，但是并没想过请他帮忙解决姐姐的农转非问题，因为她明白这事是很难办的，基本上是无望了。但是没料到莫其然一次次主动和她搭讪主动表示关心，还一次次对她说，如果你家有什么事需要我出力，别顾虑，尽管对我说，我一定尽力而为！

伍美玲终于被莫其然的三寸不烂之舌给说动心了，试探着问他，莫干事，我一个农村社员，真有资格请你帮忙？

莫其然说，农村社员怎么啦？人民公社社员是国家的主人翁，你是光荣的向阳花！

伍美玲大胆问，那，我姐姐是半边户的"农半边"，想农转非进城，和我姐夫团聚。这事，你能不能帮一帮？

莫其然回答说，噢，农转非啊！实言告诉你吧，这事可不是小事，而是大事，相当难办。

伍美玲一声叹息。

却听莫其然又说，难办归难办，但是今天你既然开了口，再难办我也得办，并且一定努力争取办成！为什么呢，因为我俩有缘分啊！常言说同船过渡八百年之修，何况我们在培训班朝夕相处这么多天呢？

伍美玲喜出望外，忙说，那我在这里先谢谢您了！

培训班结束，学员们各自离去，莫其然通知伍美玲留下，帮他把学员们住过的宿舍打扫整理干净。伍美玲不知有诈，毫不犹豫答应留下来，认认真真干活，为的是给乐于助人并且也有能力帮人的莫股长留个好印象。吃晚饭时，就只剩下莫其然和伍美玲两人。莫其然盛了一碗藕汤双手端给伍美玲，说，小伍你辛苦了，我用这碗藕汤代酒慰劳你！伍美玲好感动，把半碗藕汤喝得干干净净，不知不觉成了色狼的猎物。

藕汤里不知放了什么迷魂药。等伍美玲半夜突然醒来时，发现自己还在培训班，赤身裸体睡在一张床上，身边是同样光着身子正心满意足扯着长鼾的莫其然！

伍美玲这时才知道上当了，愤怒至极，边穿衣服边对莫其然拳打脚踢。莫其然装出一副可怜相，跪地磕头求饶，说什么自己是一时冲动，原因是太喜欢太喜欢伍美玲了。接着软硬兼施又威胁又许愿，说，这事若捅出去，我大不了受个处分，可是你这个大姑娘怎么抬头见人？又说，我今天欠了你，一定加倍补偿，你姐姐的农转非大事，包在我身上！

姐姐呀，为了你走过这座小桥，妹妹不得不下地狱，打掉了门牙往肚里吞啊！我下地狱已经下到最底层了，谁能理解我的艰难，谁又能洗净我的羞耻？

口是心非的莫其然，嘴上表态一定帮忙给伍美玲的姐姐办"农转非"，其实并没有任何行动。只是以此为诱饵，一次次纠缠伍美玲。说什么伍美玲才是他一生的真正的爱人。求天无路的伍美玲，既要躲避莫其然死皮赖脸的纠缠，却又不敢太得罪他，因为总在期盼着姐姐和外甥的"农转非"有着落。正是因了这个无奈的缘由，伍美玲不得不或被动或主动和莫其然隔些日子见一次面。见面时小心谨慎，处处提防。但是莫其然是在明处，伍美玲是在暗处，真正是防不胜防啊！终于有一天，伍美玲又中了莫其然的迷魂阵圈套，第二次失身。不久后伍美玲发现自己怀孕了，于是一不做二不休，咬紧牙关闯进莫其然办公室，向他摊牌……

罢了，过去的事不再回想。

伍美玲长舒一口气，走下小桥。

美玲一踏进姐姐的家门，姐姐心里就紧张，不知妹妹此来何意。美玲说，姐，你别多想，我就只是来看看你。姐姐怯生生地问妹妹，你提着这行李包，要到哪里？美玲不想把自己进山当义女的事告诉姐姐，回答说，姐你别操心我，自己多注意身体，供儿子好好读书，长大了有出息，要做一个堂堂正正的好男人。

姐姐从小木箱里取出50元钱，说，妹妹你拿着，补身体用。美玲说，姐你放心，我现在身体很好，你把这钱送给娘家爹妈。我走了。

姐姐把妹妹送出家门，悄声说，听说莫其然爬得更高了，当上县革委副主任。

美玲无言。

姐姐叮嘱说，我们可千万别去招惹他，他现在春风得意，我们惹不起躲得起，免得又遇上什么想不到的麻烦……

姐姐的心事妹妹懂，太懂太懂了。好不容易才得到的"农转非"，对她全家，尤其是对儿子，太重要太重要了！因此她担心节外生枝，得而复失。也因此她希望妹妹莫吱一声，永远地哑巴吞黄连。姐姐的自私让妹妹好伤感，却又不忍心责备。

义父的话语响在美玲耳边。义父说，美玲，别焦虑，会有算总账的那一天。一只疯狗，如果你现在一棍子打不死它而只能打伤它，不如咱们沉着冷静，等着看它自己摔死，摔得个死无葬身之地。不怕它扬扬得意往高处爬，爬得越高它越疯狂，死得也越难看！

姐姐又想说什么，被妹妹拦住了。妹妹说，姐，你快回屋吧。

妹妹走了，没有回头。

从此时此刻开始，我的名字再也不叫伍美玲了，我姓杜，名叫杜美玲。

2

杜美玲决定，这次回郧县不坐长途汽车经十堰周转，坐小轮船，直奔桫椤坡。

坐轮船还有一个原因，想近距离地看一看丹江口水库大坝，也近距离地看一看深蓝色的"小太平洋"。小太平洋指的就是丹江口水库，它淹没了三座县城，淹没了那么多的村庄和田地，所以水面辽阔，一眼望不到边。库区面积1000多平方公里，是亚洲面积最大的人工湖。

1958年，丹江口水库动工修建，那一年美玲8岁。爹爹参加了民工师修大坝，吃在工地住在工地。学校组织民工的孩子们到工地慰问，唱歌给亲人们听。美玲参演的节目是童声小合唱《娃哈哈》。美玲唱得格外认真，因为她看见了，爹爹就坐在台下看演出。爹爹把杠棒当座椅席地而坐，无比欣喜无比骄傲目不转睛地望着女儿。江风习习，吹得红领巾在美玲的眼前飘扬。啊，那是一幅多么难忘的美丽画面呀，丹江口水库你还记得吗？

我们的祖国是花园，
花园的花朵真鲜艳，
和暖的阳光照耀着我们，
每个人脸上都笑开颜……

现在，杜美玲面对高高的水库大坝，在心里重唱这支少年儿童歌曲，回味"每个人的脸上都笑开颜"这句歌词，止不住泪流满面。江风一阵阵拂来，帮她擦去泪水。

一步步登上大坝。水库早已开始发电，杜美玲似乎感觉到，高山一样巍峨的大坝的胸腔里，装有一颗强大的心脏，这心脏在日日夜夜怦怦跳动。

轮船离开丹江口码头。

多么清澈的库水啊，它的性情是那么柔软，但是却能托起一艘艘由钢铁铸成的轮船在水面上航行。水的温柔该用什么语言形容？水的力量又该用什么赞歌颂扬？谁能真正读懂"厚德载物""上善若水"的含义，谁又能悟透"水能载舟也能覆舟"这句至理名言的真谛？

杜美玲的耳畔又响起义父杜满斗的乡音。义父没进过学堂大门，义父也不是历史学家和哲学教授，但是义父在生活里摸爬滚打，历练成了一个明白人。他的语言如泥土，从这泥土里长出五谷，开出百花。义父对水的含义有独到见解。他说，天在上，地在下，天地之间，所有的人，不分高低贵贱，都只是一滴水。平民百姓是一滴水，文武官员也是一滴水。这一滴又一滴水汇成了江河。历史像一只船，在河面上航行。每滴水若都能保证自身的纯洁，滚滚江河才会有满江碧波。所以我们必须时刻警惕滴水被污染，万一有了污水就赶紧清除，才能保证江山如画。义父，敬爱的山野老人，你的这篇道德文章，人人都能读懂吗？

义父啊，女儿有愧，因为女儿已经不是一滴晶莹透明的干净水了，是谁让女儿陷进了污淖？我的泪水，能洗净我的耻辱吗？

汉江啊，郧阳人民的母亲河，你的胸怀是多么宽阔坦荡，你最美丽的容颜是一江碧波！

3

坐在杜美玲斜对面的乘客是个40多岁的身体虚胖的男人，头戴"鸭舌帽"，身穿四个口袋的制服，胸前口袋里插一支钢笔，眉头紧皱，像是在思考天下大事。边思考，边时不时地抬起手脖子，看一眼手表，嘴里嘀咕道，这破船走得太慢了！

杜美玲恍惚觉得在哪里见过这个人。终于想起来了，他姓贾，名叫贾光明，身份是个"大干部"——郧县县革委的副主任。

是在一年多前，杜美玲路过均县县革委门前，第一次见到这个贾光明。那天，县革委大门外停着一辆北京牌吉普车，几个干部送贾光明走出机关大院，其中有莫其然。莫其然表现得格外殷勤，一手为贾光明拎着公文包，一手提着一包礼品。贾光明的吉普车走远了，莫其然还在招手说再见。突然，他转脸发现了杜美玲，便上前拦住去路，对杜美玲炫耀说，刚才那位领导是我表叔，姓贾名光明，在郧县县革委任职，县革委副主任！

当时，杜美玲想赶紧躲开莫其然，没兴趣听他夸耀，更不想打听他为什么突然冒出一个郧县的表叔。

怎会想到今天在船上遇到贾光明。这位贾主任，上次从均县回郧县是前呼后拥坐吉普，这一次为什么独自一人坐船呢？

杜美玲哪里知道，贾光明这一次的均县之行是自讨没趣，受了一肚子窝囊气。

贾光明哪里是什么莫其然的表叔。这表叔的"桂冠"，是会溜须拍马的莫秘书，当初硬给贾副主任戴在头上的。那时候贾副主任正春风得意，到处显摆。他耀武扬威到了均县城，莫秘书鞍前马后为他服务，笑嘻嘻地当面认表叔。莫秘书对贾副主任说，我有个表舅，在郧县豫剧团工作，我听我表舅说，贾主任你有个表弟在郧县土产公司工作。我表舅和贾主任的表弟是亲亲的姨表兄弟关系，所以，这么算起来，贾主任你是我的表叔！当时，贾光明想不起来自己在土产公司是不是真有个表弟，更不知道郧县豫剧团的何许人是莫秘书的表舅。但是莫秘书这般低声下气攀高枝，我贾光明何必打他的脸呢，便嘻嘻哈哈领了表叔的身份。

想不到风水轮流转，现在贾光明倒霉栽跟头了，姓莫的却青云直上，当上了县官。贾光明这次专程到均县，是为了拍拍县革委莫副主任的马屁，希望莫其然看在叔侄关系的分上，给他在均县城安排一份端铁饭碗的清闲工作。没料到莫其然翻脸就不认人，当面质问贾光明，谁说你是我表叔？谁证明我俩是亲戚？别说你不是我亲戚，就算你是我亲戚，我也得公事公办，岂能滥用党和人民给予我的神圣权力？

贾光明当时气得只想破口大骂，少在老子面前装正神，你是个什么东西，以为老子不晓得？

306　　　　　　　　在 水 一 方

但是贾光明还是忍气吞声没骂出口。骂有什么用，拔了毛的凤凰不如鸡，自认倒霉吧。莫其然，你也别太张狂了！驴粪蛋子表面光，但是你再光也还是一坨臭疙瘩，难道你还能变成一块金子？哼，等着吧，你早晚也会有倒霉的那一天！

轮船快到终点码头了，江中倒映着宝塔山的美景，桫椤坡的山影遥遥在望。

宝塔山下，南侧是长岭码头。这是个招手码头，如果有上船或下船的乘客，轮船才停一停。今天没有在这儿上船下船的乘客，所以轮船径直前行。却突然听到贾光明两声大喊，下船！我在长岭下船！

服务员问贾光明，你不是买的全程客票吗，为啥提前下船？

贾光明满脸不耐烦，回答说，我临时想起有事，你管得着吗？

驾驶员不想为这一个人停船，回头劝说道，老乡，马上到终点了，你到西河码头再下吧！

贾光明火冒三丈，端起架子训人，老乡老乡，你咋就敢断定我是个老乡？我是谁，还需要亲自告诉你？我警告你们，耽误了我的重要工作，你们负不起责任！

贾光明发完一通火，抬起手看手表，又取下胸前钢笔，检查笔管里的墨水还足不足。

驾船人哑口了，也不知这个脾气大的干部是个什么官，只得咽咽气，把船转一个回头大弯，在长岭码头停了停。贾光明上岸后突然又变得十分大度，对船上的人说，这就对了嘛，工作不分高低贵贱，关键是全心全意服务！继续开船，注意安全！

轮船继续破浪逆水前进。终点站西河码头到了。杜美玲下船，立正远望，望见了左前方屹立于汉江之畔的高高的桫椤坡，望见了那棵桫椤树的树影，不由在心里叫一声：桫椤坡，我来了，我是你的亲女儿！

第三十一章　满园春色关不住

1

杜美玲回到桫椤坡后靠村，到公社办齐一切手续，领到了准迁证。

她还须再走一趟均县城郊公社，凭准迁证迁户口。

这次到均县不是她独行，有丁桂小一路陪同。

杜美玲成了老兵叔的女儿，不仅老兵叔高兴，丁桂小同样欣喜万分。桂小沾了老兵叔的光，迎来了一位好帮手。因为杜美玲栽种柑橘树早有实践经验，参加六里坪培训班之前她就是生产队的柑橘园技术员。现在这位技术员来到了桫椤坡，桫椤坡上的一棵棵柑橘树，如果它们会笑，梦中也会笑醒。

二人来到均县没有多耽搁，迁好户口，和美玲的父母告个别便立马返回。不坐船，乘车先到十堰，在桂小的姐姐家住一天。桂小捎话给几位朋友，请他们来五堰见见老兵叔的亲闺女。

第一个迫不及待赶来的是关爱华。杜美玲迎上前一把拉着爱华的手，说不出话，眼圈红了。关爱华忙说，不许哭！只许笑！应该高兴！

接着赶来的是乔新松和罗德刚。

让乔新松带着罗德刚一起来见见杜美玲和丁桂小，这是关爱华的主意。她特意向乔新松交代，不许把美玲的痛苦经历告知罗德刚，就只说杜美玲是老兵叔的亲女儿。

罗德刚初见杜美玲，只觉得眼前一亮。好一位天生丽质的姑娘，美得自然，美得真实，不见一丝雕琢痕迹，不仅没有刻意打扮，反而努力掩藏花容月貌，上穿一件不合体的宽大的旧工作服，深蓝色，已洗得发白，左右胳膊肘处各补有一块补丁。长裤也是蓝颜色，只有布鞋颜色不一样，黑色。一头青丝梳成了两根辫子，扎辫子的旧毛线也是暗淡颜色。

但是满园春色是想关也关不住的。不合体的衣服反而衬出了她娉娉婷婷的身材。而衣着的蓝色基调，则反衬出她那娇美的容颜，像是大画家在大泼墨的背景之上，再用细腻的工笔手法，绘出一朵出水芙蓉，沐浴阳光，明媚，健康。

罗德刚的神情，杜美玲浑然未觉，但是没逃过"土匪"的眼睛。关爱华突然上前猛拍一掌罗德刚的肩膀，惊得他两手一抖，捧在手里的玻璃茶杯险些落地。关爱华问，罗技术，你目不转睛地看，看么子呀？她有意用了一句武汉话"么子呀"，因为罗德刚在武汉上大学几年，耳濡目染，已学了不少武汉话，回郧阳后，与家乡人说话，时不时便带出几句"汉腔"。关爱华就故意讽刺他，说他撇腔，快要把汉江河的水给撇干了。

罗德刚被问得两颊发热，回答说，我在看墙上贴的这么多奖状，为什么在两个小学生的奖状中间，像众星捧月一样，捧出了一张"护堤防汛劳模"的奖状呢？

邓兴志上前解答说，这劳模的奖状是我的，我在嘉鱼县簰洲湾得的。是佩风、佩雨这小哥俩，硬是要把这奖状贴在最中间。

罗德刚说，好，蛮有意思！从这点就可看出，这小哥俩长大了大有出息！

关爱华说，罗技术，你茶杯里的水凉了吧，让美玲给你换热茶。

罗德刚忙说，不用，不用换。

关爱华坚定地说，换！喝茶就得喝热茶！

杜美玲走到罗德刚面前。

罗德刚急忙恭恭敬敬地用双手将茶杯递给杜美玲。

关爱华问，罗技术，我们郧县有座有名的山坡，名叫桫椤坡，你听说过没？

罗德刚答，当然听说过，坡顶有一棵桫椤树，树种来自月亮之上。

问，去没去过桫椤坡，瞻仰没瞻仰过月亮树？

答，遗憾，一直想去，到现在也没去过。

"那你知不知道，我的这两位好姐妹，丁桂小、杜美玲，她俩的家就在桫椤坡后靠村？"

"知道啊！后靠村的人们艰苦奋斗自力更生，在桫椤坡开发柑橘园，《郧县报》和《郧阳报》都报道过了！"

"你愿不愿意，请我当向导，带你，到桫椤坡后靠村，参观参观？"

"当然愿意，求之不得！什么时候带我去？"

"别急呀，等两个星期，下下个星期天。"

"那好，我耐心等待。"

关爱华转脸问乔新松，到时候你能不能一起去？

乔新松说，我估计去不了，这段时间工作特别忙，我们好几个星期日没捞到休息。

邓兴志接话说，我也去。我爹在后靠村和杜美玲的爹住在一起，我应当经常去看二老。

2

转眼间两个星期过去了，邓兴志、关爱华、罗德刚三人一起来到后靠村。

罗德刚这次见到杜美玲，更感叹这位山村女子的天生丽质。她依然是一身深颜色的旧布衣裳，肩背喷雾器，正行走在柑橘园里喷洒农药，头上扎着一块红布头巾，绘出一幅万绿丛中一点红的图画。她脸色更红润更有光泽了，眉毛更清秀，眼睛更明亮，朝气蓬勃。

罗德刚的感觉没错。自从落户到后靠村，杜美玲正式成为老兵叔的女儿，她就像是走进了解放区。解放区的天是明朗的天，解放区的人民好喜欢。心情好了，原本就长得漂亮的女儿，当然就越发好看了。

俗话说，家有一老，胜过一宝。杜美玲得天独厚，家有二老，慈祥可亲。老英雄爹爹爱女儿自不必说，邓永富老人也把美玲当亲闺女看待。二老都知道女儿的心灵受过创伤，现在，他们都用无言的父爱呵护女儿，像搀扶小孩子走路一样，扶她尽快走出梦魇。

在柑橘园见过了杜美玲和丁桂小，关爱华留在园子里，要向美玲和桂小学剪枝。邓兴志领着罗德刚，到红薯地里去见正在忙碌的两位老人。

老兵叔见到罗德刚，上上下下打量，越看心里越喜欢，说道，小罗同志，中午就和邓兴志还有小关，一起在我家吃饭，也没啥好招待的，吃酸浆面。

罗德刚惊喜地说，啊，酸浆面！杜叔叔你也会做酸浆面？

老兵叔说，不是我，是我女儿美玲做。

罗德刚说，做酸浆面的工序蛮复杂的，不是每个人都做得好。

老兵叔说，是，最要紧的是酸浆，要早卧好酸菜，早滤出酸浆。两个星期前我女儿就知道你们今天要来，提前就把酸浆做出来了。还有一样重要的佐料是绿豆芽，也是我女儿亲手发的，挑选的都是家里的好绿豆。面也在今天一大早就擀好了，晌午只等烧火下锅就行。

罗德刚说，杜叔叔，你女儿真行！

邓永富老人说道，那是，有这样好的爹，就有好女儿！

罗德刚说，二位叔叔，这翻红薯秧子的活儿看起来不费力，其实是蛮累人的。我在家干过这活，你们二老歇歇，我来翻。

邓永富老人说，这可使不得，你是稀客，咋能叫你干活？

邓兴志说，德刚，想干活你随我来。

邓兴志领着罗德刚到老兵叔家，检查水缸，缸里正好缺水。罗德刚将一对空水桶挑上肩，随邓兴志一起出门。来到岔路口，邓兴志对德刚说，你在这儿等我，我到丁桂小家取水桶。

二人各担两只空水桶下山，边走边谈。罗德刚这才知道后靠村的人们吃水艰难，要到坡下去挑汉江水。幸亏有一条汉江在山脚下，不然这二十几户人家的日子怎么过？邓兴志告诉他，不仅吃水靠下山去挑，就是给果树和庄稼浇水，也得主要靠人挑。这些年来，后靠村的人们重建家园吃了多少苦，只有坡顶上的那棵桫椤树它知道。

罗德刚说，那桫椤树的种子来自月亮之上，应该说，后靠移民所做的贡献，苍天在上，当可做见证！

邓兴志说，是的，农民的辛苦和期盼，天神地灵都应当知晓。

罗德刚说，我也是农民的儿子。我认为，中国的农民是全世界最好的农民，谁若瞧不起中国农民，谁就没有起码的人格。

邓兴志说，就凭你这句话，我也该把你当亲兄弟。

罗德刚说，邓兴志兄，我和你有一见如故的感觉。

两个人来回挑了两趟水，日已当空。

吃过晌午饭，罗德刚随邓兴志登上坡顶，来到桫椤树下。

仰望桫椤树，罗德刚肃然起敬，道不出一句话来。

罗德刚发现坡上凿有两个石坑，坑里有水。就向邓兴志问道，这山顶上怎会有水坑？

邓兴志回答说，这是社员们一锤锤一钎钎凿出来的石坑，领头人是我爹。水是接的雨水，浇地，喂牲口。

罗德刚说，噢，雨水坑。可是这么凿一个坑多费力费工啊，何不在这里建个提水站，把山下的汉江水提上来呢？

邓兴志说，这事乡亲们当然也想过，有提水站该多好啊！可是得花钱，不是小数目，要有机械设备。请技术人员也得出钱。

罗德刚说，技术人员不是问题，我就是一个。关键是解决设备问题，电机，变压器，水泵，不过这些都不是什么复杂设备。

邓兴志说，不复杂也得花钱买。

罗德刚说，我来想想办法。又说，我看桫椤坡一定会变成个好地方，剥开石壳子，石头山变成柑橘园，创造奇迹，旧貌换新颜。邓兴志兄你等会儿给丁桂小捎几句话，是乔新松的话。新松是学经济管理的，未雨绸缪，提前考虑柑橘的销路问题。他说这问题他现在已基本破解了。他还进一步建议说，等条件成熟后要修公路，从村里起步，和郧十公路连通。将来，把后靠村建成度假村，把柑橘园建成采摘园，光是接待二汽的职工到这里做客，收益就大大可观！

邓兴志说，度假村，采摘园，远景确实美，是不是太遥远了？

罗德刚说，我相信不会太远的。

邓兴志说，但愿真会有那一天。

3

后靠村的乡亲们谁也没料到，罗德刚在桫椤坡建提水站的设想，很快就实现了。

这个小伙子真行，口无虚言，说到做到。

连他自己也觉得，美梦成真来得太迅速，可以说是始料未及。

从桫椤坡后靠村回十堰的当晚，罗德刚就给他的顶头上司——二汽技术中心主任写了份报告，大意是说，我今天到郧县的一个名叫桫椤坡后靠村的小村去参观，深受教育。该村不足30户的移民，自1966年后靠开始，用4年多时间，把一座荒山变成了柑橘园，但是至今全村吃水用水仍困难，须下山挑河水。该村山坡临汉江，想建一个小型提水站，但是缺设备。不知我们技术中心可否伸出援手，帮他们解决水荒问题？

一上班，罗德刚将报告递给主任。主任看过报告，立即约罗德刚面谈，说，郧县农民对建设二汽做出了太多的奉献，我们理当回报。咱们二汽的建设方针是什么？是建一座一流水平的大型汽车制造厂，所以动员全国尖端技术力量，承建各个分厂。因此，大批技术专家和能工巧匠，从各地来到十堰。十堰于是被称为"科技博览园"。在这座博览园里，有那么多技术先进的专业厂，什么复杂的机械设备咱们不能制造？制造小型变压器和电机，小菜一碟而已。我来给总厂领导打个报告。

总厂领导看过技术中心主任的报告，雷厉风行，要把这事办快办好。先与郧县县革委协商，拟出第一批10处急需建提水站的地方，由二汽提供设备和技术力量，由郧县解决浮船或泵房等附属设施，组织劳力保证路通电通。

桫椤坡后靠村的浮船式提水站建成后，已是深秋。双喜临门，桫椤坡的柑橘园也迎来了第一次丰收。蜜橘色泽金黄，味道甘甜，绝大部分都被二汽后勤中心收购了。郧阳中学的学生食堂也买了一部分，学生们在每日午餐后都能吃到一个蜜橘，这是从未有过的享受。余下的少量蜜橘，分到了本村各家各户。佩风、佩雨小哥俩书包里装着小姨送来的蜜橘，被同学们众星捧月似的团团围住，你一瓣，我一瓣，大家分享。

此后，在二汽的帮助下，郧县的库区先后共建成113座提水站，基本解决了全县后靠移民们的饮水、用水难问题。

建设桫椤坡后靠村提水站期间，罗德刚是现场技术员，常去后靠村，常与杜美玲见面。他心中的爱情之火越燃越炽热，但是，无论他用什么方式向美玲表达，美玲都是一副听不懂看不明的神态。

罗德刚无可奈何，只好放下男子汉架子，求"土匪"关爱华当红娘。

关爱华当然早已看出罗德刚对杜美玲是一见倾心，她要借此机会好好地逗一逗这个老同学。

她说，得螺呀得螺，这区区小事你何必求我呢，谈恋爱你不是老有经验吗？

罗德刚丈二和尚摸不着头脑，问，谁说我有经验？

关爱华说，你当然有经验，大大的有经验，特别的有经验，因为你在上小学时就早恋了。

罗德刚急了，面红耳赤问，谁说我早恋过？

关爱华说，你不是早恋，为什么死皮赖脸老是追着女同学打？

罗德刚说，你听我解释，我那不是早恋，根本不是！上小学时，我特别讨厌女同学，嫌她们娇气，恨她们笑话我是"得螺"。就为这，我才拳头发痒，老想揍她们。

关爱华说，那你也恨我了？

罗德刚说，坦白交代，我也恨你，你是个女娃子，竟然把我这个高年级的儿娃子（男孩子）打趴下了。

"哈哈，你罪有应得。"

"你莫急，听我接着说。我虽然恨你，心里却还是蛮佩服你的，你是我在上拐枣村小学时唯一佩服的女娃子，因为你不娇气不向老师告状，你会爬树敢打架，跟我们儿娃子们一个样。我甚至怀疑过你或许就是个儿娃子，可能是你爹妈给你穿错了衣裳。我真这样认为过。后来你刨洞捉蝎子，给学校换了个清脆响亮的钢管钟，我就更佩服你了！"

"好的，我相信你读小学时没有早恋，可是后来呢，上初中，上高中，也没早恋？"

"有早练。"

"看，我没猜错吧？"

"请你听清楚，是锻炼身体的练，早上一起床就锻炼身体。我是一棵生长缓慢的树，天天锻炼，练到高中毕业，得螺这个外号也没拿掉。"

"读大学也没恋爱过？"

"想也没想过。爹妈都是在庄稼地里刨食的人，满手老茧，勤扒苦做供我上学，我只有刻苦学习报答他们的义务，哪敢谈女朋友？在大学谈女朋友那是要花钱的，可是我这个穷小子，恨不得把一角钱掰成两角钱用。再说，我是在读大二时才开始长大，突然长高长结实了，疯长，长得同班的女同学们都不认识我了。"

"我重新见你时，也险些不敢认了。得螺你听我说，我刚才那些话都是和你开玩笑的，我也猜到你根本没谈情说爱过。现在言归正传，告诉我，你喜欢杜美玲的哪一点？"

"这叫我如何回答呢，不是哪一点，是全方位的。"

"我替你回答。美玲的确是位优秀的姑娘,她长得漂亮,被姐妹们称为黑牡丹,其实她肤色并不是黑,而是健康,像阳光一样。"

"你说得太准确了。"

"她的性格好,既有不怕吃苦心灵手巧爱劳动的一面,又有心地善良体贴关心他人的一面。我为她总结了四个字,柔情似水。"

"总结得好!"

"还有,她的家庭环境也好,她的爹爹老兵叔是那么善良,那么受人尊敬。"

"是的,还有住在他们家的邓叔叔,同样可亲可敬!"

"但是她与你相比,美中不足。"

"什么地方不足?"

"你现在是城里人,城市非农业户口,她却是农村人,农村户口,这一层障碍你考虑过吗?"

"我认为这不应该是爱情的障碍。同是中华人民共和国的公民,人,只应有好人坏人之分,不该有城里人农村人之分。城里人乡里人是完全平等的!"

"说是这么说,愿望是美好的,现实却就是现实的。你心甘情愿当半边户?你知道半边户的日子有多难吗?又知道有人为拆开半边户的这堵墙,付出过什么牺牲,流过什么泪水吗?"

"我爱的是她这个人,没考虑过全边户或半边户。既然你提醒我这可能会成为障碍,那么我回答你,我可以拆除这个障碍!"

"怎么拆除?"

"别忘了我们现在脚下踩的是一片什么样的土地。"

"什么样的土地?"

"我们脚下踩的是一片神奇的土地。这片神奇的土地,它的名字叫十堰。这里正在建设中国最大的汽车城。这里也将会领全国之先,最早消灭城乡差别。不远的将来,十堰将会是一座大花园。它像城市,又像乡村;城中有乡村的山水美景，而乡村里则有城市的各种方便的生活设施……"

"这当然是美妙远景，但是不可能一蹴而就吧？怕是等到那一天，我们头发都白光了。"

"那就暂时不说远景，说眼前。眼前的现实问题我也能解决。如果美玲她担心成为半边户给家庭生活带来困难，这事好办啊！二汽这么多专业厂，需要招多少年轻工人啊，对不对？美玲她是初中毕业生，到二汽哪家专业厂当一名普通工人，是没有问题的。如果需要提高她的文化和技术水平也不难，二汽专门设立有职工培训中心，可以送青年工人到二汽自己的技校学习，甚至有到大学深造的机会。她如果成为我女朋友，我立即向我的领导汇报，领导会照顾我的，不管是哪个专业厂招工人，把她招进来，一切问题不就迎刃而解吗，还担心什么半边户全边户？"

"好，很好，既然你前前后后都已考虑得这么周到，那么我就替你俩当一回红娘，尽快抽空去一趟后靠村，你就等着待月西厢下吧。"

4

关爱华当红娘，当得十分认真用心。她一次次去后靠村与杜美玲见面，劝说美玲忘记过去，把那一段不堪回首的往事彻底掩埋，面对新生活，接受罗德刚真诚的爱。

杜美玲说，爱华好姐妹，我深深感谢你和大家的一片好意。我也看出了罗德刚的心意，更看出他是个可以依靠的好人。实话说，我心里是爱他的。但是正因为我爱他，所以我不能害他。我万万不可给他未来的生活带来阴影。

关爱华说，怎么会带来阴影呢，过去的事又不是你的过错，你是受害者。

杜美玲说，我是受害者，我不能叫德刚也同我一起受害，苦果应当由我一人咽下去。

"可是你真要拒绝他，让他怎么想呢？他会认为你瞧不上他，这样会不会伤他的自尊心？"

"所以我思来想去，觉得万万不可对他隐瞒什么，应当把我的过去，一五一十告诉他。"

"这样，对他好吗？"

"只有这样才是真正爱他，对他负责。他那么优秀，应该找一个比我好得多的姑娘，也一定会有比我好十倍的姑娘配得上他。我早想好了，这辈子不想婚姻的事，我来到了桫椤坡，做了我义父的女儿，这已是我人生最大的幸运了。我要好好地孝敬我义父，也好好地孝敬义父的好兄弟邓叔叔。"

"唉，把你伤心的往事告诉罗德刚，太残酷了，谁来向他开口呢？"

"爱华你听我说，我的这些想法我义父也同意。我义父说，这事一定得跟人家德刚实话实说，不然就太亏待德刚了。"

"我，真不忍心向他开这个口。"

"你不忍心，我和我义父也都想到了这一层。所以，我义父思来想去，觉得请德刚的兄弟出面，来说破这事儿为好。"

"你们是不是想到了邓兴志？"

"是的，我义父已经托付邓兴志，恳请他，一定要把我的情况对德刚说明。"

"这项任务，对邓兴志来说，也是太困难太沉重。而说明了这件事，对于罗德刚来说，何止是沉重，简直是残酷。你不觉得太残酷吗？"

"可是我们不能向德刚隐瞒，隐瞒就是欺骗他，那比说真话更残酷。我良心上怎么过得去？我一辈子也将背着愧疚的包袱，度日如年。"

这天，罗德刚知道关爱华又去过一次后靠村，便特意到关爱华家（关爱华仍和老姑父老姑妈住在一起）与她见面，询问穿针引线的结果。关爱华说，你到五堰老街去见见邓兴志，他有话对你说。

罗德刚大惑不解，什么话，为什么关爱华她不对我说，要叫邓兴志对我说呢？

正如关爱华所言，邓兴志接受老兵叔的托付，实实在在是勉为其难。

但是老兵叔交给他的任务他又怎能拒绝？老兵叔说，志娃子你听我说，德刚这娃子，我喜欢，真喜欢！他若真能成为我的女婿，那是老天爷在照顾我。正因为是这样，我们父女俩才觉得，必须对他说实话。如果不把实话全告诉他，不光是对不住德刚本人，连德刚的爹妈我们也对不住。他的爹妈也是伺候庄稼的本分人，欺瞒本分人，老天爷在上，看不下去！

邓兴志正想着该咋样约罗德刚见面，又咋样向他开口。还没想好万全之策，德刚主动登门了。一见面，德刚就说，邓兴志兄，关爱华告诉我你有话对我说，是不是关于美玲的事？

事已至此，邓兴志也就索性打消一切顾虑了，先告诉罗德刚，杜美玲并非老兵叔的亲闺女，而是义女，本姓伍，名叫杜美玲。接着，将杜美玲怎样被莫其然欺骗的前前后后经过，详细讲给了罗德刚。

德刚听完邓兴志的讲述，人一下子变傻了，呆呆地望着墙壁，半天说不出半个字来。突然，他站起身，不辞而别，扬长而去。

邓兴志既不挽留也没送行，心说，结束了。

忽听身后响起脚步声。是罗德刚又返回，说，邓兴志兄，陪我到河边走走，行吗？

二人在百二河边并行，沉闷的空气，压得人喘不过气来。

终于德刚开口了，说，我想杀人！

邓兴志毫不吃惊，平静问道，杀谁？

罗德刚的回答同样平静：杀了他，畜生莫其然！

邓兴志说，不光是你想杀他，我也早想动手。

"不用邓兴志兄你帮忙，我一人做事一人当。"

"可是你想过没有，法律冰冷无情，杀人偿命，我们俩，不管是你还是我，拿我们的一条人命去换莫其然的狗命，值吗？"

"这口恶气，叫人怎样咽下去？"

"俗话说，忍字心头一把刀。又说，君子报仇，十年不晚。"

"这些俗话，我听人说过不知多少回了。"

"可是,有许多俗话,正是人人嘴上都说过,说得太多了,反而轻视了它们的可信度和真理的力量。可是咱们一定要坚信这些百姓的老话。老兵叔说得好,它们的力量是永存的。"

"不是不报,时候不到。可是这个'时候'要等到哪一天?"

"真的假不了,假的真不了。是金子终会发光,是狐狸终会露出尾巴。放心,我们会看到莫其然的可耻下场的。我就不信正压不了邪,更不信好人战胜不过坏人!"

"可是做一个好人,为什么这样难?"

"因为好人责任重大,好人们是盘古和女娲的孝顺儿女,要开天辟地,还要补天。"

"好人们开天辟地,好人们补天。邓兴志兄,这话是出自哪篇文章?"

"不是书上的文章,是一位乡巴佬的家常话。"

"哪位乡巴佬?"

"杜美玲的义父老兵叔。"

"噢,老兵叔,可敬的庄稼汉共产党员!"

"老兵叔还教我一字字背过《好人歌》。这歌是庄稼人一代代口授心传留下来的。"

"邓兴志兄你也传给我听听吧!"

"好的,我背诵几句。"

邓兴志神情庄重地背诵《好人歌》,一字字铿锵有力,掷地有声——

大地生万物,唯人最为贵。

人中有好人,好人人中瑞。

好人行好事,好人怀好意。

好人读好书,好人入好队。

好人有礼智,好人怀仁义。

好人创史书,史书传万辈。

好人能补天，天地放光辉。

但愿好人多，世界享太平！

德刚说，"好人创史书，史书传万辈。好人能补天，天地放光辉"。好宝贵的百姓家常话啊！

邓兴志说，百姓话中出黄金。

德刚说，老兵叔是美玲的义父，同样也是我罗德刚的义父！

"德刚，你……"

"邓兴志兄你放心，我是不会放下我心中追求的，正是因为美玲坚持要把一切如实告诉我，所以我才更加不改初衷。从前我爱她，只是因为爱慕，现在又多了一项内容。"

"什么内容？"

"责任，男子汉的责任。或者用义父的话说，是好人的责任，补天的责任。"

"德刚，我更敬重你了！你不愧是一棵挺拔的白杨树！"

"先不要表扬我，我需要走的路还很长，每走一步，都考验我的意志和毅力。"

"加油，你一定会成功！"

从此后罗德刚一如既往，只要能抽出空余时间，就到桫椤坡后靠村走一走。有时候来去匆匆，只能与美玲见上一面，同义父说几句话。与美玲见面，他不提爱情二字。在义父面前，他只诚心诚意尽孝道。他相信，他会用无言的行动，逐渐融化积在美玲心中的寒冰，同她一起迎来明媚的春天。

第三十二章　是那最好的选择我

1

1971年的春天来得早，公历1月27日便是农历辛亥年的正月初一。

罗德刚过春节没回老家拐枣村，而是把爹妈接到了十堰，让二老见见世面。二老都年过半百，最远的地方就只到过郧阳城。现在来到十堰，二老的眼睛不够用了。没想到，十堰原先只是郧县的一个区，最热闹的十堰老街，听说街道的宽度只抵得上郧县城的一条小巷子，可是现在，十堰咋一下子冒出这么多又宽又长的大街道呢？大汽车，小汽车，来来回回地飞起来跑，人走路，都得小心靠两边的小路走。新盖的楼房一幢比一幢高，我的个老天爷，三层高的还不算高，还有五层高的，六层高的！

罗德刚特意带爹妈逛了一趟公园，这是二老生平第一次逛公园。从前只听说大城市里有公园，可二老就是想象不出公园是个什么样子。现在，也享上了逛公园的福气。

十堰的人民公园现在只是初具规模，边建设，边开放迎客。公园内有青山，有绿水，二老并不稀罕，稀罕的是旋转木马，还有旋转飞机。那飞机，不仅能围着大圈子转，还能一会儿升上去一会儿又降下来，大人娃子们坐在里边都不害怕，不仅不害怕，还发出快乐的笑声，因为他们知道摔不下来。

还看到了孔雀。那两只骄傲的孔雀，姑娘们穿着花棉袄戴着花围巾喊它们开屏，它们只当没听见，迈着方步踱来踱去，心里说，你们穿得再花哨，想叫我把翅膀竖起来，我偏不竖。可是巧了，当它们看见罗德刚领着爹妈走近时，立刻都开屏了，把美丽的翅膀竖得高高的。饲养员是一位中年妇女，看模样也是乡下人出身，笑呵呵地对德刚的爹妈说，我喂的孔雀思想觉悟就是高，专门对勤劳的劳动人民开屏。

罗德刚把二老接来十堰过春节，重头戏并不是看高楼逛公园，而是带他们到桫椤坡后靠村，和老兵叔及杜美玲见面。他向二老说，老兵叔是我未来的岳父，他的女儿杜美玲是我的女朋友，我要带你们二老到后靠村，和准亲家公及准儿媳妇见见面。但是你们见了他俩之后，现在不可以称呼老兵叔为亲家，只能称他杜老哥，也不可称杜美玲为儿媳妇，只能称她美玲姑娘，因为现在还没结婚，称呼得太早了，乡亲们会笑话我们一家人性子太急。

二老得知儿子有女朋友了，心里说不出的高兴，喝口白开水也想笑出声来。二老都觉得儿子到底是读书人，考虑问题周到，讲礼性（礼貌），交代的话完全正确，哪有还没过门就直接喊人家亲家公、儿媳妇的道理呢？

儿子又叮嘱说，见了面，你们二老，也别表现出你们已经知道杜家和我家是亲家关系，只当是好朋友关系，去看看他们，这就行了。

娘问，带不带点啥子礼物？

德刚说，不用。

爹说，大过年的，空白两手，那咋要得？

德刚说，我带礼物就行了。和我准岳父住在一起的，是他的亲如兄弟的朋友邓叔叔，我给他们二老每人准备了一瓶"黄鹤楼"烧酒（白酒）。等到去的那天，邓叔叔的儿子邓兴志跟我们一路去。邓兴志是我的好朋友好兄弟，我们年前都商量好了这次的行动计划，你们二老只管放心，按我和邓兴志的安排行动就行了。

正月初三上午，罗德刚领着父亲罗立仁和母亲聂玉兰，与邓兴志兄同行来到桫椤坡后靠村。

老兵叔和邓叔叔都未想到罗德刚会带着父母来后靠村。德刚啊，好一个心地厚道的农民的儿子,你的心思,老人们都明白,也都被你所感动啊!老兵叔一双结满老茧的手,和德刚他爹的一双同样粗糙的手紧紧相握,久久不分开,邓永富老人在一旁说,今儿是个好日子啊,屋里还有一挂鞭炮,邓兴志,你去把它放了!

邓兴志在门外点燃鞭炮,噼噼啪啪的响声像酒一样,醉了整座后靠村。

听着鞭炮声,杜美玲在小屋里哗哗流泪。好不容易才把泪水擦干,走向堂屋(客厅)向德刚的父母拜年,喊了一声叔叔,又喊一声婶婶,泪水又在眼眶里打转,赶紧说,刚才我在厨房烧火,眼睛被烟熏了。老妈妈一把抓紧美玲的手,看不够,爱不够,恍如身在梦中。好漂亮好可亲的儿媳妇啊,儿子德刚有眼力,好福气!

吃过午饭,罗德刚急着返回十堰,因为明天一大早他就要到北京出差,今天得把随身带的资料都准备好。邓兴志留下来,代德刚照顾二老。

德刚的爹爹罗立仁,听说杪椤坡上的柑橘园,都是社员们像蚂蚁啃骨头一样"啃"掉一层层石壳子才见黄土的,便想到坡上去看看。老兵叔和邓永富老人,还有邓兴志,陪他一起上山。

三个老人走进柑橘园,不约而同,每人都双手合十捧起一抔黄土。这里的土,一粒一粒,得来多不容易啊,土里搅拌有多少汗水,老兵叔和邓永富老人点点滴滴记在心头。现在,捧在手掌里的黄土令他们欣慰,这黄土就如他们的生命,在艰难环境里不屈不挠地成长,长成了庄稼和果树们的温暖怀抱。

老兵叔和爹爹常常这样捧起黄土看不够爱不够,这情景邓兴志看到过无数次,每见到他们与土地亲近对着土地无声交谈时,邓兴志便突然觉得两个老人都变小了,小得似三两岁的娃子,伏身在黄土地面前,像是要扑向大地的怀抱!人们啊,你们可知道,有谁比满脸皱纹、两手老茧的老农们更热爱土地,更懂得黄土地的价值?智林兄说得好,国土国土,没有土哪有国?亲近土地伺候土地的人,是爱国的模范!

今天,再看看德刚的父亲罗叔叔吧,他双手捧着黄土,脸颊贴着黄土,深深呼吸，原来他是在闻黄土的气味。他闻到了柑橘树根和落叶的香味。他甚至用手指挑起几粒细土，放在舌尖上品尝味道，像是品酒专家品酒。品完后他对老兵叔和永富老人赞道，厚土，味道好厚，没有亏待两位老哥和乡亲们，喂了它们那么多的好肥料！

老兵叔说，兄弟，你可真是个种庄稼的行家！

永富老人接话说，如今你和满斗兄是亲戚了，有空常来看看这柑橘园。

罗立仁老人应道，我会常来的。来桫椤坡顶上，看看桫椤树，望望汉江，心里敞亮。

此时，在老兵叔的家里，德刚的妈妈聂玉兰正和杜美玲坐在一起热心热肠地拍话。

老人家对美玲说，德刚交代又交代，叫我不给你带礼物，我就没带。可是见到你，我越想越后悔，我为啥不给你带点啥子来呢？不该听了刚娃子的话。

美玲想了想，说道，婶，你手指上就有一样最好的礼物，我自己开口了，我就要它。

原来聂玉兰老人的右手中指上戴着一枚铜顶针。这枚顶针，在她手上戴了30多年，纳鞋底缝衣服，一直没取下过。听美玲说她就要这件东西，老人家心里好惭愧，解释说，好闺女，这东西太轻，不是金也不是银，只是个铜顶针，做针线活用的。

美玲回答说，婶，我生在农村长在农村，当然知道它是一枚铜顶针，也知道做针线活离不开它。它虽不是金银珠宝，但是它在你老人家手上戴了这么多年，就比什么珍宝都宝贵了！

老人家忙点头，说，好，好闺女，你的心意婶全明白，婶今天就把这个顶针交给你了！

正月初四，吃过早饭，杜美玲、丁桂小、邓兴志三人一起送罗立仁、聂玉兰二老离开后靠村。邓兴志划船。船到对岸的郧县新城，三位年轻人陪二老到汽车站，买好到青曲镇的车票。到了青曲镇，步行回拐枣村，路程就不远了。

汽车走远了,美玲仍在向二老挥手。老母亲回望美玲那挥舞着的右手,她看清楚了,铜顶针已戴在美玲的中指上。那小小一枚顶针,在阳光的映照下,闪着比金子更亮的光彩。

2

邓兴志回到十堰的当晚,就准备去见一见乔新松和关爱华,把罗德刚带着父母到后靠村的情景讲给他俩听。刚出大门又止步,只见乔新松、关爱华肩并肩迎面走来了。

邓兴志兄,我俩给你拜晚年来了!乔新松先声夺人。

原来乔新松和关爱华今年春节一起回了老家。邓兴志心说,这一对老同学快要请喜酒了。

听邓兴志讲了罗德刚带父母到后靠村的详细情况,关爱华说,难怪我和新松初一到罗家拜年,二老都不在家。

乔新松赞道,感人,我对罗德刚更敬佩了!

邓兴志说,我也一样。我觉得你们拐枣村小学了不起,培养出来的都是优秀人才,包括你乔新松,还有巾帼英雄关爱华。

关爱华说,我们在说罗德刚,你不要转移目标好不好?

邓兴志说,行,今天只说罗德刚。在新松这位真正的知识分子面前,我这个半瓶子初中生又想班门弄斧了。我想起了泰戈尔的两句诗。

关爱华问,哪两句?

邓兴志背诵道,最好的东西不是独来的,它伴了所有的东西同来。

乔新松说,是,这两句诗像是专门写给罗德刚的。德刚的行动,就是对这两句诗最好的诠释。既然他爱杜美玲,他就不仅要接受美玲的一切美好,也应接受缺憾,包括创伤。

邓兴志说,但愿美玲理解德刚的一片心。

关爱华说，我觉得，越是这样，美玲越发不敢接受这份爱。

乔新松说，我觉得她已经接受了。

关爱华问，何以见得？

乔新松答，顶针做证。她已经把德刚母亲的顶针戴在手上。那顶针陪伴老人家几十年呀！

邓兴志说，对呀，说明她决心成为老人家的儿媳妇。

关爱华说，电影《刘三姐》里唱道，男儿不知女儿心。你们怎么能理解美玲的心有多苦。她是受害者，但是她又认为她有罪，不可饶恕自己。

邓兴志说，她有什么罪呢？她这样认为是对自己太残酷。别人若也这样认为，是不公道！

乔新松说，我赞同邓兴志兄的说法，社会应当给她一个公道。

关爱华说，社会当然会给她公道，亲人们也更会给她理解，但是她心里抹不掉阴影。德刚越是用宽阔的胸怀温暖她，她越是觉得对不起德刚一家人。她戴上老人家的顶针，那是为了记住罗家的恩情，盼望来生有缘报答。据我对她的了解，我想，她这辈子是不会走进婚姻殿堂的，她企盼什么呢，她企盼好心的罗德刚，获得一份更幸福更完美无缺的爱情。

邓兴志说，时间是医治心灵创伤的最好良药。

乔新松说，对，我们不要失去希望，等待杜美玲放下思想包袱的那一天。

关爱华说，谁又不是在盼着这一天呢？

邓兴志说，老天保佑，保佑有情人终成眷属。

关爱华说，我们现在换一个话题，好不好？这个话题太沉重，压得我喘不过气。

邓兴志说，好吧换话题。换啥话题？

关爱华说，换一个专门针对"疙瘩柴"的话题。

邓兴志也想让气氛轻松一下，心里想，转移目标针对我就针对我吧。于是夸张地笑道，我有啥值得一说？疙瘩柴烧火，派不上话题。

关爱华说，疙瘩柴你严肃一点，不要嘻嘻哈哈的，我说的事，十分重要！

第三十二章　是那最好的选择我

邓兴志说，好的好的，你一严肃，我就必须洗耳恭听！

关爱华说，你不是最喜欢泰戈尔的诗吗，今天我也背两句给你听。听清楚了，是《飞鸟集》中的两句——我不能选择那最好的，是那最好的选择我。怎么样，对你有启发没有？

没等邓兴志应答，乔新松先开言了，道出两个字，深刻！

我不能选择那最好的，是那最好的选择我。邓兴志不由自主也背诵一遍。

乔新松说，邓兴志兄，这两句诗，像是专为你写的。

关爱华却在这时突然收口，说道，好了，好话点到为止。时候不早了，疙瘩柴再见！

第三十三章 我的灵魂已嫁给你

1

半夜，贾光明从梦中惊醒，吓出一身冷汗。回忆梦中的情景，他被炸药厂的工人们围攻，揭发他监守自盗的罪行。他破窗而逃，慌不择路，掉进一个大坑，坑里爬满毒蛇……

难道我贾光明就这样窝窝囊囊混下半生？

1971年春天，全国形势更是令贾光明十分沮丧。

2月11日，周恩来总理主持召开全国计划会议。会议确定，1971年发展国民经济的重点是：大力进行大三线战略后方和国防军工的建设；继续大办农业，加快农业机械化的进程；狠抓原料工业，特别是钢铁工业，大打矿山之仗；发展科学技术，大搞技术革新，努力赶超世界先进水平。

全国计划会议结束后，毛泽东主席主持召开中共中央政治局会议，批准并转发了全国计划会议的纪要，要求各地区、各部门照此部署工作，坚决贯彻执行。

贾光明丢了县革委副主任帽子岂能心甘，因此到处告状想官复原职，可是却没人睬他。现在，全国又召开计划会议，决定要大力进行大三线战略后方建设，而二汽的建设正是属于大三线战略后方的重要建设项目。所以，郧阳的干部群众都努力建工厂努力修铁路努力修水库，更加没人把他这个靠打砸抢起家的曾经的贾副主任看在眼里。

贾光明自私至极,心里只有自我,连自家的老爹老娘和老婆孩子的冷暖死活都不关心,却口口声声自吹自擂"关心国家大事"。其实他是趁机到处捞好处,其行为与他喊的口号完全背道而驰。好处他真的捞到了,居然还当上了一个"县官"。孰料好景不长,副主任的椅子没捂热就被罢官。老兵叔对他这种人的行为评论得很深刻。老兵叔说,平常日子里看人还不好看出差别,不平常的日子,就有了试金石,真的假不了,假的真不了。

现在,贾光明就算想发点小财也只有像从前一样偷工厂的炸药卖钱了。可是这条路已越来越难走,于是又想起他早就想过的发大财计划,目标是老县城汉江对岸的千年宝塔。他早听一个江湖朋友说过,那宝塔可不是一般的宝塔,塔肚子里头藏有宝贝。塔顶上那块铜砖也值钱,是鎏金的。光是这块鎏金铜砖,若卖给文物贩子,得到的钱两辈子也花不完。

因此贾光明早就想借"破四旧"之名炸掉宝塔,但是队员们坚决不同意。孤军无援,贾光明不得不罢休。现在想起来好后悔。觉得再不可瞻前顾后了,说干就得干!撑死胆大的,饿死胆小的。现在再不炸,以后怕是更没机会。但是炸塔光他一个人不行,得有帮手。他就想到了缺心眼的"二百五"黄天星。他决定给黄天星一点好处,骗他一起上山,不说是去炸塔,只说是上山踏春观景吃野餐。等炸掉了塔,把所有宝贝都弄到手,就把炸塔的罪责全推到黄天星头上。

2

星期天,春光明媚。丁桂小、杜美玲、关爱华三姐妹,加上邓兴志,四人一起来到长岭乡两江口,挖涩橘树苗。

每棵涩橘树都像是大家族之中的一名忠诚成员,不离不弃长相厮守,集中生长在一片洼地里。洼地面朝汉江,背靠宝塔山。

四个埋头挖树苗的年轻人,哪会想到危险即将发生。制造危险的两个人，主角是心怀鬼胎早有预谋的贾光明，配角是头脑简单却自以为是的黄天星。

事情得从昨晚说起。昨晚，贾光明破天荒请黄天星喝酒。黄天星问，贾兄，今天为啥这么高兴？贾光明说，我得到了一样好玩意儿，是二汽的一位处长送我的。黄天星问，啥好玩意儿？贾光明说，我都舍不得拿出来给人看，是从苏联弄来的，将军级别军官专用品。说完亮出宝贝炫耀道，看，带夜光的望远镜，白天晚上都能望远，看得清楚得不得了。不信你试试。

黄天星试看，果然是看得又远又清晰，赞叹道，哇，真是个稀罕玩意儿！

贾光明说，正是春光灿烂大好时光，常言说春光如酒，酒不醉人人自醉。明天我俩带着这玩意儿登宝塔山观远景，那该多快活！

黄天星说，可惜我没有这么好的东西，春光如酒我也尝不到滋味。

贾光明说，明天上山观完风景，贾哥把这将军望远镜送给你。

"真的？"

"君子一言，驷马难追！"

"这么稀罕，你舍得？"

"稀罕当然是稀罕，好在我家里还有一副。"

"那，我咋谢你？"

"明天上山你辛苦点，我旅行包里装的东西多，吃的喝的用的全有，你就多出点力气背着它，行不？"

"这算啥事呀，一路都交给我！"

现在，黄天星正背着背包，紧跟贾光明，往宝塔山山顶爬。

两个人今天都是老早就起了床，在汽车站会面。乘坐开往郧县城的汽车，中途在二道坡村口下车，向东，沿山间小路前进。

黄天星越走越觉肩上的背包沉重，问，贾哥，你这帆布包里都装了些啥，这样沉？

贾光明说，吃的喝的，还有炊具，等会儿我们不是要在山上野炊吗？

黄天星心里对自己说，莫叫累，一不怕苦，二不怕累！

贾光明空摆两手轻装在前引路，负重的黄天星亦步亦趋紧随其后。贾光明奖给黄天星一小瓶瓶装白酒。黄天星从未见过这种漂亮的用袖珍型扁玻璃瓶子装的白酒。贾光明信口胡诌说，这是我当副主任时的"特供酒"，一般人哪能喝得到？

特供酒啊！黄天星拧开酒瓶盖，边爬坡边抿酒，接近宝塔山时，一瓶酒已喝干，略有三分醉意了。

爬到半坡，视野顿时开阔。这里有个岔路口，右手是来时的路。左手是一级级石梯，向上通宝塔山顶，向下不远抵达两河口。本来从一开始就沿这条石梯路上宝塔山是最近的，但是得预先绕个大弯子，从邓湾码头坐船才能到两河口，反而更花时间，用文言文说是欲速不达。因此黄天星此刻心想，今天我和贾光明在二道坡下车走旱路，决策是英明正确的。

爬着爬着，黄天星突然收住脚步。因为他发现山下洼地有四个人在挖树苗，三个女的，一个男的。那男的不是别人，是邓兴志这小子！虽然邓兴志已向黄天星示过好，但是黄天星仍然不怎么待见他，尤其不喜欢见到他和表妹接近。今天却亲眼见到他不仅和表妹在一起，并且和表妹挨得那么近，肩并肩挖树苗，就像在戏台上演《兄妹开荒》。顿时，莫名之火在黄天星心中燃烧，忘了他正随贾光明一起登山，要到山顶用苏联将军望远镜观景。他忙将背包卸下放在道旁，然后沿着石梯飞奔下山。边下山心里边吼道：邓兴志你个臭小子，老子今天非得当着我表妹面，把你再教训收拾一遍，收拾得够够的让你彻底低头认罪之后，我再乘胜前进继续登山观景。

上山难下山易，并且下山的这段石梯路也不远，因此不一会儿工夫，黄天星已"从天而降"出现在邓兴志面前，怒发冲冠大吼一声，邓兴志你干啥？

邓兴志一愣，回答说，哟，是黄大哥呀！

黄天星不给邓兴志好脸色，追问，你干啥？

邓兴志答，挖树苗，砧木树苗。

黄天星说，挖树就挖树，为啥把我表妹裹来？

关爱华急忙上前说道，表哥你莫在这儿乱管闲事行不行？今天我休息，帮两个姐妹干活。你没长眼吗，邓兴志的女朋友也在这儿。

黄天星斜眼一扫，看清了邓兴志的女朋友孟雪花（杜美玲），心里的火焰灭了一小半。但是他仍然不愿放过当着三个漂亮姑娘面羞辱教训邓兴志的大好机会，转脸向表妹问道，他邓兴志来干活，与你啥相干，你跟他裹在一起干啥？

关爱华说，今天我休息，我是来帮两个姐妹干活，碍你啥事！

黄天星说，她俩都是公社社员，你一个工人阶级……

关爱华质问黄天星，说，表哥你啥意思？是在表扬社员还是瞧不起她俩？公社社员低人一等吗？他们为支援国家建设，把原来柴方水便的家都献出来了，值不值得你学习？还有人家邓兴志，今天我得说句重话你记住，他更是你学习的榜样！

黄天星没想到表妹竟然胳膊肘朝外拐，气得无言可对，索性转移目标，扭头走到"孟雪花"面前，开口问道，喂，孟雪花，你真是邓兴志的未婚妻？

"孟雪花"（杜美玲）装着没听见，只顾低头挖树苗。

黄天星反而更来劲了，追问"孟雪花"，是不是真是郧县刘洞乡的人？啥时候和邓兴志确定的恋爱关系？准备哪天办喜事……

一直忍着不想与黄天星搭话的丁桂小终于忍不住了，上前插言道，黄大哥，你今天特意来到这儿目的何在？就为了"批评教育"邓兴志吗？

一句话提醒了关爱华，禁不住叫一声"哎呀不对"，急忙质问黄天星，表哥你今天跑这儿来到底干啥？

黄天星这才想起贾主任和苏联望远镜，脱口回答说，我来游春观风景。

"游春观景？跟谁一起？"

"谁也没谁。"

"表哥，你给我说实话，是不是贾光明带你上宝塔山？"

"是他不是他，有啥关系？"

"太有关系了！你不是对我说过，他早就想炸宝塔吗？"

"他那是吹牛皮，哪有这么大的胆？"

关爱华的怀疑也引起邓兴志警觉，郑重说道，天星兄你听我一句话，如果真要是贾光明裏你来，我劝你赶紧赶紧上山，坚决制止他！

黄天星回答道，姓邓的你少管闲事！我说贾主任没来他就真没来！退一步说，就算他真来了，用得着你大惊小怪咸吃萝卜淡操心？炸宝塔，笑话，他怎么可能炸宝塔？给他一百二十个胆子他也不敢！

说完这几句话，黄天星惦记着望远镜，准备转身离去。

就在这时，猛听得山顶响起一声惊天动地的巨响。黄天星慌忙抬头，失声叫道，我的妈呀，他真的炸塔了！

只见从空中飞下无数塔砖，像炮弹一样，射向江边的洼地……

快躲！邓兴志厉声喊叫。

一块塔砖，正飞向关爱华的头顶……

邓兴志飞起一脚把关爱华踢出老远，让她躲过一劫。而塔砖却砸在了邓兴志抬起的右腿小腿上，顿时一片血肉模糊！

又一块呼啸的塔砖直朝黄天星脊背飞来！说时迟那时快，杜美玲火急冲上前，拼足全身力气，从黄天星背后一掌推开他。但是杜美玲躲不及了，塔砖以迅雷不及掩耳之势重重地砸在她脊背上！

美玲像一片落叶，面朝下扑倒在地……

丁桂小、关爱华、邓兴志三人一起拥向美玲，只见鲜血从她的口腔和鼻腔不停地流出，浸湿一大片草地。天啦，她是受了严重内伤，五脏六腑仿佛全被震碎了……

快送医院！邓兴志一声大喊，双手把杜美玲托起奔向河边，他血肉模糊的右腿疼得钻心，但是庆幸没有严重骨折。

黄天星被吓傻了，趴在地上动弹不得。终于清醒过来了，赶紧朝河边奔跑，边跑边大骂道，贾光明你真敢炸呀！

江边泊着一条木船，是邓兴志一行四人来时划来的。现在，四人上船，邓兴志把杜美玲交给丁桂小和关爱华，自己急忙操起船桨。

黄天星追来了，急急跳上船，说道，我也帮忙划桨！

左右两只桨，二人奋力，木船逆流而上，奔向郧阳新城。

黄天星手里划桨口里骂，贾光明！骗子！不得好死！

黄天星现在全清醒了，心中又恼又恨。贾光明，你在耍我呀！你根本不是带我游山观景，是让我替你当驴，并且鼓动我动手，点火炸毁宝塔。那帆布背包里，装的不是啥野餐厨具食品，肯定是炸药，雷管，还有铁器工具！

事实正是如此。贾光明本打算不仅要骗黄天星当驴，还要哄他当冤大头，埋炸药点雷管，把炸塔的罪责全推在他身上。可是没想到，黄天星爬到半山腰岔路口，竟扔下背包，兔子一样哧溜溜下山了。贾光明不知究竟，以为黄天星变聪明了，看出了他的意图。无奈，他骂了一通，自己拾起背包上山。到了山顶，近距离面对宝塔，他犹豫了，担心事发后被人发现。但是贪婪之心最终还是战胜了胆怯，想到塔内的宝贝一定是价值连城，同时也为自己想到了一个借口：万一有人发现是我贾光明炸了宝塔，也不怕，老子闭口不吐宝物的事，老子就说是破四旧。因为宝塔是封建迷信之物，早就该摧毁！

一不做二不休，撑死胆大的，饿死胆小的！上山路上已喝得半醉的贾光明，来到山顶又喝半瓶烧酒，两眼直冒血光。一鼓作气，埋炸药，安雷管，点火，引爆……

千年的郧山宝塔从此消失了，人们再也见不到碧蓝江水映塔影的美景……

木船终于在郧县新城码头靠岸，黄天星看见岸上有人拉着一辆板车，拉车人是县建筑公司的工人冯大国，车上装的是两麻袋河沙。黄天星急忙跳下船叫道，大国子快停车！把河沙扔了，快送伤员到医院！

几个人把杜美玲抬上板车，飞一般赶往郧县人民医院。

再看宝塔山顶的情景。宝塔被炸飞了，碎砖遍地。贾光明兴奋异常，疯一般寻找价值连城的宝贝，小十字镐，小铁锹，轮番使用，但是刨来刨去，也不见宝物的影子。再找塔顶上的那块铜牌。找到了！可是并没鎏金，只是块普通的薄薄的铜片！这可怎么办？三十六计走为上，赶紧离开郧县，到外头躲一阵子再说。

3

郧县人民医院成立由专家领衔的医疗组，采取一切办法，对杜美玲进行抢救。

罗德刚赶到医院，日夜守护在美玲病床前，两次为她输血。

邓兴志虽然因腿伤住医院，但是也要求向杜美玲献血，因为他的血型是O型，是最适合献血的血型。

二汽技术中心的领导也在关心罗德刚女朋友的病情，请求二汽中心医院伸出援手，派急救车到郧县新城，将杜美玲转院治疗。

二汽中心医院聚集了一批来自全国各地的优秀医护人员，设备条件也极好。但是杜美玲的伤势实在太重，再高明的医生也无力回天。抢救小组只能采取一切措施，尽力延长她的生命，让亲人们多陪在她身边一些时间。

美玲自知随时都可能再也不能睁开眼睛，便在稍有力气时，对亲人笑一笑，说几个字的话。对义父说的是，爹，把我的……骨灰埋在……桫椤坡，让我……望着汉江……对罗德刚说的是，德刚……我谢谢你……我的灵魂……已经嫁给了你……我戴着妈妈的顶针……给你纳了一双鞋垫……藏在我的……枕套里……

诀别的日子无可奈何地到来了。在弥留时刻，杜美玲的神智竟奇迹般地清醒。她向医护人员示意，想和亲人们见最后一面。丁桂小来看过她了。关爱华来看过她了。邓兴志、乔新松一起来看过她。邓永富老人也来过了。最后留在她身边的是她最亲最亲的两位亲人——她的义父和她心灵的丈夫。望着义父，她唤一声"爹"，努力留给了爹爹一个笑容。然后，她恋恋不舍地望着德刚。德刚俯下身，用炙热的嘴唇，深深地亲吻她那冰冷的额头。这时，德刚再也忍不住满腔的泪水，那滚烫的男儿泪，像滂沱大雨一般，洒在美玲的脸上，流进她努力张开迎接"雨水"的嘴唇里……

杜美玲，就这样含着"雨水"恋恋不舍地合上了双眼。

第三天，罗德刚捧着杜美玲的骨灰从火葬场回到后靠村。走进老兵叔家，他从美玲的枕套里取出美玲给他绣的鞋垫。鞋垫上没有绣花花朵朵，只是细针密线绣出一行行像流水一样整齐排列的图案。德刚手捧鞋垫喃喃自语说，美玲，我明白了，你留给我的是一条汉江和一条丹江，两江碧透的秋水，长流不断……

美玲，我的爱人，虽然你守着两江水，但是德刚我知道，你的生命太干渴了！你把两江水留给你的亲人，苍天有眼，愿你的灵魂也被这两江水滋润！

杜美玲的葬礼在山顶桫椤树下举行。没有鞭炮声，没有哀乐声，送葬的人们都默默无言。只有山下的江水在替乡亲们诉说千言万语。

白发人送黑发人，老兵叔的脸上竟不见一滴泪痕。他的泪水早为女儿流干了。

傍晚，罗德刚从后靠村回到十堰，取下胸前的纸花，同鞋垫一起放入枕套，永远保存。

是夜，天幕低垂，夜色如漆。后靠村万籁俱寂，乡亲们深陷在追思之中。蓦然间，从桫椤坡顶上传来唢呐声，声声悲切凄凉！

乡亲们心里明白，这吹唢呐的人不是别人，是老兵叔！

老兵叔在少年时代随戏班子的师傅学会吹唢呐。当年用过的唢呐保存至今，但是乡亲们从未见他拿出过这支像他一样苦命的唢呐，因为它承载着一个孤儿太沉重的痛苦记忆。可是今夜他却吹响了这支唢呐，吹得声腔哽咽，比哭声更撕扯人心……

老兵叔是在为女儿美玲吹唢呐，没有曲牌，只有像呼天唤地一样悲怆的单音。呼长天，求长天撕碎夜幕。唤大地，盼大地遍野花开。因为吹唢呐的人已是老泪满腮，因此，唢呐声时断时续……

是谁，在家门前点燃起了一堆火？

第三十三章　我的灵魂已嫁给你　　337

乡亲们看明白了，是丁桂小和她爹爹一起，点燃一捆干柴，让火光划破夜色。

很快，后靠村的乡亲们，家家都在门前点燃了火堆。

桫椤坡顶上的唢呐声，燃烧在一片片火光里。

第三十四章　又见洗衣石

1

老婆，你陪我，一起去看看邓兴志吧！黄天星突然这样对任九琴提出请求。

任九琴问，为啥要去看他？

黄天星答，他受伤了，在五堰老街家里养伤。

"受伤了？咋样受的伤？"

"爱华没告诉你？"

"没告诉。邓兴志的事她从不告诉我，我也不问。"

"怪我，是我害了邓兴志。"

"咋说是你害他？"

"唉，我若不是半中腰（中途）下山，而是一直跟着贾光明上山，就凭我的觉悟，打死我，我也不同意他炸宝塔。我保住宝塔，邓兴志就不会受伤。他是为保护我表妹才受伤的。"

"原来是宝塔山的事啊，多好的一座塔，就这样毁掉了！"

"我，我好悔，对不起受伤的人，更对不起丢了性命的人……"

"你想去看望邓兴志，为啥不自己一个人去？"

"我想约个伴陪我。有伴陪着我，我好说话。"

"那你怎么不请表妹？"

"请过，她不同意。"

"为啥？"

"她说，她陪我去，到底是她代表我去感谢邓兴志，还是我代表她？"

"倒也是。"

"她说我应当求你，两口子一起去，才显得心诚。"

"我好多年没见过这个人了，现在，何必见？"

"过去的事，都是陈芝麻烂谷子。我，我都一点儿不在乎了，你还顾忌个啥？"

"我当然不顾忌。我有啥可顾忌的？"

"那就陪我去一趟吧，算我求你了，行不行？"

"听说，救了你一命的女子，是桫椤坡后靠村老兵叔的义女？"

"是是，她名字不叫孟雪花，叫杜美玲，是她丢了性命救了我！我对不起她，对不起她义父，对不起她男朋友罗德刚！现在我啥都知道了，啥都明白了！爱华说得对，我黄天星痛定思痛，从现在起，应该下决心重新做人。重新做人的第一步，是到老兵叔家、丁桂小家、邓兴志家，一家一家登门道歉。今天我就先去见邓兴志。我诚心实意求你陪我一起去，礼物我买。你就答应我吧！"

"那好吧，不叫你为难，我陪你去就是了。"

"谢谢，谢谢老婆！"

"你准备送点啥礼物？"

"两盒饼干。在大商店买的。可以不？"

"倒不如送点实惠的东西。"

"送啥？"

"我想起来了，昨晚我拌了一钵子饺子馅，饺子皮也是现成的。本想今晚包饺子，现在不如带给邓兴志。"

"这算啥礼物，咋比得上盒装的饼干排场？"

"你想想,他腿受伤,做饭做菜肯定不方便。我去给他多包点饺子,他慢慢吃,不比送饼干强?"

"倒是呀,还是会当家的老婆想得周到!"

其实九琴早已在等待黄天星请她同去看望邓兴志了。因为此前发生的一切事情,前前后后的情况,包括爱华是怎样与黄天星谈话,黄天星当时的态度,爱华都已详细告诉她了,所以她提前准备好了饺子馅和饺子皮。

夫妻二人并肩走进邓兴志的平房小屋。

邓兴志一惊,撑着双拐起身迎客。

任九琴说道,邓兴志兄弟你快莫客气,坐下,和我家小河她爸,好好说说话。我进你厨房,给你包点饺子,算是小河她爸谢你的一点儿薄礼。

九琴说完就一头扎进厨房。

黄天星一落座,就立即向邓兴志检讨。首先再次声明不知道也不相信贾光明真要炸宝塔。若知道他炸塔,我无论如何不会半路下山。我会坚决拦住他,坚决保住宝塔!

黄天星说的这是实话。是的,他是绝不会眼看着贾光明炸毁宝塔的。贾光明哪里会理解宝塔在黄天星心中的重要位置!读小学时,黄天星学习成绩差,但是他爱美术课,美术作业总是拿高分。有一次美术老师带学生画写生画,画的就是隔江相望的宝塔山美景。黄天星画的宝塔图不仅得了全年级最高分,并且在学校优秀美术作业栏里展览了好几天。可是现在,宝塔再也见不着了!

见邓兴志没开腔,黄天星接着说,我若不是半路下山,我就会在山上阻止贾光明,你和杜美玲就不会出事。怨我,后悔也来不及了!

邓兴志说,天星兄你莫自怨,就算你那天阻拦贾光明,你也肯定拦不住。因为他已经不是个人,是条疯狗了!你若挡他的财路,受重伤的说不定就是你。

黄天星说,想起老兵叔的女儿为我丢了命,我好羞愧,真的好羞愧呀!邓兴志兄弟,你相信我说的是掏心的话吗?

第三十四章　又见洗衣石

邓兴志说，我相信。并且我要称赞你一句，因为你及时到公安局报了案。

黄天星答，是，把杜美玲送到医院后，我转身就到县公安局报案。并且当时我表态说，一定配合政府抓住罪犯贾光明。公安局的同志们说，天网恢恢疏而不漏！

邓兴志说，恶人不受惩罚，天理难容，美玲也死不瞑目。

黄天星说，杜美玲若不是为救我，咋会丢了年轻的生命？她不该冲上前来保护我呀！我算个什么人？我羞辱过她，伤害过她，可是她却舍身救我，这是为啥？我想来想去，现在终于想明白了！

"想明白了什么？"

"想明白了什么是好人，想明白了这世界上的一切美丽都是由好人创造的。好人创造美好世界，这话虽然是出自我表妹爱华之口，但是现在我也全理解了。邓兴志兄弟，今天我来看你，就是有句话想对你说，那就是，我黄天星从此后也要学习好人，做一个好人……"

现在让我们来看看任九琴进屋之后的情景。

任九琴这是第一次走进邓兴志家门。踏进屋，第一眼望见屋内的简陋状况，心便开始流泪。她无缘成为邓兴志的妻子，但是今天，她决定尽一次妻子的义务。她默默无言，将爱心洒在这老旧的平房内。黄天星在外间堂屋同邓兴志说话，她在内屋做事。她首先轻步走进邓兴志的卧室，把邓兴志叠得凌乱的被子摊开重叠一遍，叠得方方正正整整齐齐，被里被外都洒有她的热泪，留有她指间溢出的温暖。她看见了邓兴志的枕头，不是一般的枕头，而是那块她熟悉的棒槌河的洗衣石，石头上盖着枕巾。她捧起这块当初她有意留给邓兴志当纪念物的石头，贴在脸上亲了又亲，然后轻轻把它放回原处。可是并非完全归原位，而是靠在刚刚重新叠过的被子旁边，枕巾也换了位置。她要让邓兴志明白，这块不寻常的石头，今日终于与她久别重逢了，她用双手捧过了，用泪脸亲过了。

她不敢在邓兴志的卧室里多留，赶紧返回厨房。庆幸的是黄天星并不知道她从厨房悄悄进过邓兴志的卧室，还以为她一直在厨房里做事。因为从家里出门时她就对黄天星交代过，我俩去看伤员，你在堂屋陪他说说话，我插不上言，也不便插言，我就抓紧时间，在他家厨房埋头包饺子。你在堂屋里莫心急，也莫打扰我在厨房里做事。你只管多和邓兴志拉拉家常，耐心等我包完饺子，我俩再一起走。

九琴做家务活是一把快手，今天更是像赛跑一样。好在饺子馅和饺子皮都是早已准备好了的，现在只要抓紧包就行了。争分夺秒，冲锋陷阵一般快速把所有的饺子全包好，长舒一口气。又一次走进邓兴志的卧室，但是更加不敢多逗留，匆匆忙忙再度抱起洗衣石和被子，贴在脸上亲了几遍。然后回厨房。站在厨房擦干泪花，长舒几口气，一副从容不迫的神态来到堂屋，对黄天星说，让你邓兴志兄弟好好养伤，我们走吧。

邓兴志送走九琴和黄天星，拄双拐先进卧室。他已猜到九琴会走进这小小房间的。是的，她进来过，进来过！凌乱的被子被她整整齐齐地叠过了！洗衣石也与她重逢了，石面上，终于又留下她的指纹，留下她无声的万语千言……

立在木板床前，望着刚刚洒下过九琴泪水的洗衣石和叠得整整齐齐的被子，邓兴志的心情，像是由满江夏日的洪峰变成了平静的一江秋水。他在心里说，谢谢你，九琴！你的心你的情我全领了！时至今日，过去的事，就这样画一个句号吧。为了你，为了你女儿小河，这个句号我本当早就该画了。九琴，今天你走进过我的小屋了，我不再有遗憾，真的没有了！我只盼望你，还有小河，以及你全家人，一切都好，今后的日子，平平安安……

邓兴志来到厨房，发现笼屉里摆满饺子。每个饺子好似都在含泪望着他，对他悄悄说知心话。也不知过了多久，他突然转过身，拄着双拐到了桂芹嫂子家。两个孩子正在写作业。嫂子迎上前招呼道，邓兴志你咋不在家好好休息？快坐下！

邓兴志却未入座，以双拐为支撑，站得身体笔直，将今日九琴陪黄天星来看望的经过告诉桂芹嫂子。然后说，我决定把九琴包的饺子拿过来一半。嫂子本想谢绝，让邓兴志全留下多吃几顿，但见到邓兴志眼里闪烁的泪光，

第三十四章　又见洗衣石　　343

便点头说，好，正巧智林今晚也回来，我们五个人一起吃饺子。不管谁，都只许高高兴兴！你听见没，邓兴志？

邓兴志说，我明白，高兴，只许高兴。我去买瓶酒，今天应当喝酒。

丁桂芹说，你拐着双拐咋去？叫佩风、佩雨扶你去。

邓兴志也正是这样想的，对佩风、佩雨说，我们走吧，作业回来再写。

佩风、佩雨一左一右扶着邓兴志叔叔走向五堰商场。在商场门口小哥俩止步不前了，因为又遇上爆米花的人，圆圆肚皮的机器就支在街沿上。

等着爆米花的孩子们已排成队。邓兴志赶忙排到队尾，将家里的钥匙交给佩风、佩雨，交代小哥俩，回去从我厨房案桌上的左边小瓦罐里取一碗大米，从右边大罐子里取一碗苞谷籽，今天我们爆两样花！

小哥俩欢天喜地，不一会儿就完成任务返回，替换邓叔叔，耐心排队。

终于轮到我们了！

嘭！惊天动地似的一声响。

嘭！又是惊天动地的一响。

火光映着小哥俩和邓兴志的面庞，像油画一样浓墨重彩。

2

又有人来家看望邓兴志。

是乔新松和罗德刚。

新松一进门就说，邓兴志兄我有好消息告诉你！中建三局昨天公布了一批招工名单，都是从优秀临时工中挑选的，你和关爱华都榜上有名。爱华让我转告你，三天之内抓紧到劳资处报到。

按理说邓兴志听到被招工的消息应当欢欣鼓舞，但他的反应竟是波澜不惊，应道，我得考虑考虑。

是得考虑考虑。罗德刚应声附和，说，因为我这儿还有更好的消息。

新松说，是的，双喜临门，让邓兴志兄自己二选其一。

罗德刚问道，邓兴志兄，你怎么和大名鼎鼎的汽车工业专家关系那么亲？

邓兴志反问，哪个专家？

罗德刚说，孟老总啊！

邓兴志说，孟总呀，我和他只有一面之交。

罗德刚说，才一面之交？他却对你念念不忘，托我找你。

"找我？"

"听我从头道来。昨天我到孟总办公室送资料，他问我，听你口音你是郧阳人吧？我说是。他说，那我托你打听一个人，也是郧阳人。我问，叫什么名字？他说，叫邓兴志。说着将这三个字写给我。我忙说，邓兴志是我朋友！孟总说，这可真叫踏破铁鞋无觅处，得来全不费工夫。又说，不仅我想见邓兴志，更有人需要马上找到他，是发动机厂基建科科长崔顺吉。我得麻烦你小罗了，尽快抽空到发动机厂，把小邓的信息告诉崔科长。马不停蹄，下午我就去见了崔科长，原来是发动机厂招工，分配给基建科一个名额，定向招，招一名能吃苦又有经验的维修班班长。"

乔新松插话说，邓兴志兄，到三局到二汽你随便挑，都是好单位！

罗德刚对邓兴志说，崔科长让我转告你，你只管去报名就行，转户口上户口的事都不用你操心，一切由厂劳资科办妥。

乔新松说，有崔科长这句话，那我建议邓兴志兄就到二汽，马上可以"农转非"。

罗德刚说，对，邓兴志你快抓紧时间到发动机厂报到。

乔新松说，机不可失，时不再来。

奇怪，邓兴志脸上竟一点儿也不现惊喜之色，对这么好的消息似乎无动于衷。

乔新松和罗德刚面面相觑。

过了许久，邓兴志突然冒出一句话，说道，我不当半边户！

什么？不当半边户？话出何因？罗德刚感到纳闷。

乔新松却突然"噢"一声,应道,好好好,好事!

什么好事?罗德刚问。

乔新松回答说,不当半边户,意思是说,邓兴志兄与丁桂小的姻缘已水到渠成了!太好了!趁此机会,我也在这儿报告喜讯,我和关爱华的关系,两家老人都同意都满意。邓兴志兄,今年之内我们选个好日子,两对新人一起办喜事,你说好不好?

邓兴志回答一个字,好!

罗德刚说,我热烈祝贺!可是邓兴志兄,我不明白,你结婚办喜事,与报名当工人,二者之间有什么关系呢?

乔新松说,我理解我理解,邓兴志兄是想,他当上了二汽的工人,户口农转非了,可是新婚妻子还是公社社员,户口还是农村户口。邓兴志兄他不愿当"半边户"。

罗德刚说,唉,半边户,不提这个什么"半边户"了!

乔新松说,对的对的,一切朝前看,太阳每天都是新的。

罗德刚说,是啊,朝前看。光就现在情况而言,半边户对于邓兴志兄已经是不是问题的问题。丁桂小初中毕业,至少也该属小知识分子范畴吧。人又聪明并且勤劳。二汽要发展,需要不断补充新生力量,还得陆续招工。有了这样的大背景,嫂子丁桂小还愁走不进二汽大门?即使不进车间,就是被招到后勤部门,幼儿园,食堂,仓库,哪里放不下嫂夫人?

乔新松说,我估计最迟半年之内,桂小嫂子也能成为二汽职工。到那时,邓兴志兄和桂小嫂子就一起"农转非"!

没等新松把话说完,邓兴志便像被人砍了一刀似的,大声嚷道:不,我也不要农转非!

乔新松不解,问道,邓兴志兄,你今天究竟是怎么啦?机会难得,多少人盼着进二汽啊!

罗德刚则说道,新松你别问了,让邓兴志兄先考虑考虑,过几天再答复我们吧。

第三十五章　山间草木最多情

1

送走新松、德刚，邓兴志独坐良久，突然起身扔掉双拐，试着走几步，胜利了！虽然伤口疼得扎心，但是步履稳健。

早已酝酿过无数遍的今后的人生计划，现在坚定了决心和信心，目标明确不再犹豫，明天就付诸行动。

次日清晨，邓兴志早早起床看天色。好高好蓝的天，东方露出一抹霞光。想起一首歌唱朝霞的歌，那咱就打开嗓门唱出声来：

灿烂的朝霞，
升起在金色的北京，
庄严的乐曲，
报道着祖国的黎明……

收拾行装。又简单又不简单，最重要的随身之物是洗衣石。

同样是将洗衣石包成背包形状。但是这次用的不是龙须草绳子，而是特意从商场买的正正规规的背包带。一条薄被子，捆扎得方方正正，石头就包在被子里。

走进桫椤坡后靠村,首先来到丁桂小栽种的刺玫花架下。

刺玫花,扎根于贫瘠土地的刺玫花,不畏风雨不惧干旱的刺玫花,香得朴素香得长久的刺玫花,从不张扬坚守本色的刺玫花,自尊自爱手握猎枪的刺玫花,我来了!

向刺玫花行过注目礼,邓兴志迈大步走进老兵叔家。进门就对两位老人说,老兵叔,爹,我想好了,到这儿扎根。

好,好!二老帮邓兴志卸下背包。老兵叔兴颠颠,说话变得结巴,我,我这就去,把,把桂小喊来,喊来!

老爹从墙上取下他的长烟杆,拿在手里像小孩子拿着一件可爱的玩具。近来他要求自己少抽烟,高兴的时候只把空烟杆拿在手里,也算是过了烟瘾。

桂小来了,进屋第一眼看到的是结结实实沉甸甸的背包,心里已明白了一切。

邓兴志忙说,桂小带我去公社开准迁证,我要把我和我爹的户口从五堰迁到这儿,入户老兵叔家。

桂小问,腿伤好了吗?

邓兴志答,看,这不是没拄拐棍吗?

桂小说,今天你先歇歇,明天我俩去。

邓兴志说,我不累,今天就去。

老爹开口了,说,邓兴志你就听桂小的吧,今天是星期天。

老兵叔说,邓兴志,好事不从忙中起,该吃午饭了。

桂小问,饭做好没?

老兵叔说,不用特别做,烧水下挂面,菜也是现成的。

桂小说,我来做。

吃过午饭,洗过碗,丁桂小回家。把邓兴志决定迁户口的事告诉了爹妈。妈说,晚上把他们三人都请过来吃饭。桂小问,家里还有酒没?妈说,有,去年九月九酿的老黄酒。

妈妈的话刚落音,爹爹就架一把木梯子踏步上墙,从堂屋的梁柱子上,取下一块悬挂了半年的腊肉。接着,他又按老伴的吩咐,从菜地里摘回一大篮子青翠欲滴的蔬菜。

今天丁家的晚饭吃得格外早,太阳没下山,四个老人,两个年轻人,齐聚一堂。

老兵叔落座,说道,今天是六月初六,又正巧是六位亲人团圆,六六大顺啊!我理当唱几句喝喜酒的开席歌,可是又怕惊动四邻。不唱,念给你们听——

青山无言记日月,
绿水长流数古今。
无名草木年年发,
草木是我老百姓。
莫把草木来轻看,
有草有木才有春。
万紫千红谁打扮?
山野草木最多情。

邓兴志说,老兵叔,就为你的这开席词,我也应当先敬你一杯!无名草木,我邓兴志就是一棵。无名虽无名,可是春天少不了我们的颜色!

老兵叔说,邓兴志啊,我的心思你最懂!从此刻起,我也只喊你的乳名志娃子。志娃子,我用河南话问你一句,我这样喊,中不中?

邓兴志忙答,中,太中了!

老兵叔说,一家人不用互相敬酒,来来来,俺们一起干杯!

晚宴毕,四位老人坐在一起品茶话家常。邓兴志和桂小出门,肩并肩,久久凝望桫椤坡下的汉江。

初六的月亮两弯新,一弯在天上,一弯在江中。

邓兴志将中建三局和二汽发动机厂招工的事一五一十讲给丁桂小。然后

第三十五章　山间草木最多情　349

说道，正是这两条消息，反而叫我决心更坚定了，桫椤坡后靠村，才是我的立身之地。

桂小问，当一辈子农民，不后悔？

邓兴志答，有什么可后悔？我本来就是农民。农民也是人，现在又是和你在一起当农民，有哪点儿不好？反正，我不稀罕农转非！我也不当半边户，只要一个完整的农民之家。

桂小说，其实我的心思和你一样。这不仅仅是我知道"农转非"太刺伤过你的心了，更因为我早就在等你来后靠村，帮衬帮衬我。村里年轻人少，坡上柑橘园又特别需要有文化的年轻人。杜美玲来后成了我的好帮手，可惜她……

邓兴志说，今后有重担，只管交给我。

桂小说，你知道不，老兵叔也早盼着你来。他说，等着你来，挑最重的桫椤木扁担。

邓兴志说，谢谢老兵叔的信任！他老人家说得对，天宫没有树，因为那儿没有黄土地。桫椤树，其实就是咱大郧阳山区本地稀有的树，本名就叫个扁担树。感谢你今晚领着我邓兴志，正式向扁担树报到来了。

山风起。树木花草的清香扑面而来。

桂小靠紧邓兴志身子，踮起脚，给了他一个吻。

虽然这是两人的第一次亲吻，又虽然时间短暂得似蜻蜓点水一般，但是彼此都觉得这一吻经历了长长久久时光，长过了百年千年。

2

第二天，桂小领着邓兴志到公社开准迁证，一切都办得顺当。"民政办"汪助理把桂小和邓兴志送出老远，叮嘱道，领结婚证也是在我这儿！

回到后靠村，两个人走进老兵叔家。大门敞开着，但是二位老人都不在。空空的屋子，留给一对年轻人。

小桌上摆着茶碗。暖水瓶里的开水装得满满当当。

邓兴志顾不上喝水，从小屋里取出背包，拆开，将伴了他四年的洗衣石递给丁桂小。说，这块石头，现在属于我俩。

桂小应道，它也应该算是我的老朋友了。

邓兴志说，我不再拿它当枕头，作为一件纪念品保存吧。

桂小说，应该保存，用它纪念那些难忘的岁月和难忘的亲人。我想给它取个名字。

"你早就想好名字了吧？"

"你猜对了。"

"取什么名字？"

"你看，这石面上的图案，像不像是一条大河在奔流。这条大河，就是我们的汉江啊！"

"是的，是我们的母亲河，在日日夜夜流淌。"

"再看这里，是不是有位女子，在河边梳妆？"

"对，母亲河就是她的梳妆镜。"

"所以，我为这块值得珍惜的石头取名叫'在水一方'。"

邓兴志无言，心里说，其实我也早就是这样为它命名的啊！在水一方，四个大字，字字千斤！

桂小抚摸石头，吟道："蒹葭苍苍，白露为霜。所谓伊人，在水一方……"

这同样也是久久藏在邓兴志心底的诗句。

桂小问道，邓兴志，你知道吗？

不等邓兴志应声，桂小自己回答说，这"在水一方"的女儿，不是一个人，而是一群姊妹。有九琴姐，有我，有爱华，还有可怜的美玲妹妹……

桂小说不下去了，声音哽咽。

邓兴志在心里说，桂小，我懂。你的姐妹们，我的兄弟们，我们的生命感恩于母亲河的哺育。我们无愧的青春和爱情，也当由母亲河为我们做证！

当天邓兴志就抓紧时间返回五堰老街见桂芹姐，把迁居后靠村的准迁证给她看。然后他接连见了乔新松、关爱华和罗德刚，将自己的决定告诉这三个好朋友。他还写了两封信，一封写给孟总工程师，一封写给崔顺吉科长。两封信都托罗德刚转交。信中他道出了决心落户后靠村的原因，对孟总和崔科长的好意表示感谢，希望二汽的领导多关心多支持后靠村移民们重建家园的事业。信上还说，后靠村的社员们决心把桫椤坡的柑橘园建成一座大花园，将来，让它变成二汽职工们的水果供应基地和"农家乐"度假村。

1971年8月1日建军节前一天，星期六，邓兴志将他和父亲的户口迁移之事全部办妥，父子二人正式成为桫椤坡后靠村村民，入户老兵叔家。

杜满斗和邓永富老哥俩，早在门口等候。邓兴志手捧写着三人姓名的新户口本进屋，说，户主老兵叔，我归家了！我是我爹的儿子，也是你的儿子！老兵叔接过本本，立正站立，提高嗓音喊了一声"志娃子"，喊得志娃子热泪盈眶。邓永富的心情无言表达，手拄长旱烟袋杆当拐棍，站在老兵大哥身边，笑得合不拢嘴。

五堰老街邓兴志住过的平房，现在成为后靠村乡亲们设在十堰的歇脚点。

1971年国庆节，乔新松、关爱华，邓兴志、丁桂小，两对新人一起在十堰举行婚礼。仪式很热闹也很简朴。郧阳地委及行署机关来了领导同志祝贺，中建三局的领导也来祝贺。二汽发动机厂基建科的崔科长闻讯赶来吃喜糖。孟总工程师也知道了喜讯，因为要进京开会不能亲临祝福，特意托罗德刚向邓兴志、丁桂小转送一份小礼物，是一辆"东风牌"卡车的模型。模型不大，可以托于掌中，但是锻造得很精致。它就是二汽即将批量生产的主要车型。

新婚第二天，两对新人一起到后靠村，登上桫椤坡，看望长眠于此的杜美玲。

杜美玲像是听见了姐妹兄弟的脚步声，墓碑前几朵含苞的野花突然一起绽放。

山风拂面，高高的桫椤树的树枝间落下几只鸟儿，对着汉江歌唱。

3

1971年的国庆节是邓兴志和丁桂小的大喜日子。按民间习俗,新婚第三天新媳妇回娘家,恰好这天又赶上是中秋节,节上加节,喜上添喜。

桂小的爹丁沧浪说,不必行回娘家的老礼了,婆家娘家都在后靠村,就是一个家。今天我们都到邓家湾,和邓兴志的三叔三妈一起,团团圆圆吃月饼。

这正是两家老人们的共同想法。前天邓兴志、桂小在十堰同新松、爱华一起举办婚礼,那是新式婚礼,参加祝贺的都是年轻人,还有单位上的人,加上路远,所以两家的老人都没去。昨天新松和爱华特意来后靠村,上山看望美玲,两家老人招待他们,直到傍晚才忙完。今天两家人得全体出动一起都去邓家湾,三叔三妈等着喝侄儿和侄媳妇的喜酒!

老兵叔,邓永富,丁沧浪,田玉莲,邓兴志,丁桂小,四个老人加两个年轻人,一行六人,浩浩荡荡前往邓家湾。

邓永昌,李菊香,老两口早在门口翘首以待。

来了!来了!

侄儿媳妇桂小走在最前面!好桂小啊,你今天依然穿戴得清清爽爽朴朴素素,唯一的打扮只是围了一条红纱巾。三叔三妈心里就喜欢你这样!看你脚步轻盈越走越快,就像一只报春的燕子飞来了,飞来了!

三叔!三妈!还未走近,桂小就脆脆地喊了两声。

哎,哎!三妈一边高声答应,一边笑呵呵地擦眼泪。

三叔迎上前,两手拉紧老兵哥和丁沧浪的胳膊,连声说道,进家,快进家!

第三十六章　难以收笔的尾声

1

这部小说，故事自1967年农历五月初一邓兴志回邓家湾写起，结束于1971年中秋节邓兴志带着丁桂小一起再回邓家湾。时间跨度四个年头。

一本书再长，也得有尾声。但是我意犹未尽，请允许我再写几笔，简要讲讲自1971年至1991年二十年间发生的几件事。

讲一讲黄天星……

——且慢！黄天星的新故事，不妨放在全书最后。

先说邓兴志、丁桂小和乔新松、关爱华这两对年轻夫妻，于1973年春天都做了爸爸、妈妈。

再说罗德刚。1987年5月1日，二汽的第50万辆"东风"牌5吨位的中型载重汽车下线，形成年产10万辆的生产规模。总厂决定在襄阳建设大型载重车基地和汽车试验场，罗德刚身为技术领头人，调往襄阳基地工作。

如邓兴志、丁桂小所愿，桫椤坡在1986年终于变成了花果山，不仅有柑橘园，还有樱桃园和花卉园。村里修了公路，与"郧十公路"接通。村里还盖起了"农家乐"招待所。后靠村成为名副其实的二汽职工们的"后花园"。

2

有两件发生在1991年的事情，当记录在此。

第一件事。1991年新年刚过，连接郧县新城和汉江南岸新公路（国道）的汉江大桥正式动工修建。主桥长601米，为"人"字形斜拉桥，是当年同类型桥梁之中的"亚洲第一桥"。

开工第一天，工地上来了10位农民，肩扛扁担锄头，自称"扁担队"，要求在工地上当义工。队长名叫邓兴志。

指挥长谢绝。邓兴志说，指挥长你莫撵我们，听我解释几句。自从听说要修这座桥，全县的机关、企业，各单位的人都捐钱。就连小学生也捐，五分钱，一角钱，钱不在多少，孩子们献的是一份心意。难道我们这些人还不如孩子们？你想吧，这大桥离我们后靠村近，建成后，我们站在桫椤坡的山梁子上，就能看见桥影子。我们没捐钱，捐半个月义务工，总是应该的吧？

指挥长终于被说服了。邓兴志又说道，我长这么大，见过的唯一一座大桥，是武汉的长江大桥。你不知道我当时有多激动，望着江，望着桥，硬是出不了声。当时我心想，我的老家郧阳，哪年哪月，也能在汉江上架一座大桥，那该多美！咋会想到，眼前梦想成真！

指挥长说，我们国家经济实力一年比一年强，科技一年比一年进步，现在造大桥已经不是神秘的事。按照我们的设想，这里只建一座桥是不够用的，再过几年，还得架起第二桥和第三桥，把郧阳的江北江南完全连成一片。

邓兴志说，那这郧阳汉江第一桥，我们更得尽义务，这可是历史性的贡献啊！

第二件事。1991年5月10日，一个新的机构在郧县县政府成立，名称叫"郧县南水北调规划领导小组"。组长由县长兼任。筹划多年的"南水北调"中线工程付诸行动。方案是，把丹江口大坝的高度增高，由原来的162米增至176.6米。蓄水水位由157米增至170米。库容由174.5亿立方米增至290.5亿立方米，水面面积增至1022.75平方千米，相近于三峡库区水面积，以保证平均每年将95亿立方米的汉江水从丹江口出发，一路北上，调往华北和北京。

这一宏大工程计划在第八个五年计划内完成。丹江口水库库区的乡亲们心知肚明，又得为国家的大建设做贡献，舍小家顾大家。因为库区水位提高后，又将淹没300多平方公里的土地，将近34万原来是"后靠移民"身份的乡亲们，将再度失去家园。

消息传来，一座座"后靠村"的村民们却无人惊慌。今天的中国，经济实力与二十几年前相比，已有天壤之别。人民政府更加有能力安排好移民们的生活，保证家家户户安居乐业。或远迁，或继续后靠，党和政府都是靠山。在远迁安置地，由政府负责，提前盖好安置房。对后靠的移民，政府也要尽其所能，创造二度重建家园的条件。

桫椤坡后靠村被确定为再次后靠村。老兵叔说，不要紧，不过是再往后挪一挪。又说，庆幸桫椤树淹不到，它站立的地方规划水面高出十几米。好，只要这棵树不倒，我们肩膀头上的扁担就少不了，也挑不断！

乡亲们已将桫椤坡开发成了风水宝地。生活在这儿的老人们，日出而作日落而息，一年四季辛勤劳动，一个个健康长寿。他们都有一腔悲天悯人的胸怀，因此年纪越长面容越慈祥。老兵叔这年已年过80，依然耳聪目明。为迎接南水北调中线工程即将动工，县文联决定办一期《沧浪文学》特刊。文联主席登门拜访老兵叔，请他以一名老移民后靠户的身份写一首诗。就连题目文联主席也给拟定了——《一位郧阳老农与汉江的对话》。

老兵叔说，这题目好，正合我心意。

老兵叔说的不是客套话，他确实有许多心里话要说给汉江听，因此挥笔成诗——

　　　　自古汉江向东流，
　　　　　今日江水要调头。

我问汉江你哪里去？

汉江说，首都北京在招手。

丹江口大坝又加高，

移民们二次离故土。

老兵叔啊，后靠村又要再后靠，

你，心里难受不难受？

汉江啊汉江你莫担忧，

听我老兵说根古（缘由），

丹江口大坝好比是井台，

井台不加高，井水咋能调转头？

高高的井台我们修，

就为了，送一江井水向北京流。

咱郧阳人，欢欢喜喜为国家做贡献，

肩膀上，永远是挑不断的"杪椤木"！

3

就在1991年5月"郧县南水北调规划领导小组"成立不久，县委县政府郑重决定，当年农历五月端午节，举行一次大型赛龙舟活动。这就是我要写的本年度的第三件要事。

因为远迁和后靠，郧阳已多年没举办过大型龙舟赛事了。今年隆重举办，意义非同寻常，是在南水北调中线工程即将动工之际，全县几十万乡亲向全国人民展风采表决心：一定要发扬龙舟大赛精神，再做奉献！

笔者不由想起距1991年之前24年（1967年）的端午节，汉江江面上突然出现一条龙舟，从邓家湾码头出发逆流而上的画面。那天，龙舟上只有三个人：一名鼓手，两名桨手。岸上的人们，除了任九琴，还有谁知道，这条"黑旗子白边邓家湾"的龙舟，是何原因，在江中洒泪而行？

1991年的郧阳新县城，与24年前在武阳岭几道山梁上用"干打垒"方式匆忙建起的"龇牙咧嘴"的所谓"新城"相比，已是天壤之别。现代化的新城三面环水，高楼林立，道路宽敞，花木茂盛。人工湖之畔，中心广场中央，高高矗立一座名为"天马飞奔"的城标，唤起人们对古郧城的追忆，更激发郧阳儿女创造美好未来的豪情壮志。

龙舟大赛的消息传到千里之外的各个移民安置点，移民们奔走相告，心情难以表达。行动是最好的语言，一批批远迁移民，在端午节的半月之前就赶回家乡，投亲靠友住下来。还有的人回来得更早，提前一个月，因为他们要整修或新造龙舟，厉兵秣马，迎接将载入《郧阳志》志书的"龙归汉江"活动。

在这里，有必要为邓家湾的远迁移民们多写几句。

邓家湾从各地回乡的远迁移民人数最多，亲友家住不下，就在邓家山的山坡上搭起帐篷。因为咱邓家湾的龙舟全县闻名啦，因为"黑旗子白边邓家湾"的民谣至今仍在传唱呀，咱邓家湾人，此时不展风采，更待何时？

五月初五端午节终于来到了！天还没亮，郧阳新城码头和汉江对岸的邓湾码头便热闹起来。大批观众从十堰方向涌来（其中许多人是操着全国各地口音的二汽职工），大车小车在公路上排成长龙。江面上，三辆大型渡船来回穿梭。县委、县政府的机关干部除留守值班人员之外，全数到两岸的码头协助交警疏导交通。

龙舟大赛的指挥船是一条筑有高台的大驳船，船头船尾彩旗飘扬，高音喇叭播放着《在希望的田野上》等欢快歌曲。两岸的山坡，一层层梯坎上早已坐满观众。这一日天气特别好，蓝天万里无云，丽日高照，观众手执的遮阳伞，头戴的遮阳帽，远看像一丛丛盛开的花朵。

桫椤坡后靠村的地势得天独厚，坐在家门外稻场上便可居高临下看江上的赛事，所以今天村民们接待了许多远远近近的亲朋好友。黄天星和任九琴夫妇二人昨天就来了，住在邓兴志、丁桂小夫妇家。

一条条龙舟陆续向指挥船靠拢。看，那是西菜园村的龙舟。看，那是东菜园村的龙舟。榆树林的，茅窝的，长岭的，胡家洲的，柳陂的，三门店子的……

　　来了，来了！黑旗子白边邓家湾的龙舟逆流而进，贴着水面飞一般赶来了！并且不是一只船，而是三只船，活脱脱的三条黑龙！

　　为何一个村子就飞来三条龙？

　　看明白了，三只龙舟上的桨手们年龄性别不同。第一只船，旗手是位70多岁的老人，桨手全是中、老年男人。邓兴志也在这条船上，他是负责领喊号子的第一桨手。原来这只船上集中了远迁移民的"老根子"，他们对远迁的滋味体会得最足，对家乡的感情最深厚最饱满。

　　第二只邓家湾的龙舟上，旗手和桨手，清一色全是妇女，年龄都在中年以上。离开家乡时她们还都是年轻姑娘，有的胸前还系着红领巾，现在她们在远迁安置地都已生儿育女当母亲了，但是她们知道，她们有一位共同的母亲，名字就叫郧阳！她们回娘家来了，汉江河水是最甜美的乳汁，她们举起桨，那滚动在桨叶上的晶莹的水珠，分明是她们献给母亲的泪花。

　　邓家湾的第三只龙舟一出现，更是引起两岸上万观众的一片欢呼，掌声此起彼伏不绝于耳。原来这只龙舟上的旗手和桨手全是十二三岁的儿娃子（男孩子），他们出生在远迁地，但是他们知道根在哪里，在父母的引导下，乡音不改，勤劳朴实吃苦上进的本色也在他们身上继承发扬。他们这次随大人们回乡寻根，夜以继日在汉江里学习划船，很快就练成了龙舟手。他们身穿整齐的黑底白边的龙舟服，头上却有意不扎头巾，一个个都露出光溜溜亮闪闪的"光光头"。这种头型让两岸观众们看得多亲切啊，在郧阳，凡是汉江边长大的儿娃子们，小时候都爱剃成这种光光头，为的是便于在汉江里戏水斗浪，推船，拉网，扎猛子，潜游，光溜溜的脑袋，光溜溜的身体，像鱼儿一样自由自在。

4

现在，让我们把目光转向龙舟大赛当日的桫椤坡后靠村。

丁桂小在家门前的稻场上，和任九琴并肩坐在小椅子上看大赛。面前立着小方桌，桌上摆着茶点。还特意放了一只花瓶，瓶里插有一束刺玫花枝。姐妹二人都喜欢这"郧阳花"，虽然现在不是花季，但是枝枝叶叶也都有花香味。

在她俩身后的刺玫花架下，黄天星半靠在一张竹躺椅上，让满架的青枝绿叶为他遮阴。他不用眼睛看，只用耳朵听大赛的声音，也是一种难得的享受。

黄天星的脾气大变了，喜欢安静，喜欢独处，更喜欢一遍遍回忆往事。

往事历历，酸甜苦辣寸心知。他常对自己说，是20年前宝塔山上那撕心裂肺的爆炸声，把我从糊涂梦中突然炸醒了，从此下决心开始新的人生。那一天去看望邓兴志，对邓兴志说的一番话，一句句他都铭记于心。他决心也做一个端端正正的好人，从那时起就算是开始蹒跚学步。想到的事就坚决做到！从那之后，他的脚步越走越稳当，也越走越有斤两。他积极协助公安局查寻贾光明的藏身处，终于获得准确线索，带着民警们在竹山县的一个小村庄将贾犯捉拿归案。他参与了桫椤坡后靠村社员们的集体行动。社员们向法院起诉莫其然，人人签名按指印，黄天星用左右手按了两个指印。

黄天星还到群众中调查研究，收集莫其然的犯罪证据。黄天星把调查材料列出一条又一条，请邓兴志帮忙整理成文字，一篇接一篇不断地一级一级呈交给各级各个部门，终于引起上级的高度重视。

后来，莫其然被绳之以法，成为闻名全省的腐败典型人物。

黄天星因调查、揭发莫其然的罪行而立大功，再次受奖。

从此黄天星更觉得活得滋润，笑口常开。他要求自己别再说脏话了，就算不为别人，单为自己的女儿黄小河着想，也该把坏毛病改掉，当一个文明的父亲。

人生目标变了，面相也随之改变。建筑公司的同事们说，黄师傅啊，你咋越活越年轻呢，满面红光，连眼睛都变亮堂了！

黄天星相信同事们说的是真话而非奉承。因为他想起邓兴志对他讲过的心相学，"相随心生"，太有道理了。还有老兵叔唱的《好人歌》，也像是送给我黄天星的指路灯。好人创史书，史书传万辈。好人能补天，天地放光辉。庆幸自己在后半生也一步步走进了好人的行列，面对桫椤坡顶上的桫椤树，心里有了欣慰和自豪感，捧起汉江水喝一口，回味越品越甜。

现在又得知了新消息，丹江口大坝要加高，将丹江口水库的水位提升，让汉江大江北去，把满江清水送往华北，送往北京。至此，黄天星才更加明白修丹江口大坝的重大历史意义了。回头想想远迁移民和后靠移民们所做的奉献，特别是邓兴志和任九琴，一对恋人把青梅竹马的爱情都牺牲了，多么令人同情和敬仰啊！可是我黄天星，从前却一次次往他俩的伤口上撒盐，越想越觉得对不起他们呀！

还听人说，丹江口大坝加高后，水库水面更宽，将成为"天下第一井"。库区百姓们不仅要二次做奉献，还要当好"守井人"和"护井人"。也就是说，必须负起责任，保护好水源地的自然环境，确保将最干净的"井水"送往首都北京城。老兵叔说，他已是偌大一把年纪了，但是护井守井的任务当仁不让。因此老兵叔向乡亲们交代，他死后就埋在桫椤坡顶的桫椤树下，他要守望汉江的一江"井水"日夜不息地向北流。老兵叔啊老英雄，我黄天星坚决向你学习，生命不息奉献不止。我死后，也做一名登高望远的守井人，选好的地点，是新郧阳城北面山坡的墓园。

5

龙舟大赛进入抢鸭子环节。

抢鸭子，这也许又是郧阳的特色节目。一只只鸭子从指挥船上放飞，各条龙舟上的游泳好手跳进碧波抢鸭子。抢到的鸭子归本龙舟队所有，并且按

"俘虏"鸭子数量的多少评出一二三等奖，另有奖品。

鸭子可不是容易抢到手的。每只鸭子都被喂了黄酒，处于半醉半醒状态，战斗力强，浑身都是力量。伴着铜锣当当的信号声和噼噼啪啪的鞭炮声，"放鸭官"分期分批将一只只鸭子抛向天空，受惊的鸭子立即拍打翅膀拼力飞行，然后扑向碧波万顷的蓝色汉江。各条龙舟锣鼓声齐响（不击锣鼓的龙舟队视为违规），奋勇向前包围鸭子。鸭子们被锣鼓声鞭炮声和呐喊声惊得神经高度紧张，行动高度敏捷。水手们纷纷跳下水，眼看有人一伸手就可以抓住鸭子了，可是那鸭子却一个猛子扎进深水，无影无踪。等到这只鸭子又浮出水面时，已经离龙舟队老远老远了。于是，各条龙舟不得不再敲锣击鼓重新投入战斗。好热闹的场景啊，江上锣鼓喧天，两岸观众的加油喝彩声一浪高过一浪。

靠在刺玫花架下竹椅上的黄天星，依然对大赛只听音不看景。听声音想心事，两不误。此刻，他在想念正在北京读大学的女儿黄小河。女儿，多优秀的女儿啊，长得像妈妈一样漂亮，心灵也像妈妈一样善良，并且聪明，从小学到大学成绩一路优秀。长江后浪推前浪，现在的年轻人就是不一样，见多识广，目光远大。三年前（1988年），女儿还在郧阳中学读高中时，就对爸爸妈妈预言说，我估计，我邓叔丁姨杜爷爷他们的后靠村，不久又得搬家，再往后靠。黄天星对女儿说，你莫吓唬你老爹老妈行不行，又后靠？靠了一次还不够？你知道就为这一靠，你邓叔你丁姨你杜爷爷他们吃过多少苦中苦，遭过多少罪上罪？再后靠，那可万万靠不得！女儿回答，我不是信口开河，是老师告诉我们的。我自己也在图书馆查阅了有关资料，明白了，1958年在丹江口修大坝，其实是中国一项伟大水利工程的第一步，最终目标是南水北调。

看来女儿不是口说无凭。黄天星说，那，小河你接着说，往具体处说，越具体越好。

黄小河应道，那我就说一说。资料上的若干文字记载，我甚至能全文背下来。1952年10月31日，毛泽东爷爷到河南省视察工作。他登上邙山，俯视黄河，久久陷入深思。然后他对身边的同志们说，"南方水多，北方水少，如有可能，借点水来也是可以的。"第二年毛爷爷视察长江，站在"长江"号舰艇上，又对水利专家们说，"南方水多，北方水少，能不能把南方的水借给北方一些？"说着，他让工作人员拿来中国地图，用铅笔在丹江、汉江两江汇合处画了个圈。1958年3月25日，中央政治局在成都召开会议。会上，周总理根据毛主席的构想和水利专家们的讨论意见，正式提出，迈出"南水北调"工程第一步：兴建丹江口水利枢纽工程，得到会议的批准。毛爷爷心里高兴，向代表们描绘远景，说，"打开通天河、白龙江，借长江水济黄；丹江口引汉济黄，引黄济卫，同北京联系起来了"。

"噢，原来这是毛主席、周总理制定的宏伟规划啊！"

"所以在中央政治局成都会议不久，丹江口水利枢纽工程就动工了，十万农民大军战丹江。"

"既然那时候就计划南水北调，为啥没把大坝修到顶，却留下一些高度，只修到162米？"

"因为那时候国家经济还比较困难，国力不足。爸爸你想想吧，仅仅是丹江口一座大坝，就由十万农民工大军人海战术修了十年。"

"是呀，这就是报上常说的那句话，在一张一穷二白的纸上画图画。多不容易啊！"

"等到国力提升，条件成熟时，毛主席和周总理的遗愿就会实现……"

三年前女儿的预言现在成了现实，南水北调中线工程宣布动工，丹江口大坝加高，加到176.6米。我们郧阳人又要做奉献做牺牲，可这也是我们又一次的光荣啊！老兵叔常说的一句话说得好，"桫椤木扁担"不离肩，好日子不是从天上掉下来的，而是咱们一肩一肩挑出来的！

江上和两岸的欢呼声突然像山呼海啸一般，原来是龙舟大赛进入最高潮——争夺冠军。蓝色的汉江，每朵浪花都在高喊"加油！加油！"

汉江啊，1991年端午节郧阳儿女献给你的这次不寻常的龙舟大赛，其实是为一次新的战役吹响了冲锋号。从此以后，一江碧波即将唱着"金瓶似

第三十六章 难以收笔的尾声　363

的小山"歌曲，带着山间草木的情意，千里之行奔向北京。如果需要续写新的"桫椤木扁担"故事，当从这一天写起。

让我再抄录几行周思云姑娘的诗句，献给亲爱的读者朋友们。

外婆——妈妈的妈妈，
我用这称呼为一条大河命名，
因为，河水里浸透
我母亲的母亲
那一行行热烫烫的泪花。

北京，我的同学我的同事我的朋友，
请取我外婆河的河水煮茶代酒，
以青春与爱情的名义，举杯，
祝福我"在水一方"的父老乡亲，
用"桫椤木扁担"做彩笔，
绘出更新更美的人间图画……

初稿于湖北十堰市郧阳新城
定稿于上海市静安区